MESTRE DE GUERREIRO

Entre a Coroa e a Flecha

ARTHUR CAVALCANTE

MESTRE DE GUERREIRO

Entre a Coroa e a Flecha

ARTHUR CAVALCANTE

PandorgA
2018

Copyright © Arthur Cavalcante, 2018
Todos os direitos reservados

Copyright © 2018 by Editora Pandorga

Direção Editorial
Silvia Vasconcelos
Produção Editorial
Equipe Editora Pandorga
Preparação de texto
Larissa Franco
Revisão
Jéssica Gasparini Martins
Diagramação
Fernanda S. Ohosaku
Cristiane Saavedra
Composição de capa e ilustração
Itamar Silva
Ilustrações do miolo
Arthur Cavalcante

Texto de acordo com as normas do Novo Acordo Ortográfico da Língua Portuguesa
(Decreto Legislativo nº 54, de 1995)

Dados Internacionais de Catalogação na Publicação (CIP)
Bibliotecária responsável: Aline Graziele Benitez CRB-1/3129

C365m	Cavalcante, Arthur.
	O Mestre de Guerreiro: entre a coroa e a flecha / Arthur
1.ed	Cavalcante. – 1.ed. – São Paulo : Pandorga, 2018.
	336 p. ; 16 x 23 cm.
	ISBN 978-85-8442-307-1
	1. Literatura brasileira 2. Aventura I. Titulo.
	869.91

Índice para catálogo sistemático:

1. Literatura brasileira

2018
IMPRESSO NO BRASIL
PRINTED IN BRAZIL
DIREITOS CEDIDOS PARA ESTA EDIÇÃO À
EDITORA PANDORGA
AVENIDA SÃO CAMILO, 899
CEP 06709-150 – GRANJA VIANA – COTIA – SP
TEL. (11) 4612-6404

WWW.EDITORAPANDORGA.COM.BR

*Aos meus pais, que plantaram a semente do sonho.
E para Cleide, que há anos o compartilha comigo.*

*O Guerreiro é antigo.
Tolos pensam haver rigidez,
mas ele sempre se modifica.
Cada apresentação é uma nova versão,
igualmente verdadeira.*

Parte um

I

Simão sentiu o chão lhe rasgar o joelho, mas não chorou quando caiu.
— Vamos, Simão! — disse Onofre. — Ataque!

Apoiou-se no cabo da espada de madeira, se machucando no gramado pedregoso. Com um salto, conseguiu recobrar a postura. Seu coração apertou ao ouvir as risadas dos meninos, ao mesmo tempo em que a ardência latejou no joelho esquerdo.

Todos se agrupavam sob a árvore, protegidos pela sombra e invadidos pelo cheiro de terra molhada. Naquela brincadeira, Onofre lutava como oponente, um ano mais novo que Simão e bem mais baixinho para o padrão dos garotos. Onofre também perseguia o sonho de se tornar um Guerreiro e treinaria o suficiente até conseguir. Mas apesar da clara vantagem corporal, Simão sentia-se cada vez pior.

Os grãos de areia escorreram como cachoeira sobre uma outrora camisa de seda branca, agora marrom. Os meninos gargalharam mais alto e fizeram comentários que não se podia ouvir, mas Simão sabia que revelavam a pura maldade em seus corações.

Soltando um suspiro disfarçando sua dor, Simão observou Nara. Sua trança bem cuidada deixava escapar alguns fios de cabelo, que caíam sobre o rosto. Os olhos castanhos e a pele queimada do sol a transformavam num verdadeiro anjo. O vestido branco reluzia à luz do sol daquela manhã e a sombra da árvore parecia lhe engrandecer em todos os sentidos. Enquanto os meninos riam da sua desgraça, Nara mantinha-se atenta. Simão percebeu que ela roía as unhas de nervosismo, compartilhando da sua dor. E agradeceu a Deus por tê-la criado tão perfeita.

— Simão é um Afoito! Simão é um Afoito! — irrompeu Guilherme, num grito.

Guilherme tinha onze anos e um corpo longilíneo que ultrapassava a altura dos outros meninos. Gritando em coro, todos apontaram o dedo para Simão e fizeram gestos obscenos. Guilherme deu alguns passos à frente e retirou o pênis de dentro da calça, seguido por outros quatro meninos que formaram uma fila e urinaram na frente de todo mundo. Nara virou o rosto com uma expressão horrorizada e Simão sentiu o coração falhar uma batida. A humilhação ficaria na memória dos garotos por mais tempo do que gostaria.

Com o coração aos saltos, Simão vasculhou aqueles rostos, torcendo para que seu pai, o Mestre de Guerreiro, não tivesse ouvido as palavras degradantes e ofensivas de Guilherme. O pai já o abordara com frieza naquela manhã. Depois da visita de um homem que Simão nunca vira antes, o pai o mandara se juntar aos colegas às pressas. Algo havia acontecido.

— Ei, parem com isso! — disse Onofre aos meninos, mas sua voz se abafou com tantas risadas. Virou-se para encarar o amigo: — Ataque, Simão!

Simão trocou a espada de mão e partiu para o ataque. A raiva lhe deu mais força e Onofre não conseguiu segurar a ofensiva, cambaleando para trás. Simão notou uma brecha clara de sua própria competência em derrotar o amigo.

— Não consegue nem acertar o golpe no baixinho! — bradou Guilherme ao guardar o pênis de volta. Os meninos soltaram novas gargalhadas. — Ele é fraco demais. Vejam como move a espadinha. É um verdadeiro Afoito! — Guilherme fez acenos exagerados com as mãos numa imitação grosseira. Os meninos riram tanto que alguns tossiram com a falta de ar.

Simão percebeu-se ofegante. Nara ainda roía as unhas delicadas. Simão podia jurar que vira um sorriso. Um sorriso não de desdém, mas de encorajamento.

Sem aviso, Onofre partiu contra Simão, que desviou de imediato e contra-atacou. Onofre elogiou o amigo, e Simão não segurou o sorriso ao sentir orgulho de suprir as expectativas de um bom Guerreiro. Nara ficaria feliz por ele e comemorariam conversando debaixo da árvore, enquanto o miserável Guilherme partiria em fuga, arrependido por torcer contra ele.

— Ei! Simão? Desiste logo, vai! — gritou Guilherme. — Você não tem nenhuma chance.

Os meninos riram ainda mais alto. Simão estremeceu e segurou a espada o mais firme que pôde. Precisaria calar a boca daquele idiota. Teve dúvidas se preferia vencer Onofre ou ensinar a Guilherme uma boa lição.

— Não ligue pra ele, Simão — disse Onofre, adivinhando seus pensamentos. — Você está ótimo.

Mas seu coração deu um salto quando ouviu uma voz feminina forçando-se por sobre a algazarra.

— Vai Simão! — exclamou Nara. — Você vai ganhar. Ataque ele!

Simão lembrou-se do passeio que fizera pela Feira dos Sábios, uma semana antes. Caminhava ao lado de Nara e do pai. O Mestre de Guerreiro lhe dissera que a mãe adoecera, por isso não os acompanhava. No meio da multidão da feira, Simão arriscara-se a agarrar a mão de Nara, ao mesmo tempo em que sentira medo da rejeição. Ainda bem que ela o aceitara.

Simão queria viver outra vez aquele momento. Após a vitória, Guilherme voltaria para casa e remoeria o fato de jamais desafiá-lo, enquanto Simão aproveitaria ao lado dela.

— Deixa eu te dizer, baixinho. — Guilherme apontou para Onofre. — Não precisa consolar o seu amigo. Ele é ruim de qualquer jeito.

Com a respiração acelerada, Simão encarou aquele sujeito desprezível.

— Vai chorar, Simão?! — berrou Guilherme. — Vai?

Os meninos gargalharam ao mesmo tempo em que cantavam em uníssono:

— Vai chorar! Vai chorar! Vai chorar...

Nara franziu o rosto, em desaprovação. Guilherme se aproximou:

— Não faça essa cara, lindinha — disse ele enquanto colocava as mãos em volta dela. — Simão não sabe lutar.

— Não me toque, Guilherme. Vou dizer pra minha mãe, viu?

— Vai dizer pra mamãezinha? Vai? — Guilherme abriu o sorriso, agarrando Nara e forçando um abraço apertado.

A cena que veio a seguir fez Simão explodir em fúria.

Nara tentava se desprender enquanto Guilherme a suspendia no ar. Os pés dela balançaram na tentativa de chutá-lo na barriga. E pior, o menino malicioso tentava um beijo à força. Os meninos batiam palmas e berravam diante da cena.

— Corre pra mamãe! Corre pra mamãe! — exclamavam todos sem parar.

Sem pensar duas vezes, Simão partiu contra Guilherme. Os meninos abriram caminho e Guilherme largou Nara de qualquer maneira, fazendo-a cair de mau jeito. Simão interrompeu o passo e ouviu o som que lhe doeu na alma: Nara começou a chorar.

Simão apertou a espada tão forte que feriu a própria pele. Furioso, apontou-a para seu adversário. Os meninos fizeram um silêncio absoluto. Talvez nunca tivessem visto alguém tão jovem desafiar seu líder.

— Não toque nela! — gritou Simão.

— Vai me bater, Simão? Vai?

Ouvindo atenta, Nara interrompeu seu acesso de choro. No rosto molhado e sujo de terra, a mesma surpresa dos meninos, todos imóveis.

— Vai defender a sua namorada? Eu pago pra ver!

Num impulso, Simão desferiu o golpe, de cima para baixo. Por alguns segundos teve a sensação de que a espada de madeira havia batido no rosto de Guilherme. Ao contrário, o adversário a segurara antes de ser atingido, de modo que num único puxão arrancou-a com força, fazendo Simão tropeçar.

Numa rapidez inesperada, Guilherme deu um tapa certeiro no rosto de Simão, fazendo-o cair de cara na grama. Ele sentiu o lado direito da face arder e sua orelha se avermelhou.

— Parece que ele perdeu a espadinha. Uma espadinha de um Afoitozinho —disse Guilherme, exibindo seu troféu. Aquilo gerou mais gargalhada. — Veja o que eu faço com esse brinquedo...

Segurando no cabo e na ponta da espada, Guilherme abaixou as mãos ao mesmo tempo em que levantou o joelho, partindo-a ao meio.

Simão sentiu o som da madeira quebrando ecoar em sua alma. Seu cruel oponente arremessou as duas metades. Lascas de madeira se soltaram em meio à destruição, de modo que os pedaços repousaram sobre as pedras no gramado.

Onofre correu para o amigo, que se levantava com dificuldade:

— Você está bem, Simão?

— Sai.

— Mas, Simão...

— Não quero vencer com sua ajuda.

— Ele é mais velho, mais alto e mais forte. Melhor sair daqui antes que algo de ruim aconteça.

Simão empurrou o amigo.

— Já disse que não quero sua ajuda!

Onofre tinha razão. Simão sofria uma desvantagem óbvia.

— E agora, Simão? — indagou Guilherme. — Vai me atacar, vai? Ou só tem coragem com uma espada na mão?

Simão segurou o choro. Seu rosto doía e sua orelha queimava como nunca. A antiga espada se espalhava destruída aos pés de Guilherme e a menina mais linda do Reino de Guerreiros presenciara cada momento. Sentia-se humilhado. Perguntou para si mesmo se Guilherme faria com ele o que fizera aos outros meninos que havia brigado. Em um dos casos, Guilherme lhe dera tantos socos que o menino ficara cego. Sua maldade não tinha limites e Simão seria o próximo da lista.

Guilherme começou a se aproximar. Um dos seus punhos se fechou e Simão previu que um soco irromperia a qualquer momento. Os meninos em volta gritavam, ansiosos. Mas, sem aviso, a algazarra cessou.

Nara pulou nas costas de Guilherme num ataque, segurando-o desajeitada pelo pescoço. Gritos misturados às risadas substituíram a tensão diante da cena patética: um menino alto e forte recebendo uma investida de uma garotinha tão pequena. Simão não podia acreditar. Nara já o socorria em um caminho sem volta.

Raciocinando rápido, Simão vislumbrou a solução aos pés do adversário. Enquanto Guilherme se divertia tentando derrubar a garota das costas, Simão pegou uma pedra afiada. Os meninos logo perceberam a manobra e alertaram seu líder.

Guilherme segurou as mãos delicadas de Nara e a derrubou outra vez. O mais rápido que pôde, ele encarou Simão conduzindo a pedra erguida ao alto, na iminência de desferir o golpe. Como por instinto, Guilherme pôs a mão direita na defesa. A pedra afiada rasgou sua carne bem no centro da palma da mão. O som dos ossos se quebrando advertiu Simão da gravidade do que acabara de fazer. O sangue escorreu depressa e Guilherme desatou a chorar, caindo de joelhos. Os meninos ficaram boquiabertos. Aos prantos, Guilherme se levantou e correu dali. Todos os meninos do grupo o acompanharam. No lugar do adversário, uma mancha de sangue se espalhava pelo gramado e fazia uma linha pontilhada pelo caminho. Agora, só restavam Simão, Nara e Onofre.

O melhor amigo se aproximou.

— Você não deveria ter feito isso!

Não havia dúvidas de que uma punição severa o aguardava. Guilherme contaria para seus pais e mostraria o ferimento. E reclamariam com o Mestre de Guerreiro. Ou, na melhor das hipóteses, os pais de Guilherme curariam sua ferida e ele levaria outra surra, para aprender a não levar desaforo para casa. Respirando fundo, Simão considerou que a segunda opção fosse fantasiosa demais.

— Eu vou atrás dele — continuou Onofre, correndo para alcançar o grupo.

Por mais estranho que parecesse, Simão não se arrependia. Desconfiou que Nara pensasse o mesmo. Guilherme merecera. Se não tivesse feito, seu rosto carregaria as cicatrizes permanentes da índole do adversário. Guilherme jamais iria parar com um único soco e sentiu-se aliviado por não ter sido ele a sair dali em estado pior.

Nara chegou mais perto. Os dois fitaram os detalhes do rosto um do outro. O vento soprou forte e ambos deram as mãos, aflitos. A situação ficara séria demais.

— O que vai fazer, Simão? — questionou ela.

Simão não conseguia mais imaginar-se usufruindo da vitória como planejara. O sonho de ficar sob a penumbra da árvore se esvaiu por completo e disse a primeira coisa que lhe veio à cabeça.

— Tenho que contar ao meu pai — disse ele, engolindo em seco.

De mãos dadas, saíram correndo em direção ao recanto do Mestre de Guerreiro. Sob o sol implacável, chegaram ao portão principal, guardado por dois aprendizes de Guerreiro. Apesar de tudo o que poderia acontecer, Simão só pensava em contar ao pai sobre a coragem que tivera em derrotar Guilherme com a ajuda de Nara. Mesmo com as possíveis consequências.

— Fique aqui — pediu Simão. — Vou falar tudo e volto pra contar.

Um dos aprendizes abriu o portão. Quando Simão pisou no salão principal, o medo encheu seu coração. Andava rumo aos aposentos do pai a passos lentos, com uma incerteza angustiante. Começou a lembrar-se das vezes em que o pai lhe incentivara ao combate e ao treinamento solitário. Imaginou o pai lhe pegando no colo, sorrindo junto com ele e lhe dizendo como o destino transformaria o filho em um grande Guerreiro. Nara ficaria ao seu lado, compartilhando do triunfo, e Deus julgaria que a justiça prevalecera.

Sua mãe aplaudiria a vitória. Simão lembrou-se da expressão fraca e abatida da mãe pela doença. Não sabia dizer do que sofria, mas arrancava suas forças das tarefas mais comuns. Ela também precisava ouvir a sua notícia, mas nos dias anteriores, o pai parecia detestar qualquer aproximação que a incomodasse.

Simão apegou-se ao lado pacifista do pai, respeitado em todo o Reino de Guerreiros. Todos o elogiavam por suas políticas de incentivo à união, porém, por esse motivo que talvez fosse ainda mais castigado. Mas milagres aconteciam o tempo todo. Deus já seguiu do seu lado contra Guilherme. Com o pai, não seria diferente.

Ao fim do corredor, encarou a porta aberta do aposento. A claridade do meio-dia invadia o cômodo nos quatro cantos e a Coroa de Mestre de Guerreiro reluziu sua forma de catedral com duas torres, rodeada de pedras preciosas, apoiada num pedestal. As pedras preciosas refletiam sua luz na parede e formavam um quebra-cabeça azul, vermelho, verde e branco. O vento não parecia entrar pela janela e as várias fitas coloridas que pendiam da base da Coroa, permaneceram esticadas em direção ao chão. Simão engoliu em seco ao encarar a imagem do Nosso Senhor Jesus Cristo na parede.

O pai encarava a janela aberta, repousando sobre a cadeira. Sua testa enrugava-se de uma maneira que Simão nunca vira antes, como se uma preocupação o tivesse tomado por inteiro. Simão sentiu o coração tremer ainda mais e ficou parado, sem reação.

— Vai entrar ou não? — indagou o pai, cortando o silêncio.

Simão prendeu a respiração, dando a volta e encarando-o. O Mestre de Guerreiro olhou de cima a baixo o filho manchado de terra. Aquele olhar concentrara-se na mão suja de sangue.

— Me conte — continuou o pai, áspero.

Simão estremeceu. Chegara o momento.

— Estava brincando com Onofre, quando Guilherme disse coisas... coisas que me deixaram com muita raiva. Ele atacou Nara e fui defender.

O pai se inclinou. Num movimento rápido, apertou a mão do filho:

— E o que você fez com ele?!

Simão sentiu os olhos marejarem. No fundo, sabia que aquilo aconteceria.

— Ele quebrou a minha espada e eu o machuquei na mão.

O Mestre de Guerreiro encarou o filho, num silêncio que pareceu durar uma eternidade.

— Você não deve mais fazer uma coisa dessas, Simão.

— Eu sei, pai! — Simão segurou as lágrimas. — Eu juro que nunca mais vou brigar com ninguém. Só quero ficar treinando para entrar nos Guerreiros, sem machucar...

— Pare, Simão! — interrompeu o pai. — Eu disse para nunca mais fazer isso! Entendeu?!

— Prometo que não vou machucar mais ninguém.

O Mestre de Guerreiro explodiu em fúria.

— Você não vai mais treinar para os Guerreiros, Simão! Nunca mais!

Simão esperava uma punição severa, mas aquilo passava dos limites. O pai fora o primeiro a lhe incentivar para entrar nos Guerreiros quando crescesse. Agora, seu maior sonho convertia-se nas mesmas ruínas de sua antiga espada.

— Mas eu sei lutar, pai! — insistiu Simão. — Eu serei o melhor Guerreiro que o senhor já viu. Minha mãe também quer que eu seja um Guerreiro.

Simão agarrou-se à esperança de que o pai pudesse sofrer influência e mudar de ideia. O pai deu um suspiro profundo e fechou os olhos:

— Sua mãe está junto de Jesus agora, Simão. Ela morreu.

Simão estremeceu e a força das pernas lhe deixava a cada segundo. O pai dissera-lhe que a mãe ficaria melhor. Apenas uma questão de tempo. Mais cedo ou mais tarde ela o levaria à Feira dos Sábios. E ainda assistiria aos seus treinos para ingressar nos Guerreiros, dando o seu sorriso quando acertasse os golpes e dizendo que cada erro construía uma ponte para o acerto. Não podia acreditar que não teria mais sua companhia.

Como uma avalanche, Simão sentiu as lágrimas lhe dominarem por completo. O pai pôs a mão em seu ombro.

— Você nunca será um bom Guerreiro, Simão. Não importa o quão tente. Você simplesmente não pode ser.

O Mestre de Guerreiro levantou-se da cadeira e saiu.

Simão não conseguiu mais segurar e as lágrimas escorreram livres pelo rosto. Seu coração esperava algo de ruim vindo do pai, mas nada que se comparasse àquelas palavras. De uma hora para outra, perdera tudo o que importava. No canto do aposento, Simão fitou a Coroa de Mestre de Guerreiro e suas pedras preciosas. Sentiu-se enojado.

A imagem de Nara lhe tomou de assalto. Sabia que ela ainda o esperava do lado de fora, mas Simão não foi ao seu encontro. Não havia o que comemorar e não queria que ela o visse naquele estado.

Pensou que jamais teria coragem de encará-la outra vez.

II

A lâmina afiada cortou o ar em mil pedaços. O suor escorria pela barba encharcada de Simão. A camisa de seda e o sapato de couro repousavam sobre uma pedra, perto do tronco da árvore. Como de costume, o calor abrasava o Reino de Guerreiros de um modo que se manter fora do abrigo da sombra parecia impossível.

Simão cravou a espada na terra e iniciou seu descanso. Tanto trabalho árduo lhe garantira um porte físico considerável para alguém que nunca pisara num campo de batalha. O peitoral, ombros e braços não se fortaleceram o quanto gostaria, mas já sustentavam uma resistência aparente.

Pedras preciosas cravejavam o cabo da espada e simbolizavam a beleza e orgulho dos Guerreiros. Outra vez, como tantas outras, Simão sentiu o coração apertar. Sonhava com a mãe quase todos os dias nos últimos vinte anos. Nos sonhos, ela o chamava pelo nome, mas não conseguia alcançá-lo. Quando menino, acordava ofegante e desatava a chorar. Mas depois de tanto tempo, as lágrimas já haviam secado.

Seu pai jamais superara a morte da esposa. No dia seguinte em que falecera, afundou-se em sua função de Mestre de Guerreiro e criou tantas demandas para si que passou a vê-lo raramente. Não havia dúvidas de que a perda da mãe provocara um abismo. Simão nunca se esquecera de suas palavras.

Você nunca será um bom Guerreiro. Não importa o quão tente. Você simplesmente não pode ser.

Refletiu que o pai tornara-se alguém fora do juízo perfeito quando se interessara em ter o filho como Contramestre. Não conseguia entender como fizera questão de desviar o próprio filho do caminho natural da Hierarquia e, ao mesmo tempo e tantos anos depois, querer que assumisse uma das funções mais importantes no Reino de Guerreiros. Quando Simão o questionava, o pai preferia fugir da discussão. A habilidade diplomática em tempos de guerra e maestria em combate tornavam-se pré-requisitos essenciais de um Mestre de Guerreiro. Indicar Simão como eventual substituto não fazia o menor sentido.

Apesar de não participar dos Guerreiros, Simão mantinha-se atento aos comentários da Hierarquia. O Mestre e o Rei de Guerreiro nutriam ideias divergentes, o que gerava discussões acaloradas nas reuniões. O Rei queria aumentar a influência do Reino de Guerreiros para além das fronteiras. O Mestre, com sua política de paz, preferia respeitar as decisões das culturas locais e não impor o modo Guerreiro sem prévia aprovação. Essa política fazia os Afoitos respeitarem seu pai. Decidir que o próprio filho despreparado iria se tornar seu sucessor causaria outro mal-estar. No fim das contas, Simão queria não se importar com as atitudes do pai, mas carregava o fardo inevitável como filho do Mestre de Guerreiro.

A brisa soprou forte e Simão percebeu-se recuperado. Levantando-se, agarrou a espada e maneou a lâmina em novos golpes. Treinava defesa, ataque e velocidade. Tornara-se mais ágil em suas investidas, mas sem um oponente real, o treinamento tornava-se incompleto.

Simão ouviu um barulho às suas costas. Como por instinto, virou-se com a espada em punho, na iminência do ataque.

Seu pai, o Mestre de Guerreiro, tossia a cada passo. Sua velhice não conseguia suportar o peso do próprio corpo, equilibrando-se com dificuldade. Simão demorou em abaixar a espada, a ponta da lâmina apontando para o peito do Mestre de Guerreiro a cinco palmos de distância. Como de costume, o pai usava a Coroa de Mestre. As fitas coloridas rodeando a base da Coroa se entrelaçavam num movimento harmonioso.

— Acabou? — perguntou o Mestre.

— Não — Simão abaixou a espada.

— Preciso lhe mostrar uma pintura.

— Depois eu vejo — disse Simão.

— É uma aquisição recente. Igor e Jaime trouxeram semana passada.

— Já disse que não!

O vento soprou forte, elevando as fitas da Coroa de Mestre de Guerreiro. A árvore balançou suas folhas num som crescente e quebradiço.

— Quem você pensa que é para elevar sua voz comigo? — bradou o pai. — Você tem que aprender a importância da nossa história.

— Já é tarde para isso.

Simão percebeu seu pai mudar de expressão. Aproximando-se, o pai pôs a mão no ombro do filho.

— Sei que não tenho sido o melhor pai do mundo. Desde a morte de sua mãe, têm acontecido essas... todas essas coisas. As escolhas ficam cada vez menores e os rumos se estreitam.

Depois de tantos anos, nunca o Mestre de Guerreiro o abordara com aquelas palavras. A velhice fazia o seu papel. Mas sentiu o coração acelerar, inesperado.

— É por isso, Simão, que preciso da sua resposta.

Num salto, Simão encarou o pai. Deu um passo para trás, retirando a mão do seu ombro. Agora sabia o motivo daquela suposta ternura.

— Eu já dei a minha resposta — respondeu Simão.

— Preciso que mude de ideia.

— Não vou ser o Contramestre.

— Mas você está no caminho certo! — exclamou o pai, aproximando-se ainda mais.

Simão sentiu-se ofegante de fúria. Trêmulo, digeriu cada palavra que o pai acabara de dizer.

— O que isso quer dizer? — indagou Simão.

— Ainda não está pronto, mas seu destino é me substituir.

Eis a razão. As habilidades do filho permaneciam descartáveis. Interessava-lhe ter um substituto antes que a morte o apanhasse. Nada mais.

— Apenas pense a respeito — disse o Mestre. — Esperarei sua resposta.

Simão aquiesceu, na esperança de que o pai o deixasse em paz o mais rápido possível. Mas o Mestre puxou assunto:

— Igor e Jaime vão trazer mais pinturas do Convento. É um carregamento caro. Confio em Deus para evitar saqueadores. Se você aceitar ser o Contramestre, poderei revelar o caminho até o Convento e nós dois poderíamos buscá-lo.

O pai insistia numa intimidade. Simão tinha a visita tediosa de Igor e Jaime como última prioridade.

— E por que o Mateu não o traz ele mesmo? — questionou Simão, prevendo a reação do pai. O Mestre ignorava o Mateu, sem nunca dar uma explicação plausível.

— Continue treinando — disse o Mestre de Guerreiro, voltando pelo mesmo caminho.

Continue treinando?

Simão não suportava aquelas ironias. Ergueu a espada ao alto, sem o menor sinal de concentração. Simão tinha certeza de que o velho sabia do mal que provocava ao filho. Aquilo se mostrava um veneno feito de palavras.

Simão guardou a espada na bainha à cintura. Vestindo a camisa e calçando o sapato de couro, saiu apressado rumo ao único local que lhe aliviava as dores da alma: A Feira dos Sábios.

III

A fogueira crepitou enquanto Adhemar encarava firme o guerreiro amarrado e amordaçado ao tronco. A amarra prendia seus pés e um dos braços apoiava-se esticado sobre uma tora de madeira. Do lado de fora da tenda, o som dos Índios cantando e dançando o Toré invadia junto com as palmas da plateia, e Adhemar sentiu o calor das chamas lhe inflamar.

Encarando o guerreiro imundo e amordaçado, Adhemar desconfiou do que se passava naquela mente doentia. O guerreiro aparentava temer que sua morte demorasse mais do que esperava. Atrás do inimigo, o comandante Helder se prostrava sério. O comandante tornara-se a pessoa certa para um trabalho conjunto. Há anos sustentava o posto de braço direito, dedicando sua força quando necessário e lealdade com sua própria cultura, a força maior do povo indígena. E sua experiência como antigo aprendiz no reino inimigo rendera frutos admiráveis.

Adhemar pôs a mão na boca do guerreiro e puxou sua mordaça. O homem começou a se agitar, desesperado. Quando tentou gritar, o comandante Helder lhe deu um soco certeiro no nariz. O inimigo caiu de lado e pendeu sobre as cordas que o amarravam junto ao tronco. O sangue escorreu abundante.

— Ninguém vai escutar — disse Adhemar. O som do Toré ficou ainda mais alto. — Quem foi o responsável?

— Nunca o vi antes. Ninguém o conhecia — respondeu o guerreiro, ofegante.

Mentira. Nos últimos anos, Adhemar conquistara a atenção dos líderes das Onze Nações. Seu discurso se valorizara ao ponto de ter uma voz política nas decisões. Como consequência, sua fama criara comentários que mais cedo ou mais tarde chegariam aos ouvidos dos guerreiros. Sua família não seria poupada.

Adhemar fez um gesto para o comandante. Este esticou o braço do inimigo e o segurou sobre a tora à altura do pulso.

— Qual animal te define como pessoa? — indagou Adhemar. Os olhos do inimigo brilharam em pavor.

— Juro que não sei de nada!

— Qual animal?

— Por favor! — O inimigo tentou se levantar, desperdiçando sua energia em vão. — Não faça isso.

Adhemar encarou o comandante Helder e deixou escapar um sorriso.

— O que você acha?

— Ele está testando nossa paciência. Acha que vai sair vivo sem falar.

— Então, a dúvida acabou — concluiu Adhemar, agora contemplando o pavor nos olhos do guerreiro. — Será um casco de jabuti. Você me parece um homem paciente, mas não se preocupe. Vou fazer essa arte com a mesma paciência e lentidão.

Adhemar esticou uma das mãos para dentro da fogueira e tirou a lâmina apoiada da borda. A ponta acesa em brasa deu um ar de ornamento à adaga indígena.

— Espere, espere! — Se agitou o guerreiro, balbuciando. — Eu sei de uma coisa.

Os guerreiros se revelavam seres desprezíveis e fracos sob pressão. E Peri soubera disso.

— Todos comentaram a morte de sua mãe — continuou o guerreiro, ofegante.

— Ela morreu recentemente.

— Quais comentários?

— Sua loucura veio da morte dela.

Verdade. Adhemar chegara a ouvir esses boatos. A mãe morrera de desgosto. Não suportara a morte do marido e por isso enlouquecera. Suas atitudes se sobressaíam como as piores possíveis. Mesmo depois de acompanhar sua cultura indígena se esvair dia após dia, seu pai mantivera a esperança de que tudo iria melhorar, como se pudessem deixar para trás o passado de guerra. Era um cego.

Quando o pai morrera num suposto ataque, a mãe carregara os valores otimistas do pai. E outros Índios iam pelo mesmo caminho. Os guerreiros causaram a escassez de raízes culturais indígenas, a tal ponto que o Índio traía a própria cultura ao acreditar que as tensões entre os dois reinos ficaram para trás. Como ironia do destino, a takûare'ẽ circundava os túmulos do pai e da mãe. Para o inimigo, o nome traduzido para sua língua parecia soar mais doce do que qualquer outra palavra: cana-de-açúcar. Ela se provara o bem mais precioso para os guerreiros e elemento fundamental das políticas de dominação.

Os nomes "Adhemar" e "Helder" carregavam o fardo da influência cultural inimiga e, pelo que Adhemar se lembrava de gerações anteriores, as vestimentas indígenas também haviam mudado. Os trajes na época de Peri exibiam grande parte do corpo, mas agora imitavam os guerreiros e seus costumes.

Aproximando a adaga dos olhos do inimigo, o guerreiro deu um suspiro pesado:

— Sabe que essa informação é irrelevante.

— Peço que não faça isso. Você sabe que não é certo!

— "Certo" e "errado" foram há muito tempo esquecidos por vocês — disse Adhemar, com a ponta da lâmina próxima do ombro inimigo. — Até hoje vocês comemoram o nosso fracasso na Revolta de Peri, não? Quem é o certo e o errado entre nós dois?

O guerreiro paralisou, como se tivesse um milhão de respostas na mente, mas nenhuma garantisse sua vida. Continuou Adhemar:

— Quem fez o ataque?

— Eu não... não sei.

Num relance, o comandante Helder enfiou de volta a mordaça e tapou a boca do guerreiro, puxando a cabeça do inimigo contra o tronco e abafando-o por completo. Sem hesitar, Adhemar desceu a lâmina no ombro do guerreiro. Quando a ponta em brasa atingiu sua pele, executou seu corte com facilidade. O inimigo dava espasmos de dor, lutando contra as amarras. Adhemar iniciou o desenho no formato de um hexágono, típico da textura dos cascos de jabuti. A lâmina rasgou com força a pele e os músculos do guerreiro, enquanto ele permanecia num grito constante e abafado. Os olhos espremidos do inimigo e seus músculos tensos faziam o cheiro da carne queimada se acentuar.

Quando a linha vermelho-sangue encontrou a outra ponta, fechando a forma hexagonal, o comandante soltou o inimigo. Adhemar tirou a mordaça. Agora, o guerreiro apressava-se sedento para falar:

— Seu pai estava junto com os outros Índios! Levavam os peixes ao mercado!

— Quem fez o ataque?

— Três ladrões roubaram a mercadoria! Seu pai morreu por acidente!

— Todos saíram vivos, menos ele. Acha que sou idiota? — Adhemar aproximou outra vez a adaga. — Quem fez o ataque?

— Não sei. Podem ter vindo de várias nações!

Outra mentira.

Adhemar fez um aceno para o comandante, que outra vez abafou os gritos do guerreiro. A lâmina esfolou a pele do ombro e Adhemar a entortava músculo adentro, criando outro hexágono ao lado do primeiro e criando um padrão geométrico. Os pés amarrados do inimigo chutavam a areia em espasmos desesperados de fuga. Quando acabou, Adhemar contemplou sua obra de arte. A curvatura do ombro do guerreiro gerava a perfeita ilusão de um casco verdadeiro, apesar da ofensa em comparar um animal tão perfeito com uma raça corrompida. O comandante Helder o soltou.

— Um casco de jabuti tem dezenas de formas — disse Adhemar. — O quão fiel vai ficar, só depende de você.

O guerreiro pareceu imerso numa inconsciência provocada pela dor. Agora, a ferida aberta pulsava ao cheiro de carne queimada, o que não o deixava desmaiar.

— Os ladrões não eram Índios — afirmou Adhemar.

— Não — confirmou o guerreiro.

— Quem eram?

— Guerreiros... aprendizes de guerreiro.

Adhemar se surpreendeu ao sentir o coração disparar. No fundo, sabia que o ataque viera dos guerreiros. Mas tudo não passava de uma ideia, uma mera hipótese. Confirmá-la de fato provocara nele um tremor que não soube explicar. Mas no fim das contas, até que a morte do pai havia sido tranquilizadora. Pessoas como ele serviam apenas para reforçar o domínio dos guerreiros sobre os povos indígenas do reino de Peri.

— Mas os aprendizes foram expulsos! — exclamou o guerreiro. — Não fazem mais parte da Hierarquia.

— Foi suficiente?

O inimigo o encarou, paralisado. Sua tentativa de relativizar o crime o condenara ainda mais. Adhemar sentiu o prazer na lágrima de pânico que escorreu daquele homem, enquanto fazia um movimento de cabeça inconsciente.

— Por favor... — balbuciou o guerreiro. — Não... não vai trazê-lo de volta se me matar.

— Um homem capaz de olhar nos olhos de outro e ali enxergar sua cultura, será sempre o vencedor de sua própria história. Mas um guerreiro não tem a menor ideia do que isso significa. Îerobîasaba.

O inimigo se apavorou por completo, tentando a todo custo se livrar das amarras.

— Você me deu o que precisava. Mas a pessoa mais paciente aqui sou eu. O jabuti me representa e não posso deixá-lo incompleto. Chame isso de auto-homenagem.

O comandante Helder colocou a mordaça no inimigo e tapou sua boca, pressionando com força sua cabeça contra o tronco. Adhemar enfiou a adaga no ombro do guerreiro e fez um terceiro hexágono com cuidado. E outro e mais outro. O guerreiro se retorcia como um peixe fora d'água, incapaz de voltar para o rio.

O Toré pareceu aumentar de volume. Adhemar sentiu as vozes dos Índios acompanhadas pelos maracás invadirem sua mente de modo certeiro. Apesar de viverem rodeados pela presença dos guerreiros, o inimigo ainda se mantinha admirador de alguns costumes. O artesanato indígena e as tatuagens que representavam animais continuavam resistindo ao tempo por causa da admiração dos guerreiros por tais ofícios. Pena que se limitavam à arrogância costumeira.

Quando preenchera todo o ombro do guerreiro, Adhemar retirou a lâmina e contemplou sua obra. O comandante soltou a cabeça do inimigo, desatou seus pés e tirou seu braço da tora de madeira.

O guerreiro se levantou e correu na direção da saída. Encarando suas costas, Adhemar apertou a adaga e a atirou. Antes que saísse da tenda, o inimigo caiu de cara na areia. Imóvel.

— Foram quantos ao leste? — perguntou Adhemar.

— Mais quatro mil. Nesse ritmo, nosso exército será maior que o do inimigo.

— Perfeito. Livre-se desse nojento.

Guardando a adaga consigo, Adhemar saiu da tenda rumo ao espetáculo. A luz da tarde invadiu seus olhos e o calor abrasador o queimou na face. Dezenas de Índios cantavam e dançavam o Toré enquanto guerreiros batiam palmas. Sentiu o arrepio da cabeça aos pés quando ouviu a força dos maracás. Adhemar sentiu-se conectado ao mundo paralelo, ao mesmo tempo em que o que acabara de fazer correra como planejado.

Antes de sair, algo o tocou em uma das pernas. Adhemar deu de cara com uma menina índia com o rosto pintado de carvão em linhas retas e pontos ao redor dos olhos. Sua beleza persistia incomparável. A menina sorriu. Adhemar respirou fundo, sentindo mais uma vez que a beleza dos Índios deveria servir de referência aos guerreiros e não o contrário. Ele se abaixou, a pegou no colo e ambos assistiram ao espetáculo do Toré até o final.

Por aquelas crianças continuaria seu plano. As futuras gerações dependiam do que os Índios lutavam no presente. Adhemar sabia que seu prestígio e voz dentro das Onze Nações construiriam o começo de tudo.

IV

Os homens se acumulavam na sala de reuniões. Mais de uma dezena dos mais influentes comerciantes do Reino de Guerreiros discutiam os próximos passos depois da ruína de seus investimentos. O Rei de Guerreiro, ao centro da mesa, assistia o desenrolar do debate. À sua esquerda, a Rainha de Guerreiro e à direita, a Lira.

A Rainha e o Rei de Guerreiro destacavam-se ainda mais pela imponência de suas Coroas. O Rei sustentava o luxo de um verdadeiro monumento cravejado em joias e símbolo máximo de poder e imagem dos Guerreiros. A Rainha se esculpia adornada e suntuosa. As pedras preciosas, formando um amálgama de cores em suas cabeças, promoviam um recado mais do que claro de seu poderio.

Guilherme mantinha-se afastado, lado a lado com Isac, o outro conselheiro. Isac já auxiliava o Rei de Guerreiro décadas antes de Guilherme, e o rosto do antigo conselheiro arranhava-se em marcas de experiência sob os permanentes olhos semicerrados, enquanto Guilherme mal passava dos trinta. Todos os dias lembrava-se de que sua existência se encaixara num mero jogo político. Até que capturasse o canalha filho do Mestre de Guerreiro, ajoelhado e implorando uma morte rápida, tinha pouca disposição para continuar conselheiro. Sabia que suas ausentes habilidades com a espada não o permitiam matar os inimigos em campo de batalha e orgulhar-se como um Crédulo fiel. O tempo gasto como conselheiro do Rei de Guerreiro lhe fazia constatar que sua suposta Majestade se manifestava impulsiva, fútil e mimada.

Mas os últimos acontecimentos envolvendo os índios abalaram a política de um jeito inesperado, e havia ali uma chance. Continuar fingindo não duraria muito. O pai de Guilherme observava os seus companheiros encerrarem um bate-boca sobre a desastrosa colheita. Seu cabelo calvo cor de prata condizia com a seriedade e anos de conhecimento no ramo. Sustentava o principal poder de voz, já que seu território de cana-de-açúcar pagava impostos generosos ao Rei de Guerreiro.

Guilherme nunca se esquecera do olhar do pai ao vê-lo aleijado pela primeira vez. Conseguira para o filho um cargo de alto nível, mas não devia ter sido fácil viver como pai de um deformado. O acidente em sua mão condenara o pai a dar explicações rápidas e frustrantes às visitas, que sofriam o infortúnio de descobrir a situação. Guilherme ainda sentia as dores nos nervos da mão direita e jamais conseguira segurar uma espada. Um futuro brilhante na defesa real se tornara um improviso. Graças à influência do pai e à inteligência aguçada do filho, conseguira reverter seu desapontamento ao colocá-lo como futuro conselheiro real. O Rei reclamara da idade precoce, mas logo percebera que Guilherme possuía uma singularidade de raciocínio e concordara em lhe dar uma chance, que agora durava anos.

— Perdi dois hectares de cana, Majestade — disse um comerciante. — Uma situação incontornável.

— E eu perdi mais do que isso — disse outro com a voz rouca e talvez o mais velho da mesa. — Índios abusados... invadiram minha plantação, atearam fogo em quase tudo e fugiram antes de encarar os meus homens.

Quando ouvia falar sobre os índios, o Rei de Guerreiro se consumia em ódio contra uma raça tida como inferior.

— Esse povo das matas não vale nada — disse o Rei. — São covardes, preguiçosos, ilegítimos. Devotos do diabo! — vociferou, dando uma pausa para respirar e percebendo que havia se descontrolado mais do que a etiqueta demandava. — Desculpe-me, minha querida — disse o Rei a Lira.

A Lira deu um sorriso e fez uma reverência longa. A intimidade daqueles dois ia além de qualquer troca comercial. Ou a Rainha de Guerreiro fingia-se de cega, ou se provava tão imbecil quanto ele. Não havia razão oficial para a Lira comparecer à reunião. Jovem, esbelta e talvez uma das mulheres mais belas de todo o Reino de Guerreiros. De origem aristocrática, também possuía vastas plantações de cana-de-açúcar. Mas só o Rei conseguia enxergar doçura em tamanha arrogância. A Lira sempre pertencera à alta classe, investindo também em sua própria defesa pessoal devido aos tantos deslocamentos pelas estradas repletas de criminosos. Linda, prestigiada e ainda sabia combater. O Rei a chamava mais vezes do que demandava a sua agenda.

— Majestade — disse o pai de Guilherme, levantando a mão para pedir a palavra. — Entendo as decisões do passado, mas creio que haja a necessidade de mudar nossa postura de agora em diante.

Seu pai se referia ao ataque ao Reino de Guerreiros conhecido como Revolta de Peri. Os Ancestrais não contra-atacaram a pedido dos próprios comerciantes da época. Compreenderam que havia uma oportunidade indispensável de lucrar em cima dos inimigos índios, numa dominação econômica e cultural que permanecia até aquele instante. As trocas comerciais se organizavam de um modo que Guerreiros saíssem lucrando mais em cima do povo indígena, numa suposta trégua que havia durado décadas.

Guilherme lera tudo isso na biblioteca do Cordão do Sul, mas os livros sempre contavam apenas um lado da história. Agora o Rei de Guerreiro junto aos comerciantes, viam-se impedidos de expandir a cana-de-açúcar por causa dos ataques.

Depois dos primeiros confrontos, o Rei ordenara a caça aos aldeamentos indígenas, o motivo das últimas agitações.

— No tempo dos meus Ancestrais, tudo era feito a punho de ferro e não havia espaço para vagabundos e desocupados — disse o Rei de Guerreiro. — Tenho orgulho de ser o último descendente dos grandes homens que fizeram nossa história e concordo que nossa relação com esse povo das matas deva mudar.

Guilherme conteve a expressão de tédio diante da mesma história, tantas vezes repetida. Não se lembrava de uma única vez em que o Rei não citara sua nobreza e sentimentalismo para com os Guerreiros antigos.

— Gostaria muito de dizer a vocês que as notícias são boas, mas não posso mentir — continuou o Rei. — Há rumores de um novo ataque contra nosso Reino de Guerreiros. Meu conselheiro, Isac, soube da informação e parece não haver dúvidas de que um índio no Reino de Peri deseja repetir a história.

Guilherme sentiu a pulsação acelerar. O Rei de Guerreiro não havia comentado aquelas informações anteriormente. Seu pai o encarou num tom de reprovação. Ensinara ao filho que a atitude obtusa exibia uma inteligência despreparada.

— Infelizmente... — continuou o Rei de Guerreiro. — Sentimos no bolso o poder dessa afronta.

Os comerciantes trocaram olhares de apreensão, prevendo que seus investimentos sofreriam mais perdas na plantação. Guilherme julgou que consideravam irrelevantes os desconhecidos mortos no futuro confronto.

— Vossa Majestade precisa aumentar os impostos — disse o pai de Guilherme. — Meus subordinados terão que pagar um pouco a mais, assim como os clientes e todos na Feira dos Sábios. Precisamos retomar a linha de frente dos negócios diante dessas alianças obscuras dentro do Reino de Guerreiros.

Seu pai tocara numa ferida aberta para o Rei de Guerreiro. A disputa entre Afoitos e Crédulos gerava dores de cabeça. Notícias trágicas diziam que mais pessoas se juntavam aos Afoitos contra o governo. No fundo, Guilherme conseguia entender em parte a frustração dos Afoitos, apesar de jamais compactuar com suas discordâncias gerais. O Rei de Guerreiro não se mostrava competente e os Ancestrais nunca demonstraram misericórdia. Para piorar a situação, o Mateu não cumpria seus milagres, que se transformavam em lembranças nostálgicas de anos anteriores. A fé apresentava problemas. A apreensão disseminava-se na mediocridade do Rei e do Mateu.

— Você continua esperto — disse o Rei em tom de brincadeira, deixando escapar uma gargalhada seguida pelos outros comerciantes. O Rei encarou Guilherme. — É melhor você dar conselhos a mim ao invés de seu pai, senão vou perder dinheiro nessa situação.

Mais gargalhadas se seguiram. Até seu pai se deixou levar. A Lira deu um sorriso, mas a Rainha, porém, continuava séria.

— Estamos com gastos exorbitantes — continuou o Rei de Guerreiro. — A reforma do Cordão do Sul está maior do que o previsto. No Cordão do Norte, o Embaixador do Norte protege os interesses do Reino de Guerreiros. Não há cofre que resista.

Ao norte, os rumores apontavam que a desorganização dos Afoitos havia sido superada e um contingente cada vez maior parecia se reunir. Vez ou outra realizavam investidas contra o Embaixador do Norte, mas nada significativo. Todos sempre acabavam mortos e servindo de exemplo. Mas o Rei de Guerreiro parecia mais descontrolado ao se imaginar batalhando contra duas frentes, os índios e os Afoitos. E para piorar, rumores diziam que um dos antigos membros da Hierarquia já havia se juntado aos inimigos.

— Eu devo ir pessoalmente ao Cordão do Norte — disse o Rei de Guerreiro. — Preciso verificar com mais detalhes o que está acontecendo. Eu mesmo esmagarei os traidores.

— Não se arrisque, meu Rei — disse a Lira numa voz preocupada. — Os Afoitos infestaram o norte. Por mais soldados que tenha ao seu lado, Vossa Majestade estará em perigo.

— Tem razão, minha querida Lília. Tem toda a razão.

A Rainha de Guerreiro fulminou a Lira com o olhar, sutil.

— Guilherme... — continuou o Rei. — Diga-nos o que fazer nessa situação.

Guilherme engoliu em seco ao observar o olhar do pai.

— Vossa Majestade pode promover uma campanha contra os índios... — disse Guilherme, tomando a palavra —, autorizando uma quantia cobrada do povo como contribuição para o esforço de guerra também contra os Afoitos. Não tenho dúvidas de que Afoitos e índios acumularam recursos e compartilharam os ataques às plantações.

— Também acredito nisso — disse outro comerciante. — Meus homens costumam dizer que é uma relação de Afoito com Apyabaíba.

— Eles não são selvagens e não estão isolados! — esbravejou o Rei de Guerreiro. — Uma das poucas palavras que aprendi naquele idioma imundo foi Aîubyk, pois se depender de mim, pegarei todos eles pela garganta e os afogarei, um por um!

Todos ficaram em silêncio. Outra vez a cólera do Rei o deixara enrubescido. Depois, encararam Guilherme, como se esperassem o fim da explicação.

— Vossa Majestade deveria se aliar com os comerciantes — continuou Guilherme. Os aprendizes e veteranos Guerreiros poderão ter seus mantimentos a um baixo preço, podendo pagar com o próprio soldo. E, por sua vez, eles defenderão o Reino de Guerreiros contra todos esses infiéis.

Os comerciantes trocaram um olhar e aquiesceram. Seu pai seguiu o gesto, aprovando a condução do filho numa decisão acertada.

— Então, encerramos por aqui — disse o Rei, levantando-se.

Todos fizeram o mesmo. O Rei de Guerreiro virou-se para a Lira e se despediu com um beijo no rosto. Quando todos saíram, a Rainha rumou para seus aposentos no interior do palácio, enquanto o Rei continuava sua despedida demorada com a Lira.

Guilherme pensou consigo mesmo como o membro máximo da Hierarquia demonstrava tanta imaturidade. O Rei de Guerreiro arranjara inimigos demais e, talvez, assim como seus Ancestrais, pagasse o preço pela arrogância contra os índios e Afoitos. Sua queda se daria mais cedo ou mais tarde.

Se dependesse de Guilherme, o mais rápido possível.

V

— Olha o melão, olha a maçã! — gritava sem parar um comerciante por detrás da barraca de madeira.

— Água de coco! Se levar dois é mais barato! Três, melhor ainda! — gritou o concorrente, do outro lado.

Simão lembrou-se das vezes em que passeou com a mãe e o pai. Naquela época, tinham que levá-lo nas costas para não ser pisoteado. De lá de cima, sentia-se num mar de gente, pronto para mergulhar de cabeça na Feira dos Sábios. Um autêntico paraíso.

Simão sempre tinha a sensação nostálgica ao imergir naquele mundo: o cheiro forte de carne misturado aos pescados e frutas, além de um amontoado de gente que disputava espaço ombro a ombro em busca dos melhores preços, vindas dos mais variados lugares do Reino de Guerreiros. Clientes buscavam qualidade e preço baixo, e comerciantes davam de presente suas tradições por meio de narração de histórias. No fim, todos saíam ganhando.

Com muito esforço, Simão cruzava a Rua das Sete Freguesias, uma reta infindável dividida por barracas dos dois lados até onde a vista alcançava. Os cheiros do peixe e do suor de tanta gente abarrotada se misturavam aos gritos dos comerciantes, que vendiam suas mercadorias nas barracas divididas em cada lado.

Destacando-se por cima do vozerio, Simão ouviu um cantador entoar suas histórias em forma de cordel. Pessoas cantavam letras antigas e novas, variando o repertório de um modo que todas as gerações compartilhavam um sorriso de pertencimento.

Simão relembrou-se de que não visitara a Feira para fazer compras, no instante em que avistara a barraca repleta de frutas e verduras. Respirou fundo e se esforçou para abrir o caminho até ficar frente a frente com a barraca. A mulher não notara sua presença, ainda ocupada embalando os itens para uma senhora. Quando acabou, virou-se, dando de cara com Simão.

Nara continuava com sua beleza majestosa. Como de costume, mantinha o cabelo curto e o vestido à altura dos joelhos, exaltando seu corpo curvilíneo. O cabelo molhava-se de suor. De relance, Simão percebeu que as sandálias continuavam sujas de desgaste, sinal de que ainda não conseguira melhores condições de vida após a morte da mãe, anos antes. Nara sempre fora orgulhosa demais para aceitar a ajuda de alguém e Simão já sofrera tantas recusas que nem mais se dava ao trabalho de tentar.

Nara sorriu e pôs o cabelo molhado atrás da orelha. Simão engoliu em seco. Nara conhecia seu ponto fraco.

— O desaparecido resolveu dar as caras — disse ela.

— Não exagere.

— Há três meses que você não aparece, Simão — disse Nara, apoiando as mãos na mesa de madeira e inclinando-se a ponto de quase encostarem a ponta dos narizes. — O que vai querer?

— Pensei em... sururu — respondeu Simão. Não havia mais sinal de pescados, menos ainda da iguaria mais conhecida do Reino de Guerreiros. Simão sentiu-se um tolo pelo improviso tão óbvio. — Na verdade, queria saber como vai Seu Amâncio.

— Eu vou como Deus quer, meu filho — disse um velho saindo de trás de uma pilha de laranjas, atrás de Nara. Aquele Seu Amâncio manifestava-se mais frágil do que Simão jamais vira. Ao dar uma tosse seca e prolongada, Simão notou que seu estado de saúde havia piorado.

— Está melhorando, né pai? Ele é teimoso. Não quer tomar os meus chás.

— Você sempre foi igual a sua mãe — disse Seu Amâncio. — Só tenho a agradecer a Deus por ela ter te ensinado. — Ele deu outra tosse seca. — Mas não é porque você é a melhor preparadora de chás, que eles dão água na boca.

Nara e Simão riram ao mesmo tempo. Seu Amâncio, apesar da saúde frágil, possuía a força mais importante do povo do Reino de Guerreiros: o bom humor. Quando o riso cessou, Simão e Nara encararam um ao outro. Simão analisou as feições de Nara, concluindo pela milésima vez que ela possuía uma sensualidade no estado mais puro.

— Mais alguma coisa? — indagou Nara, com o sorriso de menina e os olhos semicerrados que conseguiam traduzir as intenções de Simão. — Eu sei onde encontrar sururu. Só virar à direita.

— Fico feliz com a melhora de Seu Amâncio — disse Simão, e um silêncio que pareceu durar uma eternidade se seguiu. — Eu tenho que ir. Resolver umas coisas.

— Eu vou com você.

— Mas já é quase meio-dia. O movimento está acima da média.

— Painho resolve essa situação, não é, painho?

Seu Amâncio soltou outra tosse seca, ao mesmo tempo em que aquiesceu, dando sua permissão. Nara se inclinou, passou por debaixo da barraca e ficou lado a lado com Simão. Antes de sair, ela esticou o braço e alcançou uma faca ao lado da melancia.

— Por que vai levá-la?

— Vou pegar mais peixes — respondeu Nara, guardando a faca consigo. — Tenho muitos para tratar.

Pelo timbre de voz, Simão detectou uma mentira descarada. Com um gesto rápido, Nara agarrou o braço de Simão e apressou o passo, rumo ao meio da Rua das Sete Freguesias. O calor insuportável não a incomodava.

— Continua treinando? — perguntou Simão.

— Claro. Assim como você. — Nara fechou a expressão. — Não entendo como tem gente que ainda diz que uma mulher não é capaz. Temos as Estrelas e uma Rainha de Guerreiro na Hierarquia. E ainda a Sereia para ouvir nossas orações. Ou insistem por burrice ou fingem só pra provocar.

— Quem pensa assim?

— Clientes, na maioria. Alguns piores do que outros. E ainda me roubaram, você acredita? Levaram minhas facas. É melhor trazer comigo do que deixar às vistas.

Agora estava explicado.

— Como uma pessoa rouba algo tão insignificante? — questionou Simão.

— Para falar a verdade, eu não as julgo. Quem tem que fazer isso é Deus.

Simão não sabia dizer se ela mentia sobre o julgamento dos outros ou sobre sua suposta fé crédula. Fazia tempo que não ouvia Nara falar de maneira tão devota o nome de Deus. Ainda mais depois de viver com um marido tão desprezível. Ao se lembrar daquilo, a mesma raiva invadiu Simão quando soube que Nara sofrera maus-tratos. Ela havia contado que os vizinhos mataram o marido em sua defesa. Simão não sentira pena. E depois de tantos meses, ambos jamais tocaram no assunto outra vez.

Um som de batuque de pandeiro ficou mais intenso. Simão ouviu a voz de um homem cantar de maneira compassada e, por entre as pessoas, o assistiu dançar com habilidade singular.

— Bora? — exclamou Nara.

— Eu preciso voltar.

Ignorando Simão, Nara o puxou pelo braço e ambos chegaram mais perto do tocador. O espírito impulsivo daquela mulher continuava fazendo dela a mais interessante do Reino de Guerreiros. Parecia que Nara tentava lhe enviar sinais de que se interessava em algo além da amizade. Mas Simão engoliu em seco ao refletir que enxergava algo que não existia. Talvez ele conservasse o encantamento, e não ela. Não fazia ideia do tempo necessário para se superar um relacionamento conturbado.

Quando chegaram perto do tocador, Simão contemplou a beleza da vestimenta e da Coroa de Palhaço. O Palhaço realçava o encanto da Hierarquia. Os outros membros traduziam a guerra, mas o Palhaço tornara-se símbolo do bom humor. Com roupas excêntricas e coloridas, manejava o pandeiro ao som das gargalhadas de crianças e adultos. Seu rosto pintado estimulava o riso a cada piada, além de números musicais que fizeram a grande maioria dançar e se esquecer de que continuava no meio de uma feira.

A Coroa do Palhaço de Guerreiro portava detalhes que Simão achava singulares. Os blocos a dividam como uma pirâmide com três cubos, um em cima do outro. Uma esfera brilhante assentava-se no topo da pirâmide, assim como em cada quina que se elevava. Seu pai sempre dissera que os Guerreiros se modificavam de uma geração para outra, de modo que a representação das Coroas também se alterava conforme a época.

Simão sentiu o gosto adocicado da lembrança: já estivera ali quando pequeno ao lado de Nara, os dois riram até chorar com as piruetas e cantigas cômicas, sua mãe batia palmas ritmadas com o Trupé do Palhaço. Nara o acompanhava, aumentava a velocidade do batuque e batia forte com os pés no chão. Simão sentiu seus olhos marejarem com a avalanche de memórias.

— Me diga o porquê está aqui — disse Nara, ainda atenta ao Palhaço. — Você não me engana.

— Meu pai espera um novo carregamento.

— Você sempre reclama de tudo o que ele faz.

— Não é porque meu pai e o Mateu supostamente são velhos amigos que eu sou obrigado a gostar. — Mais pessoas se juntaram às palmas ritmadas. — E não serão pinturas e molduras caras que me farão mudar de ideia.

— Pois, para mim... — disse Nara, com um sorriso de encantamento —, seria um sonho ver as molduras entalhadas com tanta paixão. Fazem parte da nossa história.

— Tantas caras horrendas iriam te assustar.

Nara estendeu a mão, dando um tapa leve nos ombros de Simão.

— E eu sou você? Lembro quando saiu correndo ao ouvir a história dos soldados amputados que seu pai contou.

— E você riu com cada lágrima que eu derramei — disse Simão, também se juntando à maioria nas palmas.

— Desculpa, Simão. — Nara começou a gargalhar. — Você sabe que rio quando fico nervosa.

Simão deixou escapar um sorriso. Quando criança, as histórias foram tão terríveis que lhe arrancaram noites de sono.

— Eu sei que foi ridículo — disse ele.

— Mas eu não entendo. Não é o Mateu um dos mais bem-humorados do Reino de Guerreiros? Alguém cuja sabedoria se eleva aos céus?

— Isso é o que o povo gosta de inventar. Se houve algum bom humor nele, não sobrou mais nada. E da sabedoria, nunca vi. Faz muito tempo.

A Hierarquia marcava reuniões periódicas para trocar informações de relevância, mas Simão nunca mais vira o Mateu fazer uma visita ao Mestre de Guerreiro, como se ambos tivessem rompido relações. Seus filhos eram os novos encarregados.

— Sempre me pareceu que o Mateu era um tipo de Palhaço, só que menos excêntrico.

— Se fosse, eu não estaria aqui, estaria?

O Palhaço arremessou o pandeiro no ar, fazendo o instrumento cambalear alguns metros acima e depois o equilibrou, finalizando seu número com uma pirueta. As pessoas foram ao delírio.

— O Mateu está velho, Simão. Assim como meu pai. — Nara pareceu ficar mais séria ao tocar no nome de Seu Amâncio. — Queria que o Mateu intercedesse por ele.

— Infelizmente, se quiser milagres, é melhor esperar sentada.

— Dê um desconto ao Mateu. Algum dia, eu e você ficaremos do mesmo jeito. E, sinceramente, eu não o culpo. Ele já deve ter passado por muita coisa e não há alma que aguente tanta frustração. Mesmo com tantos erros, nossa alma consegue se equilibrar. Se isso já não é um milagre, não sei mais o que é.

Simão sentiu aquelas palavras. Nara nunca teve uma educação formal no Cordão do Sul, mas revelava uma sabedoria profunda.

— Mas essa sua cara amarrada só me mostra que não contou tudo.

— Bem... — balbuciou Simão, mais uma vez convencido a falar a verdade. — Meu pai enlouqueceu de vez. Quer que eu seja o Contramestre.

— Meu Deus! Você tem que aceitar!

— Claro que não!

— É a sua chance, Simão. Entrar para os Guerreiros. Você treina sozinho, mas sei que ainda quer.

Simão sentiu o coração apertar.

— Isso já foi há muito tempo. Além do mais, se os filhos do Mateu me visitarem com a mesma frequência com que fazem ao meu pai, eu iria enlouquecer.

— É o trabalho deles. Não pode culpá-los.

O Palhaço iniciou outro número e os batuques ficaram mais frenéticos e acelerados. As palmas voltaram a ressoar, mas Simão sentiu pouca disposição de acompanhar.

— Não precisa mentir para mim, Simão — disse Nara.

— Não dou à mínima para continuar o trabalho de meu pai.

— Pois deveria. Ele é querido no Reino de Guerreiros porque é um homem bom. E, por mais que não queira admitir, você é igual a ele.

— Meu pai ainda diz que é meu destino. Já pensou?

— Ele está certo, Simão. Cada um tem um destino traçado e eu tenho o meu.

Sem aviso, um estrondo invadiu o ambiente acima dos batuques do Palhaço e todos olharam para trás. Dois homens começaram uma discussão. O Palhaço parou a dança e a música cessou.

— Seu desgraçado! — vociferou um açougueiro, cuja barriga enorme pendia para os lados. — Só podia ser um Afoito!

— Eu não fiz nada — respondeu um homem tão magro quanto uma vareta.

— Cadê o pedaço da costela? Pague o que roubou!

— Não roubei nada — disse o magrelo, dando um passo para trás e abrindo a algibeira para mostrar dois peixes num pacote.

— Mentiroso. — O açougueiro se projetou acima do magrelo, ameaçador. — Pague agora.

— Não vou pagar por algo que não comprei.

O açougueiro esticou a mão e pegou um cutelo de cima da mesa. Levantou a lâmina, na iminência de atacar.

— Você é Afoito. É típico de vocês esse tipo de coisa. Ou me paga ou te mato!

— Não sou Afoito e não sou ladrão!

Todos se mantinham calados, assistindo ao possível desfecho dramático. Saindo da plateia, um terceiro homem se interpôs entre os dois. Simão o reconheceu pela cicatriz.

— Tenhamos calma, por favor — disse Onofre, levantando as duas mãos num gesto universal de quem pede paz.

— Não se meta! — exclamou o açougueiro, apontando o cutelo. — O Afoito tem que pagar pelo que fez.

— Não vamos resolver nada com violência.

— Se esse Afoito não me pagar, vou ficar no prejuízo!

— Eu não sou Afoito, nem ladrão! — clamou o magrelo. Simão desconfiou que seu tom de voz ganhara força com a intervenção de Onofre.

Simão observava cada gesto sutil do velho amigo Guerreiro. Mas não conseguia acreditar na tragédia que acometera Isabela. E por isso ele havia saído dos Guerreiros depois de tanto tempo de serviço. Mas seu senso de justiça ainda não desaparecera.

O açougueiro levantou o cutelo e partiu contra o magrelo. A meio caminho, Onofre se abaixou e pôs a perna contra os pés do homem gordo, dando-lhe uma rasteira e o derrubando com a cara no chão. O cutelo voou longe. O açougueiro se apoiou e se recompôs, mas Onofre lhe deu um soco suficiente para desacordá-lo. Todos ficaram boquiabertos.

— Ah, obrigado — disse o magrelo.

— Deixe os peixes — enfatizou Onofre.

— Mas eu paguei por eles!

— Não. Você pagou pela própria vida quando lhe ajudei. Eu já te vi várias vezes pela Feira dos Sábios. Sabe o que vai acontecer quando ele acordar e perceber que seu prejuízo ainda está de pé? Deixe os dois peixes e ele pagará o prejuízo. E você, meu caro, sai ileso.

O magrelo bufou de raiva, parecendo refletir. Ele pegou os dois peixes e os colocou na mesa de madeira.

— Isso é um absurdo! — exclamou o magrelo, e saiu batendo os pés.

Todos mantiveram o silêncio. Aproveitando a deixa, o Palhaço começou a tocar e alguns voltaram à atenção a ele. Outros se dispersaram, não tendo mais clima para diversão.

Simão trocou um olhar com Nara e ambos alcançaram Onofre. Ao notar o velho amigo, Onofre abriu seu sorriso sincero.

— Olha só que milagre — disse Onofre, dando um abraço em Simão. Depois, fez um gesto com a cabeça, cumprimentando Nara.

— Milagre é ver você passeando pela Feira dos Sábios — disse Simão.

Ao fazer o comentário, o sorriso de Onofre se desfez. Simão logo se arrependeu ao perceber que a reação do amigo se devia à falta de disposição depois de sua tragédia pessoal.

— Gostaram da apresentação do Palhaço? — indagou Onofre, mudando de assunto.

— E tem alguém nesse Reino de Guerreiros que não goste? — disse Nara. — Só se a pessoa for ruim do juízo.

— Na verdade — completou Onofre —, apenas os dois maiores sem juízo do Reino de Guerreiros. Estou indo visitá-los. Não é bem uma visita, mas preciso comprar os peixes.

— De quem está falando? — questionou Simão.

— Pacheco e Rufino.

Onofre tinha razão. Os dois irmãos escancaravam uma estranheza jamais vista no Reino de Guerreiros. Os vira pela primeira vez quando o pai conversara sobre estratégias de negócios com comerciantes locais. Pacheco e Rufino vendiam peixes em abundância e tornaram-se conhecidos pela irreverência. Mas Simão nunca se esquecera de que haviam sido os únicos que vendiam mercadorias completamente diferentes. Peixes e talheres. A esquisitice contaminara também os seus negócios.

— Eu vou com você — disse Nara. — Tenho que resolver algumas coisas por aquelas bandas.

— Vem conosco, Simão?

Simão encarou Nara, buscando a resposta em seu olhar. Percebeu que ela parecia mais ansiosa do que de costume. Parecia se esforçar para não transparecer outra mentira. Os compromissos tediosos podiam esperar.

— Eu aceito — disse Simão.

VI

Um labirinto interminável aos fundos da Feira dos Sábios tomava forma. Simão lembrou-se das brincadeiras com os garotos, nas raras vezes em que o pai o deixara percorrer os becos e construções sinuosas. A cada passo, adentrava mais e mais numa área se descortinando como um universo secreto.

As construções verticais sustentavam em vários níveis os varais amontoados. Casas construídas ao longo dos anos se espalhavam sem a mínima organização. Simão respirou fundo e o cheiro da maresia invadiu os seus pulmões. As paredes amareladas carregavam a poeira e maresia do Rio dos Ladrões.

Nara ia navegando pelo labirinto com expertise. Onofre acompanhava logo atrás e Simão seguia os dois, atento ao caminho de volta.

— Não dá mais pra ver nem o rio, você acredita? — indagou Nara, apontando para as casas.

— Estava pensando nisso agora. Muita coisa mudou.

— Vocês deveriam parar de reclamar — disse Onofre. — O Rio dos Ladrões é uma relíquia e acho bom que não esteja às vistas. Ajuda a ser preservado.

— Mas poderia pelo menos ter alguma abertura que levasse direto ao rio — disse Nara.

— Se tem uma coisa que o Reino de Guerreiros me ensinou é que, para se achar a beleza verdadeira, é necessário esforço — concluiu Onofre.

Depois de virarem por quatro becos estreitos, Simão avistou ao longe uma casa diferente das outras, ao lado do Rio dos Ladrões. Com uma porta estreita e uma janela retorcida, a casa se erguia com paredes vermelhas, e à entrada, uma árvore podada parecia criar uma composição de imagem de sonho. A esquisitice de Pacheco e Rufino também atingira suas sensibilidades.

Os três se aproximaram e Onofre tomou a frente, batendo na porta. Ninguém respondeu. Bateu outra vez.

— Vão embora! — uma voz estrondou de lá de dentro.

— É Onofre. Abra a porta.

Simão encarou as paredes à espera de alguma resposta. Ninguém se manifestou.

— Meus peixes acabaram — disse Onofre, batendo outra vez.

— Os meus também! — avisou a voz.

— Que inferno — Onofre deu um suspiro profundo. — Devem estar fazendo suas experiências loucas.

Os três ouviram um som irromper logo atrás. Parecia vir de alguém em pleno ataque ofensivo e violento. Ao se virar, Simão deu de cara com um homem de face contorcida em uma careta, e com uma postura que confirmava uma investida.

Mas tão rápido quanto o homem, Nara puxou sua adaga. O homem parou desequilibrado e ela encostou a lâmina em seu pescoço. O homem pareceu murchar toda a sua coragem. A expressão caricata logo havia se transformado em desespero.

— Te peguei! — esbravejou Nara, levantando ainda mais a lâmina e fazendo o homem cerrar os olhos como uma criança assustada. — Cadê minhas facas, seu canalha?

— Espere, espere! — clamou o homem, quase chorando.

— Que história é essa de chegar gritando na frente do povo?

— Foi só uma brincadeira. Você sabe como eu sou... Vamos conversar.

— Você não quis conversa quando roubou a minha faca, não é? Seu cretino!

Simão não sabia o que fazer. Se tocasse em Nara, ela poderia cortar a garganta do sujeito num impulso. O rosto daquele homem tomou sua forma natural e Simão percebeu que se tratava de um dos irmãos.

— Pelo amor de Deus, Nara — intercedeu Onofre. — Tenha calma com Pacheco.

— Eu estou calma! — esgoelou Nara, cerrando os dentes e pressionando a lâmina até fazer um leve corte. — Nunca estive tão boa!

— Meu Deus, você roubou as facas dela? — questionou Onofre.

— Eu posso explicar, eu posso explicar! — disse Pacheco, empurrando devagar o cabo da faca. — Rufino! Avia, homem!

Logo atrás, a porta rangeu. Lá de dentro, o outro irmão saiu às pressas com o rosto imundo de poeira, descalço e vestindo uma bermuda rasgada. Num piscar de olhos, Nara pôs a mão às costas e retirou outra faca escondida, arremessando-a na direção da porta. Antes que Rufino desse mais um passo, a faca fincou-se na porta com um rangido a apenas um palmo de distância da orelha. Rufino ficou paralisado, com os olhos arregalados em pavor.

— *Pelamordedeus*, Nara! Que bagaceira é essa?! — esbravejou Rufino.

— Quero as minhas facas, agora!

— Não vamos resolver nada desse jeito — disse Onofre. — Abaixe a faca e começamos a conversar.

Por um instante, Nara pareceu refletir. Simão ficou impressionado com a velocidade com a qual Nara havia executado o movimento. Tinha certeza de que não queria matá-lo, como se dar-lhe um susto fosse mais do que suficiente. A perícia do movimento significava que estava treinando.

Dando um passo para trás, Nara guardou a faca consigo. Mas sua expressão continuava a mesma. Rufino se aproximou e encarou Onofre.

— Se você dissesse que tinha visitas, eu teria aberto — disse ele, conseguindo abrir um sorriso apesar da tensão no ar. Seus olhos pousaram em Simão. — Quem é esse?

— Não conhece o filho do Mestre de Guerreiro? — indagou Onofre.

Pacheco e Rufino encararam Simão durante mais tempo do que o habitual, tentando obter alguma iluminação.

— Lembro, lembro sim! — disse Rufino.

— Pois eu não me lembro, não — completou Onofre.

— Ele é Simão, homem! Estava junto do pai naquele dia — alertou Rufino, dando um tapa no braço do irmão.

— Ah, tá! Desculpa dizer isso, filho do Mestre de Guerreiro, mas sua cara na época era de morrer. Uma cara de quem estava a pulso cumprindo obrigação.

Simão sentiu-se um tolo pelo fato de os outros o verem de modo tão transparente. Nunca teve muita paciência para análises econômicas e estratégias comerciais.

— Me chamo Simão. É um prazer conhecê-los.

— Deixa de cerimônia, homem — disse Rufino. — Vão entrando, vão entrando.

— Não vou sair daqui até vocês me pagarem! — exclamou Nara.

— Não podemos trazer aqui fora o que estamos fazendo lá dentro — advertiu Pacheco.

— E eu acredito que você não vai desrespeitar o filho do Mestre, não é? — completou Rufino.

Nara o fulminou com o olhar.

— São vocês que precisam respeitá-lo! Se não me respeitam, imagine quem é importante.

O povo do Reino de Guerreiros, em sua maioria, pensava na Hierarquia como uma entidade quase sobrenatural, como se os Ancestrais tivessem ocupado o cargo de santos. Simão sabia bem que se não fossem pelos Afoitos desafiando o poder político, o povo ainda acreditaria na santidade do Rei, Mestre e Mateu. Pela sua experiência com o pai, vivia a situação oposta.

— Não sou melhor nem pior do que ninguém — disse Simão.

— Tanto faz, contanto que saia desse calor infernal — disse Rufino.

Os irmãos deram as costas e seguiram na direção da casa. Simão e Onofre acompanharam em seguida. Nara deu alguns passos duvidosos, mas, no fim, seguiu o grupo.

Quando Simão adentrou na casa, percebeu o ambiente menor do que imaginara. Objetos jogados por todo o lado deixavam a sala tão caótica que lembrava um local abandonado. As mais diversas quinquilharias possíveis. Lençóis jogados, fitas coloridas que lembravam Coroas de Guerreiro, panelas penduradas na parede. No canto da sala, um balcão repleto de pedaços de madeira e aço. Ao lado do balcão, um armário se estendia com várias prateleiras e potes recheados de sementes ou qualquer que fossem os grãos coloridos. Simão já considerava insuportável o cheiro de peixe no ar.

Os dois irmãos ofereceram um banco no canto da parede e os três se sentaram.

— Você não me engana — disse Onofre.

— Desculpe a mentira — disse Rufino. — Difícil me concentrar com essa cabeça de prego aqui na perna, mas pelo menos está dando tudo certo.

Simão se deu conta dos motivos de Onofre estar ali. Com a saída dos Guerreiros, o amigo começara a vender peixe na Feira dos Sábios e garantia o próprio sustento. Pacheco e Rufino haviam se tornado seus fornecedores.

— Posso saber o que andam fazendo? — perguntou Onofre.

— Coroas de Guerreiro — admitiu Pacheco, sem cerimônia.

— Vocês estão loucos?!

— Esfria a cabeça, homem. Já está todo descorado.

Rufino esticou o braço e começou a enfileirar cinco canecas de vidro. Ao seu lado, destampou um barril e mergulhou uma por uma na cerveja.

— O único que pode dar lição de moral é Deus — disse Pacheco.

— Mas é cada uma — disse Nara. — Vocês fingem que são Crédulos só pra manter as aparências. E você, Pacheco, sei muito bem que você se finge de lerdo, mas no fim das contas raciocina melhor do que todos nós. E é por isso que o roubo fala mais alto.

— A Sereia é testemunha da minha fé e Jesus está do meu lado — disse Rufino, fazendo um sinal da cruz enquanto enchia as canecas. — Deus está presente mesmo quando não queremos. Principalmente nas horas em que escondemos nossa natureza dos outros. Com fé e habilidade, damos vencimento em tudo.

— Serão mortos quando descobrirem! — exclamou Onofre. — Vocês vivem em boas condições. Não vejo o porquê de correrem o risco.

— No fim do mês, todo mundo acaba as posses, meu caro. E no fim do dia, ter uma boa saúde é o simples resultado de uma vida imoral — disse Pacheco.

Rufino deu uma caneca a Onofre. Pegou as três restantes e foi até Nara e Simão.

— Não vou beber essa porcaria — vociferou Nara.

— Eu sei — disse Rufino, dando uma das canecas para o irmão e a outra para Simão. Virou a terceira em um único gole e sorriu segurando a quarta, ainda cheia.

Simão encarou a cerveja.

— Desculpe, mas não bebo.

— Está falando sério? — os dois irmãos indagaram ao mesmo tempo.

— Minha mãe nunca quis que eu bebesse. Então acabei conservando esse hábito.

— Meu amigo, você é cheio de nove horas — disse Pacheco. — Com todo respeito.

Simão deixou escapar um sorriso.

— Aceito a crítica.

— Parem de bobagens! — exclamou Nara. — Onde estão as minhas facas?

— Só um instante — disse Pacheco, levando sua caneca à boca e a virando de uma só vez. Ao soltar um arroto, se dirigiu aos fundos da casa. Pouco tempo depois, trouxe uma espada.

— Não vou trocar minhas facas por uma espada que nunca vou usar — disse Nara.

— Onde a compraram? — indagou Onofre.

— Nós a fizemos — revelou Rufino, com um sorriso malicioso.

Onofre deu um sobressalto, deixando cair um pouco da cerveja.

— Isso é pior do que imaginava! A morte de vocês é certa.

— Não podemos devolver as facas porque todas contribuíram para essa maravilha — admitiu Pacheco.

Como por instinto, Nara pôs a mão para pegar sua faca. Simão a impediu.

— Nara, tenha calma.

— Comprei cada uma delas junto com meu pai!

— Vamos vender a espada e conseguir mais dinheiro — disse Rufino. — Pra ajudar o Seu Amâncio.

— Mentira! Mentirosos desgraçados!

— Não queremos decepcionar Seu Amâncio. Ele nos ensinou o ofício da pesca e temos uma dívida eterna.

— Você é um boca de tramela, isso sim. Caloteiro!

— Admito que as intenções sejam nobres — disse Onofre — Mas quem em sã consciência vai comprar uma espada ilegal se pode ir à cidade d'O Comércio? Só sendo muito canguinha.

— Por causa disso — disse Pacheco, escancarando um sorriso. Depois, se abaixou sob o batente no canto da sala e retirou dali um martelo robusto e o cedeu a Onofre. Pacheco segurou a espada com as duas mãos abertas, uma mão no cabo e a outra na ponta. — Quebre a lâmina.

Onofre pareceu refletir. Simão previu que a espada quebraria com facilidade por causa da frágil posição. Onofre ergueu o martelo e acumulou força suficiente até abaixá-lo rápido e atingir o meio da espada. O tinir ressoou pela sala, mas Simão se surpreendeu ao ver a lâmina intacta.

— As facas do Seu Amâncio realmente estão de parabéns — disse Onofre.

— Não só isso — revelou Rufino. — Pegamos vários metais dos quatro cantos do Reino de Guerreiros. Cada um contribuiu da melhor forma para forjarmos a espada. E o resultado está agradando. Mas esta não foi a primeira.

— Pois é — completou Rufino. — Nós fomos roubados.

— Quanta pena eu estou sentindo — disse Nara, com um sorriso forçado.

— Ela desapareceu! — esbravejou Rufino para o irmão. — A culpa foi sua! Deu na telha de levá-la à Feira dos Sábios, foi dito e feito.

— Só tem condições de eu ter levado uma espada desse tamanho pra feira se fosse pra cortar os seus cambitos! — reagiu Pacheco. — E foram mais de uma!

— Admito que estou impressionado — disse Onofre.

— Pois eu não — disse Nara. — Quero garantia de que vocês vão pagar o prejuízo. Ou vou contar para todo mundo o que andam fazendo.

— Deixe de ser fuxiqueira, mulher — disse Pacheco. — Não posso mentir para você. Não sei nem quando vamos vendê-la. O aumento dos impostos deixou tudo na pior. Vai ser difícil conseguir comprador.

— Você sabe de alguma coisa, Simão? — indagou Rufino. — Algum sinal de melhora?

Simão tentou se lembrar dos rumores ao redor daquela questão delicada.

— A decisão do Rei de Guerreiro foi para garantir a segurança contra os índios e Afoitos — explicou ele. — As invasões nas plantações de cana deixaram o Rei descontrolado. Não há prazo para diminuir a segurança.

— Enfrentar Afoitos e índios é de uma responsabilidade sem igual — disse Rufino, terminando a segunda caneca de cerveja.

— Os clientes reclamam bastante — completou Pacheco.

— Eu imagino — disse Simão. — Os comerciantes sentem na pele, porque precisam cobrir o prejuízo aumentando o preço.

— Na verdade, não são só os preços — Pacheco continuou o raciocínio. — É claro que sempre tem gente cheia de cri-cri pra cagar goma por onde passa. Mas a situação é outra. Dizem que o Mateu enganou a todos. Na verdade, foram o Rei e o Mateu que enganaram todo mundo.

Rufino se apressou a fazer outro sinal da cruz.

— Pare com esse assunto, homem! Isso é coisa maléfica de Afoito! Tenho certeza de que Deus e Jesus Cristo guiam o Mateu a fazer o bem. E a Sereia está do lado dele.

Afoitos pareciam inundar a Feira dos Sábios, mas agora Simão se indagava se teriam coragem de se revelar.

— Vocês conhecem muitos deles? — indagou Simão.

— Lidamos com todo tipo de gente. É inevitável.

— Mudem de assunto, por favor — suplicou Rufino.

— Não liguem para o Rufino — disse Pacheco. — Ele anda cheio de nó pelas costas. Querem comer alguma coisa?

— Quero os meus peixes — interviu Onofre.

Rufino se apressou a dar as costas e entrou nos aposentos internos. De lá, exclamou pedindo a ajuda do irmão, que se apressou. Simão, Nara e Onofre ficaram a sós na sala.

— Eu vou matá-los, Simão. Juro que vou — disse Nara.

— Estamos ouvindo tudo, viu? — gritou Rufino de lá de dentro. Em pouco tempo, os irmãos apareceram com um embrulho cheio de peixes.

— Pagarei assim que puder — disse Onofre, segurando o embrulho.

— Não se preocupe, homem — disse Rufino. — O Rio dos Ladrões nos dá grande fartura, graças a Deus. E ainda botei mais um de quebra.

Rufino, Pacheco e Onofre conversaram por quase toda a tarde sobre os peixes e o quanto poderiam lucrar com uma parceria. Nara se recusou a participar e Simão esperou.

Perdendo a paciência, Nara se levantou do banco e foi a primeira a sair da casa. Simão a acompanhou e Onofre veio logo atrás.

— Prazer em conhecê-lo, Simão — disse Rufino.

— Eu digo o mesmo.

— Pena que não comeram nada — disse Pacheco. — Ainda bem, porque me esqueci de comprar a mistura, admito. Mas faremos outra visita ao seu pai pra discutir como ficará a situação dos impostos. Espero te ver com uma expressão melhor que a da última vez.

Simão sorriu encabulado. Não tinha a mínima esperança de mudar o humor ao lado do pai.

Após uma rápida despedida, os dois irmãos se apressaram de volta à casa. E encarando o labirinto, Simão acompanhou Nara e Onofre de volta pelos becos.

VII

— O Rei escolheu o pior caminho — disse Guilherme para Isac.

— Vossa Majestade é soberana. Se não aceitou os conselhos, tem seus motivos.

— Nosso problema é aqui, dentro do Reino de Guerreiros. Os Afoitos são os responsáveis por toda baderna.

Ambos aguardavam a reunião começar. O Rei convocara todos os membros da Hierarquia. As agitações provocaram uma onda de loucura na cabeça do Rei a ponto de ter decidido, dias antes e em segredo, que iniciaria uma guerra contra o Reino de Peri.

Se de um lado havia uma aliança entre Afoitos e índios, por outro as habilidades guerreiras sempre se mostravam superiores. Guilherme nunca combatera em uma batalha real, mas vira de perto a perícia quando presenciara o treinamento dos aprendizes no Cordão do Sul. Nunca vira seus inimigos em combate, mas pelos relatos sobre a Revolta de Peri, a organização bélica dos Guerreiros e forte comando dos Ancestrais os haviam massacrado. Mas sempre havia o risco de exagero. E a história estava repleta de imprevistos.

Guilherme fingia o máximo que podia naquela discussão com Isac. Deveria dar a impressão de que se importava com o Rei de Guerreiro. Naquele dia, deixaria claro outra vez sua posição. Quando a guerra acabasse, todos iriam se lembrar de que ele fora contra as decisões insensatas. Ele próprio se tornaria uma figura essencial para o crescimento do novo Reino de Guerreiros e não fazia ideia de quem tomaria o lugar do Rei.

— Me preocupo demais com Vossa Majestade — disse Guilherme. — O Rei precisa garantir as defesas internas e contra os Afoitos.

— Mas Adhemar está nos ameaçando — respondeu Isac, com uma cara de desdém.

— Nosso Rei é muito mais astuto. Jamais deveria se deixar levar por uma provocação sem importância. Precisamos mudar sua opinião.

— Vossa majestade insiste na guerra. E se é assim, temos que apoiá-lo.

— Talvez sua velhice também esteja tirando seu juízo perfeito, meu caro Isac. Nossos inimigos estão dentro do Reino de Guerreiros. São aqueles que nos sondam dentro das muralhas do Cordão do Norte e do Sul e se espalham como ratos traiçoeiros.

Isac pareceu não ter gostado do comentário e fechou a expressão.

— Então, a reunião é toda sua — respondeu Isac. — Convença Vossa Majestade do contrário. Eu já fiz a minha parte.

Após a derrota do Rei de Guerreiro, todos se lembrariam daquela reunião histórica. Todos presenciariam o sábio conselheiro antevendo a errônea decisão real. Uma imagem perfeita.

Guilherme sentiu o receio nas veias. Lembrou-se dos rumores sobre as centenas de espiões que Afoitos mantinham por todo o Reino. Não poderia deixar que os rumos daquela guerra se desdobrassem no caos. Iria tomar parte no que pudesse, mas deveria ter cuidado.

Ouviu passos ecoarem pelos aposentos internos. O Rei e a Rainha de Guerreiro foram até o fim do corredor. Quando um aprendiz abriu as duas portas largas de madeira, percebeu que as Figuras da Hierarquia já estavam presentes na sala de reuniões, e Guilherme e Isac se dirigiram à companhia real. Os dois conselheiros permaneceram em pé ao lado do Rei, enquanto os membros da Hierarquia aguardavam sentados em volta da mesa oval.

Guilherme vislumbrou a beleza das vestes de cada membro. O Mestre mantinha-se sério com sua Coroa em forma de catedral com duas torres e de tamanho menor que a do Rei por ocupar o cargo de segundo em comando. Logo ao lado, a Estrela de Ouro sustentava sua Coroa adornada com uma estrela dourada no centro. E do outro lado da mesa, a Estrela Brilhante com sua estrela de prata refletia todo o seu esplendor. Guilherme trocou um olhar com o General, do lado oposto aos demais. Sua expressão de desdém e futilidade confirmava sua postura deplorável. Quando Guilherme visitara o Cordão do Sul, tivera a oportunidade de sentir o escárnio diante da irresponsabilidade do Rei na escolha daquele membro corrupto e obsceno. Ao lado do General, o Embaixador do Sul sustentava suas feições fortes e cabelo curto, típico de alguém austero e experiente. Guilherme admitiu que talvez ele fosse o único crédulo fiel com um coração verdadeiro.

Surpreendeu-se ao notar a ausência de duas Figuras centrais: o Embaixador do Norte e o Mateu. O Cordão do Norte enfrentava problemas conhecidos contra Afoitos, mas faltar a uma reunião oficial era incomum.

A Rainha permanecia séria e impassível, como em todas as últimas reuniões.

— Todos sabem de nossa terrível situação — iniciou o Rei de Guerreiro com sua voz enfática. — Essa gente das matas entra em nosso Reino e invade nossas terras. Como se não bastasse, ainda se alia aos infiéis.

Guilherme percebeu que a expressão do Mestre se fechou. Na certa já planejava seu contra-argumento de costume.

— A força dos Afoitos aumenta a cada dia — continuou o Rei. — A ausência do Embaixador do Norte é uma evidência do risco que corremos. Os Afoitos estão se tornando um grupo organizado e os últimos incêndios provam que Afoitos e índios conspiram sob nossos narizes. Refleti durante muito tempo e não vi alternativa para a Hierarquia. Infelizmente, temo que darei a notícia trágica a qual tentei evitar ao máximo até esse momento. Começaremos a Marcha de Rua contra o Reino de Peri.

Um silêncio perdurou. Guilherme ouviu suspiros profundos daqueles cuja experiência em batalha fora a pior das escolhas.

— Majestade, esta é a nossa única opção? — indagou o Embaixador do Sul. — Ainda não fui chamado para negociar com o Reino de Peri. Na verdade, nós não temos um inimigo declarado.

— Temos, sim — disse o Rei. — Se chama Adhemar. E está mais do que disposto a acabar com todos nós.

— Temo discordar, Majestade — disse o Mestre de Guerreiro. — Primeiro, os Afoitos não se organizam da maneira que pensa. Sei que o Embaixador do Norte está enfrentando uma série de ataques, mas isso não significa que entramos numa guerra declarada, cujo fundamento é uma aliança entre Afoitos e índios. Segundo, não são os índios que exploram os nossos recursos. A história do Reino de Guerreiros e a política dos Ancestrais foram as responsáveis pelo desequilíbrio do Reino de Peri. Todos nesta mesa sabem que os Guerreiros continuam seu domínio econômico e cultural sobre as Onze Nações.

O Rei de Guerreiro enrubesceu. O Mestre sempre expunha seus pontos de vista e Guilherme carregava a certeza de que ele, no passado, fora escolhido numa época de boas relações com o Rei. Agora, se tentasse retirá-lo, o Rei sabia que seu governo desmoronaria. O povo confiava no Mestre, que se tornara uma ponte entre a Hierarquia e os mais necessitados. O Rei reconhecia isso, única razão para tolerar aquele tipo de insolência. Aguentava o Mestre porque ele fazia o povo suportar o Rei.

— As Onze Nações estão do nosso lado — disse o Rei de Guerreiro.

— Mas isso não significa que não tenham se dobrado à nossa dominação — retrucou o Mestre.

— Então acha que o Reino de Peri e esse tal Adhemar não são uma ameaça?

— Majestade, acredito que eles sejam uma ameaça, porém criada pela política que insiste em dominá-los. As Onze Nações asseguram que índios não sejam massacrados como acontecia na época dos Ancestrais, mas é inegável que ainda são subjugados. Se algum dia eles nos atacarem, será por culpa nossa. Ainda hoje não conseguimos um acordo de paz.

— Estamos em paz com o Reino de Peri — disse o General. — Não existem rebeliões desde a Revolta de Peri.

— Mas os Guerreiros expandem seus territórios sem se importar com o ponto de vista indígena — disse o Mestre.

O Rei soltou um arquejo.

— O que você está falando beira a traição, Mestre de Guerreiro.

— Não, Majestade. Estou aqui para servi-lo. Mas sou o Mestre de Guerreiro e minha função é alertá-lo. A verdade é que os Ancestrais trouxeram mais prejuízos do que benefícios para o nosso tempo.

— Você jamais deveria cuspir no prato que comeu, Mestre de Guerreiro! — vociferou o Rei. — Sabe bem que foram eles que organizaram e permitiram a nossa existência. Sem eles, os Guerreiros não seriam nada.

— Mas a troco de quê, Majestade? Eu pergunto a todos aqui presentes: enquanto nós vivemos num luxo suntuoso de nossas Coroas e nas fartas mercadorias da Feira dos Sábios, os povos indígenas já têm sua independência?

Guilherme conhecia aquelas tolas palavras. Os índios haviam se tornado uma ameaça. Queimaram as canas-de-açúcar como vândalos que não suportam o progresso. Sabia que os Ancestrais impuseram uma dominação sangrenta sobre os índios, mas até aquele instante o saldo do conflito fora positivo.

— Mestre, você nos brinda com seu bom humor — disse o Rei, abrindo um sorriso. — Adhemar está organizando o maior ataque desde a Revolta de Peri e você vem falar que são criaturinhas frágeis e vítimas da situação.

— Como disse, Majestade, só trago a verdade. É um caminho sem volta.

Todos sustentaram outro silêncio demorado.

— O que me diz, minha Rainha? — indagou o Rei.

— Estou ao seu lado, meu Rei. O que Vossa Majestade decidir, estarei de acordo.

Guilherme entreviu a chance de se pronunciar.

— O Mestre está certo, Majestade — disse Guilherme, curvando-se em reverência.

— Sei o que pensa, conselheiro. Você já me tirou a paciência dizendo que é contra a Marcha de Rua.

— Mas eu discordo do Mestre quanto aos Afoitos, Majestade. Acredito que são eles os nossos verdadeiros inimigos.

— É importante reavaliarmos essa decisão, Majestade — disse o Embaixador do Sul. — Farei o que for preciso para evitar este terrível conflito contra o Reino de Peri.

O Rei deu um suspiro profundo. Outra vez, enrubescido de raiva.

— O que vocês não entendem, meus caros, é que com os índios e Afoitos não há acordo. Se buscarmos a paz, serão eles a nos atacar. Então, prefiro atacar primeiro.

— Peço que Vossa Majestade dê mais tempo à Hierarquia para pensar — disse o Mestre de Guerreiro.

— Convoquei essa reunião para informar, e não para pedir — disse o Rei. — Infelizmente, temo até pela existência de nossa Hierarquia, pois me pergunto onde estará o Mateu numa hora dessas.

— Se ele se ausentou, Vossa Majestade, acredito que tenha bons motivos, assim como o Embaixador do Norte — disse o Embaixador do Sul.

— Admiro sua fé, Embaixador, mas temo que a competência do nosso Mateu não esteja à altura.

Para o Rei de Guerreiro, o Mateu se tornara uma espécie de inimigo. Guilherme tinha certeza de que apenas fingia-se de Crédulo, e os milagres ausentes se provavam como a máxima ira de Deus. O Mateu não traduzia a verdadeira imagem religiosa dos Guerreiros. No fim, o que sobrava era sua vergonha.

— E quando começamos a Marcha de Rua, majestade? — indagou o General.

— Agora mesmo — respondeu o Rei. Guilherme notou que sua calma não combinava com a decisão. Na certa, uma autoconfiança infundada.

O Rei se levantou e todos os membros o acompanharam no gesto, fazendo uma reverência sincronizada. Quando o Rei virou as costas em direção à porta larga de madeira, os membros da Hierarquia começaram a se dispersar rumo à saída.

Guilherme notou que a Rainha de Guerreiro não acompanhara o Rei de volta aos aposentos. Ao contrário, fora até o jardim, como sempre fizera nas últimas semanas. Um sinal de seu desgosto.

Como tudo que contribuísse para a derrocada do Rei, Guilherme poderia contar com aquele sentimento. O ódio sempre fora mais útil que o amor para as decisões que mudavam a história dos reinos. E saberia aproveitá-lo como ninguém.

VIII

O sol do meio dia abrasou o Reino de Peri e Adhemar abrigava-se na sombra. O jardim em meia lua cortava a área seca e pedregosa. Detestava aquela decoração emoldurada por sua mãe.

Para piorar, nenhum sinal do vassalo. As Onze Nações já se reuniam do outro lado do saguão para além dos jardins e havia o risco de perder sua chance. Por um breve momento, lembrou-se das discussões sobre a existência de mais de Onze Nações. O povo do Reino de Peri ancorava em suas veias uma diversidade tão grande, que com o passar do tempo mais Nações eram descobertas e reconhecidas. Mas até aquele instante, precisava falar com os oficiais.

A última mensagem dissera que as decisões do Rei e do Mestre de guerreiro mais uma vez se distanciavam. Se tudo desse certo, seu plano contra o Reino de guerreiros seria posto em prática aproveitando ao máximo as disparidades internas da Hierarquia.

— Ele chegou — disse Helder, entrando no pátio.

Logo atrás, o vassalo entrou com seu capuz.

— Conte-me tudo — ordenou Adhemar.

— O Rei está furioso com os Afoitos. Irá pressionar a política contra seus grupos e convencer a população de que a guerra contra o Reino de Peri é justificável. E ele sabe o seu nome.

No auge de sua truculência contra os povos indígenas, o Rei de guerreiro não faria outra coisa. E Adhemar já crescera em fama mais do que gostaria de admitir.

— O Rei também está convencido a matar o líder dos Afoitos.

— E quem é o líder?

— Ele não sabe.

O Rei de guerreiro era ardiloso e escondia alguma informação. Em teoria, o Rei não possuía motivos para desconfiar do ataque. Adhemar refletiu onde teria falhado em não manter sigilo o suficiente sobre seus planos.

— Continue.

— Ele organiza a Marcha de Rua neste exato momento.

Adhemar permitiu-se um sorriso.

— Bom trabalho.

— Retornarei com novas informações. — O vassalo girou nos calcanhares e saiu.

Os guerreiros pagariam na mesma moeda a suposta instrução militar que fora dada aos Índios durante tantos anos, numa tentativa de educá-los para a *civilização*. Sendo um combatente, o Índio se tornaria *limpo* aos olhos do inimigo, e este logo enfrentaria sua derrocada. O caos guerreiro virá de dentro. Serão esses soldados limpos que se sujarão pela liberdade com o sangue inimigo.

Adhemar sentia seu coração vibrar com a confiança profunda na condução das decisões que viriam a seguir. Ensaiou outra vez o seu discurso. Sentiu um nó na garganta. Sem o consentimento da maioria dos líderes, Adhemar sofreria forte oposição e, talvez, perseguição por seus ideais.

Com seu discurso pronto, Adhemar cruzou o imenso jardim até adentrar pelo corredor que dava na sala de reuniões. Ao chegar, os líderes dos povos Aconã, Geripankó, Karuazú, Katoquim, Kalancó, Koiupanká, Karapotó, Kariri-Xocó, Tingui-botó, Xucuru-Kariri e Wassu se acomodavam em seus assentos.

Mais velha do que Adhemar poderia recordar, a sala mantinha sua imponência nos móveis centenários. Ali foram postos em prática incontáveis planos econômicos, de expansão dos territórios e de guerras no passado. Em um dos cantos da parede, um monumento se erguia até o teto. Um arco feito de mármore com uma flecha apontada na direção das janelas, para o horizonte. Uma homenagem ao Arco de Peri, o grande herói do Reino.

— Agradeço a todos os líderes pela oportunidade — Adhemar iniciou. — Minhas fontes indicam que o Rei de guerreiro orquestra contra o nosso Reino. Suas tropas organizam uma Marcha de Rua. Peço que todos nós pensemos no que fazer.

Adhemar mantinha o tom neutro e palavras conciliadoras. Por enquanto.

— Isso não faz sentido — disse um líder. — Nosso Reino de Peri sempre esteve em harmonia após a derrocada de seus Ancestrais. Por que o Rei comandaria uma invasão?

Todos os líderes assentiram.

— O Reino de guerreiros ainda está aqui, se infiltrando em nossas terras.

— Comércio. — Manifestou-se outro líder, cujo rosto enrugado previa sua voz rouca. — Nossa madeira é valiosa.

— Não me refiro à mera troca comercial — disse Adhemar. — São as intenções que me preocupam. Para eles, o Índio é incapaz de produzir riqueza por si mesmo e por isso não é... "civilizado" — Adhemar falou com desdém. O efeito fez três líderes concordarem. — Ainda nos consideram preguiçosos, em um eterno círculo vicioso que transforma todas as nações indígenas em seres inferiores, pobres e dispersos por natureza. Ainda hoje, os guerreiros nos consideram incapazes de ter nossa própria história.

Após uma pausa de reflexão, o líder mais jovem pareceu se incomodar. Suas vestes arrojadas transpareciam que sua nação desfrutava de melhores condições que as demais. Seu tom de voz cortou o ar como uma navalha.

— A Revolta de Peri selou para sempre qualquer Ancestral que se julgasse superior a nós. Olhe em volta. Nosso comércio cresceu e nossos povos estão em harmonia.

Adhemar percebeu os outros líderes concordarem. Precisava ser mais enfático.

— Peço que percebam como o Reino de Peri diminui seu território. Quanto mais os guerreiros ditam suas regras, mais motivos têm para expandir seu próprio Reino. E todos nós sabemos que essa invasão está durando mais do que deveria.

— Adhemar tem razão — disse outro líder, do lado oposto. — Nosso plantio perde lugar para as vontades dos guerreiros. Takûare'ẽ toma conta de tudo o que vê pela frente.

— Exato — concluiu Adhemar, vendo que os outros líderes aquiesceram. Outra vez, possuía a vantagem. — Nosso povo morre de fome. Os engenhos de açúcar usurpam o Reino de Peri. Um genocídio para os homens, mulheres e crianças. Alguma coisa deve ser feita.

Adhemar fazia daquela reunião um desabafo. Já conseguia imaginar os soldados marchando contra o Reino de guerreiros e tomando para si tudo que era de direito.

— Então por que os guerreiros não nos invadem de uma vez? — indagou outro líder.

— Porque a Revolta de Peri serviu de pretexto para selar uma trégua entre os dois reinos. Os guerreiros souberam que não estamos à mercê de suas vontades e decidiram então pela melhor das invasões. A pacífica.

Os semblantes dos onze líderes se fecharam em reflexão. Adhemar achou um absurdo serem incapazes de perceber o óbvio. A verdadeira guerra não se travava entre soldados, mas no dia a dia de cada indivíduo. Os pensamentos, os ideais e a opinião sobre si mesmos constituíam as bases de uma disputa social constante na história das Onze Nações.

— Ainda persiste o pensamento de que os guerreiros precisam adequar o Índio aos seus costumes — continuou Adhemar. — Isso mata a nossa cultura. E a nossa gente.

— Nossa cultura permanece a mesma — retrucou o líder jovem. — O povo está unido e melhora a cada dia com o comércio.

— É nele que nossa cultura desaparece. Pergunto a todos os líderes presentes: desde quando o povo indígena precisou transformar a sua própria força de trabalho em produção assalariada para viver?

Todos pensaram em silêncio. Com uma tosse seca, o líder mais idoso tomou a palavra.

— Desde... a Revolta de Peri. Antes da Revolta... o nosso povo... o nosso povo nunca precisou. O trabalho era na terra e para a terra. É na terra que nós, Índios, fundamos nossas relações... com a comunidade. É na terra que construímos nossas próprias representações. E isso está se perdendo.

Adhemar sentiu um alívio. O líder mais idoso impunha respeito com pensamento crítico e um discurso carregado da experiência que ninguém podia descartar.

— Espero que esteja mais do que claro a má influência dos guerreiros em nosso Reino. E para piorar, os curadores que foram enviados há anos tiveram um único objetivo: instruir o povo indígena, nos condenando de antemão a uma ignorância baseada nos valores do inimigo.

— Isso é o mesmo que nos chamar de semibárbaros — completou outro líder, concordando.

— Percebam como a política dos guerreiros sempre foi e sempre será a aniquilação total dos Índios e anexação do nosso Reino.

— Não é bem assim — retrucou outra vez o mesmo líder jovem. — Os Ancestrais prezaram pelas boas condições de trabalho dos Índios. Até fomentaram políticas que melhoraram as condições.

Adhemar não aguentava mais aquela petulância, mas não precisou se dar ao trabalho de responder.

— De que condições você fala? — questionou o líder ao lado. — O máximo que os guerreiros fizeram foi retirar tudo o que o Índio sempre teve e entregar de volta em pequenas porções.

Adhemar aquiesceu. Os ancestrais dos guerreiros estabeleceram regulamentos insuficientes, como se os Índios ostentassem privilégios. O pai lhe falara que ao Índio fora destinado uma palhoça como abrigo, uma bebida e algum dinheiro. O suficiente para os "povos das matas".

— É preciso que cada líder aumente os impostos para melhorar a instrução das Onze Nações — disse Adhemar. — Enquanto formos dependentes, não haverá resistência contra o inimigo.

Todos ficaram em silêncio. Adhemar sabia que a ideia era absurda, já que a maioria dos Índios não poderia pagar. O poderio venenoso dos guerreiros se mostrava outra vez subliminar.

— Os guerreiros precisam sair do Reino de Peri — continuou Adhemar. Agora era o seu momento. — Não esperava outra reação dos senhores líderes aqui presentes. É lamentável que por vias econômicas ou educação não consigamos nos livrar do inimigo. Por isso peço a todos que votem. Precisamos encará-lo no campo de batalha de uma vez por todas.

Outra vez, o silêncio reflexivo se abateu sobre os líderes. Iniciavam conversas baixas com os membros ao lado, para depois se transformarem em gritos acalorados. Gestos exagerados expunham a personalidade vulcânica da maioria. Talvez, o desejo pela guerra não estivesse tão distante. E Adhemar percebia sua vantagem.

Em seguida, os onze líderes começaram a votação. Para a consternação de Adhemar, apenas quatro levantaram a mão em favor da guerra contra os guerreiros.

O silêncio invadiu a sala. Adhemar disse a primeira coisa que lhe veio à cabeça.

— O que isso quer dizer?

— A guerra nunca foi a melhor escolha — disse um líder. — Se os guerreiros nos oprimiram, que não sigamos o exemplo.

Aquela reação adversa não fazia sentido. Adhemar sentiu a frustração lhe correr as veias ao perceber que fora apenas aparente o controle que achava possuir. Pelo visto, a dúvida ainda pairava na cabeça da maioria, na certa, apegada ao sangue derramado em conflitos ao longo da história.

— Mas a ameaça já está a caminho — disse Adhemar, elevando a voz. — O Rei de guerreiro já organiza sua Marcha de Rua contra o Reino de Peri.

— Se o Rei guerreiro quer nos invadir, iremos resistir.

Adhemar não podia acreditar. A resistência não faria cócegas no inimigo.

— Vocês não podem abandonar o povo! — clamou Adhemar.

Os líderes se levantaram.

— Não estamos abandonando — disse o jovem líder petulante. — Pensaremos em outro caminho. E não é você, com suas fontes duvidosas, que fará diferença.

Então era isso. Adhemar sentiu a garganta fechar ao perceber que a vitória lhe escorregara pelas mãos. O problema dos líderes era a desconfiança de atacar primeiro. Se a informação fosse falsa, os Índios seriam aniquilados, já que o Reino de guerreiros agiria em sua própria defesa, justificando mais uma vez a dominação. Adhemar percebeu que os líderes que votaram contra a guerra vivenciavam as mazelas do povo indígena, mas contavam com o "melhor" dos casos. Melhor agirem com a paz certa, do que num suposto boato de uma fonte errada, o que levaria à destruição o pouco que ainda lhes restava.

Mal sabiam eles que a suposta aniquilação só existiria se não houvesse organização. Mas se todos juntassem seus exércitos, unidos pelo treino bélico que receberam ao longo dos anos, o Rei de guerreiro encontraria sua morte com facilidade.

Engolindo em seco, Adhemar deu as costas e saiu. Do lado de fora, o comandante Helder se aproximou.

— O que houve?

— Esses imbecis não servem para nada! — esbravejou Adhemar.

— Mas as tropas estão a caminho — Helder franziu o cenho. O comandante sabia da catástrofe que os esperava.

Adhemar maneou a cabeça de um lado para o outro. Ainda não conseguia acreditar. Precisava voltar atrás com o plano. E teria que torcer para seu espião dar algum jeito de parar a Marcha de Rua.

— Se não podemos contar com as Onze Nações, ainda há quem possa nos ajudar — disse Helder. — Mas é perigoso.

Como se um raio lhe atingisse o peito, Adhemar vislumbrou a esperança no último instante. Sabia que mais cedo ou mais tarde teria que recorrer ao auxílio de um homem. Mas não podia prever sua própria desvantagem diante de alguém tão perigoso. Uma coisa era ter o apoio das Onze Nações. Outra era não ter nada a oferecer.

— Sabe onde encontrá-lo? — indagou Adhemar.

— Por mais que ele mude, não consegue deixar sua terra natal.

Adhemar se apressou ao lado de Helder rumo aos dois cavalos.

A esperança se misturava à inquietude. Em algumas horas, veria um dos homens mais perigosos do Reino de Peri. Implacável e traiçoeiro. Mas sua melhor chance. O Caboclo.

IX

O vento soprou com violência contra Adhemar ao acelerar o cavalo. Ao lado, Helder o acompanhava numa visita ao Caboclo que aconteceria de improviso.

Seu pai sempre dissera que o aliado de hoje será o inimigo implacável de amanhã. E não havia melhor pessoa que se mostrasse uma falsa aliança do que O Caboclo. Mas diante daquele caos, Adhemar se via obrigado a unir seus soldados com o que O Caboclo tinha a oferecer.

Os líderes das Onze Nações se mostraram verdadeiros traidores do Reino de Peri e Adhemar sentiu-se enojado. E não tirava da cabeça a ideia de que os guerreiros já organizavam sua investida para massacrar o povo Indígena.

Com a distância, as casas dos moradores se tornavam um amálgama na linha do horizonte. E a Floresta de Esaúna começou a encobrir Adhemar dos dois lados da estrada, margeando os resquícios da terra enlameada da breve chuva do dia anterior. O rio Moopar seguia paralelo à estrada e estendia-se até onde a vista alcançava. Os galhos ao alto bloqueavam a luz do sol, um sinal típico daquele lugar esquecido.

O sol indicou o meio-dia. Diante dos primeiros sinais de exaustão, Adhemar e Helder levaram seus animais até a margem para matar a sede. Quando se virou, Adhemar sentiu o coração acelerar. Ao redor, estendiam-se mudas de takûare'ẽ. O vento soprava no tapete verde amarelado, fazendo as mudas balançarem no ritmo descompassado.

— Não há ninguém aqui — disse Adhemar.

— E com toda a razão. As lendas de Esaúna amedrontam os homens, não importa se são Índios ou guerreiros.

Pelo sorriso cético do comandante, Adhemar percebeu o desdém. Ele se manteve sério. Jamais duvidou do poder desconhecido da Floresta de Esaúna. Se existiam histórias falsas, não significava que não havia mistérios. E não conseguiu controlar a imaginação ao pensar no guerreiro massacrado que desafiara Esaúna com sua takûare'ẽ inescrupulosa.

Quando saciaram a sede, voltaram à estrada. E os primeiros sinais do vilarejo se descortinavam a cada trote. Num ritmo lento, passaram pelos moradores com cautela. Adhemar já se tornara conhecido demais e cobriu o rosto com o capuz. Nenhum morador pareceu se importar com sua presença.

Próximo ao centro da cidade, o movimento de pessoas aumentou. Em meio às crianças brincando na estrada de barro, Adhemar reparou nos guerreiros conversando com donos de produção de grãos.

Era fácil reconhecer um guerreiro no Reino de Peri. Pardos, os Índios vestiam roupas leves e com alguma indumentária. Os guerreiros apresentavam um formato diferenciado nos olhos e cabelos, e vestimentas coloridas em exagero. Nenhum deles usava a Coroa em forma de catedral, pois não faziam parte das Figuras da Hierarquia. Aqueles eram apenas vassalos e guardas a serviço do Rei e do Mestre de guerreiro.

Ao chegarem próximos ao emaranhado de casas que se estendia pelo beco, Helder indicou a suposta localização. Enquanto o comandante esperou do lado de fora, Adhemar desceu do cavalo e seguiu a pé até um muro de pedras, ao lado de uma fila de casas de madeira.

Espremendo-se com dificuldade por entre as paredes ao meio do caminho, Adhemar contou as portas das casas. Todas iguais. Diante da sétima porta, respirou fundo, pôs a mão no trinco e empurrou. Para a sua surpresa, o assassino a deixara aberta.

A luz escassa do beco invadiu um aposento escuro e empoeirado. Pregos e tábuas obstruíam as janelas. Adhemar pressionou os olhos para enxergar alguns palmos à frente e pôs a mão no nariz por causa da poeira. A casa parecia abandonada.

Fechando a porta atrás de si, a total escuridão lhe absorveu. Quando os olhos se acostumaram, um pequeno foco de luz entrou pela fresta de outra porta, no cômodo ao lado. Quando deu o primeiro passo, seu pé afundou na madeira podre, num estampido. Se O Caboclo fizera tudo aquilo como uma armadilha, já deveria ter notado sua presença. O abandono aparente de casa servia de distração.

Adhemar desviou devagar dos móveis espalhados pelo chão até chegar à outra porta. Quando a abriu, o barulho das dobradiças enferrujadas ecoou no ambiente e a luz do sol encandeou sua visão, como se todos os cômodos se incendiassem de uma só vez. Diante de si, uma varanda, uma mesa de madeira com frutas em uma tigela e uma decoração em tom pastel. Do seu lado direito, a grama verde do jardim. Uma paisagem saída de uma pintura.

Adhemar respirou fundo. Quando reconsiderava a hipótese d'O Caboclo desaparecido, ouviu passos logo atrás. Pondo a mão na adaga por impulso, se virou em alerta. E se surpreendeu com um homem baixo e careca, usando uma túnica vermelha de bom corte e elegância. Uma cicatriz cortava sua face, deformando o nariz já adunco.

Vasculhando na memória, Adhemar tentou certificar-se de que aquele homem era O Caboclo em pessoa, mas a fisionomia da lembrança parecia perdida numa criatura completamente diferente.

— Fique à vontade se quiser sentar — disse o homem.
— Quem é você? — indagou Adhemar.
— Meu amigo, eu tenho vários nomes.

Da última vez que o vira, o homem conhecido como O Caboclo nutria cabelos longos presos à altura da nuca. E olhos incisivos. Da cabeça aos pés, Adhemar notou que ele mudara, mas o olhar perdurava ferrenho.

— Tenho trabalho para você — disse Adhemar.

O Caboclo se sentou na cadeira diante da cesta de frutas e esticou o braço para pegar uma garrafa de vinho. A abriu de maneira lenta e até mesmo delicada.

— Se tem uma coisa que não podemos separar é negócios e bebida — disse O Caboclo, pegando duas taças.

— Não vou beber.

— É melhor se sentar, Adhemar. A pressa faz o vinho amargar. — O Caboclo sacou a rolha da garrafa e começou a encher a primeira taça.

Adhemar engoliu em seco. Óbvio que o Caboclo sabia a seu respeito. Mas até aquele instante, não analisara a profundidade do perigo. Sua mente insistia tanto na vingança que se esquecera de que, dentro do próprio Reino de Peri, havia quem também almejasse o poder.

O Caboclo começou a encher a segunda taça. Adhemar buscou a cadeira ao lado e se sentou, ficando frente a frente.

— Qual vinho você mais gosta? — O Caboclo pegou sua taça e estendeu a outra a Adhemar.

— Não gosto dessa invenção dos guerreiros.

— Pois deveria, meu amigo. Um bom vinho é anterior a qualquer coisa, inclusive aos guerreiros. E mesmo que fosse invenção deles, eu não me importaria. Todos nós temos pelo que nos agradar e nos depreciar.

— O trabalho é no Reino de guerreiros. E de alto valor — disse Adhemar, iniciando a negociação.

— O pagamento ou o inimigo?

— Os dois.

O Caboclo riu, virando sua taça de uma única vez. Adhemar permaneceu segurando a sua à altura do colo.

— Está falando da Hierarquia — disse O Caboclo. — O mesmo discurso de sempre.

— Do que está falando?

— Você não é o primeiro a me procurar contra os "malvados guerreiros opressores dos Índios" — disse O Caboclo enquanto enchia pela segunda vez sua taça. — E temo que não seja o último.

O tom de desdém fez Adhemar respirar fundo. O assassino já considerava seu fracasso. E parecia planejar algo maior.

— Eu tenho outros planos — disse O Caboclo, adivinhando seus pensamentos. — O que faço é negócio. De que adiantaria viver se não existissem mais conflitos? Desculpe a sinceridade, não é nada pessoal. Quanto mais pedidos, mais eu posso garantir o meu humilde sustento.

Pelas roupas e quantidade de casas que O Caboclo supostamente possuía no Reino de Peri, "humildade" servia como disparate. Sem dúvida, devia ser um dos homens mais poderosos do Reino de Peri.

— Mas dessa vez será diferente — disse Adhemar. — Você sabe melhor do que eu que os guerreiros vivem uma crise. O momento é esse.

— Os guerreiros sempre vivem uma crise. Não existe um pensamento único naquele Reino maldito. O mesmo se passa no Reino de Peri, ou em qualquer lugar do mundo. Enquanto os homens se decidem quem tem a verdade, pessoas como eu conseguem sobreviver. E a sua verdade é a bola da vez. Admiro isso, de verdade. Gosto de ver um homem com caráter. Que luta por um ideal. Parabéns, fico emocionado.

O Caboclo riu outra vez, pegando sua taça e dando outro gole de uma só vez. Adhemar colocou a sua taça em cima da mesa, desconfortável diante de alguém capaz de não enxergar o óbvio.

— Se você é tão bom quanto dizem, por que a Hierarquia ainda vive?

— Boa pergunta, meu amigo. Por que será? Ninguém, até hoje, me ofereceu qualquer valor digno de um trabalho como esse. Queriam favores, bênçãos, regalias. Por isso, nunca tentei. Posso tratar com guerreiros e aspirantes de guerreiro. Mas com a Hierarquia não se brinca. O Reino de Peri não aguentaria as consequências.

— Eu tenho um exército. O que falta é decisão política. E é aí que você entra.

— Creio que as Onze Nações não concordariam com você. E acredito mais ainda que você já deva ter percebido isso.

— Não importam os líderes. São velhos demais para...

— Entender o quão importante é o seu ideal? — interrompeu O Caboclo, dando outro sorriso e bebendo sua terceira taça.

Adhemar engoliu em seco diante do homem asqueroso. Irrompendo o silêncio de ambos, O Caboclo soltou uma risada alta e retorcida.

— Estou apenas te provocando, meu amigo Adhemar. Perdoe-me pelo mau costume. Se não for capaz de se controlar diante de meras palavras, será incapaz de efetivar suas ações com responsabilidade. E já percebi que você é diferente. É como todos dizem.

— Todos? De quem está falando?

— Bem, nem todos. Algumas pessoas têm comentado a respeito do grande Adhemar. Aquele que vai recuperar a honra dos Índios, que libertará o povo indígena, que será o grande sábio acima das Onze Nações. E, claro, o novo Peri necessário em momentos tão difíceis.

Aquele discurso tornara-se dramático demais por causa do efeito da bebida, desconfiou Adhemar. Se de fato as pessoas o percebiam daquele jeito, sua imagem tornara-se a melhor possível. Ainda mais se confiavam nele para se sobrepor às decisões equivocadas dos traidores das Onze Nações.

O Caboclo segurou a garrafa de vinho, pegou a rolha e a tapou. Encarou Adhemar com outra expressão, quase irreconhecível.

— Quem você quer que eu mate? — indagou O Caboclo.

— O Mestre de guerreiro e o Mateu.

O assassino refletiu sobre a oferta com uma expressão séria.

— Sei da sua força, Adhemar. Sei que tem chance de derrotar os desgraçados guerreiros. E você também sabe disso. Eu só farei esse serviço por causa de você.

As palavras d'O Caboclo soaram falsas, assim como as de um comerciante que tenta a todo custo vender o produto com uma promoção de última hora. Sabia que ninguém havia oferecido o seu valor e acreditava que a Hierarquia até o momento mantinha-se inabalada. Aquele homem não agiria por qualquer ideologia e lucraria com aquela guerra como sempre fizera.

Adhemar pôs a mão dentro do alforje para tirar o pagamento.

—Bem, já que não vai beber... — disse O Caboclo enquanto pegava a taça e tomava de uma única vez o terceiro gole. — Por que quer matá-los?

— A guerra não é suficiente?

O Caboclo ficou em silêncio, esperando a resposta correta.

— Nosso povo já sofreu demais na mão dos guerreiros. Não posso mais admi...

— Não — interrompeu o Caboclo com um gesto. — Não é o povo que está em primeiro lugar. Você quer apenas o poder, mas não demorará muito para chegar à frustração. A morte do Mateu e do Mestre de guerreiro não será suficiente.

— Você não é diferente de mim, Caboclo. Somos homens que perseguem o poder e fazemos tudo para alcançá-lo.

O Caboclo riu.

— O que me move é o puro e simples prazer. Nada mais. Matar talvez seja o equilíbrio do mundo. E não é à toa que me procurou, já que seu mundo está desequilibrado. Quem melhor do que eu para restaurá-lo?

Adhemar sentiu a arrogância do sujeito em cada palavra. Pôs a mão na cintura e alcançou o pequeno saco de lã. Desatou o nó e jogou o pagamento em cima da mesa.

— Faça o quanto antes.

— Seu pedido é uma ordem. A morte do Mestre e do Mateu está selada. Melhor, os matarei no mesmo dia. Dois coelhos numa tacada só.

Adhemar se levantou e deu as costas ao sujeito, saindo da casa e voltando pelo beco. Ao chegar à esquina das casas, Helder aguardava o seu retorno.

— Conseguiu encontrá-lo? — indagou Helder.

— Ele executará o Mateu e o Mestre, seguindo sua sugestão.

— A oportunidade é nossa. É tudo ou nada.

O brilho nos olhos do comandante resplandeceu de um modo que Adhemar nunca vira. Helder compreendia o fascínio em destruir o opressor responsável por todos os males de um povo. O amigo podia não se mostrar o homem mais supersticioso do mundo, mas possuía ideias práticas de guerra. Seria o primeiro passo de um sonho a longo prazo.

Adhemar montou no seu cavalo. Próximo dali, um menino guerreiro brincava com a mãe. Antes de esporear o animal e partir em velocidade, sentiu uma mão lhe tocando a perna.

— Por favor, me ajude senhor... Alguma ajuda? — Adhemar ouviu o lamento de uma senhora Índia. Pôs a mão dentro do bolso e retirou uma moeda. — Muito obrigada! Muito obrigada, muito obrigada! — disse juntando as mãos à testa em uma posição de súplica humilhante.

Ao vê-la se afastar, Adhemar sentia a pulsação acelerada.

— Eu a ajudarei. Muito mais do que imagina — murmurou para si.

Esporeando o cavalo, partiu apressado pelo caminho. O garoto brincava bem ao centro da estrada de barro. O animal avançou implacável. No último instante, a mãe puxou o filho para si. Adhemar ouviu um grito da mulher, talvez um xingamento desesperado. Se o cavalo atropelasse o menino, seria um alívio ter um guerreiro a menos.

O Mateu tinha certeza de que não havia, no Reino de Guerreiros, um lugar mais esplêndido que o Convento.

No salão de entrada, pinturas se espalhavam nos corredores de cima a baixo das paredes. O brilho intenso da manhã se esgueirava por entre os vitrais, iluminando os semblantes de tinta das Figuras mais importantes na história do Reino de Guerreiros. Obras pintadas em azulejo, em molduras quadradas de quinze e vinte centímetros de lado.

Nas estantes, esculturas de madeira e barro se impunham numa pluralidade de cores e tamanhos. Desde utensílios familiares até esculturas gigantes em homenagem ao povo do Reino de Guerreiros. Crianças brincando, mulheres lavando roupa à beira do rio, moças bonitas à janela. Cenas poéticas guardadas pelo Mateu com cuidado.

Ele levantou uma das mãos para tirar a poeira do vaso de barro e sentiu as costas doerem. Ao lado, passou um pano úmido no espelho do salão. O rastro limpo revelou o reflexo de um homem sem sua Coroa de Mateu, mas cujos fios brancos brilhavam em resposta. A pele do couro cabeludo reluzia da testa até o meio da cabeça, deixando para a calvície os pelos restantes.

Espreguiçou-se e aliviou a musculatura tensa e frágil em volta da coluna. Não gostava da distância que percorreria na visita ao Mestre de Guerreiro. A tensão se justificava. Não conseguia entender como tantos Afoitos cresciam em número, capazes de pôr à prova os milagres feitos em nome de Deus por suas mãos. Não tinham fé suficiente. Recusava-se a pensar que Afoitos haviam vendido sua alma ao diabo, apesar dos discursos inflamados do Rei de Guerreiro.

No fim das contas, os Afoitos tornaram-se pessoas contra o governo do Rei e queriam mudanças. O problema eclodia quando discordavam da força de Deus, da Sereia e do Senhor Jesus Cristo como salvadores.

Por isso, partiria hoje para conversar com o Mestre de Guerreiro. Já deveria ter saído dias antes. Engoliu em seco ao sentir o coração bater mais forte. Lembranças dolorosas demais para rememorar. Depois que fora à Feira dos Sábios para ser informado sobre o ataque de Adhemar, o peso de uma nova guerra lhe caiu sobre a alma.

Dando as costas para as relíquias históricas do Convento, saiu pela entrada principal. O Mateu admirou o jardim verde-vivo rodeado pelas plantas de todas as cores. O Convento se cercava de árvores, camuflando suas paredes dentro daquela quase floresta. A natureza retribuía sua graça na presença de Deus.

Pelo caminho de pedras brancas que rebatiam a luz do sol, o Mateu foi até a carruagem. Abrindo a porta, notou que nenhum dos dois filhos preparara o necessário.

— Igor? Jaime?

— Estou indo, pai — uma voz grave lá para dentro dos corredores irrompeu pela janela.

— Mais que demora toda é essa?

— Igor não aguenta sozinho uma das caixas.

— Coloquem na parte de trás.

Apesar da pressa e preocupação, o Mateu deixou escapar um sorriso de satisfação. Seus filhos haviam crescido numa rapidez inesperada. Igor tinha vinte anos e Jaime, dezoito. Davam-lhe orgulho à sua maneira. Haviam sido a melhor coisa que já lhe acontecera.

Sob o sol abrasador da manhã, entrou na carruagem e aguardou na sombra. Pela janela, a estrada se desdobrava sinuosa até o horizonte. Jaime e Igor apareceram segurando uma caixa pesada e foram à parte traseira, depositando-a de um jeito que fez o veículo cambalear.

— Desculpe a demora, pai — disse Igor.

— Aprenderam o trajeto?

— Jaime vai me ajudar de novo — respondeu Igor, parecendo refletir. — Ainda não decorei o caminho. Se até o senhor disse que se perdeu na primeira vez, então...

— Todo mundo se perde na primeira vez quando se está só. Eu não tive um Jaime na minha época. E levem consigo alguma proteção.

— Jaime não está levando nada.

O Mateu respirou fundo. Não adiantava forçar algo a Jaime que não dispunha da mínima habilidade.

— Que Deus nos proteja.

Igor respirou fundo e aquiesceu, indo à frente da carruagem e se sentando ao lado do irmão na condução dos cavalos.

Ao darem partida, o vaivém do veículo deixou o Mateu cada vez mais sonolento. O calor, fadiga e o suor o fizeram querer render-se ao descanso merecido, mas ele permanecia alerta. Os ladrões não os atacariam à luz do dia, mas o instinto o fez tatear embaixo do banco e encontrar o cabo da espada. Rezava todos os dias para que nunca precisasse. As batalhas foram feitas para as outras Figuras.

Quando deu por si, acordara num impulso. Seu coração acelerou. A sensação foi de que alguns segundos haviam se passado, mas o sol já se adiantara rumo ao poente, passando do meio dia. Ficou mais tenso ao perceber que o balanço da carruagem havia cessado. O veículo estava parado.

Tentou espiar pela janela. Não havia buracos nem obstáculos. Abrindo a porta, saiu apressado para tirar a dúvida. Quando ficou ao lado de Jaime e Igor, o Mateu fitou ao longe o que parecia ser um homem. Seu corpo envolto na sombra móvel de calor. Cercando a carruagem, os altos rochedos e vegetação rasteira se levantavam imponentes, num verdadeiro corredor fechado. O homem desconhecido estava só. Aparentemente só.

— Um oficial Guerreiro? — indagou Jaime.

— Não podemos arriscar — disse Igor, acalmando os ânimos dos cavalos.

Ao chegar mais perto, o homem fez uma reverência. Sua pele dourada e cabelos lisos se destacavam da maioria das pessoas que o Mateu já havia visto.

— Desculpe-me interromper a viagem dos senhores — disse, com um sorriso acolhedor. — Sou um oficial do recanto do Mestre de Guerreiro.

O Mateu sabia que mudanças de rotina demoravam a entrar em vigor, e mudar o hábito tornava-se improvável.

— Estou aqui para confirmar a segurança dos viajantes — continuou o homem.

— Nossa segurança está perfeita, obrigado — respondeu o Mateu.

O Mateu sabia que o povo mal reconheceria sua aparência distante. As pessoas se preocupavam mais com os milagres do que com as rugas, feições e costas enfraquecidas de quem os realizava. Como vantagem, conseguia navegar pelo Reino de Guerreiros no total anonimato e ouvir sobre os conflitos entre Afoitos e Crédulos da boca de vendedores e clientes nas feiras. Se revelasse a si mesmo, as consequências seriam piores. Um ladrão ou assassino em posse de uma Figura barganharia o que quisesse.

— Estou aqui para garantir a segurança e conforto dos senhores — disse o homem. — E isso também inclui o de nossa cidade. Precisamos evitar que bandidos se aproximem disfarçados de viajantes.

— Não somos bandidos — respondeu Igor.

— Então, não há com o que se preocupar. Peço que me deixem verificar o conteúdo da carruagem.

Igor levou sua mão à cintura, na iminência de sacar a espada. Jaime recuou um passo.

— Estou aqui com meus filhos. É a primeira vez deles, mas não a minha. E nunca tive problemas.

— Entendo, senhor — disse o homem, se aproximando alguns passos. — Mas só cumpro ordens reais.

— Estamos em visita à cidade e lhe garantimos que não há nada de errado conosco.

— Apenas me deixe revistar a carruagem.

A entonação e expressão do suposto oficial mudaram por completo. Aquela postura não condizia com o padrão Guerreiro.

— Jaime, é melhor se afastar — disse o Mateu.

O vento soprou forte, levantando os resquícios da poeira da estrada. O Mateu olhou de relance para os rochedos. Agora lhe chamavam mais a atenção.

— Se não há nada a esconder — continuou o homem — deixe-me averiguar a carruagem.

O Mateu deu um suspiro profundo.

— Está bem. — O Mateu virou as costas e caminhou de volta até o banco traseiro da carruagem. Com o coração acelerado, trocou um olhar com Igor e Jaime, maneando a cabeça em sinal de *não*.

— Protejam-se! — gritou o Mateu.

Igor sacou a espada e o Mateu inclinou-se para dentro da carruagem. Tateou debaixo do banco e ergueu a lâmina afiada em punho.

Confirmando suas suspeitas, outros quatro homens saíram de trás dos rochedos. Juntando-se ao primeiro, os cinco bloquearam a estrada de um lado a outro. Cada um brandindo sua espada.

— Quem são vocês? — indagou o Mateu.

— Se resistirem, mataremos a todos.

Os cinco homens riram ao ver o Mateu se posicionar na defensiva.

— Você vai nos machucar, velho?

— Podem vir! — vociferou Igor. — Não serei humilde de pedir que venha um de cada vez!

A coragem de Igor fez com o que tirassem o sorriso do rosto e considerassem. Os cinco inimigos inclinaram as espadas em ataque. Seguravam o cabo com as duas mãos, na iminência da investida. O Mateu sabia que Igor seria o único capaz de salvá-los. Mas também sabia que não deveria desrespeitar a Deus. Mesmo com a vida em risco, engoliu em seco com a possibilidade de matar aqueles homens. A morte era um pecado irrevogável.

— Melhor a morte deles do que a nossa e Deus sabe a diferença — disse Igor, adivinhando os pensamentos do pai. Palavras que o Mateu se esforçou em vão para não concordar. Estaria pecando contra Deus e Nosso Senhor Jesus Cristo? O julgamento cairia sobre si, por tentar se defender diante de uma ameaça? Que sua misericórdia e sabedoria fizessem justiça no momento oportuno.

— Ataquem! — exclamou um dos assassinos.

Dois inimigos correram em direção a Igor e outros dois ao Mateu. Igor assumiu a posição defensiva. Jaime se afastava, logo atrás.

O encontro dos quatro ocorreu ao mesmo tempo. O tilintar das lâminas cortou o ar e o Mateu sentiu o primeiro golpe, enquanto o outro assassino jogou sua lâmina certeira na direção do pescoço. O Mateu abaixou-se antes do impacto, afastando-se dos dois. Igor tentou um golpe antecipado, mas sua espada rodopiou cortando nada mais que o ar. A brecha lhe custou uma investida surpresa do inimigo contra seu pescoço. Igor desviou-se do ataque, mas deixou seu rosto com um leve corte, manchando-o de vermelho em uma coluna de sangue.

Ver o filho ferido fez o coração de Mateu apertar ainda mais.

Além de temer pela vida de Igor e Jaime, o Mateu se viu refletindo sobre as habilidades dos inimigos. Ladrões comuns abordavam os viajantes sem o mínimo trabalho de ensaiar um discurso falso, muito menos em nome do Rei de Guerreiro. O homem aparecera sozinho na estrada, na hora certa e no momento certo, como se já aguardassem sua chegada.

Os dois inimigos se organizaram contra o Mateu, atacando em turnos. O Mateu ofegava com os vários ataques seguidos. Continuava firme na defesa até sentir uma dor nas suas costas. Sua coluna velha e frágil lhe traía outra vez. Dando passos para trás, o Mateu sentiu que iria tropeçar. A idade já não se mostrava suficiente para aguentar a força de dois jovens assassinos, ávidos para aniquilá-lo.

Mas Igor se aproximou para protegê-lo. O Mateu percebeu que os inimigos que lutavam com seu filho jaziam no chão. De um lado, um se retorcia ferido; do outro, um corpo imóvel numa poça de sangue.

Em contra-ataque, Igor derrubou um dos oponentes. O outro veio ao seu encalço, mas Igor o repeliu com outro golpe. O assassino caído não se levantara a tempo de impedir a lâmina lhe cortar o peito. Igor lhe aplicara um golpe certeiro, e ao retirar a lâmina, partiu contra o segundo oponente, que após algumas investidas se viu encurralado. Igor girou a espada no ar e cortou à altura do peito do inimigo, fazendo-o cair aos gritos e se retorcer com o sangue lhe encharcando o corpo.

Ainda no meio do caminho, o homem permanecia com uma expressão de pavor e ódio.

— Deram sorte, seus vermes — disse ele, dando passos para trás. — Vão pagar pelo que fizeram aos meus irmãos! A Hierarquia vai pagar com o próprio sangue! — O homem virou e saiu rápido para os rochedos, desaparecendo como neblina.

O Mateu sentiu um arrepio lhe percorrer a espinha. Aquelas palavras confirmavam que havia uma ideologia por trás das ações. Citar a Hierarquia se mostrou uma evidência de que sabiam do Mateu como passageiro.

Encarou Jaime. Suas mãos tremiam enquanto olhava os cadáveres no chão e o som horrendo dos gritos. O Mateu agradeceu a Deus por tê-los salvo e pediu perdão por suas almas. Ele e Igor mancharam as roupas de sangue, mas para Igor não haveria problemas. Sua visão e habilidades falavam por si mesmas. Para Jaime, aquela imagem se uniria à sua memória como uma inscrição feita no casco da árvore pela lâmina afiada.

— Rápido! — exclamou o Mateu. — Ainda há um longo caminho. Jaime... — o Mateu pôs a mão nos ombros do filho —, tudo vai dar certo. Vamos, entre. Venha comigo.

— Não preciso — gaguejou ele, respirando fundo a fim de fingir mais força do que possuía, assim como fazia desde pequeno. — Vou com Igor.

— Tem certeza?

— Tenho, tenho.

O Mateu assentiu, entrou na carruagem e sentiu o veículo se mover. Pegou-se ofegante ao refletir sobre o que acabara de acontecer. O conflito entre Afoitos e Crédulos produzira monstros capazes de fazer qualquer coisa para derrubar o governo e a Hierarquia. Pessoas se misturavam aos homens e mulheres comuns para descobrir fragilidades.

O Convento tornara-se o lugar mais seguro do Reino de Guerreiros. Como um refúgio, se escondia rodeado de obstáculos naturais. Servia de proteção à identidade e manifestações culturais do Reino. Por isso, o Mateu tinha certeza de que a informação deveria ter vindo de outro lugar que não dos Afoitos. Aqueles homens talvez nem fossem do Reino de Guerreiros.

Depois de um dia de viagem, descansaram na cidade mais próxima. Quando partiram pela manhã, só chegaram ao recanto do Mestre de Guerreiro quando o sol tingiu o céu de amarelo e rosa, anunciando a chegada da noite. A carruagem adentrou na cidade, e quando o sol se pôs, as tochas das casas foram acesas sob a luz da lua cheia. Quando a carruagem virou em algumas ruas, o recanto do Mestre de Guerreiro se descortinou.

Parando a carruagem, o Mateu, Igor e Jaime desceram às pressas. Os dois aprendizes de Guerreiro abriram rápido os portões ao perceberem as manchas de sangue nas vestes dos recém-chegados. Quando o Mateu e seus filhos entraram, uma imagem em meio ao salão principal lhes arrancou o fôlego.

Suas piores previsões se cumpririam em breve.

XI

Simão saiu da área das pedras mal iluminadas pelo sol poente, deixando para trás a Feira dos Sábios. Não esperava que o tempo passasse tão rápido. Viu crianças ainda brincando no areal em meio às barracas desmontadas. Pôde ouvir grilos ao longo de todo o caminho de volta enquanto sujava os pés com a poeira rasteira.

— Juro que vou matar aqueles miseráveis! — esbravejou Nara entredentes ao virar dos becos.

— Sossega aí — disse Onofre, carregando os peixes no braço. — Eles não vão fazer nada.

— A única coisa que vi foi o sumiço das minhas facas.

— Onofre está certo — disse Simão. — A imagem que eu tinha de Pacheco e Rufino era bem diferente.

Nara bufou. A mesma expressão de quando menina, na raiva do franzir de seu cenho e olhos semicerrados de uma revolta incompreendida.

— Você está louco! — exclamou ela. — Não dou uma semana para mudar de ideia.

— A gente conhece as pessoas pelo jeito, no primeiro olhar — disse Onofre.

Simão refletiu sobre a situação do amigo. Levava os peixes para sua futura venda como se tivesse nascido para pescador. Não sabia quanto tempo levara para Onofre seguir sua vida em ordem após o assassinato da esposa e filha, ou se algum dia tudo iria melhorar. Os comentários do amigo sempre se voltavam para os Guerreiros, mesmo que não percebesse. Ele parecia não se permitir a um propósito maior. Seu olhar aguçado continha um ardor constante esperando o momento certo de emergir.

Quando viraram outro beco, chegaram na Rua das Sete Freguesias. Seu Amâncio embrulhava a lona que servira de cobertura para a barraca e Nara apressou o passo.

— Tenho que ir — disse ela. — Acho que demorei bem mais do que deveria.

— Então, até depois para vocês — disse Onofre, dando um aperto de mão. — Vê se aparece mais vezes, Simão.

Simão sorriu.

— Farei isso. Pode deixar.

Afastando-se dos dois, Onofre cruzou a Rua das Sete Freguesias e dobrou em um beco estreito.

— Não devia mentir — disse Nara.
— Do que está falando?
— Essa história de aparecer em breve. Podia ser sincero de vez em quando.
— As coisas não estão indo bem com meu pai, então fica difícil arranjar...

Nara interrompeu Simão com um beijo repentino. Quando se afastou, sustentou uma expressão fechada, como alguém que acabara de sofrer um acesso de raiva.

— Você é mais tolo do que pensa — disse ela, indo apressada ao encontro do pai.

Simão a contemplou se afastar, sabendo que tinha razão. O ex-marido ficara no passado e aquele beijo significava que superara de uma vez por todas as circunstâncias difíceis. No fundo, Simão sabia disso, mas preferia permanecer em sua própria zona de conforto. Já decepcionava o pai o suficiente para querer também a desaprovação de Nara.

Sem alternativa, continuou o caminho rumo ao recanto do Mestre de Guerreiro. Depois de subir a ladeira longa e íngreme, fitou a poucos metros o portão principal. Mas ouviu um barulho vindo das árvores. Àquela hora, os animais fugiam das tochas e aproveitavam sorrateiros para a caça.

Simão continuou o passo, mas ouviu outra vez o barulho.

— Quem está aí?

O vento cortou o silêncio, farfalhando contra as folhas. Simão continuou o caminho até os dois aprendizes de Guerreiro que guardavam o portão. Quando o reconheceram, lhe deram passagem ao mesmo tempo em que prestaram reverência. Simão nunca se acostumara com aquele gesto. Dissera a Pacheco e Rufino que ele próprio não era melhor do que ninguém, mas com aprendizes agindo daquele modo tolo, ficava difícil afastar a imagem fantasiosa.

Quando o portão se abriu, a claridade invadiu para fora, fazendo a imensa sombra de Simão se projetar por sobre os aprendizes, antes do portão se fechar.

Chegara atrasado. Se existia alguém severo sobre pontualidade, esse alguém se chamava Mestre de Guerreiro. Tivera que aguentar a chatice e intolerância com os horários que o pai sempre fazia questão de lhe impor e previu uma noite de puro falatório, já que não se fez presente para recepcionar o Mateu ou seus filhos.

Simão procurou o pai pelos corredores e aposentos. Aprendizes sentinelas se prostravam sérios e silenciosos. Simão não ouvia nenhum murmúrio, indicando que não havia visita alguma, ou pior, talvez já tivesse ido embora.

Simão voltou aos dois à entrada.

— Alguém apareceu hoje à tarde?
— Não, senhor.

Sentiu-se aliviado. Voltando pelos corredores, correu os olhos pelo grande salão. Seus passos ecoavam naquele silêncio fúnebre.

— Pai? — perguntou, sua voz reverberando pelas paredes.

Presumiu que o pai estivesse contemplando, como quase sempre o fazia, as espadas e Coroas de Guerreiro dos membros falecidos e anteriores ao seu tempo. Os objetos, em sua maioria, se mantinham assegurados no Convento, mas o Rei estipulara que alguns pertences fossem distribuídos nas moradas oficiais das Figuras, numa clara intenção de manter a história viva e tão próxima quanto possível.

O pai sempre achara que sua própria espada tivesse melhores adornos para contemplação. Mesmo sendo o Mestre de Guerreiro, não havia a necessidade de guardá-la junto a si o tempo inteiro. O recanto sempre estivera sob a vigia dos aprendizes, e além dos dois à entrada, outros cinco se espalhavam em volta do recanto e outros cinco se organizavam pelos corredores.

Simão recordou-se do dia em que o pai lhe dissera para nunca baixar a guarda, mas o Mestre nem se dava ao trabalho de servir de exemplo.

Simão cruzou o corredor ao lado, percorrendo os olhos pelas portas abertas.

— Pai?

— Estou aqui. — Ouviu o pai na penumbra. No rosto, uma linha sutil da luz da lua adentrando pela janela aberta.

— Me desculpe o atraso, não sabia...

— O Mateu ainda não chegou.

Simão foi até a tocha apagada na parede e pegou as duas pedras ao lado. Bateu uma na outra, soltando a faísca necessária para iniciar o fogo. Quando a chama aumentou, a espada do Mestre reluziu suas joias do cabo e dos fios de ouro. Simão viu o próprio reflexo e o do pai na lâmina afiada, e se aproximou.

— Não toque nela! — vociferou o Mestre.

— Só queria...

— Não!

Simão não fazia ideia se o mau humor do pai se devia à frustração de ter esperado uma visita ausente, ou se era o mesmo de costume. No fim das contas, não fazia diferença.

— Ainda com pesadelos? — indagou o pai.

Há tempos que Simão sonhava com as sombras lhe engolindo vivo, fazendo-o despertar na madrugada e perder o juízo ao acordar imerso em suor. Na última semana, não fora diferente.

— Não — mentiu Simão.

— Sabe bem dos riscos de andar a essa hora. Quem você foi visitar na Feira dos Sábios?

Simão não se surpreendeu com a pergunta. Já se acostumara com o Mestre de Guerreiro e seu interrogatório.

— Encontrei Onofre. O senhor se lembra dele? Fomos juntos visitar Pacheco e Rufino.

— Somente eles? — O pai fitou o filho em silêncio. Simão conhecia aquele olhar.

— Nara, também.

O pai deu um suspiro profundo. Simão sentiu o coração disparar ao sentir o pai colocar a mão em seu ombro.

— Já está na hora de você se tornar responsável. — A mão fez uma pressão exagerada. — Vai para a Feira dos Sábios visitar uma mulher, como alguém que visita uma puta de rua, ao invés de assumir sua obrigação como Contramestre.

Simão deu um passo para trás. A mão do pai caiu no vazio.

— Nara não é uma qualquer! E não tenho obrigação nenhuma em ser o Contramestre.

— Você deve me substituir. Simão, tudo aconteceu da maneira que só poderia acontecer. Nossa vida. Sua vida, pelo amor de Deus! É seu destino ser o Contramestre.

Quando deu por si, Simão sentiu-se ofegante. Outra vez o pai insistia com seu veneno. A ideia de destino fora criada para aprisionar homens tolos. Não fazia a mínima questão de assumir posto algum. Nada do que os Guerreiros faziam atraía a sua atenção e o pai fora o responsável por isso.

O vento soprou da janela aberta e fez a chama bailar suavemente. As sombras de Simão e do Mestre se sacudiam numa coreografia inacabada.

— Você não faz ideia da preocupação que me causa, Simão. Você é meu filho e eu o amo demais. A única coisa que quero é lhe proteger. Espero que um dia você reconheça isso.

Simão desviou o olhar. Não era mais nenhuma criança indefesa. A proteção chegara tarde demais.

— Eu apenas me preocupo — continuou o Mestre.

Antes que Simão pudesse responder, o Mestre caminhou até a porta e saiu do aposento. Simão permaneceu ali, calado. Mais uma vez, gerara decepção ao pai. Ouvia os passos do Mestre ecoarem cada vez mais fracos pelo corredor. A chama acesa não resistiu aos ventos daquela noite e se apagou de uma vez.

Sem aviso, Simão ouviu um grito. Alto. Vindo do salão principal.

— Senhor?! Senhor... — gritava em tom desesperado uma voz de um aprendiz.

Às pressas, Simão agarrou o cabo da espada na parede e foi ao salão principal. Viu um corpo distorcido no chão. Sentiu um arrepio lhe percorrer a espinha ao perceber um corpo familiar.

Seu coração quase arrebentou ao ver seu pai. O sangue vermelho-escuro espalhava-se pelas pedras e sujava o tapete em frente ao trono, ao lado de um aprendiz morto. Ao lado do corpo, um homem brandia uma espada manchada com sangue.

— Se afaste! — exclamou Simão.

— Aquilo não podia estar acontecendo. O Mestre fora assassinado a sangue frio. Seu pai fora assassinado. Seu pai. — O que você fez?!

Sua tristeza convertera-se em fúria e Simão contra-atacou. Os aprendizes foram em grupo contra as costas do assassino. Simão percebeu que seus ataques continuavam incessantes, girando a espada no ar e golpeando certeiro.

O sangue do Mestre e do aprendiz escorria pelo salão, fazendo da poça de sangue um verdadeiro lago irrompendo por entre os azulejos. Os onze sentinelas restantes apareceram no salão e foram rápidos contra o assassino. Sem saída, Simão desconfiou que o assassino estivesse em uma missão suicida.

Desviando-se por pouco, Simão aproveitou uma brecha e chutou a perna do assassino, fazendo-o cair desajeitado e soltar a espada. O tilintar do balanço da lâmina se misturou com o eco dos passos dos aprendizes, que alcançaram o assassino na iminência de desfigurá-lo. Mas Simão acenou para que não o matassem.

— Quem é você?! — exclamou Simão. — Diga ou eu o matarei aqui e agora!

— Você é Simão, filho do Mestre de Guerreiro — disse o assassino. — Por pouco não lhe matei antes de seu pai.

Simão engoliu em seco. O desdém do assassino lhe atingiu em cheio.

— Por que você o matou?

Simão pressionou a lâmina contra o pescoço do assassino. Um filete de sangue escorreu apressado.

— O que você quer? — insistiu Simão.

— Todos devem morrer!

— De quem está falando?

— Morte ao pai, morte ao filho, morte a todos! — clamou o assassino, por entre um sorriso distorcido e macabro.

Sem pensar duas vezes, Simão enfiou a lâmina no pescoço do assassino, que soltou um grito rouco, perdido no ar. A espada atravessou-lhe a nuca e a ponta tocou no chão, do outro lado. Simão encarou os olhos retorcidos do homem, bem abertos, fitando-o de volta. Que sua alma apodrecesse do inferno. E puxou a espada para si, respingando o sangue de volta. Os aprendizes permaneceram calados, como se esperassem as ordens.

Quando encarou outra vez o corpo do pai, Simão sentiu o rosto se encharcar de lágrimas.

— Pai! — exclamou, sentando-se ao lado do corpo. Em seu íntimo, tinha esperança de que estivesse vivo. Pegou nas mãos do Mestre, que mantinha os olhos abertos, imóveis e perdidos. — Pai?

Não podia acreditar. Uma vida encerrada de uma hora para outra. Tão rápido e silencioso. Simão sentiu o arrependimento lhe atacar. Deveria ter poupado o assassino. Poderia prendê-lo e tirar-lhe informações. Mas desperdiçara o momento.

— Meu pai! — Simão desabou em choro desesperado, apertando o corpo contra si.

Simão ouviu o portão da entrada se abrir rapidamente. O que viu foi a imagem do Mateu entrando apressado, acompanhado dos dois filhos, com sua túnica branca manchada de sangue.

Parte dois

I

Por um instante que durou uma eternidade, o Mateu e seus dois filhos encararam os soldados, Simão e o corpo do Mestre de Guerreiro estendido numa poça de sangue em meio ao salão principal, próximo a outro cadáver desconhecido.

Simão encarava o corpo do pai. Quando se encontraram com os do Mateu, seus olhos pareciam misturar uma fúria incontrolável com uma angústia entristecida. Simão mantinha o corpo do pai envolto num abraço apertado. O sangue se misturava às lágrimas que jorravam sem cessar.

— Simão — disse o Mateu. — Eu sinto muito.

Uma tragédia incalculável. O assassinato do Mestre de Guerreiro atingiria em cheio as bases políticas do Reino. Como se não bastasse, aquela morte fora planejada praticamente no mesmo dia que a sua. Se o seu destino se cumprisse como o do Mestre, o Rei nada poderia fazer para controlar os Afoitos e a já debilitada Hierarquia.

— Precisamos conversar — continuou o Mateu.

Simão pôs devagar o corpo do pai sobre o chão. Os aprendizes sentinelas os rodeavam dos dois lados, alertas e formando um caminho entre Simão, Mateu, Igor e Jaime.

— Prendam-nos! — ordenou Simão.

O Mateu deu um passo para trás, abrindo os braços para proteger os dois filhos.

— O que significa isso?!

— Não — disse Simão, apontando para o sangue nas roupas do Mateu, Igor e Jaime. — Eu é que pergunto o que significa isso.

Todos sabiam que o Mateu sempre fora o primeiro a evitar batalhas sangrentas e envolvimentos políticos. O sangue nas vestimentas fora um sinal de que algo estava errado.

Os aprendizes cercaram os três. Igor e Jaime levantaram as espadas.

— Não façam nada! — exclamou o Mateu. — Simão, se não fossem pelos meus filhos, eu também estaria morto.

— Larguem as espadas!

O Mateu encarou os filhos e eles logo acataram suas ordens, baixando as lâminas. Os aprendizes pareciam não saber o que fazer, já que ao mesmo tempo em que guardavam o recanto do Mestre de Guerreiro, agora se viam diante de outra Figura, tão importante do Reino de Guerreiros.

Mesmo superior aos homens comuns, o Mateu também abaixou sua espada. Aquela situação extrema rebentava em Simão um ódio incontrolável e era mais sábio não resistir.

— Levem-nos para o Interrogatório — disse Simão, virando-se para encarar o corpo do pai ao chão. — Agora!

— Simão, preci... — Os aprendizes abafaram a voz do Mateu. Igor e Jaime quiseram resistir, mas o Mateu os repreendeu.

Ao passarem por dois corredores, a penumbra substituiu a luz do salão principal. O Rei criara a sala conhecida como Interrogatório, aos fundos do recanto. Empregava aos inimigos capturados métodos nem um pouco cristãos.

Atiraram os três para dentro da sala e a porta de ferro se fechou, rangendo numa dor profunda. A luz da lua entrava por uma fileira de pequenas janelas quadriculadas, pouco maiores que um punho fechado.

— E agora? — indagou Jaime.

— Quando os guardas entrarem, roubarei uma das espadas — disse Igor, inquieto. — Vou fazer isso enquanto...

— Não! — bradou o Mateu, fazendo sua voz ecoar. — Simão vai nos ouvir. Precisamos esperar.

Igor ia protestar, mas se conteve. Jaime encostou-se na parede, olhando para o nada. Nem o Mateu teve certeza de suas próprias palavras. Talvez o ódio de Simão pudesse provocar uma cegueira capaz de desabrochar um terrível espírito Guerreiro. E a simples possibilidade de usarem o Interrogatório contra ele e seus filhos lhe causava asco.

No que pareceu uma eternidade, os três esperaram. Depois, o Mateu percebeu o som de passos do lado de fora. Esperava aprendizes prontos para escoltá-los, livrando-os de uma vez por todas daquela cela. Quando o ranger do trinco ecoou pelas paredes e a porta se abriu, teve a surpresa de encarar Simão. Ele segurava uma tocha, sozinho. A luz do fogo demarcava seu rosto com as feições simétricas do pai. Na outra mão, Simão segurava sua espada.

— Comece a falar — disse ele.

— Nos atacaram na vinda para cá. Você, descendente único do Mestre de Guerreiro, também poderia estar morto. O ataque contra o Mateu e Mestre de Guerreiro não foi coincidência.

— Fale logo aonde quer chegar! — esbravejou Simão, levantando a espada.

— Primeiro, largue-a. Use a razão nesse momento tão difícil. — O Mateu manteve a serenidade e paciência na voz. — Por favor.

Simão respirou fundo. O som do metal contra o chão preencheu a sala por completo quando jogou a lâmina ao lado.

— Os homens que nos atacaram não eram simples ladrões de beira de estrada. E tenho certeza de que o assassino de seu pai também faz parte do mesmo grupo. As feições e cor indígena eram as mesmas de todos os assassinos.

— Por que matariam meu pai? — questionou Simão, ofegante.

— Não é de hoje que os índios usam de suas artimanhas para acabar com o Reino de Guerreiros. Atingir o Rei é praticamente impossível, mas a morte de outras Figuras é mais do que suficiente para fragilizar o governo, ainda mais agora com...

— A instabilidade do governo do Rei de Guerreiro por causa dos Afoitos — concluiu Simão. — O inimigo tem um nome?

— O chamam de Adhemar.

Simão permaneceu quieto, com um olhar perdido no nada, como se guardando aquele nome e imaginando as feições do inimigo.

— Um pronunciamento deve ser feito por uma Figura da Hierarquia. Mas não podemos dizer que assassinaram seu pai. Direi que Deus o levou no tempo certo. Se a informação ultrapassar estas paredes, será mais um argumento para que os Afoitos desestabilizem ainda mais para tomar o controle do Reino de Guerreiros. Estamos em guerra, Simão. E, dessa vez, será muito maior do que a Revolta de Peri.

Simão permaneceu em silêncio. Carregava um fardo pesado demais. Não bastasse viver órfão de mãe, acabara de perder o pai e enfrentava a ameaça de uma guerra generalizada.

O Mateu deu um passo à frente, pondo a mão nos ombros de Simão.

— Agora é você, Simão, quem deve assumir o posto de seu pai. Você deve ser o Mestre de Guerreiro.

O Mateu recebeu um olhar impetuoso. E como uma lâmina lhe atravessando o peito, o ouviu responder:

— Não posso.

— Por que não?

— Não posso assumir o posto de meu pai.

O Mateu pôs a outra mão no ombro de Simão, encarando-o frente a frente.

— Meu jovem, o Reino de Guerreiros precisa de um Mestre. Você sempre foi o cogitado para assumir o lugar de seu pai.

— Cogitado por quem? Meu pai sempre foi o primeiro a dizer que fui um fracassado.

— Simão, seu pai fora o primeiro a desejar a você o posto de Contramestre.

— Para garantir a continuidade de seu trabalho, nada mais. Isso não tem nada a ver comigo.

— Mas a guerra é a única coisa que nos importa agora.

— Pois que arrumem outro para ser o Mestre de Guerreiro. Falem com os Embaixadores, com o General, ou até você mesmo.

O Mateu deu um suspiro profundo.

— Não é tão simples assim, Simão. Nos doamos às nossas funções dentro da Hierarquia. Sou o Mateu por vocação. Ninguém mais faz o que eu faço, assim como os Embaixadores e o General. Nesse momento difícil, é você quem deve assumir o lugar de seu pai. É você quem deve ser o Mestre de Guerreiro. Essa é a sua vocação.

Simão o encarou, em silêncio. Depois, pegou sua espada do chão e se dirigiu à porta.

— Eu lamento, mas não posso ser o Mestre de Guerreiro.

Aquilo foi um choque.

— Mas, Simão...

— Homens! — chamou Simão. Pouco depois, aprendizes se aproximaram. — Eles vão levá-los de volta ao Convento. Serão escoltados e devidamente protegidos durante a viagem.

O Mateu engoliu em seco. Aquilo não podia estar acontecendo. Então seria assim que iria perecer o Reino de Guerreiros? De uma hora para outra?

— Simão, eu não vou retornar — disse o Mateu. — Seu pai faleceu e é preciso que se façam os preparativos para a cerimônia de sepultamento. Eu sou o Mateu do Reino de Guerreiros e não há ninguém melhor do que eu para esta tarefa. Deixe-me ajudá-lo.

Uma leve brisa escassa soprou por entre as aberturas da parede do Interrogatório. Os aprendizes esperaram as ordens.

— Depois disso, aprontem-se para partir — disse Simão, e saiu pelo corredor acompanhado pelos aprendizes. A porta da cela ficou aberta, deixando o ambiente imerso na escuridão quando Simão virou o corredor e desapareceu das vistas.

— Não há nenhuma esperança, pai — disse Igor. — Ele não vai mudar de ideia.

— Vai sim — disse Jaime, deixando escapar um sorriso de quem percebe um plano em ação. — Nosso pai conseguiu ganhar um tempo precioso.

— Tempo para quê?

— Simão precisa pensar e eu dei isso a ele — explicou o Mateu. — Aguardaremos sua decisão. Só espero que seja sábio.

II

O fim do Reino de Guerreiros. Apenas isso batia como uma foice na mente de Simão, no longo trajeto até os fundos do recanto.

Ao entrar no quarto, deixou que a luz da lua penetrasse pelas duas janelas abertas. Debruçou-se sobre o parapeito, encarando a cidade iluminada e distante. Suas mãos tremiam. Fechando os olhos, enxergou a imagem do pai. Vivo. Sem dúvida ele controlaria a situação.

O Rei de Guerreiro nada poderia fazer contra as forças em oposição ao seu governo. Sua fraqueza, já explorada pelos Afoitos, ficaria pior com a perda de um dos pilares que sustentava a Hierarquia, o Mestre de Guerreiro.

Seu pai fora o primeiro a desejar a você o posto de Contramestre. As palavras do Mateu serviram apenas para reforçar a raiva que Simão trazia dentro de si. O que teria feito de tão errado ao pai para não lhe dar orgulho? Mais uma vez o decepcionara. A vida do pai lhe escapou pelas mãos de um assassino. Àquela altura, o corpo já devia se preparar para o sepultamento, na noite seguinte. E era isso. Apenas isso. O Mestre de Guerreiro tornara-se apenas um corpo morto. Por sua causa.

Treinara quase a vida inteira, mesmo deixando de lado seu ingresso nos Guerreiros. Mas chegara tarde demais ao salão principal. E nada mudaria isso. Jamais poderia ser um Mestre de Guerreiro. Jamais poderia assumir o lugar do pai.

Como se um raio lhe atingisse o peito, Simão prendeu na memória a imagem de Nara, a única pessoa que desejava ter a companhia naquele momento. O mundo desabara sob seus ombros e não pôde suportar imaginá-la morta pelas tropas de Adhemar. Nenhum de seus amigos escaparia. Torturariam os membros da Hierarquia e o Rei teria muito menos sorte, sobrevivendo à penúria durante muito mais tempo. Além de todas as pessoas que vira na Feira dos Sábios. Num piscar de olhos, imaginou um verdadeiro mar de cadáveres.

O vento não soprava. Uma nuvem encobriu a lua e a escuridão pareceu amaldiçoar todo o Reino de Guerreiros. Por mais que não quisesse admitir, precisava tomar uma decisão. Encarou as silhuetas dos moradores do Reino se deslocando em seus afazeres comuns. Nem imaginavam o terrível destino prestes a se cumprir. A nuvem agora fazia pingar as gotas de chuva, que logo virariam uma tempestade.

Depois de virar a madrugada preso em seus pensamentos, Simão surpreendeu-se quando o dia raiou. Lá fora, percebeu a peregrinação dos habitantes. Mesmo com o clima torrencial, aquela gente não poupava esforços para se abrigar da chuva. Vinham de muitos lugares do Reino.

O Mateu anunciara a morte do Mestre de Guerreiro e o povo peregrinava ao funeral. O tempo dentro daquele quarto passava lento e disperso, como gotas da chuva em um amálgama de memórias e desgostos. Mas Simão não queria sair dali. Com o Reino de Guerreiros aos pedaços, seria forçado ao posto do pai. Não havia cenário pior.

Como por instinto, Simão encarou a porta trancada do quarto. O que deveria fazer quando chegasse a hora? Conseguiria dizer ao povo que chagara o fim do Reino de Guerreiros?

A tarde já se recolhia com o sol no horizonte, escurecendo outra vez o Reino de Guerreiros. Com a chegada da noite, Simão viu pela janela uma massa imensa de tochas acesas. Além dos pontos luminosos, uma fila havia formado uma linha amarela pontilhada, numa verdadeira peregrinação. Seu pai fora quase um santo para todas aquelas pessoas. Sentiu o coração disparar ao imaginar a possibilidade do cargo. Jamais conseguiria conquistar o povo do jeito que o pai o fizera.

Sem aviso, alguém bateu à porta. Havia pedido para que os aprendizes não o importunassem. Mas quando a abriu, deu de cara com Nara.

— O Mateu me deu a permissão — disse ela, adiantando-se antes que Simão pudesse falar. — Posso entrar?

Simão deu um passo para trás e Nara adentrou no aposento. A porta se fechou. Nara encarou Simão ao mesmo tempo em que o vento frio invadiu pela janela com respingos de chuva teimosos molhando o tapete.

— Você não teve culpa pelo o que houve — disse Nara.

Simão deu as costas e se voltou para a janela. As pessoas lá fora continuavam sua peregrinação.

— De nada importa saber de quem é a culpa.

Nara ficou lado a lado. Simão não a encarou.

— Importa para mim, Simão. O verdadeiro responsável por tudo isso é Adhemar.

Simão a encarou.

— Perguntei mais do que devia ao Mateu — disse ela, sorrindo.

— Ele deveria falar menos.

— Não. Eu que sou persuasiva demais.

No meio daquele caos, Simão permitiu-se um sorriso. Mas logo sentiu com o fardo no peito.

— Meu pai saberia o que fazer. Saberia como combater Adhemar.

Nara e Simão fitaram a paisagem lá fora. O cheiro de terra molhada encheu Simão com lembranças.

— Mas o que tem de tão especial nesse índio? — perguntou Nara. — Nunca consegui entender essa briga eterna do Reino de Guerreiros com o Reino de Peri.

— O problema de Adhemar começou com Peri, seu ancestral. Adhemar sempre culpou os Guerreiros por todas as mazelas que seu povo havia passado. E no fundo, não tiro a sua razão. Nossos Ancestrais sempre subjugaram a tudo e a todos. Mas Adhemar quer uma vingança total contra nós. Aquele assassino tinha certeza de que todos nós devemos morrer. Todos os Guerreiros. Ele não falava apenas da Hierarquia. Nenhuma família escapará ao ódio insano. Às vezes, penso se meus pesadelos não refletem tanta energia negativa contra os inocentes do Reino de Guerreiros.

— Como são esses pesadelos?

— Sombras. De um lado a outro, como se me tragassem vivo. Quando tudo fica escuro, acordo sufocado.

Nara pareceu refletir, mas logo mudou de assunto.

— Como Adhemar pretende fazer o que quer?

— Os índios não têm um exército como o nosso. Precisará de todo o apoio que conseguir.

— E como você sabe disso?

— Meu pai me contava cada detalhe. Dizia que eu deveria prestar mais atenção. Eu poderia precisar dessas informações algum dia.

Nara sorriu. Simão a fitou, em silêncio.

— Me parece que você já sabe mais do que o suficiente, Simão.

— Mas isso não é suficiente para proteger ninguém.

— Você soube me proteger contra Guilherme.

De tudo que havia passado na vida, Simão também guardava aquela lembrança preciosa. Não havia um só dia que não recordasse daquele momento, tão vívido como se acontecido no dia anterior.

— Não sei o que deu na minha cabeça para fazer o que fiz.

— Ver Guilherme chorando. Admito que gostei da cena. Ele mereceu. — Ela pareceu refletir por um momento. — Sabe onde ele está agora? Nunca mais tive notícias.

— Também não. O pai é comerciante da cana-de-açúcar, então deve ter arranjado algo para o filho. É sempre assim.

— É exatamente assim que as pessoas se lembram das outras, Simão. Em momentos extraordinários. — Nara pôs as mãos no rosto de Simão. — Ele sentiu o perfume das frutas doces da Feira dos Sábios. — O Reino de Guerreiros se lembrará deste exato momento, em que decisões difíceis precisaram ser feitas.

O vento frio entrou pela janela, fazendo os cabelos de Nara dançar como fitas de uma Coroa de Guerreiros.

— Também tenho pesadelos — continuou Nara. — Sonho com minha mãe. Bandidos a mataram na beira da estrada. — Ela parou de falar por um instante, recuperando o fôlego para impedir o choro. — Nunca mais a vi. Desapareceu há dez anos, no dia 3 de Janeiro. Foram dias e noites sem dormir, mas quando conseguia, nada me deixava em paz. Meu pai adoeceu e sempre imaginei que poderia carregar o peso junto com ele. Nos piores momentos, até tentei brincar dizendo que juntos teríamos mais força que toda a Hierarquia para superar todos os problemas do mundo. Mas mesmo assim, nada mudou.

Nara embargou a voz. Não queria que ela também sofresse rememorando desgostos da vida. Mas ela nunca havia citado com tantos detalhes aquele incidente. Simão sabia que sua mãe havia morrido, mas ela sempre evitara o assunto. Agora, a emoção lhe enchia de lágrimas.

— Todos diziam — continuou ela —: "Seu Amâncio devia se casar outra vez". "Precisam de uma nova família". Mas eu sabia a verdade. Eu já tinha perdido a melhor mãe que alguém poderia ter neste mundo. E continuamos tentando esquecer, todos os dias em que montávamos a barraca na Feira dos Sábios, e os clientes nos distraíam com as conversas peculiares. Mas com o tempo, os pesadelos voltaram, para mim e para ele. Nunca mais fomos os mesmos. — Nara deixou as lágrimas lhe inundarem o rosto. — Nunca mais fui a mesma. Os sonhos sempre envolviam os homens que a mataram. Nunca vi seus rostos, mas sei que foram mandados por alguém. Eles sempre têm um líder do bando. Em todos os sonhos me vingava pelo o que haviam feito. Mas quando acordo, percebo que apenas sonhar não adianta de nada.

Nara limpou as lágrimas do rosto e encarou Simão com firmeza.

— Precisamos agir, Simão. Você precisa agir. A situação não é a melhor. Nunca foi e nunca será. Por isso temos que nos agarrar ao que mais importa, que é a família.

Simão engoliu em seco.

— Você é muito sábia.

— Trabalho na Feira dos Sábios de dia e sou conselheira à noite — murmurou ela, rindo em brincadeira para mudar de assunto. Se recompondo, mudou de postura. — Desculpe, Simão. A última coisa que deveria fazer é rir numa hora dessas.

Apesar da morte do pai e da guerra batendo às portas do Reino de Guerreiros, Nara confirmava ser um conforto maior do que poderia imaginar.

A porta bateu outra vez e ambos trocaram um olhar.

— Está na hora, Simão. Tome — disse ele, lhe oferecendo a Coroa de Mestre de Guerreiro. Ao vê-la, seu coração deu um salto. — Cabe a você usá-la ou não. Mas é um ato simbólico. Leve-a nas mãos, mostrando para todos que, mesmo na morte, o símbolo dos Guerreiros continua vivo.

Simão respirou fundo. Nara foi ao seu encontro e os três percorreram os corredores até a saída do recanto. Quando abriu o portão da entrada, Simão vislumbrou um verdadeiro mar de pessoas com tochas na mão, com luzes resistindo ao véu escuro da noite. A chuva havia cessado, todos fizeram um silêncio absoluto ao acompanhá-lo sair.

Nara passou por trás de Simão, misturando-se na multidão. Para a surpresa de Simão, não havia nenhum membro da Hierarquia na cerimônia, apenas o Mateu.

— A morte de seu pai aconteceu rápido demais. Não deu tempo para que o Rei e a Rainha, as Estrelas, Embaixadores e o General se fizessem presentes — explicou o Mateu.

Simão desconfiou que aquilo fora apenas uma desculpa. O pai nunca teve uma boa reputação para o Rei, a ponto de atritos profundos comprometerem a dinâmica das decisões entre as duas Figuras. Mas Simão não esperava que em uma cerimônia como aquela, o rompimento ficasse escancarado para o povo que tanto amava o Mestre e cada vez mais detestava o Rei. E este não fizera a mínima questão de amenizar a situação.

Simão viu o corpo do pai deitado sobre um andor adaptado ao tamanho de um homem. Os delicados cabelos brancos repousavam em volta do pescoço e sua espada jazia deitada sobre o peito, com o cabo envolto pelas mãos. Quatro homens seguravam cada lado do suporte, mantendo estável o corpo imóvel do falecido Mestre de Guerreiro. Seus pés descansavam dirigidos para a porta, com quatro velas em cruz ao redor do corpo.

A multidão olhava o brilho refletido das tochas na Coroa de Mestre de Guerreiro. Ao lado, um aprendiz levava um tambor. Simão deu um passo à frente e as pessoas se afastaram, abrindo um caminho que pareceu uma cicatriz no mar de gente. O aprendiz começou a tocar o tambor e Simão aproximou-se do corpo do pai. Simão e Mateu iniciaram o passo.

Em fila, seguiram pelo caminho. O corpo do Mestre vinha longo atrás, carregado pelos quatro aprendizes, rumo ao Cemitério das Luzes. Simão guiou a multidão ao som do tambor e o Mateu entoou sua oração rezadeira:

— Jesus, que curou os corpos, os cegos, os aleijados, ressuscitou os mortos, transformou água em vinho, peço pelas cinco chagas, Nosso Senhor Jesus Cristo, pelo sangue que derramou na cruz, pela coroa de espinhos que recebeu no caminho do calvário, pelo rio que se consagra no meio da comunhão, pela tua piedade e misericórdia, que nos guie em nossa jornada, Pai, que esteja conosco à nossa frente e dos lados, Pai, que nos proteja de todo mal que nos alcança pelas costas, Pai, que faça de nós, teus filhos, melhores amanhã do que somos hoje e nos prepare o fim como o preparou ao nosso Mestre de Guerreiro. Que cada coração que o Senhor ouve sirva de homenagem ao Todo Poderoso, que a criança inocente aprenda o valor da vida, assim como os velhos que oram e intercedem por seus irmãos e irmãs, que a bênção suprema recaia sobre o Mestre de Guerreiro em sua jornada no paraíso celeste, que tenha piedade de sua alma, Deus nosso Senhor, e que sirva de exemplo para toda a eternidade como um espírito de humildade, paz e alegria. Que ele esteja sempre ao teu lado, Pai, e que interceda por nós, que nos guarde em cada alegria e tristeza, ferida e cura, angústia e consolo em todas as faces sublimes da nossa existência. Deus, Jesus e Sereia, nos abençoem com sua sabedoria de todas as estrelas e pensamentos possíveis e permitam ao Mestre de Guerreiro se acalentar no entendimento eterno, grandioso, elevado, inigualável e transcendente.

A multidão rezava O Pai Nosso em uníssono. A voz enfática do Mateu se sobrepunha aos murmúrios lamentosos. A combinação dos sons cobria num véu fúnebre cada batida do tambor. O instrumento sempre servira para alegrar as festividades do Reino de Guerreiros. Porém, ali, cada batida lenta, em adágio, arrancava lágrimas sofridas e pesadas.

Após uma caminhada de uma hora, avistaram as colunas da entrada do Cemitério das Luzes, a obra mais antiga do Reino de Guerreiros. Suas pedras brancas e conservadas através do tempo se uniam aos imensos portões de entrada, fazendo do cemitério quase uma fortaleza.

Simão esteve ali na morte da mãe. Nunca se esquecera. O nome dela jazia escrito no túmulo ao lado, e seu coração deu um salto. Não havendo outra maneira, Simão deixou que a emoção lhe transbordasse a alma. E chorou. Pouco depois, sentiu uma mão lhe tocar firme o ombro.

— Está quase no fim — disse o Mateu. Aquele gesto lhe provocou uma paz interior inesperada.

Os quatro aprendizes de Guerreiro repousaram o suporte no chão e o corpo do Mestre de Guerreiro continuou firme. Os quatro iniciaram o Trupé, batendo forte os pés no chão. O Mateu começou a dança, porém a tristeza marcava cada passo. Ao contrário das celebrações animadas, em que o Trupé servia para marcar o compasso ritmado da alegria, só havia amargura. Cada batida lenta, fúnebre e ao som do tambor fazia derramar mais lágrimas do povo.

Os pés marcavam pegadas na areia molhada e a chuva voltou a cair forte. Os quatro aprendizes suspenderam o suporte com o corpo e o empurraram dentro da pequena entrada de mármore. Com o corpo inteiro inserido, fecharam o túmulo com uma pedra que servia de portinhola. Ao fechá-la, um som de trancas garantia o descanso eterno.

Simão percebeu a presença de Onofre, Pacheco e Rufino. Do outro lado, Igor e Jaime seguravam uma tocha que lutava contra a chuva. Todos em completo silêncio.

Com o coração acelerado, Simão encontrou o olhar de Nara. A conversa que tivera sobre sua mãe lhe atingira em cheio. Simão viu a si mesmo reclamando de coisas que pensava serem graves, mas se comparadas às mazelas de outras pessoas, se resumiam a pó. Nara já nascera heroína de sua vida, enfrentando desafios que Simão jamais pensaria em conseguir. Nara carregava consigo uma imagem inspiradora e uma sabedoria maior do que tudo o que Simão jamais havia visto e ouvido.

Uma dor lhe atravessou o peito quando imaginou que todos poderiam morrer. Mal conseguia ver os rostos da multidão, sombreados pelo fogo das tochas, mas a imagem dos cadáveres empilhados por toda a Feira dos Sábios lhe pegou de assalto.

— Que os conselhos de meu pai, a hombridade que assumiu, a boa ação que gerou, ecoe pelos quatro cantos do Reino de Guerreiros — iniciou Simão. — Vocês são tão filhos do Mestre quanto eu. O que nos une não é o sangue, mas o espírito dos Guerreiros.

Simão suspendeu a Coroa de Mestre de Guerreiro ao alto e a pôs na própria cabeça.

— Eu serei o Mestre de Guerreiro e farei a Abrição de Sede! — gritou alto e em bom tom.

O povo exclamou em uníssono. Nara se aproximou, junto a Onofre, Igor e Jaime. Por um instante, pareciam esquecer a guerra contra o Reino de Peri. E pior, o povo ainda não fazia ideia do que os aguardava. O Mateu lhe tocou o ombro com firmeza.

— Escolheu sabiamente, Simão — disse o Mateu.

Simão franziu o cenho. Num suspiro profundo, virou as costas e saiu dali o mais rápido que pôde. E, ao contrário das palavras do Mateu, Simão tinha certeza de que fizera a pior escolha da sua vida.

III

— Isso é um absurdo! — vociferou o Rei de Guerreiro, sua voz reverberando no salão principal.

Guilherme ouvia o Rei gritando injúrias a cada frase. E não era para menos. Todo o ódio que sentia contra o antigo Mestre de Guerreiro eclodiu com a improvável escolha de Simão em ser o novo Mestre. Na verdade, Guilherme também ficara surpreso.

— Majestade, Simão não é igual ao pai. Suas decisões também não serão — disse Isac. — Todos sabem que o filho do antigo Mestre nunca quis seguir os passos dos Guerreiros.

Não era de todo verdade. Num gesto inconsciente, Guilherme contraiu a mão direita deformada. Nunca conseguira segurar uma espada e ainda a dor lhe percorria os ossos. Simão sempre fora ousado o suficiente para fazer o que quisesse desde pequeno. O miserável nunca criara seu próprio caminho, já nascendo no berço de ouro de um mundo perfeito.

— O sangue imundo corre naquelas veias! — exclamou o Rei. — Tenho certeza de que o antigo Mestre também tinha sangue desse povo das matas. Bárbaros vagabundos! Mataria a todos eles, sem pensar duas vezes! São filhos do diabo.

— Mas se o povo o apoia, Vossa Majestade precisa ter paciência.

— E você acha que não sei disso?! Malditos sejam!

Guilherme rememorou a forma como o antigo Mestre de Guerreiro governara. Desde o início, seu discurso havia sido uma sábia estratégia. Falara seu pensamento a favor do povo, mesmo àqueles que se declaravam como Afoitos. Enquanto o Rei perdia apoio por causa dos conflitos, o povo aplaudia o Mestre. Não demorou muito para que um número grande de pessoas achasse que se algo acontecesse ao seu representante, a culpa recairia imediatamente sobre o Rei. Sem apoio, o governo desmoronaria no mesmo instante.

— Não há nada que se possa fazer, Majestade — disse Isac. — Aguarde a postura de Simão e aja com sabedoria.

— Há uma maneira — disse Guilherme, num impulso.

O Rei e Isac ficaram a todo ouvidos.

— Sabemos que o relacionamento entre Simão e o pai era, no mínimo, conturbado, mas isso não significa que ele tomará decisões diferentes. Vossa Majestade, acredito que a atitude de assumir o posto mostra o quanto Simão está mais apegado do que imaginávamos. A espera pode ser um erro.

— Então o que propõe? — indagou o Rei.

Guilherme sentiu a respiração acelerar e controlou-se como pôde. Pensara naquilo havia muito tempo. Se falhasse, teria que esperar ainda mais. Sentia-se farto de fingir obediência por tanto tempo.

— É necessário que o Mestre de Guerreiro se ocupe — respondeu Guilherme. — Uma distração. Talvez um primeiro dever. Isso garantiria que seus próprios interesses sofressem um atraso em nome de algo maior. As decisões de Vossa Majestade ganhariam um tempo precioso.

— Eu já tentei isso com o pai dele. — O Rei pareceu afundar nas próprias memórias. — Ótimo que esteja morto e enterrado!

Guilherme tentou manter a voz tranquila e objetiva.

— Vossa Majestade não tinha o povo ao seu favor e creio que, com Simão, também não seja diferente.

— Que a Estrela Brilhante o convença, então — disse o Rei, se recostando no trono. Seu cansaço e desgaste recaíram sobre as rugas e na barriga saliente.

Guilherme engoliu em seco. A Estrela Brilhante atuava como uma das Figuras mais poderosas de todo o Reino. Se ela se envolvesse naquele impasse, Guilherme fracassaria antes mesmo de começar. Ela provocaria um estrago sem precedentes.

— Se Vossa Majestade permitir, eu sozinho posso resolver esse impasse. Tenho algo muito pessoal com Simão. O conheci quando criança. — Guilherme fechou a mão direita, sentindo uma veia deslizar, arranhando por sobre um músculo atrofiado. — Se falar com ele, posso criar mais empatia e ele dará ouvidos a um velho amigo. As ocupações da Estrela Brilhante com os Afoitos são de extrema urgência, sendo desnecessário realocá-la para dar um simples recado.

Os olhos afiados do Rei lhe percorreram a alma, numa chama de pura ganância.

— Não sabia que o conhecia. É uma vantagem.

— Se me permitir, sairei agora mesmo para cumprir suas ordens, Majestade — disse, enfático. A pulsação acelerou ainda mais e ele fez uma reverência instantânea.

— Traga-me o Mestre de Guerreiro e o Mateu. Se algo der errado, o dobrarei por causa daquele velho. Sei que o antigo Mestre lhe tinha muita estima e acredito que o novo, também. Permito-lhe que vá.

— Sim, Majestade.

Guilherme recobrou a postura e saiu do aposento. Fechou atrás de si a grande porta de madeira, ouvindo os últimos comentários do Rei com Isac. A primeira parte do plano já se encaminhara. A oportunidade de que tanto ansiava lhe chegara naquele momento e não a desperdiçaria. Queria olhar nos olhos de Simão uma última vez. Mas precisava fazer algo antes de partir.

Dirigiu-se apressado pelos corredores do palácio, à procura de sua outra oportunidade. Não demorou muito para encontrá-la. A Rainha cuidava do jardim como de costume, com a mesma expressão dura e permanente nos olhos.

— Majestade, minha Rainha — disse ele, fazendo uma reverência. Ela ignorou sua presença, atenta às pétalas e sinuosidade dos caules. — Precisarei cumprir uma ordem do Rei, fora do palácio.

Ao falar a palavra "Rei", a Rainha não conseguiu conter a expressão de nojo.

— Tenho consciência do quão injustas podem ser as decisões do Rei — continuou ele. — Conseguem condenar desde um Reino inteiro até aqueles que mais amamos. — A Rainha deu um sobressalto, virando-se para encará-lo. — Algo precisa ser feito. Quando amamos algo ou alguém, devemos protegê-lo. O que interessa é nossa sábia intuição. Sei que Vossa Majestade a tem aguçada.

— E quem você pensa que é para dar conselhos impróprios à Rainha? — respondeu ela com a voz dura como pedra.

— Como conselheiro do Rei, a aconselharia também. Sei exatamente o que a Rainha deseja.

— Deixe de rodeios e revele aonde quer chegar.

Guilherme notou que a voz dela ficara mais amena. Conquistara sua atenção.

— Não basta proteger quem mais amamos no mundo. Precisamos a todo o custo afastar o mal que nos rodeia.

— Me parece... — disse ela, com expressão de asco —, que você está sugerindo que algo de ruim aconteça, seja lá o que for. Sabe que pode ser morto por isso.

A voz da Rainha tornara-se mero sussurro. Ela aderia aos poucos à sua proposta, mesmo ainda sem saber.

— Conheço alguém que pode lhe ser útil — disse ele. — Alguém capaz de afastar o mal que tanto lhe aflige a alma e o coração.

Ele se aproximou do ouvido da Rainha, pronunciando um nome. Ao ouvi-lo, ela deu um passo para trás.

— Esse homem — disse ela, ainda em voz baixa. — É um mercenário.

— Exatamente o tipo que Vossa Majestade precisa. Não há mais ninguém capaz de guardar tamanho sigilo. Ele é o homem certo para o serviço.

Guilherme jamais dera qualquer passo sem ter a certeza das consequências. Não seria preso ou morto por traição. Naquele momento, não havia margens para outras interpretações. A Rainha ansiava pelo mesmo objetivo.

— O que você ganha com uma traição ao seu Rei? — questionou ela.

— Quero que ele recobre o perfeito juízo que perdera. É essa a minha função como conselheiro. O próprio Rei cometera a verdadeira traição ao não se lembrar da honra e orgulho que devemos cultivar. Com a sua ajuda e permissão, minha Rainha, estou lhe oferecendo o melhor e mais seguro caminho para que isso aconteça.

Ela permaneceu em silêncio.

— Preciso cumprir a ordem do Rei. — Guilherme fez uma reverência e beijou a mão da Rainha.

— Diga-me onde posso encontrá-lo?

O perfume das plantas o encobriu pela primeira vez. Permitiu deliciar-se com as nuances do aroma adocicado misturado com um amargor intenso de alguma flor envelhecida.

— É um homem raro de aparecer, mas seus dois vassalos escondem-se ao norte.

— Não tratarei de nada com meros vassalos.

— Não há alternativa, Majestade. Caso contrário, terá que viajar até o Reino de Peri. Algo que chamará a atenção do Rei.

Guilherme fez outra reverência e a Rainha se afastou. Em silêncio, ela girou nos calcanhares e seguiu pelo corredor. Guilherme sentiu orgulho das palavras que utilizara para convencê-la. Quase havia acreditado. Teve mais uma vez a certeza de que a cegueira dos Guerreiros vinha da vaidade. As palavras pomposas falando de amor e proteção massagearam o ego da Rainha o suficiente para convencê-la. Isso era o bastante. Havia feito progressos importantes num único dia. O novo Mestre de Guerreiro tinha o Mateu como ponto fraco. Atacaria primeiro e depois faria Simão pagar.

Apressando o passo, Guilherme foi em direção aos estábulos, virando as costas para tudo. E para todos.

IV

O clima sombrio encobriu o Mateu quando retornou ao salão principal do recanto do Mestre de Guerreiro. Nara, Pacheco, Rufino, Onofre, e seus dois filhos, Igor e Jaime, se prostravam em volta de Simão, no trono. Ele usava a Coroa de Mestre de Guerreiro.

Impossível que tantos problemas surgissem de uma só vez e tudo dera errado no rumo a um caminho pacífico. A tensão entre os Guerreiros e os índios se intensificara ao ponto crítico.

— Simão — disse Rufino. — Quero dizer, Mestre. O que exatamente está acontecendo?

— Vocês não precisam me chamar de Mestre. Não tem problema.

— O Rei de Guerreiro já declarou guerra ao Reino de Peri — disse o Mateu.

— E qual a saída? — indagou Onofre.

— A queima das plantações de cana-de-açúcar causou aquilo que o Rei de Guerreiro mais desejava. — O Mateu sentiu cada palavra como uma pedra no coração que insistia em criar um turbilhão de imagens sobre o futuro do Reino massacrado. — E é lógico que o Rei já sabe a quem culpar.

— De quem estamos falando?

— É conhecido como Adhemar. E conquista adeptos por onde passa.

— Esse nome não me parece indígena — disse Rufino.

— Isso esclarece a sua motivação — explicou Simão. — Meu pai sempre me contou sobre o outro lado dos discursos oficiais. Era um homem fervoroso e discordante da política expansionista e sempre mencionava que outra Revolta de Peri estava prestes a acontecer. Os índios não aguentam mais a presença dos Guerreiros. Mais do que política, a nossa influência é cultural.

As palavras sábias de Simão criavam um paralelo perfeito com a imagem de seu pai. Cada palavra e gesto como um espelho do antigo Mestre de Guerreiro.

— Mas se o Rei declarou guerra, significa que estamos seguros e preparados para a defesa — disse Nara.

O Mateu deu um suspiro cansado.

— O Rei enfrentará duas frentes de batalha. Adhemar é o mais óbvio e está às vistas. Mas os Afoitos continuam desafiando o governo, sem uma reação à sua líder.

— A líder? — questionou Simão. — É uma mulher?

— A Estrela Republicana.

Todos imergiram no silêncio. Os Afoitos sempre pareceram desorganizados e sem um comando central. O Mateu teve certeza de que chocara a todos pondo uma face no inimigo.

— Mas há um boato de que ela morreu! — exclamou Onofre. — E outro de que nunca existiu.

— E nenhum dos dois faz sentido — disse o Mateu. — Só quem é da Hierarquia sabe de todos os problemas. Ela já foi muito próxima do Rei. Começara como aprendiz e aos poucos dividia a mesma mesa com a Estrela de Ouro e a Estela Brilhante. Uma fiel defensora da palavra até que as discordâncias não demoraram a aparecer.

— Sobre os índios? — perguntou Simão.

— Disputa de egos. O Rei de Guerreiro a condenou à morte e ela virou uma foragida.

— E pelo visto, essa peleja ainda não acabou — disse Rufino, parecendo se contorcer em um arrepio.

— Em seu aumento das divisas do Reino de Guerreiros, o Rei se justificou em nome de Deus e de Nosso Senhor Jesus Cristo. Ela teve a audácia de duvidar dos milagres. Eu sempre os realizei, mas ela nunca testemunhara. Isso chegou a um ponto insuportável de conflito.

— Que nome esquisito para uma foragida — disse Pacheco. — Parece que fez questão de já pôr as mangas de fora.

Jaime se adiantou:

— É uma clara referência ao poder das outras duas estrelas. O que está em jogo é passar a imagem de poder. Se o Rei tem suas Estrelas, os Afoitos também têm uma.

Jaime pareceu engolir em seco e parou o discurso. Tinha certeza de que o filho rememorava cada detalhe da experiência que vivera no meio da estrada. Jaime podia se passar de forte para os outros, mas o Mateu sabia da fragilidade do filho. O comentário sobre a Estrela Republicana era um indício de uma vida afundada nos livros sobre a história do Reino de Guerreiros, desenvolvendo o olhar sensível sobre o território simbólico das arrogâncias típicas dos Guerreiros.

— Então a solução é simples — disse Nara. — É só o senhor fazer um milagre na frente dela. Sendo um representante legítimo dentro dos Guerreiros, ela vai mudar de ideia.

O Mateu deu outro suspiro cansado.

— Não é tão fácil assim.

— Por quê? — indagou Simão, inclinando-se com interesse.

— O problema não está na Estrela Republicana, mas em mim.

Igor e Jaime soltaram um arquejo de surpresa. Difícil encararem o Mateu declarando uma suposta impotência diante da situação. Simão continuou impassível, como se soubesse de algo.

— O que seu pai lhe contou, Simão?

— Falava pouco do Mateu, mas dizia que era... Um incapaz.

Um murmúrio de protesto saiu da garganta de Igor.

— Mostraria ao seu pai que ele estava errado — disse o Mateu. — Mas tudo acabou em tragédia.

Simão se recostou no trono, como se a morte do pai lhe insurgisse à flor da pele. A imagem do pai ensanguentado deveria ter-lhe saltado à memória.

— Foi a Estrela Republicana quem orquestrou tudo isso? — questionou Simão.

— Não. As feições do assassino de seu pai eram as mesmas dos que tentaram nos atacar. Duvido muito que a Estrela Republicana tenha feito uma aliança, principalmente pelo lado de Adhemar. Apesar de ambos terem o ideal de destruir o Rei de Guerreiro, mantém em comum o interesse de domínio. Um jamais iria abrir mão do Reino de Guerreiros por causa do outro.

O frio da noite adentrou pelos corredores junto com o cheiro da poeira impregnada nos cantos abandonados do recanto.

— Deve haver alguém de bom senso no Reino de Peri — disse Simão. — Meu pai sempre disse que há oposição dentro das Onze Nações. Seus representantes podem vir ao Reino de Guerreiros. Ou nós vamos até lá para negociar.

Pacheco pareceu mais animado. O Mateu percebeu sua ingenuidade.

— Não tem como isso acontecer — respondeu Jaime. — O controle do Cordão do Sul é inegociável em época de guerra. Ninguém pode sair.

O Mateu assentiu.

— E nem o Rei de Guerreiro permitiria que fôssemos até lá. E mesmo se o impossível acontecesse, ao Reino de Peri, o Rei declarou guerra e agora somos inimigos oficiais.

Um longo silêncio invadiu o salão.

— O que fazer, então? — indagou Nara.

— O Cordão do Norte — respondeu o Mateu. — Tenho certeza de que a Estrela Republicana recruta adeptos contra o Rei. Nem consigo imaginar o número de Afoitos reunidos em seu exército, já que o Embaixador do Norte não compareceu à reunião. Significa que a situação no Cordão do Norte está pior do que imaginamos.

— O Rei de Guerreiro tem seu recanto ao sul, mais próximo do Reino de Peri — disse Simão, raciocinando rápido. — Ficar ao norte garante à Estrela Republicana a discrição necessária. Se eu conseguir falar com ela, posso tentar garantir uma negociação.

— Como vai fazer isso? — questionou Onofre.

— Ela terá que se unir a mim, representante dos Guerreiros, para combater Adhemar.

O Mateu achou a ideia contraditória. Acabara de explicar que a última coisa que a Estrela iria querer era uma aliança com a Hierarquia.

— Isso é impossível, Simão! — exclamou Nara.

— Todos sabem que minha fama é de alguém que não gosta dos Guerreiros — disse Simão, com um leve sorriso no rosto de quem enxerga uma estratégia possível num mar de incertezas. — Carrego a vergonha de nunca ter me interessado pela Hierarquia. Posso usar isso ao meu favor. Uma aliança com o Mestre de Guerreiro desinteressado dará a impressão de que lutamos do mesmo lado.

— E o que fará depois?

— Um passo de cada vez.

O Mateu assentiu. Simão era mais parecido com o pai do que gostaria de admitir. Onofre se mostrou incrédulo.

— Ou seja, estamos numa busca rumo à Estrela Republicana, que não sabemos exatamente onde está, nem que perigos nos aguardam, e ela, a representante dos Afoitos, precisa ser enganada a entrar numa guerra que mudará o Reino de Guerreiros... Que Deus nos proteja.

— Pacheco vive com cara de mané Luiz quando digo certas coisas — disse Rufino. — Mas nunca me canso de dizer: temos que contar com a proteção da Sereia.

Ao ouvir aquele nome, o Mateu sentiu um arrepio. Isso era bom.

— A Sereia nos motivará — disse Nara. — Ela sempre me motivou quando mais precisei. Tenho certeza de que não vai nos abandonar.

Simão se levantou. Sua Coroa de Mestre refletiu às luzes das tochas em volta. As fitas coloridas que pendiam da Coroa estremeceram com a leve brisa que outra vez invadiu o salão.

— Eu negociarei com a Estrela Republicana.

— Não sozinho — disse Onofre.

— Nem pensar — completou Nara.

Todos a encararam. Nara não possuía qualquer talento aparente que justificasse sua ida.

— Depois de tudo o que aconteceu, jamais trocaria uma oportunidade dessas por outro dia na Feira dos Sábios.

Simão segurou sua mão.

— Não. É perigoso demais.

— Posso não ter um treinamento oficial, mas tenho minhas habilidades — disse ela, enfática.

Como por instinto, Pacheco pôs a mão no pescoço, coçando de leve sua cicatriz.

— É melhor deixá-la ir, Simão. Vai por mim.

Estava claro que Nara não desistiria e Simão não teve alternativa a não ser assentir.

— Aquele arremesso da lâmina contra Rufino veio de alguém com perícia — disse Simão. — Você andou treinando. Por quê?

— Para um momento como esse, oras — respondeu Nara, com um típico sorriso de quem esconde segredos. Todos sabiam dos abusos que ela havia passado com o ex-marido e o Mateu desconfiou que ele fora o motivo para tanto preparo. Um assunto delicado demais para ser tratado com naturalidade.

O Mateu se aproximou do filho.

— Você também tem que ir, Jaime.

— Por quê? — questionou Igor. — Jaime não sabe lutar!

— Jaime ajudará Simão. Ele não deve se perder no caminho. — O Mateu colocou a mão no ombro do filho. — E você é um verdadeiro conhecedor das veredas deste Reino.

Fazendo-se ecoar pelos quatro cantos do salão, Rufino bateu algumas palmas.

— Então, está tudo certo! — disse, sorridente. — Já que tudo está nos trinques, eu e Pacheco vamos voltar.

O Mateu esticou o braço para impedi-los. Aqueles dois não tinham juízo.

— Ainda não, meus caros. Vocês ainda precisam mostrar a eficiência do que andam fazendo.

— Mas só fazemos birimbelos... Nada demais! — balbuciou Pacheco.

— São ladrões descarados! — esbravejou Nara. — Não sabem o trabalho que dá viver honestamente e ainda roubam de quem mal tem!

— Admitam logo — disse Mateu.

— Só roubamos as melhores lâminas para forjar espadas Guerreiras.

— Vi a qualidade do trabalho — disse Simão. — Aposto que os Guerreiros irão se beneficiar.

O Mateu notou o brilho no olho de Rufino. Não importava a ilegalidade do que faziam. O prazer lhe transbordava os ânimos. Onofre mantinha-se boquiaberto, fazendo uma negação quase inconsciente com a cabeça.

— Se o senhor sabia, por que não fez nada? — indagou Onofre.

— Porque esses dois aperfeiçoavam o nível das lâminas sem nenhuma maldade no coração. Eu conheço esses cabeças de vento. Mas não duvide de suas capacidades, Onofre. Pacheco e Rufino podem te surpreender com suas ideias mirabolantes no início, mas que fazem todo o sentido se lhes der uma chance. São diferentes ao seu modo, mas não fariam mal a ninguém. E sobre as espadas, precisei verificar com os próprios olhos.

Os dois irmãos deram um arquejo de susto.

— Então foi você quem roubou as espadas! — exclamou Rufino. — É... quero dizer... foi o senhor quem nos brindou, com a honra de verificar...

— Tome aí, sua pomba lesa! — vociferou Pacheco. — Sempre disse que não fui eu!

— Vão logo buscar essas espadas — disse o Mateu. — Preciso ter certeza de que melhoraram desde a última vez. Aproveitem e peguem as que eu trouxe. Uma está embaixo do banco da carruagem e as outras, na bagagem.

— Vai demorar um pouco — disse Rufino. — Nossa casa é quase nas brenhas. E ainda tem um mínimo detalhe que queremos melhorar.

— De quanto tempo precisam? — indagou Simão.

— Dois dias, no máximo. Prometo que antes.

Tempo demais.

— Deveríamos partir amanhã — disse o Mateu.

— O senhor não vai — disse Simão. — O Mateu e o Mestre de Guerreiro juntos são um risco maior do que o necessário. Sei que quer ajudar, mas se não consegue realizar milagres, será apenas um peso.

As palavras caíram duras no coração do Mateu. Durante muito tempo ficara sem a iluminação de Deus. De fato, não podia arriscar.

— Eu sou o Mestre de Guerreiro — continuou Simão. — As pessoas irão querer meus conselhos. E preciso de alguém confiável no meu lugar. Além de segurança pessoal, é precaução política. E toda a sua experiência nos assuntos burocráticos será bem-vinda.

Pessoas de todas as partes do Reino intensificariam as visitas. A estrutura sólida da religião permeava toda a Hierarquia e falar com o Mateu significava que receberiam várias bênçãos. Na ausência de Simão, ele seria o responsável por manter o equilíbrio.

— Sua decisão é sábia. Não faz ideia de quão és parecido com seu pai — comentou o Mateu.

O vento balançou as fitas da Coroa de Mestre. A expressão de Simão se fechou, confirmando que o Mateu se arriscara num território hostil.

— Vamos descansar — disse Simão, mudando de assunto. — Esperaremos Pacheco e Rufino, nos preparando para a partida.

O Mateu e seus filhos se dirigiram para o corredor. Nara e Simão foram para o outro lado e Onofre acompanhou Pacheco e Rufino na busca das espadas.

Pedindo a bênção de Deus, o Mateu esforçou-se para acreditar que, com a ajuda de Jesus e da Sereia, tudo daria certo.

***

Os cavalos cobriam com uma cortina de poeira todos os lugares ao redor. Dez aprendizes de Guerreiro acompanhavam Guilherme rumo ao recanto do Mestre de Guerreiro.

Matar Simão seria fácil, mas ele merecia mais do que isso. Guilherme permitiu-se um sorriso contra o vento ao pensar em como a captura do Mateu seria um prato frio para Simão digerir. O som dos cascos dos cavalos invadia o ambiente a ponto de fazer o chão tremer. Para não despertar olhares curiosos, Guilherme ordenara que seguissem durante a noite. De dia, os animais descansavam e todos se alimentavam, prosseguindo numa marcha mais lenta.

Precisava de discrição. A velocidade dos boatos parecia mais rápida do que o próprio vento. Com tanta paixão do povo pelo Mateu e Mestre, qualquer um poderia se atentar para a tragédia prestes a acontecer.

O próximo posto sentinela já se aproximava e trocariam os cavalos por outros descansados. O sol alaranjou o horizonte antes do anoitecer, escondendo-se por detrás das nuvens e da sinuosa linha de montanhas. Os dez aprendizes de Guerreiro entraram para descansar e meia dúzia de vassalos se apressou para preparar-lhes as novas montarias. O fluxo de pessoas resumia-se a comerciantes e mendigos a meio caminho da Feira dos Sábios.

Ao desmontar, Guilherme viu pelo canto do olho alguém se aproximar. Um mendigo descalço e corcunda, com o rosto num cobertor. Andava a passos bêbados.

— O moço teria um trocado? — pediu, numa voz rouca e trêmula.

Guilherme cuspiu no chão e virou as costas. O fedor lhe causou enjoo.

— Só um trocado, moço — insistiu o mendigo, tocando suas mãos viciosas nas costas de Guilherme.

Virando-se, Guilherme percebeu a cor avermelhada daquela mão, apesar da tanta sujeira. Um índio. Não poderia ser de outra forma, já que sempre foram relaxados e incapazes de se esforçar.

— Saia daqui antes que se arrependa.

O mendigo deu outro passo com a mão estendida. Como por instinto, Guilherme levantou sua mão esquerda com um punho fechado, mas interrompeu o soco. O mendigo lhe segurou pelo punho, num aperto desproporcional para a sua aparente condição. Ao contemplá-lo por entre o cobertor, Guilherme sentiu um arrepio lhe percorrer a espinha. Aquele rosto e as arrojadas vestes lhes eram bem familiares.

— Está surpreso em me ver? — disse a voz do líder indígena de uma das Onze Nações.

Engolindo em seco, Guilherme recolheu o braço. Girou nos calcanhares para ver onde estariam os outros. Ainda se preparavam, desatentos.

— Você está louco? — perguntou, murmurando agressivo. — Como conseguiu passar pelo Cordão do Sul?

— Espero que cumpra a sua parte no acordo.

— Não preciso que me lembre de minhas obrigações.

— Você demora mais do que é necessário.

— Alguns imprevistos aconteceram. Mas estou a caminho.

— Minha parte do acordo já foi feita. Investi em soldados contra o exército dele. Tive que fazer acordos com gente de intriga mais velha do que todos nós.

Guilherme preferiu não retrucar. A informação que o líder lhe fornecera fora crucial e sua ajuda amenizava seus planos para o futuro. Mas no fim das contas, o líder se mostrava idiota o suficiente para pensar que teria alguma parte quando tudo aquilo acabasse.

O líder repôs o cobertor no rosto e assumiu seu andar embriagado, se afastando sem maiores suspeitas. Quando Guilherme deu por si, a noite já caíra e se apressou para trocar a sua montaria, voltando a toda velocidade pelo trajeto, rumo à Feira dos Sábios. Com o vento frio lhe assaltando o rosto, engoliu em seco outra vez.

Agora, estava ansioso. Queria apenas ver a cara de Simão quando encontrasse com um colega de infância, sabendo que seria esta a última imagem vista pelos olhos do Mestre.

***

Ao amanhecer, o Mateu foi ao encontro de Simão. O procurou por todo o recanto, encontrando-o apenas nos fundos do jardim. Ao se aproximar, o tilintar da espada rugia no eco das paredes. Simão praticava golpes e movimentos como alguém com vasta experiência de batalha. Sempre soube que treinava sozinho, mas o Mateu nunca imaginou que Simão tivesse superado a distância de um treinamento formal. Teve certeza de que o Mestre de Guerreiro estava pronto.

Mas sem aviso, sentiu um aperto no peito. Imaginou por um instante que tudo acabaria em tragédia, que o Reino de Guerreiros se afundaria em desgraça e que Simão não retornaria. Apagou da mente essa maldita possibilidade.

— Posso ajudá-lo? — indagou Simão.

— Abrirei os portões. As pessoas começam a chegar por essas horas.

Pouco antes do início da Feira, grupos de senhores de roupas simples e sujas sempre apareciam para debater seus interesses. Pescadores, senhoras vendedoras de frutas e artesãos se juntavam em caravanas para pedir conselhos. Também não faltavam abastados comerciantes da cana-de-açúcar querendo saber sobre o futuro incerto das políticas da Hierarquia. Apesar de o próprio Mateu reconhecer sua experiência nesses assuntos, nada se comparava à recepção que o pai de Simão havia proporcionado.

— Está bem. Já estava terminando — disse Simão, apoiando a espada.

O Mateu saiu apressado. Antes que abrisse o portão, precisaria meditar. Aqueles eventos o tiraram da rotina de fé. Dirigiu-se à entrada, passando pelos dois aprendizes sentinelas. Quando saiu, a árvore centenária se desabrochava imponente a vários metros dali. Sob o sol abrasador da manhã do Reino de Guerreiros, o Mateu se aproximou do tronco, ajoelhando-se com os olhos fechados.

Com o coração aos saltos, o Mateu pôs a mão dentro do bolso.

Nada.

Abriu os olhos. Percebeu-se ofegante.

— Ainda não — murmurou para si, enquanto enxugava o suor que já lhe descia pela testa. Juntou as mãos e orou o Credo. E orou para a Sereia. Depois, notou uma sombra se aproximar.

— Não precisa se levantar — disse Simão. — Sempre me sentei na sombra desta árvore. Costumava treinar aqui.

Os dois ficaram lado a lado, sentados à grama. Simão mantinha o olhar perdido no horizonte, na direção da Feira dos Sábios. Um caminho longo de areia marcava o percurso.

— Sabe — continuou Simão. — Vivi a melhor parte da infância brincando neste gramado.

— Eu me lembro. Não faz ideia do quão era peralta.

— Ah, faço sim. Eu reunia todos para combater. Com espadas de madeira, claro.

— É assim que a paixão por nossa tradição começa.

Simão sorriu, mas logo ficou mais sério do que nunca.

— Como Mateu do Reino de Guerreiros, o que pensa de tudo isso que está acontecendo?

O Mateu deu um suspiro profundo.

— Já tive incertezas no passado e não quero que tudo aconteça novamente. Mas vi como você está agora, Simão. Um verdadeiro Mestre de Guerreiro. Agora é minha vez de voltar a ser o Mateu que eu era.

— Está falando da Sereia? Meu pai contou que você pode falar com ela.

— Esse é o principal argumento dos Afoitos. A Sereia é um espírito. Em minhas orações, já falei com ela. E por um bom tempo, não a encontrei. Seu pai sabia disso. Esse sempre foi o assunto principal das nossas discussões.

— E aposto que conseguiu outra vez. Era isso que queria falar para ele.

— Exatamente.

— Pode falar comigo, se quiser — disse Simão, apoiando a mão no ombro do Mateu.

Falar tudo o que sabia era uma atitude precipitada. Ao tocar no bolso, a Sereia ainda não lhe enviara resposta. Sem ela, seria irresponsável mexer numa ferida do passado.

— Agradeço muito por isso, Simão.

A caminho do recanto do Mestre, uma carroça velha se aproximava. O vento forte sacudiu a poeira e fez a lona que cobria a parte de trás balançar. Na condução, Onofre, Pacheco e Rufino.

— Mas já? — questionou o Mateu. — Foram num pé e voltaram no outro.

Os dois foram até à carroça. Onofre desceu com sua cara de poucos amigos. Na certa, decidira acompanhar Pacheco e Rufino para apressá-los, mas o próprio ofício ilegal ainda lhe atravessava a garganta.

— Vocês trouxeram espadas demais — disse o Mateu, apontando para a carroça cheia. — Esperava uma boa variedade, mas não tudo isso.

— Só trouxemos as mais importantes! — exclamou Rufino.

— Não ouçam esse boateiro — disse Pacheco. — Ele se orgulha demais de algumas que ainda estão com defeito.

— Boateiro é você! — esbravejou Rufino em resposta. — Não vou voltar com as mãos abanando só porque não quer a opinião do Mateu sobre as peças que fiz.

Onofre fechou ainda mais a expressão.

— É o sujo falando do mal lavado — disse.

— Vai demorar muito até testarmos cada uma — disse Simão. — Não havia necessidade de tantas.

— Havia, sim! — insistiu Rufino. — Eu as trouxe em diferentes estágios de preparação. Uma lâmina boa pra um, não serve pra outro.

— Certo, certo — disse o Mateu, sua paciência se esgotando. Pediu ajuda aos dois aprendizes que guardavam o portão para auxiliar a descarregar. Logo Nara, Igor e Jaime se juntaram ao grupo. Apesar dos Guerreiros não se utilizarem de escudos, avistou alguns de diferentes formatos.

O Mateu passou o dia inteiro atendendo ao povo que fazia mutirão para conversar. Os assuntos foram os mesmos que previra. Ao anoitecer, fechou o portão para começar a avaliar as lâminas.

— São muito boas — disse Simão.

— Só que esses aqui não servem para nada — disse o Mateu, apontando para os escudos.

— Claro que servem! — exclamou Pacheco. Ele pegou um escudo e mirou em Onofre, jogando-o contra ele. Onofre se defendeu num golpe certeiro. O impacto do metal preencheu o salão. O escudo frágil se partira em três pedaços. Pacheco ficou arrasado. — Mas não é possível!

— Eu te mato se jogar outro escudo em mim — disse Onofre.

— Já disse que não servem — completou o Mateu. — Procurem trabalhar mais da próxima vez.

Igor se mostrou inquieto.

— Quer dizer que teremos espadas, mas não escudos? — perguntou ele.

— Com uma lâmina dessas não acho que precisaremos de escudos — disse Simão, olhando o próprio reflexo.

Nara deu um sobressalto.

— Nunca entendi essa dos Guerreiros não usarem escudos. E você, Simão, já está incorporando o espírito.

— Elas serão o melhor ataque e nossa melhor defesa — completou Simão.

O Mateu assentiu. O escudo escondia a beleza dos Guerreiros estampada nas roupas, Coroas e fitas coloridas. Mesmo com todo o sangue da batalha, ostentavam a beleza em primeiro lugar. O Rei de Guerreiro e seus Ancestrais sofriam desse mal. No instante em que viram o poder das suas vestes, sentiam-se no dever de impor seu modo de vida aos índios.

O grupo estava pronto.

— Boa sorte para vocês — disse Rufino. — Que Deus abençoe.

— Para você também — disse o Mateu, em resposta.

— Para mim? Por quê?

— Você também vai.

O sorriso de Rufino se apagou como uma vela à mercê do vento.

— E... eu posso... — Engoliu em seco — Saber o porquê?

— Jaime é um grande conhecedor dos caminhos do Reino de Guerreiros. Ao contrário de você, que conhece as pessoas.

Pacheco deu uma gargalhada.

— E num é que é mesmo!

— Cale a boca, homem! — bradou Rufino, vendo-se sem saída.

— O caminho daqui para lá nos reserva surpresas — disse Simão. — Precisamos de você.

— Então, meu irmão vai comigo!

Agora foi Pacheco quem deu um passo para trás.

— Nem pensar! Quem vai cuidar da barraca na Feira? Vai você, eu estou muito bem aqui.

— Se der mais um pio, te dou uma chapuletada na cara, seu miolo de pote!

Antes que Rufino o esganasse vivo, o Mateu intercedeu.

— Seu irmão está certo. Os dois juntos conhecem mais gente que todos aqui. Igor ficará comigo e garantirá minha proteção. É difícil dizer isso, mas não sabemos se sofrerei um novo ataque. E temos que... — Mateu interrompeu sua frase ao vislumbrar pela janela um ponto luminoso se aproximando. Depois, vários pontos como tochas clareando na escuridão. Sentiu o coração estremecer, o que não era um bom sinal.

Quando viu que as tochas se espalhavam por todos os lados, seu coração disparou. Estavam cercados.

V

Como bolas de fogo saindo da escuridão, Simão acompanhou a chegada de vários homens. Com espadas em punho e roupas de cores vivas, todos se mostravam como aprendizes de Guerreiro.

Troncando olhares com o Mateu, soube no mesmo instante que ambos pensavam a mesma coisa: não cercavam o recanto por coincidência. Como por instinto, Simão levantou a espada. Reconheceu que alguém permanecia parado logo atrás, sob as sombras que a lua projetava nas árvores. Quem quer que fosse, parecia o líder do grupo. E pela postura cautelosa, se assemelhava a alguém com más intenções.

Quando todos os aprendizes pararam a uma distância segura sob seus cavalos, o sujeito se aproximou. A chama revelou metade do seu rosto. Foi mais do que suficiente para Simão sentir a pulsação acelerar. Como prevendo o pior, os cavalos relincharam no estábulo próximo dali.

A face bem delineada de Guilherme se exibia bem mais velha, porém, com sua expressão inconfundível de escárnio.

— Por ordens de Vossa Majestade o Rei de Guerreiro, estão todos presos.

Depois de vinte anos, Simão não pensava que veria Guilherme outra vez. Aquele olhar ganancioso e a voz afiada de escárnio não envelheceram em nada. Então fora esse o destino de Guilherme. Trabalhava para o Rei de Guerreiro e cumpria suas ordens, como uma pessoa que se aproxima de alguém mais poderoso só para desfrutar do privilégio da violência.

Simão se dirigiu à entrada sob os protestos de Nara. Não ficaria dentro do recanto sem responder a uma ordem real. O grupo inteiro ficou do lado de fora, junto aos dois aprendizes sentinelas.

— Sob qual acusação? — indagou Simão.

Guilherme se aproximou em seu cavalo e os dez aprendizes, agora desmontados, brandiram suas espadas. O círculo pontilhado das chamas se fechou alguns metros, cercando-os ainda mais.

— Simão, vamos deixar as formalidades de lado. Sabemos muito bem que a única chance de alguém sair vivo daqui é cumprindo as ordens do Rei.

— E quem você pensa que é? — questionou Nara. — Vai nos atacar com seus vassalos, seu covarde?

Guilherme sorriu.

— Não é a minha intenção. Sabe, eu não luto com ninguém faz... — Ele apertou a mão retorcida, bem visível sob a luz trêmula da tocha. — Uns vinte anos, não?

Uma avalanche de possibilidades inundou a mente de Simão, mas ele teve certeza do que o destino reservara a Guilherme nas últimas duas décadas. A sua vontade de entrar nos Guerreiros, a imagem do sangue jorrando de sua mão, seu desaparecimento por anos, as inúmeras decepções por ser aleijado e não brandir uma única espada sequer. Sua família ligava-se à cana-de-açúcar e o pai via um destino glorioso de seu filho ao lado do Rei, batalhando a favor de seus interesses. Simão agora percebia que o raciocínio feroz continuava vivo, mas de outra forma. Guilherme sustentava um poder muito maior que o da espada, sendo ele o porta-voz do Rei.

— As ordens do Rei são claras — continuou Guilherme. — Caso contrário, não há alternativa se não a morte imediata.

— Eu sou o Mestre de Guerreiro e só o Rei pode tocar em mim ou em qualquer um sob minha proteção.

— A Hierarquia existe em conjunto — disse o Mateu. — O próprio Rei precisa de um motivo extraordinário para querer a morte de algum membro.

— Essa regra é, de longe, a mais arcaica. — Guilherme deu outro passo. — Não faz sentido ser um Rei sem um poder absoluto.

Simão apostava que Guilherme não seria irresponsável. Tinha motivos pessoais contra Simão pelo o que sofrera, mas colocaria sua própria vida em risco se usasse a palavra do Rei de Guerreiro em vão. E o Rei sabia dos riscos que corria caso ordenasse um genocídio generalizado.

Simão apontou a espada para Guilherme, ainda distante e protegido pelos aprendizes.

— Saia do caminho ou o abriremos à força — disse Simão, enfático.

Guilherme fechou a expressão.

— Prendam o Mateu!

Igor se pôs na frente do pai, com a espada em ataque. O Mateu levantou sua espada num sinal de confirmação: aquilo não era um blefe.

Os dez aprendizes largaram as tochas e partiram contra o Mateu. Igor também se deslocou para frente de Jaime, Pacheco e Rufino, protegendo-os ao mesmo tempo.

Quatro vassalos mais próximos brandiram as espadas ao alto, desferindo um golpe preciso contra Igor e o Mateu. Eles se esquivaram para trás e contra-atacaram, atingindo dois aprendizes no peito. Simão pôde ver os olhos inquietos do Mateu. Era incomum que ele fosse à batalha, muito menos ferir um homem, mas precisava se proteger.

Simão, Onofre e Nara se juntaram ao Mateu e outros três vassalos partiram contra eles. Nara tomou à dianteira e na investida dos inimigos, os três conseguiram contra-atacar. Nara rasgou o pescoço de um aprendiz com a adaga e fincou outra lâmina entre os olhos do segundo. Simão cortou o outro à altura da coxa e Onofre não conseguiu atacar o último. Quando Nara abriu uma brecha, Simão a protegeu contra o ataque inimigo.

— A história se repete outra vez! — esbravejou Guilherme, ainda mantendo uma distância segura. — Proteja-a outra vez, Simão. É o destino dessa vagabunda ser acobertada por um Afoito como você.

Os outros cinco aprendizes restantes se mostraram mais ferozes que os outros. E num vacilo, Igor foi atingido à altura do ombro, gritando num arquejo de dor.

Aquilo foi mais do que suficiente para que Pacheco e Rufino saíssem da proteção de Igor, fugindo rumo à escuridão. O tilintar das espadas permaneceu constante. Simão, Nara, Onofre, e o Mateu de um lado, e os cinco aprendizes do outro. Sem poder atacar, Igor manteve Jaime logo atrás, protegido.

O som violento dos cascos de vários cavalos eclodiu de repente. Num relinchar em conjunto, os vários animais surgiram da escuridão contra os cinco aprendizes. Simão entendeu de imediato: Pacheco e Rufino haviam corrido na direção dos estábulos e libertado os animais. Agora, os dois irmãos voltavam lado a lado para ajudar.

Com os cavalos eufóricos, os aprendizes perderam a coordenação.

— Saia daqui, Simão! — exclamou o Mateu.

— Não vou deixar você.

— O grupo tem que partir agora! Se eu for capturado, ganharei tempo para você.

Simão não acreditou que o Mateu falava sério.

— Você vai morrer.

Num murmúrio, o Mateu revelou:

— Sem Igor, não vamos aguentar. Duvido que o Rei me mate. Isso é só um blefe. Se eu for capturado, fará menos diferença que você.

Nara pôs a mão no ombro de Simão.

— Ele está certo — disse ela, enquanto os cavalos atrapalhavam os cinco aprendizes de se aproximarem do Mateu. — Mortos não faremos diferença.

Simão amaldiçoou Guilherme. Por mais que não quisesse admitir, o Mateu tinha razão.

— Acham mesmo que sairão daqui ilesos? — questionou Guilherme, ainda distante.

Onofre recuou para o lado do grupo.

— Eu ficarei para proteger o Mateu.

— Não! — disse o Mateu. — Você também deve partir.

— Igor não vai continuar por muito tempo.

— Então, proteja Pacheco.

Com aquelas palavras, o Mateu largou a espada. Levantando as mãos num gesto universal de renúncia, começou a caminhar na direção de Guilherme.

O Mateu tinha certeza de que nada de mal lhe aconteceria. Simão não soube dizer se aquilo era sabedoria ou pura insensatez.

— Vamos, Simão! — exclamou Nara, dirigindo-se com Jaime e Rufino rumo aos cavalos.

Quatro cavalos se acalmaram e permitiram que Nara, Jaime, Rufino e Simão os dominassem. Atravessaram às pressas por entre os aprendizes, que por pouco não atingiram suas lâminas contra as patas dos animais.

Antes de adentrar na escuridão, Simão olhou para trás. Viu que Pacheco e Onofre iam para o Sul, enquanto ele e seu grupo fugiam para o Norte. O Mateu e Igor diminuíram a silhueta diante de Guilherme e dos cinco aprendizes que restaram, até virarem pontos distantes.

— Eu o trarei de volta — Simão murmurou para si, arrependendo-se por não ter acabado com Guilherme debaixo daquela árvore quando tivera a chance.

Parte Três

I

Uma névoa poeirenta encobria a Feira dos Sábios, dançando sob o vento frio da noite. E os cavalos de Pacheco e Onofre a cortavam como uma navalha. Atrás deles, dois aprendizes a toda velocidade.

Pacheco guiava à dianteira. Mesmo Onofre conhecendo bastante do Reino de Guerreiros, Pacheco sabia que a Feira dos Sábios era um desafio para poucos. Adentrando pela Rua das Sete Freguesias, guiou seu cavalo para um dos becos. Torcia para que Onofre conseguisse ver seu itinerário através da névoa espessa, e que o labirinto de paredes e tendas desorientasse os perseguidores. Virou à esquerda e prosseguiu até o fim do outro beco, o som dos cascos dos cavalos em trovoada.

Sem sinal dos dois aprendizes, Pacheco diminuiu a velocidade e desmontou.

— O que está fazendo? — esganiçou Onofre, em voz baixa.

— Os cavalos fazem muito barulho.

— Temos que sair daqui!

Levantando uma das mãos, Pacheco deu um tapa na traseira do cavalo, fazendo o animal relinchar num trote apressado.

— Ficou louco de vez?! — questionou Onofre. Pacheco o encarou e Onofre teve que fazer o mesmo, desmontando e fazendo o animal seguir na mesma direção do primeiro. No ar, havia mescla de sons dos dois vassalos em algum beco próximo. Pareciam perdidos.

Com Onofre em seu encalço, Pacheco correu por entre os becos. De todos os moradores que conhecia, apenas uma pessoa lhe vinha à mente.

— Para aonde estamos indo? — indagou Onofre.

— Confie em mim — respondeu sem olhar para trás.

De súbito, outro barulho. Ambos pararam de correr sob os murmúrios dos aprendizes discutindo o paradeiro dos fugitivos. Mas aproximavam-se ligeiros. Pacheco sentiu o pavor lhe dominar as pernas. Respirando fundo, concentrou-se em seguir adiante, cortando por entre os becos escuros. Quando as vozes viraram no mesmo beco, Onofre e Pacheco se abaixaram na penumbra. A luz da lua projetou as sombras dos cavalos pela rua. Pacheco prendeu a respiração e sabia que Onofre fazia o mesmo. Mas a meio caminho, os dois aprendizes viraram à esquerda, adentrando em outro beco.

Pacheco se levantou e seguiu por mais cinco casas, encarando a sexta porta. Nela, havia uma inscrição de três letras.

— O que é D.A.D? — perguntou Onofre

— Não é o quê, é quem. — Pacheco bateu na porta devagar. Rezava para que o som não desse outra pista de seu paradeiro.

— Quem é D.A.D?! — exclamou Onofre.

Ninguém respondeu. Precisava bater com mais força.

Com o punho fechado, bateu três vezes. O som da madeira ecoando através do beco o fez engolir em seco. Mas sua pulsação disparou ao ouvir uma voz mais próxima do que deveria.

— Por ali! — bradou um dos aprendizes, no beco ao lado.

Onofre empunhou sua espada.

— Vamos sair daqui agora.

— Não. Temos que arrombar a porta.

— Arrombar a porta?! Isso é invasão.

Parecia impossível que Onofre ainda se apegasse às formalidades diante da morte iminente. Pacheco se lamentou por não ser forte o suficiente, mas Onofre tinha um porte físico apropriado.

— Me ajude a arrombá-la.

— Não vou te ajudar a invadir uma casa. Isso é ilegal.

Pacheco deu de ombros.

— E morrer é o quê?

— Arrombar só vai chamar mais a atenção.

Pacheco calculou a distância dos dois aprendizes. Estavam mais próximos.

— Não vão saber de onde vem o barulho.

O som dos cascos dos cavalos se aproximou ainda mais e a silhueta dos dois aprendizes se projetou numa sombra distorcida no chão, há poucos metros dali.

Pacheco respirou fundo. Não queria morrer daquele jeito. Dando dois passos para trás, encarou a porta. Jogaria seu corpo contra a madeira.

— Vamos sair daqui, Pacheco! — insistiu Onofre.

— Um... — Pacheco começou a contagem.

— Eu vou enfrentá-los.

— Dois...

Onofre se afastou um passo.

— Vou forçá-los a desmontar!

— Três!

Antes que Pacheco projetasse seu corpo, ouviram o som da fechadura. Incrédulo, Onofre olhou para trás e seguiu com Pacheco casa adentro, fechando a porta apressados.

A escuridão encobria a casa inteira. Do lado de fora, duas vozes trocando ordens se aproximavam. Pacheco sentiu que seu coração saltaria pela boca. Era muito jovem para morrer. A chama das tochas iluminou o aposento através da janela, como dois pontos amarelos que dançavam feito serpentes.

Mas as vozes seguiram em frente, perdidas naquele labirinto. Cortando o silêncio, outra voz emergiu da escuridão.

— Fiquem à vontade.

Num dos cantos da sala, uma lamparina foi acesa. A silhueta de um homem apareceu como um fantasma. Enquanto se dirigia ao outro canto, o homem segurava uma garrafa. Bebida, claro. Pacheco não conteve um sorriso. Fazia tempo que não via o amigo.

— Obrigado, Diego. Salvou nossa pele.

Diego caminhou até outro ponto, tomou um gole e acendeu mais duas lamparinas.

— É para a casa de um bêbado que você me trás? — indagou Onofre.

Pacheco notou que o tom de desdém sumiu quando Diego acendeu uma quarta lamparina. Onofre ficou boquiaberto com o que viu. Uma coleção de pinturas decorava as paredes. Todas em azulejo, com molduras quadradas de quinze e vinte centímetros de lado. No chão, repousavam fileiras de potes de tinta.

Cortando a sala com passos inseguros, Diego fechou a cortina da janela, impedindo que a luz chamasse a atenção. Diego se virou para os dois e fez uma reverência.

— Diego de Araújo Dias, pintor. O prazer é todo meu. — Tomou outro gole, num sorriso mecânico e artificial.

Pacheco desconfiou que Diego já repetira aquela frase infinitas vez, como uma obrigação.

— Pelo visto... — continuou Diego, sentando-se na cadeira ao lado —, deixar vocês entrarem vai me trazer problemas.

— Mas é só por...

— XIU! — exclamou o pintor, gesticulando com a garrafa para um banco de madeira logo ao lado. — Vão sentando, minha gente, vão sentando.

Onofre encarou Pacheco. Mesmo protegido, mantinha-se desconfiado, mas não ofereceu resistência.

— Preciso de um favor seu — disse Pacheco.

— Outro? — Diego riu. — Não basta a mão, já quer o braço? Se quiser dinheiro, vá procurar no inferno da pedra.

Pacheco sabia que Diego estava mal das posses. O conhecera muito antes de ter dinheiro e prestígio, mantendo este e desperdiçando aquele.

— Oxi, homem! Acabou o dinheiro de novo? — indagou Pacheco como se não soubesse. — E as casas que você compra nos quatro cantos do Reino?

— Com essa política de impostos? Quem consegue pagar em dia o aluguel?

— Tudo tem um jeito. Só não tem jeito para a morte, como dizem.

— Ou a morte é o único jeito, né não? — Diego deu outro gole, e apontou a garrafa para Onofre. — E esse aí, quem é?

— Diego, Onofre. Onofre, Diego — disse Pacheco, num gesto rápido.

Onofre forçou um sorriso. Foi recebido com outro gole.

— Pra correria que entrou, até que tá bem aprumado. Guerreiro?

— Ex-Guerreiro — respondeu Onofre, fechando a expressão.

— Já vi que vou ter que apartar alguma briga.

— Mais ou menos — disse Pacheco, tentando amenizar a situação. — Você precisa nos levar num lugar.

Onofre deu um sobressalto.

— Do que você está falando?

— Em primeiro lugar... — disse Diego —, não preciso fazer nada. É possível que eu faça, a menos que, em segundo lugar, não me traga mais problemas do que você já me gerou.

As lembranças pegaram Pacheco de assalto. Rememorou as vezes em que, ainda adolescente, fora salvo das intrigas de clientes da Feira dos Sábios por causa da influência de Diego como pintor. Diria, sem exagero, que Diego salvara a sua vida várias vezes. Mas não era nenhuma flor. Pacheco sabia que o amigo se envolvia em atividades ilegais para conseguir acumular ainda mais "senso estético", nas palavras dele. E tudo por causa de seu ego acima do normal. Manifestava a típica vaidade dos Guerreiros. Mas isso fora no passado. Precisava saber se Diego havia mudado por tudo o que passara.

Pacheco sentia que a amizade dos dois crescera como unha e carne. Ao mesmo tempo em que Diego humilhava tantas pessoas, sempre o tratara da melhor forma possível. E Pacheco não se iludia. No fundo, sabia que a amizade se sustentava porque nunca colocara Diego em nenhuma situação de grande risco.

— Preciso que você nos leve ao Reino de Peri.

Onofre se levantou da cadeira num salto.

— Mas que história é essa?

Diego deu uma gargalhada. Seu acesso de risos se seguia com mais goles da aguardente. De fato, não parecia fazer sentido. Mas Pacheco lembrava-se de tudo o que acontecera junto a Simão.

— Antes do ataque, Simão citou uma saída. Alguém no Reino de Peri deveria ter o bom senso de impedir essa guerra. Temos que ir para lá.

— Você é surdo?! Ninguém passa pelo Cordão do Sul! O próprio Mateu disse que era impossível.

— Diego pode passar.

Além do dom artístico, os pintores praticavam a generosidade por meio de doações para a conservação do acervo Guerreiro. Tinham o seu alto valor. Era comum que vivessem à beira mar, pintando paisagens paradisíacas do litoral e retratando o dia a dia das pessoas comuns. No tempo dos Ancestrais, esses artistas jamais tiveram qualquer oportunidade. Agora, ter uma pequena moldura tornara-se sinônimo de riqueza e esbanjamento. Pacheco sabia das histórias em que o pintor visitava a casa do comprador com os pés descalços e empoeirados de areia da praia. Quando ia embora, o caminho de areia no chão permanecia intocado. Os compradores faziam questão de expor às suas visitas o seu prestígio. E agora Diego poderia negociar grandes valores, ainda mais em tempos de guerra.

O pintor fitou Pacheco de cima a baixo. Sem aviso, foi atacado por mais risadas, agora se retorcendo na cadeira. A bebedeira já lhe fazia efeito.

— Isso é uma loucura! — exclamou Onofre. — Esse artista não tem o mínimo de juízo. Nenhum de vocês têm. O melhor a fazer é voltarmos para proteger Simão.

— Meu querido Pacheco — disse Diego ao se recompor. — O que o faz pensar que eu faria uma coisa dessas? Não estou tão bêbado a ponto de me suicidar. Eu sei muito bem que o Rei de Guerreiro é capaz de me pegar.

Pacheco se aproximou do amigo.

— Deixe de ser caviloso, homem! Por acaso já o encontrou cara a cara pra saber?

Tomando outro gole, Diego repousou a garrafa ao pé da cadeira e se levantou. Foi até o canto repleto das pequenas pinturas de azulejo. Organizadas em um suporte, guardava as obras numa sequência. Diego pegou a primeira e a exibiu. Nela, o rosto do Rei de Guerreiro retratado com realismo fez Pacheco sentir um calafrio. Os olhos tão perfeitos pareciam saltar vivos, encarando-o com crueldade.

— Claro que já — disse Diego. — Já fiz trabalhos para o Rei e para outros membros da Hierarquia. — Ele deu um passo desequilibrado e encarou cada detalhe da pintura. — Sim, o conheço muito bem. Esta é recente.

— E qual é o clima dentro daquelas paredes? — perguntou Onofre, agora interessado.

Diego recebeu a pergunta com um olhar desconfiado. Se confidenciar com um estranho exigia cautela.

— O Rei de Guerreiro está bem. Bem até demais. Parece certo de que acabará de uma vez por todas com o Reino de Peri.

— Então precisamos impedi-lo — disse Pacheco.

— Por quê? Se o Rei quiser invadir o Reino vizinho, que seja feita a vontade de Vossa Majestade. Isso não me afeta em nada.

— Você está louco — disse Onofre. — Uma guerra vai lhe afetar diretamente. Ou você acha que o Reino de Peri vai se render sem lutar? Tudo pode ser destruído!

— É mesmo? — Diego assumiu um tom de desdém, guardou a pintura do Rei e voltou a se sentar na cadeira, tateando a garrafa. Deu outro gole profundo. — Pelo que eu saiba, a Hierarquia é a mais poderosa que já vimos até hoje. Mas vamos lá, Pacheco. Não é por isso que você quer ir. Eu o conheço mais do que pensa.

Pacheco engoliu em seco. Seu coração acelerou.

— Neste exato momento, Rufino está fazendo alguma coisa pelo Reino de Guerreiros. E eu também preciso.

As palavras foram sinceras. Pacheco não sentia vaidade alguma sobre o heroico irmão que ajudava a impedir uma guerra. Pelo contrário, sempre vivera ao lado de Rufino com seu grande amor de irmão. Nunca se separaram. Vislumbrar um cenário em que Rufino estivesse morto lhe atingia em cheio. O perigo se mostrava grande o suficiente para isso acontecer a qualquer instante. Não poderia ficar parado.

Notando o silêncio de Pacheco, Diego ficou sério.

— Eu sei muito bem o que sente, Pacheco. E como sei. — Os olhos de Diego se umedeceram. — Mas eu lamento muito. Não posso ir ao Reino de Peri. Não posso arriscar meu pescoço indo ao Reino inimigo. Tenho muito que retratar em vida, seguro aqui, no meu querido Reino de Guerreiros.

Onofre apontou para os outros quadros.

— Tudo no Reino de Guerreiros pode deixar de existir. Tudo pelo o que você se inspira pode desaparecer com esta guerra insana. É esse o legado que quer deixar? Uma imagem de algo que não existe mais, sabendo que você poderia ter impedido?

Diego refletiu aquelas palavras. Não por muito tempo.

— Não vou correr o risco de levá-los até Deus sabe lá onde.

Diego não mudara em nada. Continuava pensando em si mesmo, em seu egoísmo gritante. Pacheco não estava disposto a dar as costas e voltar. Precisava então entrar no jogo do amigo.

— Você foi quem mais ajudou na conservação dos Guerreiros, sendo, talvez, o maior doador para o Convento, não? — indagou Pacheco. — Isso implica duas coisas horríveis.

Diego fechou ainda mais a expressão.

— Duas coisas horríveis?

— Mas é claro! A primeira é perder todo o dinheiro que você investiu no Convento. — Apesar de sinceras, Pacheco sabia que Diego apenas investia num ambiente para apresentar suas próprias obras, pouco se importando com o resto. — E parece que você não vai poder fazer a maior obra de sua vida.

Um silêncio se instaurou. O cheiro quase insuportável de álcool impregnou o ambiente.

— Acha que sou algum idiota? — indagou Diego, deixando escapar um rápido sorriso, antes de se fechar outra vez. — Qual seria a maior obra da minha vida?

Pacheco pôs o braço em volta dos ombros do amigo. Com a outra mão, gesticulou no ar, como se ele mesmo agora fosse o artista.

— Imagine todo mundo comentando, homem! Você, aquele que fez as Onze Pinturas! Cada uma delas com um líder das Onze Nações! Olha que galardão!

Diego deu um sobressalto. Pacheco esperava alguma reação, mas aquela fora inesperada. Isso era bom.

— Você conhece alguém no Reino de Peri? — continuou Pacheco. — Isso já te ajuda.

— Não conheço ninguém naquele Reino. — Diego ficou em silêncio, refletindo. — E meu trabalho não tem fama por aquelas bandas.

— Mas sabe como encontrar os líderes, não sabe? Sei que já visitou não sei quantas vezes o Reino de Peri.

— Faz muito tempo.

— Mas lembra ou não lembra?

O pintor recobrou a memória.

— Claro que lembro.

— É daqui-pra-li e pronto! Chegamos. Melhor ainda: será você, galgando com um esforço extraordinário, que criará sua maior obra. Aproveita para ser conhecido em todo o Reino de Peri. Quem sabe pode até retratar o próprio Adhemar.

— Quem é Adhemar?

Onofre e Pacheco se entreolharam. Pacheco falara demais.

— Dizem que é um índio importante — improvisou Onofre, numa péssima atuação. — Outro para a sua coleção.

Ainda de improviso, Onofre foi até o suporte com as pinturas para reforçar o discurso. Mas Diego se desvencilhou do braço de Pacheco e se aproximou feroz.

— Não toque nelas! — esbravejou, dando um tapa na mão de Onofre e tateando por sobre pinturas enfileiradas. — Não retrato apenas a Hierarquia. As coisas mais preciosas são as mais simples à nossa volta.

Diego tateou a última pintura da fileira e a retirou com cuidado. Pacheco vislumbrou o rosto de um menino desconhecido. Não devia passar dos oitos anos. Diego contemplou o menino num silêncio que demorou uma eternidade. Seus olhos marejaram outra vez. Trocou os quadros de lugar, colocando o do menino na frente e o do Rei de Guerreiro no último lugar atrás.

— Partiremos amanhã. Durmam aqui hoje. E comam alguma coisa! Acabei de fazer um sururu ao molho que é de cair o queixo, modéstia a parte.

O coração de Pacheco acelerou e ele trocou um olhar com Onofre, que também esboçou um sorriso. Diego apontou para a mesa de jantar. Pacheco e Onofre se sentaram ao mesmo tempo em que o pintor trouxe generosas fatias de peixe e uma cesta de pão com sururu. Depois, jogou a garrafa vazia no chão e despencou em sua cama no quarto ao lado.

Pacheco abocanhava fatias generosas do singelo banquete. Mas sabia que não conseguiria dormir. Fechou os olhos e rezou baixinho, deixando o conforto da palavra de Deus, Jesus e da Sereia preencher sua alma. Daria tudo certo a partir do outro dia. Pelo menos, queria acreditar.

II

Dois dias haviam se passado, mas Jaime ainda sentia o coração despencar quando pensava no que acontecera ao seu pai e irmão.

Ambos foram pegos por aquele covarde chamado Guilherme. E o pior era pensar em Igor ferido tendo que defendê-lo. Jaime não quis encarar a possibilidade do pai e do irmão já estarem mortos. Na realidade, isso não poderia acontecer. A concepção primária da Hierarquia se organizava com o Rei no topo, mas tanto Simão quanto o Mateu também eram partes inseparáveis das decisões do Reino de Guerreiros. O carinho do povo devotado ao antigo Mestre expunha a força do laço entre a população e as Figuras. Mas Igor era um homem comum, e tudo poderia lhe acontecer.

Um calafrio lhe percorreu a nuca. Tentou se concentrar no caminho. O grupo saíra há uma hora a toda velocidade com os cavalos. Jaime ia à frente por uma encosta montanhosa quando o caminho se estreitou.

— Estamos muito acima do mar — disse ele, quando parou. — Já passou do meio-dia e precisamos descansar.

— Mas aqui?! — questionou Rufino. — A estrada está deserta.

— Não demos trégua aos cavalos — disse Simão. — Precisam de água.

— Sei que há um lago por aqui — disse Jaime, confiante. — Logo quando descermos.

O pai estava certo. Jaime se surpreendera com a falta de informações de seus companheiros. De todos ali, Simão era quem mais sabia de detalhes, porém nada tão significativo. Jaime sempre achara fundamental saber da geografia do Reino de Guerreiros, mas parecia ser o único interessado. Refletiu na quantidade de coisas que não sabia e que Rufino, Simão e Nara na certa tinham conhecimento, como se o destino tivesse organizado os saberes para cada pessoa em particular. Pela primeira vez em muito tempo, Jaime não se sentiu um inútil.

Voltando a toda velocidade, Jaime concentrou-se no ambiente. Aproximavam-se da Floresta de Esaúna.

Ver o corpo das montanhas lhe causava uma emoção que seus livros jamais se mostraram capazes de gerar. Desde que partira com o grupo, não teve tempo de contemplar os detalhes da fauna e flora. Sendo um amante do conhecimento geográfico do Reino, se arrepiava com a possibilidade de sequer aproximar-se de um local tão exuberante, e admirá-lo com os próprios olhos.

Apesar de aparentes inimigos, o Reino de Peri influenciara o Reino de Guerreiros em muitos aspectos, incluindo os nomes próprios. Esaúna, na língua indígena, significava cegueira. Descrição mais do que perfeita para aquela atmosfera tenebrosa. Fora assim batizada por suas árvores imponentes que pareciam tocar o céu, como uma nuvem densa de chuva capaz de encobrir qualquer feixe de luz que tentasse atravessar por entre as folhas.

Jaime sempre pensou em como seria entrar lá. Talvez um breu total, como nas histórias. Mas não tinha coragem. Tinha curiosidade, não tolice. Existiam muitos boatos sobre aquele lugar. Uns diziam que a Floresta de Esaúna tinha o poder de salvar alguém da morte. Já outros, que carregava aos seus visitantes um destino pior. De qualquer forma, Jaime tinha interesse de descobrir a verdade.

Não demorou muito para acharem o lago. Ao redor, amarraram os cavalos na árvore e abrigaram-se à sombra. Simão guardara sua Coroa camuflada dentro de uma bolsa, logo atrás de si, apoiada no cavalo. Assim como nos dias anteriores, Jaime buscou alguma fruta para se alimentar. O grupo não teve tempo de levar nenhum suprimento, mas a fartura dos coqueiros lhes garantiam refeições de sobra.

Na sombra da árvore, Simão sentou-se com Nara. Rufino preferiu se refrescar dentro do lago. Jaime encostou-se em um coqueiro e sentiu que encostara no que parecia ser uma pedra. Ao cavar, retirou um pedaço afiado.

— Olhem isso.

Os outros se apressaram ao seu encontro.

— É uma lâmina — disse Simão, passando a mão no corte lateral. — Bem afiada, por sinal.

— Caramba, é uma lâmina de espada! Igualzinha a... — o sorriso de Rufino se desfez na hora.

— Igualzinha a quê? — perguntou Simão.

— Nada não. É... Acho que me confundi.

Os tropeços de Rufino demonstravam o óbvio: falara mais do que devia. E parecia que ameaçara a si próprio.

— Desembucha logo — disse Nara.

Rufino deu um suspiro.

— É que... essa lâmina é igual às outras. Igual as que eu e Pacheco fabricamos.

— E como isso veio parar aqui, Rufino? — perguntou Simão, enfático.

— Digamos que eu e meu irmão... nós... — Rufino cambaleou alguns passos para trás. — Nós já vendemos essas lâminas para algumas pessoas.

Meu Deus!, pensou Jaime sobre a gravidade daquele delito. Seu pai dissera que Pacheco e Rufino apenas experimentavam com a técnica de ferreiros. Mas se enganara ao não perceber que aqueles dois irmãos seriam capazes, mesmo que por inocência, de ganhar algum dinheiro. E mercenários haviam tirado proveito.

— Você sabe o que isso significa? — indagou Simão. Seus olhos pareciam conter uma mistura de raiva com desolação. — Que as lâminas mais afiadas e com corte mais acurado estão nas mãos de nossos inimigos.

Nara fazia um movimento de negação firme com a cabeça.

— Você é burro ou o quê? — exclamou ela. — É algum tipo de retardado? Porque não tem outra explicação!

— Eu não sou retardado! — defendeu-se Rufino. — Só queria ganhar um pouco mais de dinheiro para me desfazer das minhas galochas e comprar coisa nova.

— Não é coincidência esta lâmina estar aqui — disse Simão. — Estamos muito perto da Estrela Republicana.

Rufino quis se manifestar, mas Nara levantou a mão para silenciá-lo.

— Nem se atreva, Rufino! Nem se atreva!

Com os animais descansados, o grupo partiu. Na dianteira, Jaime entrou pelos mesmos desfiladeiros que sempre vira nos mapas, ao mesmo tempo em que engoliu em seco ao pensar na Estrela Republicana e seus adeptos usando as lâminas para decapitá-lo.

Ao anoitecer, ficaram sem suprimentos reservas e tochas para iluminar o caminho. Jaime convenceu Simão que teriam de ir à cidade mais próxima. Em pouco tempo, uma linha de luzes começou a surgir no horizonte. E, logo depois, várias casas emergiram barulhentas.

— Precisamos encher o bucho — disse Rufino, desmontando. — E de um descanso justo!

— Mas não temos um tostão no bolso — disse Simão, já fitando a cidade ao redor para descobrir novos pés de árvores para se alimentar.

Rufino desceu do cavalo.

— Eu conheço aquela moça — disse, apontando. — Eu já vendi peixe fiado. Vou negociar.

Comer frutas trazia uma desvantagem óbvia: alimentos leves demais faziam a fome voltar impiedosa. Jaime precisava de uma porção de pão e carne de sol. De preferência, carne na chapa, sua comida favorita.

O grupo fitou Rufino à distância, numa conversa inaudível. O barulho das crianças correndo e a música à rabeca preenchia o ambiente de canto a canto. Nas ruas paralelas podia-se ouvir o tom afiado de Sábios Cantores. Por um breve instante, Jaime deixou-se esquecer daquela situação e rememorou a infância junto ao pai lhe ensinando as canções. Outra vez, a tristeza o acometeu. Nunca teria paz até saber a situação do pai e do irmão.

Rufino deu as costas para a mulher, sorrindo para o grupo. Na certa conseguira alguma coisa.

— Aqui é o olho da cara! — vociferou Rufino. — Quem agora ficou devendo fui eu.

— Eu pagarei por tudo quando voltarmos — disse Simão.

Jaime não tinha tanta certeza se voltariam.

Amarraram os cavalos do lado de fora e logo ocuparam uma mesa.

— O que vamos pedir? — adiantou-se Rufino.

— Carne de sol — disse Simão.

— Na chapa!

— E vocês?

— Tem coisa mais saborosa que carne na chapa? — indagou Nara.

— Água de coco, sururu ao molho, tilápia frita, doce de caju. Oxi, tudo é bom demais — respondeu Rufino.

Ao fazerem o pedido, a imagem do irmão ferido invadiu a mente de Jaime e fez seu coração tremer. Sentiu um nó na garganta. Desconfiou que sua própria expressão se contorcera, como alguém que prova um alimento e se equivoca com o sabor. Pelo olhar dos outros o encarando, estava sendo mais do que transparente em suas emoções.

— Não se preocupe — disse Simão, adivinhando seus pensamentos. — Eu já senti essa dor. Tudo nos machuca. Até as doenças preferem nossas famílias a nós mesmos, como se soubessem que esse é nosso ponto fraco. O Mateu é um homem sábio. Disse que não iria morrer. Acredito nele e preciso que você acredite, também. Mas tenha certeza de que vamos voltar para resgatá-los. Eu lhe prometo isso.

Jaime aquiesceu.

— Agradeço muito, Simão.

— Queria eu que fosse tão fácil assim — disse Rufino. — Pacheco está entranhado nessa peleja sabe Deus lá onde e sei que não vai ter o pantim de morrer. Mas me dói não saber por onde ele se embrenhou. Pacheco é tão ruim quanto eu usando uma espada.

— Também o encontraremos, Rufino. Seu irmão é tão esperto quanto você para sobreviver. Desde quando os vi, percebi que pouco importa a situação. Vocês arranjam uma saída. Já eu, por outro lado, nunca estive em batalha. Manejo uma espada como alguém que adentra no completo escuro, sem garantias do que vou encontrar.

— Tirando a parte que ele é tão esperto quanto eu, pois eu sou bem mais, concordo.

— Mas esses índios são tão ruins assim? — perguntou Nara. — O que não falta são clientes na Feira dos Sábios comentando que nenhum presta. Parece que só há desgraças nesse povo.

— É claro que não. Apesar das críticas, meu pai sempre dizia que o Reino de Guerreiros havia ganhado muito com o Reino de Peri. Nossos grãos e nossos nomes de lugares e pessoas, por exemplo. Só para citar alguns. São essas relações que o Rei de Guerreiro e Adhemar desprezam. Diante da paz, preferem a guerra. Meu pai sabia que os líderes das Onze Nações eram pacíficos. E eu acredito que Adhemar esteja agindo sozinho. Mas para enfrentar o Reino de Guerreiros, precisa de um exército. E o que não faltam são as sequelas de um passado sob o domínio dos Ancestrais.

Nara soltou um arquejo.

— Como eu queria o tempo de volta. Não tem como os anos da infância voltarem? — indagou, pensativa. — Tudo era mais simples.

— Só se for para alguns — emendou Rufino. — Porque pra muitos a vida é difícil de qualquer jeito. Esse tal de Guilherme quem o diga.

Jaime relembrou o ódio nos olhos de Guilherme.

— Ele me culpa por sua desgraça — disse Simão. — Guilherme nunca fez algo de bom desde que me entendo por gente. Atormentava a todos com sua truculência. Sei que fiz muito errado em ter lhe dado o troco na mesma moeda. Agora ele está lado a lado com o Rei e tem todo o poder para me fazer pagar o preço.

— E você? — perguntou Rufino a Jaime. — Todos falam que o Mateu mora longe de tudo. Como é viver assim?

— Na verdade, vou com frequência à Feira dos Sábios, acompanhando meu pai.

— Oxi, como assim? E como que eu nunca te vi, homem?

— Igor e eu brincávamos bastante no meio da multidão e ouvíamos as cantorias, enquanto meu pai fazia as compras. — Jaime maneou o braço direito para mostrar a cicatriz perto do cotovelo. — Ganhei esse machucado em uma das brincadeiras.

Rufino pôs a mão em cima da cicatriz.

— Brincadeira? Essa cicatriz tem quase um palmo de comprimento!

— Igor gosta de lutar, mas eu sou mais dos livros. Ele sempre quis entrar para os Guerreiros, enquanto eu quero conhecer a Biblioteca dos Cordões.

No Convento havia uma bela e histórica quantidade de livros. Mas sonhava estar no Cordão do Sul. Seu pai sempre dissera que um dia o levaria para conhecer a maior biblioteca do Reino de Guerreiros.

— Desculpa a pergunta — disse Rufino. — Mas o Mateu não é velho demais para ser seu pai? Ele está mais para avô.

Nara fechou a expressão.

— Meu Deus do céu, que pergunta mais sem cabimento! Não tem vergonha, não? Que vergonha, Jaime. Peço desculpas por esse desmiolado.

— Não tem problema — disse Jaime, sentindo corar. — Igor e eu somos filhos de criação. Nossos pais morreram quando ainda éramos pequenos. Como não havia conhecidos, meu pai, o Mateu, assumiu toda a responsabilidade pela comida e abrigo. E ajudamos no Convento.

A comida chegou e todos se serviram. Simão e Nara pegaram do pirão de carne. Rufino atacou o arroz, a salada e a farofa. Jaime cortou sua fatia na chapa, mas durante o resto da refeição, deixou de sentir os sabores e mal pôde se concentrar na conversa.

De boca cheia, Rufino balbuciou:

— Queria só ver a valentia do seu irmão na Floresta de Esaúna. Toda brabeza some dentro daquelas árvores.

— Pare de falar nessas coisas! — exclamou Nara.

Com o fim do jantar, subiram ao aposento para um quarto com três camas. Nara e Simão deitaram em uma e Jaime e Rufino nas duas restantes. Mas Jaime não conseguiu dormir e se revirou nas cobertas até os primeiros raios de luz da manhã.

O grupo pegou os cavalos e se apressou. A região ficara mais rica em montanhas e arbustos intransponíveis, sendo sempre necessário rememorar os mínimos detalhes nas várias versões dos mapas do Reino de Guerreiros.

Os riscos em cima de um mapa se mostraram como desfiladeiros estreitos e perigosos. Em um deles, Simão e Nara tiveram que pegar no pé de Rufino para que criasse coragem. Aos poucos, o fluxo de pessoas diminuiu e a chance de serem abordados por bandidos exibia uma dura realidade, mas confiou em Nara e Simão para qualquer imprevisto.

Ao fundo da paisagem, Jaime vislumbrou uma mancha entre as árvores. Simão diminuiu a velocidade e todos fizeram o mesmo.

— O que é aquilo? — indagou Nara.

— Não faço ideia — respondeu Jaime. — Não deveria ter uma cidade aqui.

— Aquilo não é uma cidade — disse Simão. — É um muro.

Olhando atento, a fila de objetos no horizonte não era casas enfileiradas, mas uma só estrutura, de um lado a outro.

— Mas não podemos ter chegado ao Cordão do Norte — disse Jaime. — Lembro que para a muralha vermelha ainda falta um pé de chão.

— Vamos deixar os cavalos aqui — disse Simão.

Aquela só poderia ser a fortaleza da Estrela Republicana que o pai mencionara. Por todos os lados, ribanceiras se amontoavam numa desorganização aparente. As árvores cobriam o lugar, numa clara tentativa de camuflá-lo entre a paisagem.

Pouco a pouco, foram avançando. Os troncos altos e agrupados formavam uma barreira intransponível. Em um dos lados, avistaram uma porta de entrada, com três homens armados.

— E agora, Simão? — perguntou Nara.

— Vocês ficam aqui. Vou tentar passar. Guarde minha espada.

— Sem a espada você vai morrer, homem — murmurou Rufino.

— Se eu chamar a atenção, todos virão me matar. Vou negociar a minha passagem. E lá dentro, negocio a de vocês.

Simão mantinha a confiança de que tudo daria certo. Jaime arrepiou-se com a possibilidade de ser decapitado.

— Vão te reconhecer — disse Nara.

— Ninguém se lembra do filho do Mestre de Guerreiro.

— Você não sabe disso.

— É um risco que tenho que correr.

— A Estrela Republicana odeia a Hierarquia, Simão — disse Jaime. — Vai matá-lo sem pensar duas vezes.

Ouviram um barulho. Um quarto homem abriu a porta de madeira e se juntou aos outros três.

— Eu conheço esse sujeito! — murmurou Rufino, se esganiçando. — Ele... Ele já andou na Feira dos Sábios!

— Fale baixo! — exclamou Nara, baixinho.

— Ele já comprou em nossa barraca. Mas só apareceu umas duas vezes. E nunca foi veiaco. E também nunca comprou peixe...

— E comprou o quê? — indagou Nara.

— Ele foi um dos que compraram... é... compraram... espadas.

Então, as previsões de Simão se concretizavam.

— Meu Deus, Rufino! — esbravejou Nara, baixinho. — Não lhe passou pela cabeça quais seriam as intenções desse sujeito?

— Não fui eu quem atendeu. Foi Pacheco. O sujeito disse que precisava armar algumas famílias contra bandidos saqueadores. Disse que as crianças estavam morrendo. — Rufino quase se desatava em lágrimas. — Ele foi bastante convincente.

Simão respirou fundo.

— Você foi um tolo, Rufino.

O vento soprou forte por entre as árvores. Um calafrio acometeu Jaime sem pedir licença.

— Deixe que eu vou até lá — disse Rufino, dando um passo à frente.

— Pare de falar besteira.

— Eu conheço o sujeito. Tenho mais chances de negociar. Venham comigo! — E mal terminando a frase, Rufino disparou na direção dos guardas.

Nara, Jaime e Simão se entreolharam.

— Esse doido vai morrer — disse Nara.

— Só se não formos com ele — completou Simão, se adiantando para acompanhar.

Nara trocou um olhar com Jaime e também partiu para junto de Simão. Jaime ficou desolado. Não sabia o que era pior: ficar ali sem fazer nada, acompanhar o grupo e morrer ou voltar acovardado. Respirou fundo e se juntou aos três.

— Parem aí! — gritou um dos guardas. Os quatro ficaram lado a lado sob a mira das espadas.

— Calma, calma — disse Rufino. — Não queremos confusão.

— Passem as espadas! — ordenou o outro guarda.

Jaime começou a tremer. Segurou-se como pôde.

— Queremos nos alistar! — continuou Rufino.

Os quatro guardas trocaram olhares. O sujeito que Rufino disse conhecer se manifestou:

— E como sabe que há um alistamento? — Ele encostou a lâmina no pescoço de Rufino, pressionando firme. — Quem lhe deu essa informação?

Rufino arregalou os olhos.

— Você... Você mesmo que me disse!
— Do que você está falando?
— Essa espada... Essa espada na sua mão... eu que forjei.
O sujeito fitou Rufino em silêncio.
— Não sei do que você está falando.

Jaime sentiu que sua respiração ia falhar. Ou o sujeito de fato não se lembrava dele ou apenas fingia para dificultar a passagem.

— É melhor dizer a verdade ou vou cortar sua garganta.
— Você foi na Feira dos Sábios. Na minha barraca! Disse que queria espadas.
— Eu fui à Feira dos Sábios, sim. Mas não comprei de você. Outro homem me atendeu.
— Ele é meu irmão!

O sujeito pareceu refletir, como numa tentativa de comparar os semblantes dos dois irmãos para ter certeza do parentesco. E outra vez deu um passo à frente, pressionando a espada até produzir um fio de sangue.

— Não minta para mim.
— Pelo amor de Deus! Sou Rufino. Meu irmão se chama Pacheco. Pacheco é o nome dele! Você disse que precisava das armas para armar famílias contra os bandidos. Saquearam as plantações! Crianças... Crianças morreram!

A expressão do sujeito se abrandou. O silêncio pareceu demorar uma eternidade.

— Está certo — disse, abaixando a espada. — Fico grato por se juntar a nós. Quem são esses outros?

Rufino suspirou fundo para recuperar o fôlego.

— Si... Silas! Esta é Bárbara e este, Luiz. São meus... primos. Contei a história toda e eles também se comoveram. Não queriam deixar de proteger as crianças.

Os guardas se entreolharam outra vez. Depois, acenaram com a cabeça. O sujeito permitiu a passagem.

— Eu os acompanho.

Jaime não sabia o que pensar. Rufino conseguira uma manobra impossível. Parecia difícil de acreditar que haviam passado com tanta facilidade.

Quando adentraram na fortificação, Jaime ficou boquiaberto. Aquilo se erguia como uma verdadeira cidade murada. Tendas montadas até onde a vista alcançava. A quantidade de cavalos e pessoas em trânsito de um lado a outro não deixava margens para outras interpretações: os Afoitos não estavam desorganizados como diziam. Desconfiou que tantos pedaços de pano de cor vermelha pertenciam ao Cordão do Norte, como se tivessem tido uma batalha recente.

Andando a passos ligeiros, o grupo percorreu por entre as tendas na direção da grande cabana de madeira. Outras pessoas paravam seus afazeres e prestavam atenção nos visitantes. Para sua surpresa, Jaime percebeu que Simão fez uma leve negação com a cabeça. Simão também percebera que a entrada fora fácil demais. E, provavelmente, ainda corriam o risco de morrer.

Pararam diante da cabana. Ninguém esboçou reação.

— É aqui que fazemos o alistamento? — perguntou Rufino.

Os quatro guardas riram em uníssono. O sujeito que permitira a passagem partiu contra Rufino e bateu em seu peito com o cabo da espada. Rufino caiu no chão ao som de uma dúzia de gargalhadas.

— O que estão fazendo? — questionou Nara.

— Cale a boca, sua vadia! — O sujeito apontou a espada para Simão. — É melhor ficar na sua! Eu vou dizer o que eu acho. Acho que vocês não passam de espiões aqui dentro e que não têm nenhuma intenção em se alistar para coisa nenhuma.

Jaime sentiu a força das pernas lhe trair e seu coração saltava pela boca. As pessoas se manifestaram com gritos de "matem eles", "São muito burros" e outras coisas inaudíveis.

— Não... Não somos... espiões! Não nos mate! — exclamou Rufino, recuperando o fôlego.

— Oh... — O sujeito deu uma risada. — Não serei eu quem vai cortar suas cabeças. Será alguém muito pior. — O sujeito olhou para a cabana. — Minha senhora! Minha senhora, aconteceu uma urgência!

Todos silenciaram. O vento soprou leve pelas fogueiras acesas, fazendo as chamas trepidarem como se quisessem fugir. Jaime sentiu um frio lhe percorrer a espinha. Tinha chegado muito mais longe do que imaginara. Mas tudo havia acabado. Nunca mais veria o pai nem o irmão. Na pior das hipóteses, morreria de forma lenta e cruel.

A porta de madeira se abriu. Com os passos contados, uma mulher jovem apareceu. Não deveria passar dos trinta anos, mas rugas de preocupação lhe tomavam a face quase por completo. Uma trança lhe descia ao meio das costas e seu rosto longilíneo e lábios delineados lhe davam uma beleza rara. Porém, sua expressão parecia um trovão que rompe um dia ensolarado. Jaime nunca imaginara a Estrela Brilhante daquele jeito.

Notou que o sangue encharcava suas mãos, limpando-as no tecido que trazia consigo. Jaime sentiu o estômago embrulhar com a certeza de que seria o próximo a ser torturado e aquele sangue ser o seu.

— Minha senhora — disse o sujeito. — São espiões. Disfarçaram-se para entrar aqui.

Ela deu um passo à frente, fitando o sujeito como se quisesse arrancar-lhe a alma.

— Então, por que os deixou entrar?

O homem engoliu em seco.

— Esses intrusos vieram com uma história de alistamento, a mesma que a senhora nos sugeriu espalhar. São da Feira dos Sábios. São forasteiros. É impossível terem nos descoberto por acaso. Os trouxe aqui para a senhora decidir o que fazer.

A Estrela Republicana fitou cada um do grupo, de cima a baixo.
— Mate-os.
— Espere! — exclamou Simão.
— Mate-os, agora!
O sujeito levantou a espada à altura do pescoço de Jaime e Nara.
— Não faça isso, por favor! — gritou Rufino.
O sujeito riu.
— Ordens são ordens.
Quando o sujeito levantou a espada na iminência de desferir o golpe, Jaime fechou os olhos. Não havia mais o que fazer.
— Eu sou o Mestre de Guerreiro! — revelou Simão.
A Estrela Republicana parou a meio caminho e o fitou por sobre os ombros. O sujeito não soube o que fazer e manteve a espada no alto, imóvel.
— Eu sou o Mestre de Guerreiro — repetiu Simão.
— O Mestre teria que ser muito tolo para entrar aqui. — A Estrela Republicana girou nos calcanhares, encarando Simão. Outra onda de gargalhadas emergiu.
— Meu pai faleceu e eu, Simão, assumi em seu lugar.
A Estrela Republicana o fitou com cuidado.
— Todos serão mortos, menos você. Servirá de exemplo àqueles que ousarem mentir para mim.
— Digo a verdade.
— Então me diga, Mestre de Guerreiro. — Sua voz carregada de desdém. — Onde está a sua Coroa de Mestre?
— Lá fora, guardada num cesto em meu cavalo.
Outra onda de risadas.
— Uma Coroa de Mestre num cesto? Os Guerreiros não se permitiriam a esse, digamos, ultraje.
Simão deu um passo na direção da Estrela. Os guardas levantaram as espadas, impedindo sua aproximação.
— Então, deixe-me ir buscá-la.
A Estrela Republicana ficou em silêncio. Sem aviso, pousou os olhos sobre Nara.
— E você, quem é?
— Sou... amiga do Mestre de Guerreiro.
— Amiga do Mestre... de infância?
Jaime achou estranho aquele tipo de pergunta. Não soube aonde a Estrela Republicana queria chegar.
— Conheço o Mestre desde menina.
— Hum, certo. Então posso saber o que uma mulher da Feira dos Sábios está fazendo neste fim de mundo?
— Sou fiel ao Mestre de Guerreiro. O acompanharei aonde quer que vá.

— Pais e filhos vivem na Feira e sobrevivem da Feira. Você também está nessa situação, não?

Nara desviou o olhar.

— Trabalho com meu pai vendendo frutas.

A Estrela Republicana se aproximou, fitando Nara cara a cara.

— Só com o pai? Por um acaso... sua mãe não está bem?

Jaime se surpreendeu outra vez com aquele tipo de pergunta. Ficou mais surpreso ainda ao ver Nara com os olhos marejados.

— Ela morreu — respondeu ela.

— Certo... — disse a Estrela Republicana, virando as costas e ordenando suas palavras ao sujeito. — Se esse dito Mestre não retornar, cortem a garganta dela.

Simão pareceu empalidecer.

— Por que está fazendo isso?

— Ela gosta de você. Na verdade, o ama. Muito mais do que a um simples Mestre. Há muita gente sofrida naquela Feira. E vi como me odiou ao saber que toquei numa ferida. Você a ama, também. Jamais arriscará a vida dela em troca da sua. Por isso, é melhor que diga a verdade e volte rápido, antes que seja tarde. Se com palavras posso machucar, não queira saber o que posso fazer com o fio da espada.

Simão trocou olhares com Nara, dando as costas rumo à saída. Foi escoltado por outros homens, até desaparecer.

A espera quase interminável de Simão pareceu pior que a tortura. Mas avistou-o retornando ao lado dos guardas. Um deles trazia um grande cesto nas mãos. O levou até a Estrela Republicana. Ao abri-lo, a Estrela ficou boquiaberta. Retirou de lá a Coroa de Mestre de Guerreiro, brilhando com luz da tarde misturada aos reflexos das centenas de rostos ao redor.

— Nenhum Guerreiro é tolo e suicida — disse a Estrela Republicana. — Muito menos um Mestre. Se estivesse aqui para me matar, seria sorrateiro. — Ela ficou em silêncio, como se calculasse as possibilidades daquele encontro. — O que você quer?

— Negociar.

— Não negocio com os criminosos da Hierarquia.

— O Rei precisa ser deposto.

A Estrela Republicana fechou a expressão.

— O que levaria você, o Mestre de Guerreiro, filho do antigo Mestre, cuja moral era inquestionável, a cometer traição?

Simão deu passo à frente.

— Meu pai nunca enxergou o suficiente. Ele discordava do Rei, mas nunca promoveu mudanças significativas para o bem do povo. O que proponho é negociar com você uma saída que beneficie o povo e o Reino de Guerreiros e...

Um grito vindo da cabana irrompeu no ar. Um grito de dor de um homem. A Estrela Republicana estendeu a mão para uma mulher ao lado, que lhe devolveu o pano encharcado de sangue. Jaime sabia que o grito pertencia ao homem torturado.

— Então é isso? — indagou a Estrela, apressada. — O Mestre de Guerreiro aparece aqui, propõe uma traição ao Rei de Guerreiro para a sua pior inimiga? Quem me garante que não é você quem quer o trono para si?

— Porque o poder ficará em suas mãos.

— Não quero me tornar Rainha de Guerreiro. É justamente a Hierarquia a pior submissão.

Simão deu outro passo à frente. Os homens tentaram impedi-lo, mas a Estrela fez um sinal.

— A Hierarquia não vai mais existir. Será você a responsável pela nova organização do Reino de Guerreiros.

Outro grito interrompeu a negociação. Jaime notou que se transformava em uma lamentação mais dolorosa.

— Quais são as suas motivações? — perguntou ela.

— Quero salvar o Reino de Guerreiros das mãos...

— Não. Por que está jogando fora todas as suas crenças?

Simão pareceu refletir. O Mestre de Guerreiro carregava uma amargura maior do que Jaime havia notado.

— Tudo o que eu mais quis na vida nunca foi e nunca será realizado. Sendo assim, todo o resto não importa.

O grito agonizante irrompeu outra vez. A Estrela Republicana se agitou ainda mais.

— Cortem a cabeça dele — disse ela.

Jaime deu um sobressalto, mas percebeu que a Estrela Republicana se dirigia a alguém logo atrás. Ela apontava o dedo para o sujeito, o mesmo que os trouxera até ali.

— Mas por que, senhora? — questionou ele. — O que eu fiz?

Ela virou as costas, em direção à porta.

— Você a chamou de vadia — disse apontando para Nara. — Você vai servir de exemplo de como não se deve tratar uma mulher.

— Peço perdão, minha senhora! Nunca quis...

O homem silenciou e, logo depois, Jaime ouviu uma pancada no chão. A cabeça decapitada agora rolava por entre a poeira. Jaime deu um passo para trás, sem saber o que pensar.

— Tenho um assunto para terminar — disse ela, próxima da porta. — Eu me encarrego desse grupo depois.

Agora tinha certeza. Todos seriam mortos.

III

A ofensiva do Rei de guerreiro já se preparava e Adhemar sentiu o êxtase lhe percorrer as veias. Já vislumbrava a devastação futura que causaria no Reino inimigo.

Numa parte alta do jardim e diante da vista fabulosa, Adhemar correu os olhos de um canto a outro, pensativo. A decepção com O Caboclo lhe corroía por dentro. Assassinara o Mestre de guerreiro, mas o Mateu escapara. Mas o resultado, no fim das contas, não se mostrava de todo ruim. Segundo as informações, a tentativa de fuga do Mateu havia sido frustrada por um dos conselheiros do Rei. E, no lugar do antigo Mestre, outro já assumira seu lugar.

Para um posto daquela magnitude, Adhemar tinha certeza de que o atual Mestre de guerreiro, um tal de Simão, não duraria tanto tempo. Junto com as informações do paradeiro do Mateu, também lhe informaram sobre o desinteresse de Simão pela própria tradição. O atual Mestre não passava de uma marionete. Após o ataque do conselheiro do Rei contra o Mateu, ninguém sabia a localização do Mestre. Diante de uma crise, nada mais justo para um covarde do que fugir. Na melhor das hipóteses, poderia já estar morto.

Era de se admirar que o povo ainda não tivesse se rebelado. E disso, Adhemar teve de admitir, fora uma boa jogada do conselheiro do Rei. Até aquele momento, um sigilo quase absoluto sondava tudo o que ocorrera. O povo ainda não se dera conta de que seus dois grandes representantes estavam sob ameaça. Quando a informação vazasse, não havia outra escapatória: seria o fim da Hierarquia e a ascensão dos Afoitos. Mas estes ainda pertenciam ao Reino de guerreiros. E seriam aniquilados.

Girando nos calcanhares, Adhemar seguiu até a sala de reuniões. Antes de fechar a porta atrás de si, deu a ordem ao guarda mais próximo.

— Vá chamar o comandante Helder.

A luz intensa das cinco janelas transpassava as cortinas de cor vermelha e branca. Chovera no Reino de Peri no dia anterior e o cheiro de terra molhada adentrou convidativo. Contemplou a imponência do Arco de Peri. O grande herói do Reino já havia se sentado diante daquela mesa de mármore comprida. Depois da grande revolta que liderou, seu corpo nunca mais foi achado. Adhemar tinha certeza de que os inimigos haviam destruído o cadáver para não gerar um túmulo com fiéis devotos a repetir a história.

Sobre a mesa, um imenso mapa se abria de canto a canto. Em cima do mapa, miniaturas de soldados. Dois modelos se destacavam: de um lado, miniaturas com arco e flecha na mão; do outro, com espadas e uma Coroa em forma de catedral. Cada modelo jazia em lados opostos.

— Adhemar — disse a voz do comandante Helder, às costas. O comandante fechou a porta e se aproximou.

— Sente-se, comandante. Precisamos organizar as tropas o quanto antes. Marcharemos para o norte, atacando o Cordão do Sul.

Helder fixou o olhar no mapa. Pareceu indeciso.

— Ou seja, nos arriscaremos contra as Onze Nações — disse Helder.

— Aquele conselho é formado por um bando de velhos. O único jovem é um imbecil. Acreditam que o Reino de guerreiros é inocente de alguma forma, como se os crimes do passado fossem esquecidos de uma hora para outra.

— Que caminho sugere?

Adhemar se esticou sobre a mesa para ajustar os bonecos.

— Por Okytaîuba. Ao longo do caminho, adicionaremos mais membros ao exército sem despertar tanta atenção.

— Algo me diz que não foi apenas por isso que me chamou.

Adhemar sorriu. Gostava da inteligência do comandante.

— Preciso conter a possível revolta do povo. Quando descobrirem que quebro minha palavra, teremos uma oposição sem precedentes.

— Mas também há líderes que concordaram com a invasão.

— Não podemos arriscar.

Helder fixou o olhar no mapa e empurrou o grupo de bonecos para outra direção.

— Então é melhor marchamos pela Estrada de Aimara. Seguiremos a leste do Rio Moopar até o terceiro desvio. Além de encontrar com o Cordão do Sul, o paredão de árvores é denso o suficiente para impedir qualquer movimentação suspeita. É impossível nos atacarem num ambiente tão desfavorável. A Estrada de Aimara também será útil. Falarei com Alfredo. Ele será o responsável pela política de contrainformação.

Apesar de ser um plano perfeito num longo prazo, Adhemar duvidava que fosse exequível naquela situação.

— Não temos tempo para isso. Quero as tropas marchando rumo ao Reino de guerreiros agora mesmo. Aquele miserável pensa que nos esmagará da mesma forma que fizeram seus malditos ancestrais.

— O Rei tem informação em excesso, o que lhe dá um otimismo imprudente — disse o comandante com um sorriso. — Sei o que é isso. Mas não perderemos tempo com Alfredo. Ele vai angariar adeptos à nossa causa. É óbvio que mesmo o líder de uma nação não concordando, nem todo o povo pensa da mesma forma.

Em última análise, aumentaremos ainda mais os esforços contra os guerreiros. Mas os artífices estão em falta.

Adhemar aquiesceu.

— A maioria dos artificies é da nação daquele velho — disse ele, lembrando-se do líder mais idoso das Onze Nações. — Coordene que Alfredo os traga em segredo e em bom número.

— Tomara que estejam prontos para a guerra, Adhemar. Com todo o respeito, aquele líder deixou sua nação mal-acostumada com sua "política de bom coração". Ajudam todo mundo sem enxergar os riscos. — Helder soltou um riso de desdém, mas logo ficou sério. — Mas ainda não me disse como passaremos pelo Cordão do Sul.

Muitas informações privilegiadas estavam agora ao seu alcance. Peri não as conseguira no passado e sofrera as consequências. Por meio do seu informante, Adhemar elaborara um conjunto de estratégias para por em marcha. Técnicas e armas desenvolvidas pelos próprios guerreiros. Usaria o veneno contra o criador.

A derrocada de Peri ocorreu em grande medida quando recrutou seus soldados. Qualquer um que tivesse visto a possibilidade de enriquecimento se juntara ao exército, ficando fora de um treinamento adequado e pagando pelas próprias vestes com o que podia arcar. Sem treinamento, foram massacrados pelos guerreiros. Ali, Adhemar agiria diferente. Na certa, o Rei de guerreiro também esperaria por uma repetição dessa irresponsabilidade. E se arrependeria amargamente. Em sua hoste, não haveria sapateiros, alfaiates, ferreiros, carpinteiros, almocreves, tanoeiros, mancebos da terra, nem lavradores. Instruiria como primeira função a de Itaaoba Monhangara para garantir boas armaduras.

— É imprescindível ter mais homens atacando do que engenhos de cerco — disse o comandante, continuando as explicações. — A urgência em se chegar ao Cordão do Sul evitará que espiões colham informações para o inimigo. Não marcharemos com a infantaria à frente e cavalaria e carroças atrás, como de costume. A cavalaria precisa se dividir tanto na frente como na retaguarda. Não sabemos o que podemos encontrar no caminho e essa dupla linha de cavalos conseguirá desdobrar-se diante de uma situação de perigo. Planejarei um acampamento duradouro para quando chegarmos.

— Não precisaremos de acampamento. Nosso ataque acontecerá sem negociações.

— Mas há o fosso antes do Cordão do Sul. Precisaremos de escadas para atingir o adarve à noite.

— Não precisaremos transpassá-lo. O Cordão vai cair antes mesmo de atingirmos o adarve.

— Mas o Reino inimigo possui recursos ilimitados. Mesmo cercados, sobreviverão. Nossos homens estarão fadados à espera interminável.

— Então construiremos um trabuco.

O comandante ficou em silêncio. Sabia muito bem que Adhemar não fazia promessas que não podia cumprir. E uma campanha como aquela custaria muito ao

Reino de Peri. Víveres, soldados e estruturas. Mas ao conquistar adeptos àquela guerra, deveriam trazer seus próprios recursos. Não era fácil, mas tudo já estava planejado.

Aquiescendo, o comandante Helder saiu da sala de reuniões para preparar o todo necessário. Adhemar sentiu o coração pulsar de ansiedade. Vislumbrou outra vez a devastação que cairia sobre o Reino de guerreiros. Os seus soldados aniquilariam de uma só vez todos os inimigos no Cordão do Sul.

Olhando para o Arco de Peri, no outro lado da sala, Adhemar fixou-se na direção da ponta da flecha. Ela apontava para o Reino de guerreiros, e no arco havia uma inscrição. "Îerobîasaba. Ko'arapukuî". Sendo coincidência ou não, pouco importava. Aquilo só podia ser um sinal.

IV

Era uma vista deslumbrante. O sol mal acabara de nascer e o Reino de Guerreiros já descortinava seu esplendor. Os jardins forrados num arco-íris de tulipas exalavam um perfume de diferentes sabores e texturas.

Mas a Estrela de Ouro não entendia aquele pedido inusitado. Dias antes, a Rainha lhe procurara. Ordenara que a acompanhasse numa visita urgente à cidade d'O Comércio. Nunca vira sua Majestade declarar que se interessava por essas burocracias, sempre deixadas para o Rei de Guerreiro.

Enquanto esperava, ajeitou sua Coroa de Estrela de Ouro. As fitas coloridas adornavam a base e constituíam a beleza própria daquela joia de poder feminino. Adornada com pedras preciosas de várias cores, sustentava no centro um objeto que reluzia ao sol daquela manhã. Esculpida em ouro, a pequena escultura em formato de estrela era sua identidade.

Refletindo consigo mesma, a Estrela de Ouro não via necessidade de escolter a Rainha. Apesar da cidade d'O Comércio atrair ladrões de todos os cantos do Reino de Guerreiros, qualquer vassalo poderia acompanhá-la na tarefa. Mas a Rainha insistira em sua presença. E esse era o motivo da preocupação. O que a Rainha teria de resolver parecia mais sério do que podia imaginar.

A Estrela de Ouro ouviu passos em sua direção. Quando encarou a Rainha, notou que Vossa Majestade não usava sua Coroa.

— Majestade — disse a Estrela de Ouro, fazendo uma reverência. — Vou chamar a carruagem.

— Não iremos na carruagem real. Chame a reserva. Eu chamarei um vassalo para guiá-la. Não quero o cocheiro.

A Rainha fizera fama por sua futilidade em esbanjar riqueza e jamais deixaria de ir na carruagem real. Naquela situação, a Estrela de Ouro percebeu o óbvio cuidado em não ser identificada.

Quando a Rainha ordenou ao vassalo uma carruagem comum, pouco tempo depois surgiu um veículo de rodas desgastadas e estofado desbotado. Parecia que a carruagem fora escolhida a dedo.

As duas começaram a descer os degraus da escadaria à frente do recanto.

— Majestade, para aonde exatamente estamos indo?

— Precisarei de suas habilidades.

A Estrela de Ouro fez uma reverência singela com a resposta evasiva, ouvindo passos de uma terceira pessoa se aproximando logo atrás.

— Aonde pensa que vai? — questionou a voz do Rei, parado à frente do portão principal.

A Rainha pereceu tensa. Trocou um olhar com a Estrela de Ouro e se virou, sorridente.

— Para a cidade d'O Comércio, meu Rei.

— E por que não fui avisado?

A Rainha pareceu forçar ainda mais um sorriso.

— Meu querido, só há um motivo para que eu saia daqui nessas condições. — Ela subiu de volta os degraus e deu um beijo no rosto do Rei. — Queria lhe fazer uma surpresa.

O Rei pareceu pensar e amenizou a expressão. Mas ficou tenso ao encarar a Estrela de Ouro.

— E por que ela irá?

— Por que não? Ela é mulher e preciso de uma opinião feminina.

— Não fale bobagens, mulher. Você tem ideia do que acontecerá se alguém souber de duas Figuras da Hierarquia vulneráveis?

A Estrela de Ouro sentiu que sua desconfiança, no fim das contas, não fazia sentido. A Rainha parecia sorrateira, mas ela só queria dar um presente ao Rei de Guerreiro. E sendo ela própria mulher, via com mais confiança a Estrela de Ouro para opinar. Por um momento, sentiu-se péssima por seu mau julgamento.

— Nós ficaremos bem — disse a Rainha, dando outro beijo.

— Ordenarei que sejam acompanhadas por alguns aprendizes.

— Iremos com um vassalo. Não se preocupe, meu Rei.

— Apenas um não é suficiente.

— Quanto mais homens ao nosso redor, mais despertaremos interesse.

Ele a fitou, ainda tenso.

— Voltaremos o mais rápido possível.

— Estarei aguardando. — Ele lhe deu um beijo e voltou pelas escadas recanto adentro.

A Rainha esperou o Rei entrar no palácio. Ao fechar a porta, trocou olhares com a Estrela de Ouro, sustentando o sorriso mais do que forçado. Depois, as duas entraram na carruagem. O vassalo sentou-se na dianteira e deu a partida.

A Rainha olhava a paisagem pela pequena janela cambaleante da carruagem. Os cascos dos cavalos preenchiam o ambiente quase fúnebre. Ninguém dizia uma palavra. A visão de dentro da carruagem se debilitava por causa do ângulo em que o veículo repousava. A Estrela de Ouro não podia ver à frente. Aquela carruagem era de segunda mão, dotada apenas de uma janela em cada lado. Ela fitou o recanto do Rei se afastando até se tornar um claro borrão na linha do horizonte.

A Estrela de Ouro não conseguia parar de pensar nas piores possibilidades após passarem pela entrada da cidade. Faria de tudo para proteger sua Majestade a Rainha, contra os mercenários disfarçados que inundavam as esquinas.

Parecia um milagre que grandes comerciantes da cana-de-açúcar persistissem naquela selva quase sem lei. Por meio da pressão junto ao Rei, os comerciantes haviam conseguido um reforço na segurança da cidade. Um contingente impressionante de aprendizes enviados para efetuar prisões, mas que outra vez se mostrou uma política ineficaz. Para cada ladrão preso, despontavam mais três.

Um barulho cortou o silêncio. Vozes de pessoas conversando e rodas de carruagem contra as pedras da estrada fizeram coro do lado de fora.

— Entramos — avisou o vassalo.

A Rainha encarou a Estrela de Ouro.

— Diga-me como é ser uma Estrela da Hierarquia — disse, puxando conversa.

— É uma experiência sem igual, Majestade.

— E como se sente em ir comigo para a cidade d'O Comércio? Sei que nunca lhe fiz esse tipo de pedido, mas fiquei curiosa.

A Rainha mantinha-se estranhamente gentil.

— Fico muito lisonjeada em ter me escolhido para acompanhá-la, Majestade.

— Há quanto tempo não visita a cidade?

— Há mais de um mês. Acompanhei Vossa Majestade o Rei da última vez.

A Rainha deu um sorriso.

— Como é o seu dever, minha querida. Como bem é o seu dever. — A Rainha juntou sua mão à da Estrela de Ouro. — Diga-me, o que faria em nome desse dever com a Hierarquia?

O coração da Estrela de Ouro acelerou. Era importante que a Hierarquia soubesse que seus desejos de protegê-la eram maiores que tudo na vida.

— Qualquer coisa. A misericórdia e sabedoria da Rainha e do Rei são inspiradoras.

— E sua família? Gosta de vê-la servindo à sua Rainha e ao seu Rei?

— Na verdade, meu pai faleceu quando eu era pequena. Trabalhava como comerciante e os ladrões saquearam o armazém. Ele tentou detê-los, mas acabou se ferindo. Apesar de nunca ter entrado para os Guerreiros, ele sempre foi minha maior inspiração.

— Sei, sei. Mas você tem irmãos, não? São três?

A Estrela de Ouro não se lembrava da última vez em que falara de sua família. Achou estranho que a Rainha insistisse no assunto.

— Sim, Majestade. Um irmão e duas irmãs pequenas.

— Você teve um quarto irmão, não?

A Estrela de Ouro engoliu em seco. O irmão caçula fora morto antes mesmo de aprender a falar. A febre lhe corroeu por dentro e em uma semana estava morto. Tentava esquecê-lo todas as manhãs em que brincava com o resto da família, antes de entrar para os Guerreiros. Agora, vira que o semblante do irmão ainda batia forte em seu coração.

— Sim, Majestade. Mas ficou doente e faleceu.

— Entendo. A família é a coisa mais importante de nossa vida. Tenho certeza de que quando perdeu o pai e o irmão, você sentiu na pele todos os dias a falta que fizeram. Uma pena que não estejam vivos para vê-la cumprindo o seu dever.

A Estrela de Ouro ficou em silêncio.

— Me diga uma coisa — continuou a Rainha. — Se você soubesse que o Rei estivesse sendo injusto? Que ao invés de ter sido misericordioso e sábio, cometesse um erro indefensável? Ainda cumpriria o seu dever?

— O que quer dizer, Majestade?

— Seguiria seus princípios de olhos fechados?

— Tentaria falar com o Rei. A sua sabedoria e misericórdia seriam suficientes para ouvir conselhos daqueles que lhe querem o bem.

— E se o Rei não lhe desse ouvidos?

A Estrela de Ouro sentiu a respiração acelerar.

— Não sei, Majestade. Parece-me uma situação inverossímil. O Rei de Guerreiro sempre foi o mais sábio da Hierarquia. É difícil pensar que ignoraria uma obviedade.

— Faça um esforço, minha querida. Pense. Se o Rei que você tanto presta lealdade cometesse um erro que você considerasse impossível de acontecer e mesmo que tentasse, não conseguisse fazê-lo mudar de ideia. O que você faria?

— Bem... — respondeu a Estrela de Ouro, sentindo que a Rainha agora apertava a sua mão com uma pressão desnecessária. — Ainda tentaria convencê-lo. Se o Rei me virasse as costas uma vez, eu insistiria. Se virasse duas vezes, ainda insistiria. Se virasse mil vezes, ainda estaria lá, lutando para fazê-lo mudar de ideia.

Os olhos da Rainha a fitaram de cima a baixo.

— É bom saber que não ficaria indiferente aos erros do Rei, ao contrário de tantos que o envenenam com palavras dóceis, mesmo quando se mostra um tolo — disse, soltando a mão da Estrela de Ouro e virando-se para a janela. — Ainda bem que escolhi você. Eu jamais chamaria aquela selvagem da Estrela Brilhante em seu lugar. É óbvio que ela chegou a seu posto pela sua capacidade de fazer tudo pelo Rei, como uma cadela que segue o seu dono. E que nos momentos em que mais precisa, a cadela late e morde. Morde tanto que a cicatriz jamais é esquecida. Não preciso de gente assim ao meu lado.

A Estrela de Ouro deu um sobressalto. Era a primeira vez que a via insultar o Rei sem o menor pudor.

A carruagem diminuiu a velocidade e parou brusca, como se o vassalo tivesse percebido um obstáculo no caminho. A Estrela de Ouro agarrou o cabo da espada.

— O que desejam, senhores? — indagou o vassalo.

— Boa tarde, senhor — ouviu-se uma voz masculina. — O senhor é da cidade, ou já a visitou antes?

— Não sou daqui, mas faço comércio na cidade — mentiu o falso cocheiro, como provavelmente a Rainha o havia instruído.

— Então deve conhecer a abordagem de segurança. Precisamos saber o seu destino.

Precisamos?, pensou a Estrela de Ouro, refletindo sobre a quantidade de homens que estariam ali. Ela abriu um pouco a cortina que cobria a sua janela, tentando espiar.

— Não faça isso! — disse a Rainha. — Quer que eles vejam você?

— Majestade, estou aqui par...

— Feche logo essa cortina, Estrela!

Relutante, a Estrela de Ouro cobriu a janela. Se alguém a visse, seria muito melhor que à Rainha. A imagem de uma Estrela era suficiente para causar o temor. Mas a reação de sua Majestade fora mais do que exagerada e a Estrela não teve dúvidas. A Rainha não queria que a Estrela de Ouro fosse sequer vista na cidade d'O Comércio.

A Rainha havia mentido para o Rei.

— Estou indo resolver negócios no centro — disse o vassalo.

— Está sozinho?

— Venho sempre sozinho. Não tenho família.

O suposto aprendiz deu uma risada.

— Então, o porquê da carruagem?

— Irei negociar sementes e grãos, mas não tenho homens para levá-las. Trouxe a carruagem como bagagem.

A conversa silenciou.

— Então, quer dizer que você não está levando ninguém... — A voz do suposto aprendiz estava mais próxima, na certa, ao lado do falso cocheiro. — E por isso mesmo você não vai se importar em darmos uma olhada no interior da carruagem, não é mesmo?

A Rainha trocou um olhar com a Estrela de Ouro. Contrariando suas próprias ordens, a Rainha puxou a pequena cortina. A Estrela de Ouro se inclinou para ver através da fresta, suficiente apenas para ver de relance que, além do suposto aprendiz, mais quatro homens se agrupavam lado a lado. Mesmo próximo e alisando a crina do cavalo, a Estrela de Ouro não viu seu rosto.

— Não há motivos para preocupação, já que acabei de entrar na cidade. Meus negócios têm horário. Inclusive estou atrasado.

— Você, tão jovem, apressado a essa hora da manhã? — O desdém transbordava em cada palavra do suposto aprendiz. A Estrela de Ouro agarrou mais forte o cabo da espada. Aquela atitude não era típica de um Guerreiro.

— Cada um tem suas obrigações a cumprir — disse o falso cocheiro.

— Aconselho você a não fazer nada. Eu disse que quero olhar o interior da carruagem — Pelo som singular das lâminas contra a bainha, a Estrela de Ouro soube que os outros também brandiram suas espadas.

— Já disse que não há necessidade de olhar minha carruagem.

— Você vai abrir a carruagem ou vou partir seu cérebro ao meio. Quem você pensa que é para descumprir minha ordem?

— Eu não tenho tempo a perder com você, preciso chegar o quanto antes e resolver meus negócios.

O coração da Estrela de Ouro disparou quando o homem pareceu virar-se em direção à janela. A Rainha deu um sobressalto, fechando-a de imediato.

— Mas olha só o que temos aqui — disse o suposto aprendiz. — Um comerciante com uma espada, é isso mesmo?

— Nunca se sabe quais ladrões irei encontrar.

— Sei... Espero que não dê uma de esperto para cima de nós.

— A menos que vocês me deem um bom motivo.

A Estrela de Ouro não ouviu mais nada. A conversa cessara, ao mesmo tempo em que sua atenção emudeceu todos os ruídos da cidade d'O Comércio.

Mas logo o suposto aprendiz quebrou o silêncio.

— Averiguem tudo!

A Rainha encarou a Estrela de Ouro e sua espada.

— Faça alguma coisa.

A Estrela de Ouro respirou fundo. Protegeria sua Majestade a qualquer preço. Acostumara-se com situações semelhantes àquela. A calma a invadiu por completo. Mas o falso cocheiro pareceu se levantar desembainhando a espada.

— Vocês não vão fazer nada! — exclamou ele, e o som do tilintar de espadas provocou uma onda de gritos de mulheres ao redor.

A Rainha abriu uma fresta na cortina, outra vez revelando apenas o necessário. O falso cocheiro agora lutava contra todos os homens de uma vez.

— Segurem-no! — ordenou o suposto aprendiz. O falso cocheiro foi desarmado e seus braços torcidos para trás.

— Já disse que não tenho nada! — insistiu o falso cocheiro.

A Estrela de Ouro guardou sua espada de volta na bainha. Os passos do suposto aprendiz se aproximavam da janela e sua silhueta se projetou na cortina fechada. A Estrela de Ouro ajeitou a Coroa à sua cabeça e encarou a Rainha, que não teve alternativa se não comprimir-se contra o banco o mais forte que pôde, deixando o espaço da janela para a Estrela de Ouro.

Num puxão, ela abriu a cortina. Emoldurado na pequena janela, a Estrela de Ouro reconheceu aquele rosto familiar. Não sabia os nomes de todos os aprendizes que haviam passado por suas ordens, mas a feição daquele homem confirmava que falava a verdade.

E ao encará-la de volta, o rosto do homem empalideceu. O aprendiz encarou aqueles olhos e os desviou para a Coroa da Estrela de Ouro. O homem ficou boquiaberto.

— Você é a Estr...

— Silêncio! — exclamou ela. — Faça exatamente o que eu disser. Caso não cumpra cada palavra, sabe o que vai acontecer. Diga para seus homens soltarem o meu cocheiro. E diga que não há nada aqui dentro.

O homem encarou seus companheiros.

— Está... está vazio. Soltem-no. Vamos, soltem-no!

Ouviu o cocheiro se desvencilhando, depois subindo de volta à carruagem.

— Não conte a ninguém que estou aqui. Ou cortarei sua garganta. Sei muito bem quem é você. Sei muito bem onde está alocado. E sabe bem o inferno em que posso transformar a sua vida.

O homem pareceu não se aguentar nas próprias pernas. A Estrela de Ouro fechou a cortina e bateu no teto da carruagem, fazendo o falso cocheiro dar a partida. A Rainha voltou à sua posição.

— Como sabia que ele era um guarda real?

— Eu não sabia, mas não tive escolha. Se Vossa Majestade quer passar despercebida, foi melhor arriscar.

— E se ele fosse um mercenário? Eu estaria perdida e você também.

— Nesse caso, Majestade, eu não seria uma Estrela.

A Rainha a fitou com cuidado. E sorriu.

— Vou precisar das suas habilidades para o que viemos fazer aqui.

— E o que viemos fazer aqui, Majestade?

— Estaremos lá em breve.

A Rainha, agora mais calma e amena, permitiu-se abrir as cortinas. A carruagem continuou seguindo por uma rua repleta de pedestres. A maioria, levava às costas mercadorias amarradas sobre burros de carga. E carros de bois, agricultores e outras carruagens também disputavam espaço por entre as rochas escuras que formavam grande parte da estrada. Apesar de o sol ter nascido naquela manhã num céu claro e azulado, agora o clima mudava aos poucos. Nuvens começaram a se juntar, cortando o céu como blocos de cimento prestes a desabar.

A precariedade da carruagem piorava a locomoção. As pedras ao chão davam lugar a estreitos caminhos de terra, quase intransponíveis. Em um dos becos, a roda bateu com um estrondo numa parede de pedra. Para a Estrela de Ouro, parecia impossível a carruagem voltar inteira.

Ao virar mais esquinas do que a Estrela de Ouro pôde contar, finalmente chegaram numa região inóspita da cidade d'O Comércio. Pela degradação das casas e total ausência de armazéns, parecia uma cidade fantasma. A carruagem se aproximou de uma árvore retorcida e rodeada de pedras brancas. A árvore tinha galhos escuros, já há muito falecidos, e as pedras se embrenhavam por entre as raízes. As rodas da carruagem se esforçavam contra a poeira densa e vento desfavorável.

O veículo parou. O falso cocheiro desceu e abriu a porta. Num movimento brusco, a Estrela de Ouro correu o olhar pela paisagem à sua janela. Uma casa abandonada. A porta de madeira quebrada pouco impedia a passagem de um possível invasor. O teto velho desabara do lado esquerdo, encolhendo-se numa implosão.

— O que está esperando? — indagou a Rainha, dando a volta na carruagem e dirigindo-se a casa. — Tire sua Coroa.

A Estrela de Ouro a pôs sobre o banco, desceu da carruagem e acompanhou a Rainha. Pingos de chuva começaram a cair, anunciando o temporal. A luz ficava cada vez mais escassa e o meio-dia pareceu transformar-se em fim de tarde.

As duas pararam diante da porta. Cheirava à madeira podre. A Rainha bateu, mas não teve resposta. Antes que batesse uma segunda vez, a porta se escancarou. A metade de um rosto apareceu iluminado.

— Está atrasada — disse uma voz. — Trouxe outra pessoa? Ficou louca?

O atrevimento daquele homem inflamou o íntimo da Estrela de Ouro. Mas para a surpresa a Rainha ignorou.

— Ela é de confiança.

O homem pareceu indeciso. Chuviscos começaram a cair e o homem abriu a porta, num estalo forte, como se a tivesse quebrado. Quando a fechou atrás de si, a Estrela de Ouro mal pôde ver o ambiente ao redor. Duas fontes luminosas quebravam a escuridão: o teto rachado, que permitia a passagem da luz nublada, e uma chama de vela no meio de uma mesa, ao centro do cômodo. A chuva começou a cair mais forte, por entre as telhas consumidas pelo tempo.

— Por aqui — disse o sujeito, apontando para o outro lado.

Num sobressalto, a Rainha e a Estrela de Ouro perceberam que outro homem permanecia em pé ao lado da mesa. Seu rosto tinha uma cicatriz da testa ao queixo, dividindo-o em duas metades. Não tinha uma das orelhas. Seu cabelo curto carregava feridas de queimadura. Ele se parecia mais com uma criatura que um ser humano.

— Ela virá daqui a três dias — disse a Rainha ao homem da cicatriz.

— O que significa essa mulher ao seu lado?

— Você disse que enfrentariam dificuldades, então eu trouxe a solução.

Os homens se entreolharam. E riram.

— Hum... Será ela quem resolverá o nosso problema de atravessar vinte guardas, no mínimo? O que deu em você, "Rainha"? O que tem essa mulher de tão especial?

— Ela é a Estrela de Ouro.

De súbito, os homens mudaram a expressão.

— Seja o que for que esteja negociando, Majestade... — disse a Estrela de Ouro —, penso não ser uma boa ideia fazê-lo com esses homens.

— Isso é algum tipo de piada? — questionou o homem com a cicatriz.

— Não — disse a Rainha. — A Estrela de Ouro garantirá que tudo seja feito sem dificuldades.

— Em tudo há dificuldades. Mas nunca deixamos de cumprir qualquer que fosse o serviço.

A Rainha deu de ombros, em desdém.

— Cumprem mesmo? Da mesma forma que cumpriram quando deixaram o Mateu escapar? Sorte de vocês que não pereceram à ira d'O Caboclo.

O coração da Estrela de Ouro disparou. A Rainha reconhecia aqueles mercenários assassinos a serviço do homem mais perigoso do Reino de Peri. Estava presenciando sua Majestade a Rainha pedir um... *serviço*. E ainda a colocava como peça central naquele joguete.

— Aquilo foi um acidente — disse o homem com a cicatriz.

— Então a Estrela de Ouro garantirá que não haverá acidentes.

O homem com a cicatriz fitou a Estrela de Ouro de cima a baixo.

— Está bem. Vamos repassar o plano.

A Estrela de Ouro pôs a mão no cabo da espada.

— Do que vocês estão falando? O que pretende, Majestade?

— Tire a mão dessa espada. É uma ordem.

Os dois homens se entreolharam, dando uma risada.

— Então quer dizer que a Rainha ainda não explicou o que fará à sua "estrelinha"? Vamos, "majestade", a hora é essa.

A Rainha pôs a mão no ombro da Estrela de Ouro. Esta engoliu em seco.

— Escute-me com atenção — disse a Rainha. — Tudo o que me disse é verdade? Que faria qualquer coisa por sua Rainha?

A Estrela de Ouro ficou em silêncio. Tinha seu juramento a cumprir e seus deveres para com sua Majestade. Mas não tinha ideia do que estava à sua espreita.

— Chegou a hora de você, Estrela, provar as suas palavras. Nenhum homem e nenhuma mulher no Reino de Guerreiros tem valor se não tiver honra. Homens e mulheres de verdade cumprem com o seu dever. Você, Estrela de Ouro, está prestes a fazer a maior honraria da sua vida.

A chuva caía forte pelo teto quebrado. A poça d'água absorvida pela areia cobria boa parte do cômodo.

A Rainha segurou a mão da Estrela de Ouro.

— Eis o que tem que fazer. Você vai matar a Lira.

Uma forte dor no peito acometeu a Estrela de Ouro. Aquilo era traição. Se não cumprisse com as ordens, ela própria trairia sua Rainha, mas se o fizesse, trairia seu Rei. Um dilema mediado por homens sem escrúpulos.

— Como pode me pedir isso, Majestade?

A Rainha segurou mais forte sua mão.

— Da mesma maneira que o seu Rei foi capaz de me trair com aquela prostituta.

— Do que Vossa Majestade está falando?

— Não finja que não sabe, Estrela. Todos sabem como meu marido cai de joelhos pela Lira. Você mesma viu como ele a olhava naquela reunião. Você mesma testemunhou a fala dócil e gentil.

Rememorando aquele dia, a Estrela de Ouro de fato notara um tratamento diferente por parte do Rei. Nunca ouvira ninguém se referir à Lira como Lília. Um tratamento carinhoso, sem dúvida. Vira também que alguns comerciantes riram. E a Rainha testemunhara a tudo.

— Mas Vossa Majestade, se motiva por ciúmes?

— Você se esqueceu do que significa fazer parte da Hierarquia? Esqueceu-se de que o Rei, acima de tudo, deve ser um homem justo? Você acha justo o que ele fez comigo?

— Matar é uma atitude precipitada, Majestade. Poderia conversar com ele, dizer como se sente. Ele vai ouvir.

— Ele me ignorou. Sempre me ignora. Você não tem ideia do que é querer ser metade de um todo e ser humilhada todos os dias.

— Se eu fizer isso estarei atentando contra o Rei. Não posso traí-lo.

— Então prefere que ele continue me traindo? Isso você pode permitir, é isso?

— Não, Majestade. Sabe muito bem que não são essas as minhas intenções. Sou Estrela de Ouro para proteger a Hierarquia, acima de tudo, o Rei e a Rainha. Não posso escolher.

— Eu posso. Sou sua Majestade. Portanto, cumpra o seu dever.

Não havia alternativa. A Estrela de Ouro lembrou-se de seu juramento. Jamais iria trair a si própria diante daquela situação. Não envergonharia a memória de seu pai.

— Então desisto, Majestade. Que outra pessoa seja a Estrela de Ouro em meu lugar.

A Rainha a fitou, boquiaberta. Desvencilhou suas mãos e virou as costas, encarando a chuva que caía.

— Acha mesmo que é assim? Tão fácil? Virar as costas para a sua Rainha e desistir quando lhe convém?

— Vossa Majestade não me dá alternativa. Jurei proteger ambos da mesma forma. Se tiver que traí-lo, prefiro não prosseguir.

— Cale-se, Estrela! Se você não fizer o que estou ordenando, Luiz, Ana e Bianca terão um tratamento pior do que a morte!

Parecia que um raio a atingira no peito. As perguntas que a Rainha fizera durante o trajeto não foram à toa. Ela sabia de seus irmãos e a usava para concretizar um destino planejado. Não conseguiu acreditar que a Rainha tão sempre protegida agora atentava contra sua própria família. A Rainha traía a si mesma e à Estrela de Ouro.

— Peço misericórdia, Majestade! — implorou a Estrela de Ouro, jogando-se aos pés da Rainha. — São apenas crianças.

— E "Lília" é apenas uma prostituta. É você quem escolhe quem é mais importante.

A Estrela de Ouro sentiu as lágrimas lhe escorrerem pela face. Sua visão ficou turva o suficiente para perder-se no meio daquele lugar esquecido do Reino de Guerreiros. A crueldade da Rainha lhe criava um asco que jamais pensou que sentiria contra um membro da Hierarquia. Muito menos contra um membro máximo do poder. Para conseguir seu objetivo, a Rainha mataria crianças sem pensar duas vezes.

O homem com a cicatriz se aproximou.

— Então, muito bem — disse ele, com desdém. — Vou explicar como tudo será feito.

A Estrela de Ouro ouviu atenta aos planos daqueles dois vassalos d'O Caboclo. A todo o instante, a Rainha lhe acenava com a cabeça, como se lhe lembrando quais seriam as consequências caso descumprisse suas ordens.

A chuva cessou e as duas saíram da casa. O falso cocheiro abriu a porta da carruagem e todos saíram o mais rápido dali. A Rainha e a Estrela de Ouro ficaram em silêncio durante todo o retorno. A Estrela de Ouro não sabia o que se passava pela cabeça da Rainha para prosseguir com aquele plano insano de assassinar a Lira por um motivo tão fútil.

Pela primeira vez em toda a sua vida, desejou do fundo de seu coração nunca ter feito parte dos Guerreiros.

V

Uma montanha colossal. Foi a coisa mais fiel com o que Pacheco conseguiu comparar aquela muralha na linha do horizonte.

Percebeu que não era à toa a fama dos Guerreiros. Ninguém se atreveria a cruzar pelo Cordão do Sul. Pacheco, Onofre e Diego se mantinham à distância, verificando a passagem de aprendizes e vassalos. Centenas de metros os separavam daquela proteção das fronteiras do Reino de Guerreiros. Mesmo assim, se arrepiou ao imaginar a quantidade de guardas para garantir a segurança. Aquilo não o fazia pensar num desfecho favorável.

Após o encontro com Diego, partiram na manhã seguinte e demoraram quase três dias até alcançarem o Cordão do Sul. Diego os obrigou a carregar três caixas de madeira, repleta de suprimentos para a viagem. Numa delas, Diego trazia dinheiro para o almoço e janta. Em outra, agora quase vazia, trouxe cebolas, tomates, pimentão, coentro e outros condimentos. O pintor também se mostrara um cozinheiro de mão cheia e não iria abdicar de seu sururu bem temperado. Além, claro, de uma garrafa de aguardente. O dinheiro estava quase no fim e Diego resmungava que Onofre gastava demais. Onofre replicava, acusando-o de pagar bebidas ilegais em cada esquina do vilarejo.

Diego se mostrou um guia ao mesmo tempo extraordinário e sagaz, enfurecendo Onofre até seus limites. Diego havia humilhado, trapaceado e persuadido dezenas de homens em plena luz do dia. O pintor sabia que todo homem tinha seu preço. Onofre tentou interrompê-lo em vários momentos, recusando-se a ser cúmplice. E mesmo com toda aquela habilidade em conseguir informações e transporte ágil, Onofre mantinha-se impassível em suas convicções.

Trazidos por um pescador, o grupo abarcava à margem do Rio dos Homens, num ponto escondido sob as árvores. O Cordão do Sul ficou ainda mais próximo.

— Aqui está ótimo — disse Diego, dando as moedas ao pescador, que as guardou apressado, se afastando e seguindo seu caminho. Onofre, como sempre, fechou a cara.

Quando tocaram na terra firme, Pacheco sentiu o solo lamacento.

— Você não tinha outro lugar menos imundo? — questionou Onofre.

Diego deu de ombros. Todos colocaram as caixas no chão. Ele abriu a terceira caixa, a mais pesada de todas. Dentro, uma roupa dobrada. Pacheco achou estranho que tanto peso viesse de meros tecidos.

— Vistam isso — disse Diego. — E fiquem descalços.

Pacheco e Onofre pegaram uma camisa suja e uma calça cheia de retalhos.

— Por que tudo isso? — perguntou Pacheco.

— Daqui, vamos à pé. Você não quer chamar a atenção dos guardas, quer? E tratem de se sujarem um pouco mais. — Ele apontou para a lama, margeada por mudas de cana-de-açúcar. — No rosto, também. Mas não exagerem.

— E quanto a você?

Diego pegou uma garrafa na outra caixa e deu um gole.

— Meu rosto é conhecido e alguém vai me notar. Então, vocês serão meus meros assistentes. Sendo eu um homem generoso, quis dar uma vida melhor para duas criaturas, que de outra forma não teriam futuro.

— E se não der certo? — indagou Pacheco.

— Seremos mortos, é claro! — disse Onofre.

— Também não exagere — completou o pintor, tomando outro gole. — Vocês dois serão mortos e eu, no máximo, serei tomado como vítima de aproveitadores. — Diego ficou sério por alguns segundos, mas desatou numa gargalhada. — Estou brincando, crianças, estou brincando.

O coração de Pacheco disparou com a possibilidade. Não conseguia pensar em outra coisa: era muito jovem para morrer. Onofre não achou graça nenhuma.

— Onofre leva duas caixas — disse Diego, encarando como resposta um olhar furioso. — Espere aí. Acha que o seu senhor tem de carregar alguma coisa? Se for para fingir, que seja convincente. — Diego pôs a segunda caixa nos braços de Onofre, uma sobre a outra. Ao mesmo tempo, abriu a caixa de cima e guardou a bebida.

Diego iniciou a caminhada em direção à muralha, guiando à dianteira. Onofre e Pacheco trocaram um olhar. Na certa, Onofre pensava no mesmo desfecho. Diego parecia uma criança inconsequente, como um pássaro que voa por entre as gaiolas acreditando ser esperto demais para ser pego. Pacheco imaginou para que lado correria quando tudo desse errado.

— Esse bêbado vai nos matar — sentenciou Onofre.

O falso séquito caminhou por quase meia hora até chegar ao Cordão do Sul. A muralha se estendia pelos lados até onde a vista alcançava. O manto dos guardas na base e dos sentinelas no topo se revestia por um azul-marinho brilhante com a luz do sol do fim da tarde. A cada passo, Pacheco percebeu que Onofre sustentava uma admiração pela muralha, como se ainda carregasse uma emoção cívica ao ver um símbolo tão imponente.

O gramado se estendia numa vastidão pelos dois lados e coqueiros harmonizavam a decoração. Pacheco acompanhou o verde-vivo da grama encontrar o céu azul à sua esquerda e uma montanha delineava o contorno ao longe, à direita. O sol abrasador não foi suficiente para vencer a brisa que soprava leve e, às vezes, vinha na direção contrária, forçando ainda mais a caminhada.

Quando se deu conta, Pacheco notou que não havia ninguém em volta, transformando a paisagem outrora movimentada num aparente deserto. Por ser a fronteira, deveria ser comum a passagem de mercadorias. Com a diplomacia entre o Reino de Guerreiros e o Reino de Peri aos pedaços, lembrou-se do comentário de Jaime sobre a total proibição da passagem entre os dois reinos. Chamando tanta atenção em meio à paisagem, Pacheco já se imaginou morto antes mesmo de chegar à muralha.

Cortando o silêncio, ouviu um barulho ritmado, vindo de um ponto da muralha que não conseguia enxergar. Pareciam homens trabalhando. Vez ou outra, um estrondo maior se destacava como martelos contra uma superfície enrijecida. Desconfiou que fizessem alguma reparação na estrutura do Cordão do Sul, do lado do Reino de Peri.

Próximos dali, três guardas brandiram suas espadas ao perceberem a aproximação. E logo cercaram o grupo.

— Boa tarde a todos — disse Diego, com um sorriso largo. — Eu sou o pintor Diego de Araújo Dias. Estou aqui para ver o General. Ele já me espera.

Com uma agressividade desnecessária, os três guardas os revistaram e tentaram abrir as caixas.

— Alto lá! Essas caixas são mercadorias para o General. Não têm permissão para abri-las.

— Abra logo!

— Não vou abrir. Se quiserem contrariar as decisões do General, fiquem à vontade. Eu é que não vou.

Os guardas trocaram um olhar, como se pensassem quais os riscos que meras caixas poderiam oferecer. No fim, os deixaram em paz. Dali, entraram por uma porta de aço e dobraram à direita para subir uma escadaria quase sem fim. Ao chegarem no topo, andaram por um longo corredor rodeado de pinturas e esculturas. Tudo protegido por outros guardas.

Encararam uma porta de madeira suntuosa.

— Apenas um pode entrar — disse um dos guardas, ríspido.

Pacheco teve um pressentimento de que as coisas não sairiam do modo que Diego planejara, mas tentou olhar o máximo para o chão, imitando Onofre numa suposta submissão.

— Preciso de meus assistentes. O que tenho a dizer ao General depende deles também.

— São ordens oficiais. Eles esperam aqui fora.

— Não, meu querido. Eu sou Diego de Araújo Dias, um dos artistas mais consagrados do Reino de Guerreiros. Você não sabia? Olhe ali, então. — Diego apontou para um dos quadros no canto da parede. — Está vendo aquela assinatura? D.A.D. Quer que eu repita meu nome para refrescar a memória?

Pacheco engoliu em seco. As palavras de Diego tinham uma ousadia desrespeitosa. Para alguém numa posição vulnerável, parecia que o pintor bebera o suficiente para não se importar.

Os guardas se entreolharam, em silêncio.

— Entre sozinho — disse o outro guarda. — São as ordens.

— Qual repreensão será maior? — indagou Diego, num gesto exagerado para imitar o guarda. — Meus assistentes entrarem e o General se incomodar, ou um dos maiores pintores que o Reino de Guerreiros já viu se atrasar porque dois guardas, que estão mais para aprendizes, impedem um artista de criar sua próxima obra-prima?

Os guardas se entreolharam outra vez. Um deles aquiesceu e abriu a porta para logo os três adentrarem no aposento.

Quando Pacheco ouviu a porta se fechar logo atrás, percebeu que Diego havia parado de súbito. Sua expressão também não era das melhores.

— Boa... — tentou dizer Diego, engolindo em seco. — Boa tarde... Embaixador do Sul.

Sentado diante de uma mesa comprida, um homem de meia-idade e com uma boca de lábios oblíquos encarava o grupo de cima a baixo. Apesar dos anos, tinha uma postura firme e um porte físico imponente.

— Eu sou... Diego de Araújo Dias... Pintor do Reino... De Guerreiros.

O Embaixador do Sul deixou escapar um leve sorriso, distorcendo sua face de um modo que expôs uma cicatriz de batalha.

— Não é possível.

— Não é possível... o quê, senhor?

— Diego de Araújo Dias? O pintor?!

— Ao seu dispor... Embaixador do Sul. Esses são meus assistentes. Fico muito feliz de... sabe... estar... — disse Diego fazendo uma reverência.

— Com certeza notou os quadros no Cordão do Sul — continuou o Embaixador. — Fui eu quem os adquiri. Devo dizer que admiro muito o seu trabalho!

— Fico agradecido pelas palavras, senhor.

O Embaixador do Sul se levantou da cadeira e deu um abraço em Diego, engolindo o corpo magrelo do pintor com seu torso de oficial. Quando se afastou, o Embaixador do Sul pareceu emocionado, mas logo recuperou a postura.

— Que honra tenho eu de receber um artista tão completo no Cordão do Sul. Penso que falta maior sensibilidade em boa parte dos Guerreiros. Os quadros são uma forma de lembrar as maravilhas que tantos homens e mulheres construíram e constroem no Reino de Guerreiros.

Pacheco reconheceu que Diego improvisava. Precisava livrar-se logo do Embaixador do Sul e encontrar o General. Uma questão de vida ou morte. Para Pacheco, o pintor parecia saber do seu fracasso e ganhava tempo apenas para adiar a tragédia inevitável. Ao mesmo tempo, o olhar e palavras enfáticas do Embaixador do Sul confirmaram o que sempre diziam sobre a Hierarquia. Para alguém assumir como Figura, teria de ter uma devoção fanática.

— O que deseja, Diego de Araújo Dias? — perguntou o Embaixador. — É óbvio que você vai reafirmar a lealdade com os Guerreiros por meio da arte nesses tempos difíceis, não?

— Sim — disse Diego, numa voz rouca. — Isso mesmo. Preciso de inspiração para... um novo quadro.

— Faça um retrato meu! — exclamou o Embaixador, num tom de quem dá uma ordem irrevogável.

— Não precisa ter pressa... podemos esperar um momento mais oportuno. O senhor é um homem ocupado... será uma honra esperar.

— Estou disponível. Paguei grandes quantias em todas as obras para o Cordão do Sul. Se o Embaixador do Norte e o General já tiveram suas faces eternizadas por suas tintas, que eu seja o próximo, então. Não vou hesitar em lhe pagar pelo trabalho bem feito.

Pacheco sempre ouvira os comentários na Feira dos Sábios sobre os supostos contrastes entre o General e os Embaixadores, mas não sabia até que ponto eram boatos. Todos assumiam a responsabilidade pela manutenção das fronteiras com os reinos vizinhos, mas tinham interesses distintos. O Embaixador queria a paz. O General, a guerra.

— Pensando bem — O Embaixador ficou em silêncio, refletindo. — Acredito que seja melhor que fale antes com meu filho. Ele também é um grande admirador e, com certeza, gostará de vê-lo. É um bom menino. Está treinando no pátio nesse exato momento. Se tornará um Guerreiro dos grandes, não tenho dúvida! Sangue do meu sangue, nome do meu nome.

Diego fez outra reverência demorada, ganhando tempo em cada movimento.

— Então, podemos ir até o pátio para encontrá-lo.

— Esperaremos até o treinamento acabar. O General está organizando um novo método para os aprendizes.

— Posso falar com o General, senhor? Seria uma excelente oportunidade para... encontrar duas Figuras tão importantes no mesmo dia.

— Temo que ele esteja numa correria sem igual. Estão ouvindo esse barulho? Meu colega General está organizando essas reparações na muralha do Cordão do Sul. Detesto tantas mudanças num símbolo tão importante e secular. Precisamos preservar o Cordão do Sul, não modificá-lo. Mas, enfim.

Outra vez, a brecha para encontrar o General fora frustrada. Pacheco não fazia ideia do que se passava pela cabeça de Diego com planos improvisados, nem na de Onofre, que na certa pensava em fugir. Mas Pacheco logo percebeu que Onofre sustentava um olhar perdido, como que deslumbrado pela beleza dos quadros em volta.

— Pelo visto, você também aprecia a arte, não? — comentou o Embaixador do Sul ao perceber Onofre vislumbrando uma pintura ao lado.

Onofre se virou para encarar o Embaixador do Sul. Assentiu com a cabeça por trás daquela face suja de lama, sem nada dizer. Mas, sem aviso, o Embaixador do Sul fitou Onofre por um longo tempo, e os olhos semicerrados substituíram o sorriso.

— Eu acho que te conheço de algum lugar.

Pacheco sentiu a pulsação acelerar. Como Onofre já participara dos Guerreiros, em algum momento teve de encontrar o Embaixador do Sul. O fato de lembrar-se da fisionomia de Onofre outra vez confirmava sua devoção aos Guerreiros, como se cada rosto fosse precioso demais para cair no esquecimento. Pacheco sentiu as pernas tremerem e por sobre o ombro encarou a porta de madeira, logo atrás. Julgou que os guardas ainda a vigiavam e não conseguiria sair ileso.

— Qual o seu nome? — indagou o Embaixador.

— Francisco — intrometeu-se Diego. — Acho improvável que o senhor o conheça. Esses dois viviam no interior e nunca saíram da terra natal.

Onofre baixou a cabeça. O gesto pareceu instigar ainda mais o Embaixador do Sul. Aproximando-se cada vez mais, ficou cara a cara com Onofre.

— Eu te conheço, sim. Tenho certeza.

— Aqui está — disse Diego, interpondo-se entre os dois. Em suas mãos, levantou o pincel e um recipiente de tinta. Com um sorriso forçado.

O Embaixador do Sul ficou mais sério.

— Que cheiro é esse?

— Senhor? — questionou Diego.

— Isso não é bebida comum.

O hálito de Diego atingira de perto o Embaixador do Sul. Aquela aguardente ilegal carregava um cheiro cítrico com toque mentolado.

— Eu bebi um pouco... para me inspirar, o senhor sabe. — Diego começou a perder a confiança outra vez. — A paisagem por essas bandas é extraordinária.

— Abra as caixas — O Embaixador encarou Diego, enojado.

A aguardente ilegal ainda se escondia ali, guardada dentro da outra caixa. Pacheco notou uma expressão quase estrangulada no rosto de Onofre, como se estivesse confirmando a previsão que fizera. Por causa de um bêbado, tudo estava perdido.

Diego ficou imóvel. Pareceu compartilhar com Pacheco seus sentimentos. O Embaixador do Sul tomou a iniciativa e abriu a primeira caixa. Não havia sinal da garrafa. Ele pôs a caixa no chão e abriu a segunda. Apenas verduras.

O Embaixador do Sul fuzilou Pacheco com o olhar. Ele caminhou até a terceira caixa e apoiou os dedos na iminência de abrir a tampa. Mas um estrondo o interrompeu.

A porta de entrada fora aberta com violência e outro homem, baixo e de nariz adunco, entrou no aposento. E pelo sorriso de Diego, parecia que as coisas voltariam ao seu devido lugar.

O Embaixador do Sul fez uma reverência no mesmo instante.

— Senhor General.

— Estes são meus convidados — disse o General, sério. — É preciso ter uma conversa em particular.

— Senhor, esses homens carregam...

— Isso é uma ordem.

Sem alternativa, o Embaixador do Sul fez outra reverência e saiu dali, apressado. O General foi até a cadeira e encarou todos do grupo, mantendo um silêncio fúnebre. Finalmente, ele amenizou a expressão.

— Sente-se, meu caro.

Diego se sentou em uma das cadeiras à frente da mesa comprida, ainda com um ar alegre. Pelo sorriso bobo, Pacheco não sabia o quanto a bebida já havia invadido seu juízo.

— Você não faz ideia de como é bom vê-lo — disse Diego.

— Sem rodeiros, Diego. O que você quer de mim?

Algo de errado estava acontecendo. O sorriso do General se acentuou e sua voz baixou o tom, como se não quisesse ser ouvido para além daquela sala. Pacheco entendeu que presenciava em primeira mão um suborno. O General escancarava sua corrupção sem o menor pudor e Pacheco não duvidou de mais nada. Quando olhou para Onofre, o viu quase boquiaberto, como forçando a si mesmo a não acreditar que uma Figura fosse capaz de agir como um rato a espera de alimento.

— Quero passar para o Reino de Peri.

— Mas isto é óbvio — disse o General, apoiando os cotovelos na mesa. — Estou com um pressentimento de que você não vai ao Reino de Peri a passeio. E, estando o Reino de Guerreiros na crise em que está, também não é coincidência. Espero que não mexa com ninguém grande demais para o seu tamanho.

— O que interessa é que estou disposto a lhe pagar uma boa quantia.

O General sorriu.

— De quanto estamos falando?

Diego começou a contar com os dedos, mas logo em seguida parou, como se tivesse entrado em choque. Sem aviso, olhou para trás, encarando Onofre.

— Você...

— Eu o quê? — perguntou Onofre.

Diego se levantou da cadeira.

— Você gastou tudo!

— Eu?! É você quem deve dar conta da bebedeira. Eu não tive nada a ver.

— Não me venha com essa!

— Cavalheiros, baixem o tom — interrompeu o General.

Diego baixou a voz, gritando num sussurro.

— Olha só em que situação você nos colocou, seu idiota!

— Quem é idiota aqui é você. Se tivesse contado sobre esse plano imbecil, teria me assegurado de que você não tocaria em nenhuma garrafa sequer.

O General deu um sorriso sarcástico e frustrado.

— Pelo visto, não restou mais nada para mim.

— Podemos negociar — disse Diego, outra vez com sua voz rouca. — Eu tenho dinheiro de sobra. Você me deixa passar e eu lhe pago quando voltar.

— Se não tem nenhum tostão para me pagar, não vai dar nenhum passo além do Cordão do Sul.

Então era assim que iria acabar? Voltariam com o rabo entre as pernas, impotentes diante do caos instaurado. E ainda teria que rezar todos os dias para que o irmão retornasse. Uma ilusão atrás da outra.

— Posso te dar o dobro que na última vez — insistiu Diego. — Ou melhor, o triplo.

— Na última vez, você quis que eu livrasse sua cara de ir preso com bebida ilegal. Agora, quer passar para o Reino inimigo. A situação é outra, meu caro. — Diego tentou protestar, mas o General levantou a mão para silenciá-lo. — É tudo ou nada.

Onofre intrometeu-se.

— Que seja tudo, então.

Diego o olhou, incrédulo.

— O Embaixador do Sul disse que pagaria caro pelos seus quadros — continuou Onofre. — Você trouxe as tintas, então faça as pinturas e as venda para o Embaixador do Sul. — Onofre deu uma pausa, parecendo pensar numa ideia melhor. — Faça-os para o General. Ele se encarregará de barganhar o máximo possível. O Embaixador do Sul vai querer comprá-los de qualquer forma.

Pacheco não entendeu como Onofre poderia trair seus ideais. Se antes parecia frustrado com a corrupção da Hierarquia, agora apoiava descaradamente o plano de suborno.

— De nada vai adiantar se voltarmos — continuou Onofre. — Simão precisa de nós. Todos precisam de nós. Se esse for o preço para salvar o Reino de Guerreiros, estou disposto a pagar.

— Gostei desse seu amigo — disse o General, abrindo um sorriso. — Essa, sem dúvida, é a melhor oferta que já recebi.

— Mas eu só tenho uma moldura — disse Diego.

Onofre pegou uma das caixas e retirou o material de pintura.

— O que está fazendo?! — exclamou Diego.

Onofre então tateou o fundo da caixa e retirou um fundo falso. Ali, encontrou vários azulejos escondidos.

— Eu percebi o peso dessa caixa! Era óbvio o fundo falso. Só me pergunto o porquê de você esconder uma coisa dessas, seu bêbado.

Diego não sabia onde enfiar a cara.

— Preciso das molduras para o Reino de Peri — balbuciou o pintor. — Como iria retratar os líderes das Onze Nações?

— Ah, então é isso — arrematou o General. — Só digo uma coisa: boa sorte. — O General arrastou a cadeira e se levantou. — Estamos acertados. Quero três telas.

— Três?! — questionou Diego. — Que história é essa?

— Pagamento triplo, lembra?

Diego respirou fundo, furioso.

— Em quanto tempo termina? — perguntou Pacheco.

— Pela empolgação do Embaixador do Sul, hoje mesmo.

— Ótimo — disse o General. — Mas já estamos no fim da tarde e não recomendaria que vocês partissem de madrugada. Quando passarem para o lado do Reino de Peri, haverá uma marcação no chão com três pedras brancas, próximas ao fosso. É só seguirem por lá. Pouco antes de o sol nascer, vocês poderão atravessar. Você me entrega as três pinturas e eu garanto a passagem.

Dizendo isso, o General foi até a porta, murmurou algo para dois guardas e estes a fecharam num estrondo. Os três se entreolharam.

— E então — disse Onofre. — O que está esperando?

VI

Sua lembrança mais vívida era a de Simão lutando contra Guilherme para defendê-la, ainda quando pequenos. E agora, a cabeça de um homem havia rolado ao chão, supostamente em sua defesa. Nara tinha sentimentos conflituosos sobre a Estrela Republicana. Sentia-se agradecida pelo seu discurso contra o sujeito. Mas lhe dava calafrios a certeza de que estava prestes a morrer.

Nara, Simão, Jaime e Rufino permaneciam com as mãos amarradas numa corda, que por sua vez se enganchava com as correntes na parede. Simão tremia desacordado, imerso num sonho ruim e retorcendo a expressão. Balbuciava nomes sem sentido. Acordou num impulso e arqueando o peito para respirar, como se tivesse acabado de sufocar até quase morrer.

— Está tudo bem, Simão? — indagou Rufino.

Olhando em volta e recobrando onde estava, Simão aquiesceu. Nara desconfiou que ele estivesse outra vez perdido em meio aos pesadelos das sombras que o atormentavam. Do lado de fora, podiam ver um vigia montar sua guarda. Ao redor, outros prisioneiros aguardavam a morte. Ninguém parecia se mexer na cela minúscula e imunda. Por entre as telhas, conseguiram acompanhar a chegada da noite. O fedor só não era pior do que os balcões dos vendedores de carne da Feira dos Sábios.

Nara sentiu o calafrio lhe percorrer a espinha. Quando encontraram a Estrela Republicana pela primeira vez, suas mãos estavam cheias de sangue. Um vermelho-escuro, típico de um sangramento violento. Ali, a lembrança de seu próprio pai a pegou de surpresa. Várias vezes lhe faltara o equilíbrio nas pernas. Em uma das vezes, caíra sobre uma das facas e o corte havia sido feio. Graças a Deus o pai ainda estava vivo.

— O outro prisioneiro deve ter morrido — disse Jaime ao encarar um corpo inerte há poucos metros.

— A Estrela matou o prisioneiro, você quer dizer! — exaltou-se Rufino.

— Ele está morto...

Simão matinha o olhar em um dos vigias, do lado de fora da cela.

— Vou negociar com ela — disse ele. — O que tem para resolver é comigo e a Hierarquia. Vocês não têm nada a ver.

— O que você quer dizer com isso? — questionou Nara.

— Deixarei que a Estrela Republicana me mate em troca da vida de vocês.

— Mas nunca que você fará isso! — exclamou Nara tentando se levantar, mas as cordas pareciam se apertar ainda mais.

Rufino soltou um arquejo.

— Ela não vai negociar com você, Simão. Ela matou um de seus homens na nossa frente. Matou alguém que defendia a sua própria causa. Isso diz tudo. É apenas uma fanática sem juízo.

Nara tinha dúvidas sobre isso. O pouco que escutara da Estrela Republicana resumia sua posição política contra os Guerreiros. Ela conseguira reunir uma quantidade impressionante de pessoas adeptas à sua causa, prontas para agir sob seu comando. Estava longe de ser alguém sem juízo.

— Não sei se a Estrela Republicana irá matá-lo, Simão — disse Nara. — Mas tenho certeza de que não vai nos poupar. O Mestre de Guerreiro é mantido prisioneiro. E ela não vai largar esse troféu.

— Mas é a única opção que temos.

O coração de Nara apertou ainda mais.

— Acha mesmo que se tornou o Mestre de Guerreiro para morrer por causa da gente?

— Nós todos somos iguais. Meu pai amava manter essas diferenças, mas eu não sou como ele.

— Então, por que está aqui, Simão? — questionou Nara. — Por que aceitou salvar o Reino de Guerreiros, o mesmo Reino que seu pai tanto amava?

— Porque não é ele quem me interessa. Outros inocentes irão apodrecer na primeira invasão de Adhemar.

Desajeitado, Simão conseguiu ficar de pé.

— Ei! Ei, abra a cela!

— Não faça isso, Simão! — exclamou Jaime, desolado.

— Chame a Estrela! Diga que o Mestre de Guerreiro tem outra proposta! — O vigia pareceu ignorar. — Abra a cela!

Simão continuou chamando pelo vigia, sem sucesso. Nara pensou na possibilidade de apodrecerem naquele lugar, do mesmo jeito que os famintos prisioneiros em volta.

Uma luz de archote se aproximou. Abrindo o cadeado da cela, um vigia foi até Simão. Desenlaçou sua corrente, mas não cortou as cordas que lhe prendiam o pulso. Com violência, puxou Simão para fora da cela.

— Não vou sair sem eles! — declarou Simão. O vigia ignorou, forçando Simão a continuar andando. — Já disse que não vou sair sem...

O vigia acertou um soco em Simão, fazendo-o cair com violência. E deu dois chutes quando ele tentou se levantar.

— Seu covarde! — esbravejou Nara. Com o coração aos saltos, sentiu as lágrimas lhe descerem pelo rosto. — Não faça isso! Está levando ele para aonde?

Simão respirava ofegante, mas ainda resistiu. O vigia o levantou do chão e o puxou outra vez.

— Se quiser me levar sozinho... vai ter que me matar — disse Simão, cuspindo sangue.

O vigia o encarou de cima a baixo. Outra vez, lhe deu um soco e o largou. Simão tombou para o lado. Nara estava aos prantos.

— Por favor, pare! Não o machuque mais! Não precisa fazer isso!

— Vou soltar vocês três — disse o vigia, retirando uma adaga da cintura. — Se fizerem alguma besteira, ele morre. Entenderam?

O vigia abriu a cela e desatou as cordas das correntes, deixando Nara, Jaime e Rufino ainda atados com as mãos para trás. No corredor, Simão continuava caído. Graças a Deus estava vivo.

— Vocês dois, levem-no — disse o vigia, pressionando a adaga nas costas de Simão e retirando uma segunda para cortar as cordas que prendiam Jaime e Rufino. — Um movimento errado e ele já era.

Jaime e Rufino ajudaram Simão a se levantar. O ódio consumia Nara por completo. Ao saírem da área das celas, foram para a cabana da Estrela Republicana. Mais vigias com seus archotes se espalhavam por todos os lados, protegendo a cabana a todo custo. Simão conseguiu andar por si mesmo e o coração de Nara apertou ao ver que os lábios escureceram num fio de sangue.

Dois homens guardavam a porta de entrada e liberaram a passagem. Quando Nara entrou, foi surpreendida pelo ambiente ao redor. Toda a imagem de lama e sujeira desapareceu. Duas mulheres se aproximaram com espadas na mão e uma expressão fechada.

— Cuidem deles. Vou falar com ela — disse o vigia, virando no corredor.

Ao lado, a porta de um cômodo ficara entreaberta. Como por instinto, Nara olhou de relance pela brecha. Uma sala repleta de objetos, como um depósito de materiais. Em um dos cantos da parede, um objeto reluzia a pouca luz dos archotes. Uma Coroa. Mas não parecia ser a de Simão. E no outro canto, um homem jazia amarrado e amordaçado. Outro prisioneiro.

Nara sentiu a ponta de uma adaga em seu pescoço.

— O que pensa que está fazendo? — questionou a mulher ao lado, fechando a porta num estrondo. — Não faça nada estúpido.

— Podem deixá-los comigo — disse a Estrela Republicana, aparecendo no corredor. — Deixem-nos a sós.

As mulheres saíram. O vigia se manteve ao seu lado.

— Você, também — disse a Estrela Republicana.

— Minha senhora, deixe-me garantir sua segurança.

— De nós dois, é você quem precisa que eu garanta a sua. — O vigia pareceu consternado. — É uma ordem. Saia.

O vigia saiu. Simão, Nara, Rufino e Jaime ficaram sozinhos com a Estrela Republicana. Suas mãos ainda sujas de sangue. Quantos prisioneiros ela torturaria em um único dia?

Simão deu um passo à frente.

— Libere-os, eu lhe peço. Pode me matar se quiser, mas eles não têm nada a ver com isso.

— Deixe de ser tolo. Você não está em posição de dar ordens.

— É um pedido, não uma ordem.

Ela riu.

— Vocês Guerreiros são todo iguais. Fingem que são cães dóceis até que lhes sejam dadas as costas. Viram lobos selvagens e donos de si. Aqui sou eu quem manda e você quem obedece, Mestre de Guerreiro. — Ela se aproximou, ficando a poucos centímetros do rosto de Simão. — Vou direto ao ponto. Você me ofereceu o comando do Reino de Guerreiros como oferta, mas não disse o que você ganha com isso.

— Já disse que não me importo com mais nada do Reino de Guerreiros e estou disposto...

— Deixe de bobagem, Mestre de Guerreiro. É melhor que não insista nas palavras erradas. Não posso confiar num homem que age sem ter nada a perder.

Ouviram um grito. Passos agitados no quarto do fim do corredor. Pela brecha, mulheres passavam como se resolvessem uma urgência.

— Fale logo, Mestre de Guerreiro — disse a Estrela Republicana, ao mesmo tempo em que conferia por sobre o ombro a agitação das mulheres.

— Adhemar e o Rei de Guerreiro travam uma guerra neste exato momento. E serão duas forças avassaladoras. Não quero que o Reino de Guerreiros vire ruínas por causa de decisões erradas. Adhemar quer concluir o que Peri começou e o Rei de Guerreiro quer aniquilar todos os índios ao seu alcance. Aposto que a Estrela Republicana tampouco queria ter em suas mãos um Reino completo em decadência.

A Estrela Republicana ficou em silêncio, pensativa.

— Minhas tropas concentrarão as forças em tomar o poder diante da confusão política generalizada — disse ela. — O Reino de Guerreiros ficará sob o meu domínio e isso é a última coisa que a Hierarquia deseja. O que você ganha com isso?

— Eu não represento os interesses da Hierarquia. Mas eu, como Mestre de Guerreiro, garantirei que a Hierarquia mude de ideia. Farei de tudo para me opor ao Rei e suas tropas. Basta qualquer deslize para que o Rei sucumba diante dos Crédulos e Afoitos. E você não enfrentará políticas predatórias vindas de um Rei sem poder. Adhemar e o Rei de Guerreiro enfraquecem um ao outro e você os eliminará de uma só vez. E eu prefiro o seu governo cuidando dos interesses do Reino de Guerreiros do que um Rei que nos virou as costas há tempos.

Aquele não parecia Simão. A manipulação daquelas peças no tabuleiro da Guerra não fazia o seu perfil. Pelo menos, não do perfil daquele Simão que conhecera há muito tempo.

Irrompendo no ar, outra vez um grito de dor de um homem. Nara desconfiou que fosse o mesmo homem que ouvira ao chegar no acampamento. A Estrela Republicana fazia questão de prolongar seu sofrimento sem misericórdia. Depois do grito, seguiram-se tosses violentas. A porta no fim do corredor se abriu e uma mulher se prostrou à entrada.

— Minha senhora, precisamos de sua ajuda!

A Estrela Republicana fechou o semblante.

— Quem é este homem que tanto sofre? — indagou Simão.

— Fiquem aqui ou serão todos mortos!

A Estrela Republicana entrou pela porta e a fechou. Nara sentiu o coração acelerar ao ver Simão seguindo pelo corredor pelo mesmo caminho da Estrela Republicana. Jaime e Rufino tentaram segurá-lo, mas Simão se desvencilhou. Nara partiu ao seu encalço e, lado a lado, os dois empurraram a porta de madeira.

Entraram num quarto sem janelas. Uma estante se estendia no canto da parede com prateleiras cheias de frascos com o que pareciam ser líquidos e ervas. No canto da outra parede, duas panelas ferviam água sob uma fogueira com um suporte improvisado. Nara sentiu um cheiro familiar. Três mulheres se reuniam ao redor de um leito com um homem. Pelas olheiras e suor em cascata, desconfiou que uma doença o corroía por dentro. O homem tossiu outra vez e uma das mulheres lhe enxugou a boca. O tecido branco se lavou com respingos de sangue.

Ao perceber Simão, a Estrela Republicana avançou contra ele.

— Saia daqui, agora! — esbravejou.

— Este homem não é um prisioneiro — disse Simão. — Diga-me quem é.

— Já disse para sair!

Jaime e Rufino apareceram na porta, e ambos se alarmaram quando viram a Estrela Republicana retirar sua espada e pressionar a ponta contra o peito de Simão. O homem começou uma tosse incessante e outra mulher foi até a prateleira. Estendeu a mão e agarrou um frasco de ervas.

Nara percebeu que o cheiro familiar que sentira vinha dali. Como por instinto, arrodeou a Estrela Republicana e retirou da mulher o frasco das mãos.

— Não faça isso! — bradou Nara.

Girando nos calcanhares, a Estrela Republicana retirou uma adaga presa às costas e a apontou, ameaçando Simão e Nara ao mesmo tempo. Nara sentiu os olhos da Estrela Republicana lhe ferirem mais do que uma adaga jamais poderia.

— O que pensa que está fazendo? — disse a Estrela.

— Ele vai piorar se der o que tem neste frasco. São pétalas rosas e brancas. Copo de leite. E já usaram mais da metade. — Nara apontou para outro frasco com cascas cor marrom. — Barbatimão. É disso que ele precisa.

— Como sabe?

— Eu cuido do meu pai. Não sei o que este homem tem, mas os sintomas são os mesmos. Mais algumas doses de Copo de leite e morrerá.

A Estrela Republicana pareceu pensar. Logo depois, guardou a adaga e a espada.

— Você sabia disso? — indagou a Estrela à mulher.

— É claro que não, minha senhora!

— Não minta para mim.

— Nunca vi nenhum problema com minhas ervas! — Os olhos da mulher sustentavam o pavor de sua possível sentença.

A Estrela Republicana fechou os olhos, como se para suportar mais um fardo.

— Saiam todas daqui. Agora! — As mulheres fizeram uma reverência e saíram às pressas.

Simão interveio.

— Você não quer matá-lo.

— É claro que não. Jamais seria capaz de matar meu próprio irmão.

A expressão tensa de Simão desabou. Ninguém imaginaria que o conhecido monstro chamado Estrela Republicana cuidava de alguém, muito menos de um familiar.

— Faça o que sabe — disse a Estrela Republicana à Nara.

Nara engoliu em seco. Devolveu o frasco à prateleira e pegou aquele que havia indicado. Abrindo-o, administrou o barbatimão na água fervente da panela sobre a fogueira.

— É para colocar sobre a ferida. E isso serve como Lambedor. — Ela pegou um frasco de mel e pôs um pouco na boca do homem. Em pouco tempo, ele parou de tossir. Sua respiração se descongestionou.

— O que aconteceu com ele? — perguntou Nara.

— Só faça o seu trabalho — respondeu a Estrela.

— Se me contar, posso administrar melhor o medicamento.

Nara percebeu o som das chamas queimando nos archotes e as sombras incertas projetadas no semblante do homem.

— Você o salvou — disse a Estrela Republicana, quebrando o silêncio. — E devo agradecê-la por isso. — A Estrela Republicana pareceu respirar mais fundo, segurando as prováveis lágrimas. — Eu ainda servia ao Rei quando aconteceu. Durante uma semana inteira ele queimou de febre e tosse, sem poder andar. Vomitou sem parar durante dias. — Ela cerrou a expressão. — Quando pedi ajuda ao Rei, me disse que as orações para Deus e Jesus Cristo seriam suficientes. Mas meu irmão não melhorou.

— Poderia ter procurado o Mateu — disse Simão.

— E fui. O Mateu disse para manter a fé. Que as orações dariam um jeito. E que Deus quer a nossa saúde e a traria ao meu irmão. Mas meu irmão piorou. Eu acompanhava o Rei em todas as ocasiões. — A voz da Estrela Republicana se agravou. Parecia consumir-se em ódio diante das lembranças. — O Mateu vivia dizendo ao povo para ter fé, sua principal desculpa. O povo baixava a cabeça, esperando que Deus resolvesse ter piedade de seus sofrimentos. Aqueles homens e mulheres mal sabiam que o maldito Rei causava todas as mazelas. Não consegui aguentar ver meu irmão subjugado. E um povo subjugado. Como sempre, o Rei me acusou de não ter fé suficiente, mas ele mesmo nunca se importara com isso. Sempre fez questão de ostentar sua riqueza com os malditos cordões. Quadros, lenços, joias. E uma cara reforma na muralha sob o comando do General, que já dura mais tempo do que o necessário. Para quê? Para dizer ao povo que seu governo implementa obras para a beleza do Reino de Guerreiros.

A Estrela Republicana foi até a estante de frascos. Ao lado, um pequeno baú repousava sob a penteadeira.

— Nunca me esqueci do dia em que quase enlouqueci de tanto rezar. Pedi para Deus e Jesus me darem a benção da cura de meu irmão. Naquele dia, recorri à outra força tão poderosa quanto a Santíssima Trindade.

Rufino balbuciou.

— A... Sereia.

— Enquanto meu irmão tossia sangue, eu rezava para que a Sereia o salvasse. Quase enlouqueci durante a madrugada. — A Estrela Republicana abriu o pequeno baú, revelando um pequeno cacho de cabelo. — Meus cabelos começaram a cair. E eu me lembrarei de cada fio no dia em que matar "Vossa Majestade", o Rei de Guerreiro. — Ela fechou o baú e o pôs de volta no lugar. — De tanta febre, meu irmão perdeu o juízo perfeito. É um inválido. E Deus é o responsável, assim como o Rei.

Nara sentiu-se abalada por aquela história de vida. Tinha mais em comum com a Estrela Republicana do que gostaria de admitir. Mas ao mesmo tempo, sentia que ela abrira seus sentimentos muito rapidamente, como se confiasse em seus novos prisioneiros sem pensar duas vezes. Contar sua própria história parecia uma necessidade, revelando que sofria em silêncio esperando a primeira oportunidade para confessar seus males. Nara compartilhava do mesmo sentimento sobre sua própria vida e tudo o que acontecera. Imagens do passado dolorosas demais para evocar.

— Eu sei como se sente — disse Simão. — Perdi minha mãe quando era menino.

— Se soubesse de alguma coisa, jamais assumiria o posto de Mestre de Guerreiro.

— Podemos impedir que mais pessoas sofram desse regime, que atinge os próprios membros da Hierarquia. Mas antes, preciso que me ajude em outra coisa.

A Estrela Republicana esperou a declaração de Simão. Seus olhos semicerrados disseminavam a desconfiança com aquele pedido imprevisto.

— Capturaram o Mateu e precisamos salvá-lo — disse Simão.

— Que se dane o Mateu.

— Então não temos um acordo.

— Não sou eu quem sugeriu esta aliança. É você quem está desesperado, não eu.

— O Mateu também irá nos ajudar na conquista de mais adeptos à nossa causa contra o Rei de Guerreiro.

A Estrela Republicana pôs a mão na espada, na iminência de desembainhá-la.

— Não me subestime, "Mestre". O Mateu talvez seja o mais inútil das Figuras da Hierarquia em assuntos militares. O que deve fazer é me levar até o Rei de Guerreiro. Aí, sim, terá o seu acordo.

O coração de Nara deu um salto e sua respiração começou a falhar. A Estrela Republicana queria encontrar o Rei de Guerreiro. Não poderia deixar passar aquela oportunidade.

— Vamos com ela, Simão.

— Como é?! — exclamou Rufino.

— Temos que salvar o meu pai, Nara! — disse Jaime.

— Tudo isso será resolvido quando encontrarmos o Rei — explicou Nara. — A Estrela Republicana terá o que quer e nós, também.

— Por que o Rei lhe interessa tanto? — indagou Simão, encarando-a com severidade.

— Que alternativa nós temos? A Estrela nos tem como prisioneiros. A única chance de salvarmos o Mateu é fazer o que ela ordena.

Jaime pareceu consternado.

— Temos é que salvar o meu pai! Ele foi capturado. Meu irmão está com ele!

— Ela tem razão, Jaime — disse Simão. — Não temos outra escolha. Ou você tem algum outro plano?

Jaime ficou calado. A Estrela Republicana deixou escapar um sorriso.

— Ótimo que entramos num acordo, Mestre de Guerreiro.

— Quando deseja partir?

— Imediatamente.

— Mas seu exército não estava pronto. Pelo menos, não quando chegamos.

A Estrela Republicana foi em direção à porta.

— Nós não vamos com um exército.

A Estrela Republicana saiu do aposento e o grupo a seguiu. Como por instinto, Nara encarou a porta no corredor, por onde tinha visto a Coroa e o prisioneiro. Imaginou que já estivesse morto.

— Cavalos — disse a Estrela Republicana ao vigia.

Nara pôde jurar que a Estrela lhes enviou um sorriso, como se agradecesse por algo que tivessem feito. Naquele instante, um mal pressentimento lhe invadiu as expectativas. Rememorou a história que contara sobre o irmão, o Rei e a Sereia. Pensado bem, todos os elementos tinham um ar de exagero. A possibilidade de a Estrela Republicana ter armado tudo aquilo, desde a violência do vigia contra Simão, até a história dramática com o irmão transformara-se em uma possibilidade real.

Com pressa, todos montaram nos cavalos. Nara se perguntou se teria condenado a todos com sua insistência em perseguir seu plano particular.

VII

— Reze para Deus e ele fará aparecer um farto banquete de carne e sururu — disse Guilherme para o Mateu e seu filho. Seu desdém fez os homens montados caírem na gargalhada.

Amarraram o Mateu e seu filho no mesmo cavalo. Melhor ainda o fato de o filho ser tão robusto, pois sobrava menos espaço. E ainda era pouco. Guilherme fez questão que o Mateu e seu filho permanecessem famintos. O filho levava um ferimento horrendo no braço, o mínimo por todo o trabalho que tivera.

— Uma pena que sua suposta fé foi incapaz de lhe prevenir — continuou Guilherme, vendo os dois prisioneiros balançarem no ritmo dos cavalos com o sol lhes abrasando o suor no rosto. — Não teve nenhuma revelação, Mateu? Nenhumazinha? Talvez essa fé não seja tão boa quanto dizem.

Mas a fuga de Simão tinha sido uma surpresa infeliz. Guilherme não pôde evitar a frustração de ver o filho da puta lhe escapar pela escuridão. Não era isso que esperava de alguém, cujo nariz empinado nunca recusava uma briga. No fim das contas, Simão se mostrara só um covarde.

Guilherme tinha certeza de que o idiota do Rei de Guerreiro não ficaria satisfeito. Ordenara que chegasse com Simão e o Mateu. Mas, caso o Rei se descuidasse, o povo logo descobriria a ausência do Mestre e o resultado seria uma revolta inevitável. Por isso, o Rei gastaria seu tempo precioso com um pássaro na mão.

— Mais rápido! — gritou Guilherme, fazendo os homens acelerarem o passo. Puxaram duas vezes a corda amarrada na cabeça do cavalo que carregava os prisioneiros, um sinal para que o animal aumentasse o trote. Sem aviso, um barulho ecoou. Logo atrás, o corpo do Mateu desmaiado caíra do cavalo, tombando no chão. Guilherme fez um gesto para todos pararem a marcha. O filho não parava de tremer, parecendo que a febre lhe consumia vivo. Encharcado de suor, o filho do Mateu conseguiu balbuciar:

— Se meu pai... se meu pai morrer... eu...

— Eu o quê? — interrompeu Guilherme. — Vai me matar? Vai? — Os homens começaram a rir. — Que tal uma briga, aqui e agora? Talvez você me corte a cabeça com um golpe de seu braço forte e hábil, não? — O ferimento à altura do ombro escorria pus e as bordas da pele já conservavam alguns vermes. Guilherme encarou os homens e apontou para o corpo desfalecido do Mateu. — Vamos, o que estão esperando?

Um dos homens desceu do cavalo e foi até o Mateu. Ao levantá-lo, seu rosto ficou repleto de areia e os poucos cabelos que lhe restavam nas laterais da cabeça tomaram um banho de poeira. O homem jogou o corpo desfalecido do Mateu em cima do cavalo com uma força exagerada, produzindo um estalo de ossos ao amarrá-lo com força.

— Pegue leve — disse Guilherme. — O Rei o quer vivo.

Caso o Mateu não sobrevivesse, não seria uma grande perda. Já era velho o suficiente para acordar morto a qualquer momento. Os Crédulos chorariam a perda e Afoitos iriam celebrar, mas nada demais. Ao contrário do antigo Mestre de Guerreiro, cujo apoio do povo faria desmoronar as bases de toda a Hierarquia. E pelo o que soube do funeral, Simão seguia no mesmo caminho.

Guiando seu cavalo até o Mateu, Guilherme encarou seu filho de cima a baixo. O homem alto e forte convertera-se numa criança indefesa. Guilherme pôs a mão na cintura e retirou uma cabaça. Tirou a tampa e despejou a água na cara do Mateu, que acordou de imediato. Os homens gargalharam mais alto. Depois, Guilherme decidiu seguir seus próprios conselhos e abrandou os modos. Simão precisava sentir na pele, a cada segundo, a cada momento, o que ele próprio sentira desde o dia em que violentara a sua mão. Refletiu que precisava preservar o Mateu até o momento oportuno.

— Vamos comer — disse Guilherme, sinalizando para um dos homens. Apressado, retirou dois capuzes de sua algibeira e os colocou nos prisioneiros.

Antes do meio dia, pararam na primeira cidade. Os homens almoçaram às pressas e Guilherme deixou que o filho do Mateu comesse e alimentasse o seu pai. Depois, continuaram seu rumo. Antes de o sol descer no horizonte, chegaram ao recanto do Rei de Guerreiro. Dois homens trataram de descer os prisioneiros dos cavalos, ao mesmo tempo em que puxavam os nós da corda.

Com a pouca luz, acenderam os archotes nas paredes. Um silêncio invadira aquele recanto e não havia sinal de nenhuma Figura. Quando Guilherme passou pelos jardins, avistou a Rainha de Guerreiro. Virando-se para os homens, fez sinal para que aguardassem, indo apressado ao encontro dela.

— Majestade — disse Guilherme, fazendo uma reverência. — Onde estará o Rei?

A Rainha, como sempre, regava suas tulipas.

— Se vangloriando — respondeu.

— Me perdoe, mas não entendi, Majestade.

Ela começou a regar uma linha de tulipas roxas e Guilherme se viu obrigado a acompanhá-la.

— Meu marido está no salão principal, se achando o máximo por ter atacado o inimigo tão, segundo ele, "perfeitamente". — A voz da Rainha era puro desdém.

— Minha Rainha, está dizendo que as tropas do Rei já avançaram contra o Reino de Peri?

A Rainha se abaixou, deixando o regador derramar a água em suas mãos para que a espalhasse com cuidado pelas raízes.

— Acha mesmo que meu marido me conta suas estratégias de antemão? Sei apenas que sua motivação em atacar o Reino de Peri fora falsa. E agora ele está lá, no salão principal, como uma criança mimada, se preparando para o discurso que dará amanhã.

Guilherme sentiu a pulsação acelerar. Também não tinha ideia desse plano do Rei, mas fazia todo o sentido. O Rei havia influenciado as decisões de Adhemar até as últimas consequências, fazendo-o reagir à impressão de ataque. E agora, o Rei conseguira o clamor necessário para discursar perante a multidão sobre a ameaça do Reino de Peri e o quanto precisavam agir. Uma chance de sua popularidade aumentar. Nada como um inimigo em comum para deixar de lado as desavenças entre Afoitos e Crédulos.

Ainda assim, sentia-se desconfortável de ter sido usado pelo Rei no dia em que, enfurecido, dissera que moveria as tropas contra Adhemar. Sentiu a péssima sensação de ter caído num golpe baixo.

— Com sua licença, Majestade — disse, fazendo outra reverência.

Apressou-se rumo ao salão do Rei. Enquanto se aproximava, a voz do Rei se fez ouvir. Talvez já estivesse em reunião e por um instante teve receio de abrir as portas. A entrega do Mateu deveria ser sigilosa e mesmo que os dois prisioneiros estivessem encapuzados, seria péssimo se outros percebessem um dos conselheiros do Rei ao lado de dois homens condenados.

Guilherme aproximou o ouvido da porta. Havia poucas vozes. Na verdade, através da grossa madeira escura ouviam-se murmúrios ininteligíveis, mas ditos por apenas duas vozes.

Os dois prisioneiros se mantiveram ao seu lado e Guilherme pôs a mão na maçaneta, respirou fundo e empurrou, fazendo ecoar o barulho das dobradiças. À sua frente, o Rei conversava com o conselheiro Isac. Os olhos dos dois se mostraram surpresos com sua chegada. A conversa que conduziam não prosseguiu.

— Majestade — disse Guilherme, fazendo uma reverência. Ao lado, os homens retiraram os capuzes dos dois prisioneiros.

— Finalmente você voltou — disse o Rei. — Mas não com o que ordenei.

— Esse é o filho do Mateu, Vossa Majestade. O Mestre se acovardou e meus homens não conseguiram capturá-lo.

O Rei se levantou do trono e ficou frente a frente com o Mateu.

— Não tem importância. Eu já cuidei desse assunto.

Aquela reação tão amigável do Rei lhe surpreendeu. Guilherme não resistiu ao impulso de trocar um olhar com Isac.

— Vossa Majestade enviou a Estrela Brilhante — disse o conselheiro.

O coração de Guilherme acelerou. A Estrela Brilhante era a mulher mais repulsiva que ele já havia encontrado em todo o Reino de Guerreiros. Irredutível em suas decisões e uma assassina nata. Ocupava esse posto privilegiado desde o momento em que provara suas habilidades e Guilherme sentiu um arrepio ao imaginar que Simão pudesse cair em suas mãos. Desconfiava que mataria Simão sem pensar duas vezes.

— Majestade — disse Guilherme. — O Mestre de Guerreiro debandou pela escuridão da noite quando tentei capturá-lo. A Estrela Brilhante não o encontrará.

O Rei encarou Guilherme com o frio de quem prevê o rumo exato dos acontecimentos.

— Depois do que você fez, o Mestre virá até mim. Vai querer não só resgatar seu amado Mateu como saber o motivo de você ter feito o que fez. Mais cedo ou mais tarde, a Estrela Brilhante cruzará o seu caminho.

— Mandar a Estrela Brilhante não é um risco, Majestade?

O Rei deu seus passos lentos até o trono. Sentou-se devagar e se virou, encarando o Mateu.

— Ele vai chegar. Vivo, eu garanto. — O Rei encarou os prisioneiros. — Muito curioso que esse tal de Simão aceitou ser o Mestre de Guerreiro diante de tanto desprezo pela nossa história, honra, conquista e tradição. Diga-me: o que você fez para conquistá-lo?

Quando a voz do Rei parou de ecoar nas paredes do salão, o silêncio se fez. Um dos homens empurrou o Mateu até quase desequilibrar.

— Está surdo? Responda o seu Rei! — exclamou.

— O que você disse a ele? — insistiu o Rei. — Ainda teremos tempo de saber a resposta. Se não por bem, então já sabe. — O Rei estalou os dedos e dois vassalos levaram os dois prisioneiros dali. Guilherme notou que eles iam rumo às celas, no fundo do palácio. — Terei um dia cheio amanhã.

O Rei se levantou do trono. Isac interrompeu o seu trajeto.

— Majestade, se me permite uma última pergunta.

— Fale.

— Como ficará a questão da visita da Lira?

Guilherme aguçou os ouvidos.

— Qual o problema? — indagou o Rei com uma voz agressiva.

— Vossa Majestade não acha melhor evitá-la? Se as chances dos ladrões atacá-la já são grandes em tempos de paz, imagine na situação atual.

Pela primeira vez em toda a sua vida, Guilherme parecia não se segurar nas próprias pernas. Sentiu-se culpado até o pescoço, já vislumbrando uma lâmina decepando sua cabeça por traição. A Rainha teria contado tudo ao Rei? Ou outra pessoa havia descoberto? Seu nome existia numa lista? Fizera a recomendação sobre O Caboclo, mas tudo deveria permanecer em completo sigilo. Será que fora um tolo em acreditar que a própria Rainha manteria segredo?

— Cale a boca! — esbravejou o Rei, ficando vermelho. — Quantas vezes você e tantos outros já disseram que a visita de Lília é perigosa? Quantas vezes? Fale!

— Não sei, Majestade.

— Sabe o por quê? Todos desconfiam de tudo neste Reino, meu Deus! De todas as vezes que falaram que ela seria atacada, estuprada, assassinada, degolada e tantos outros "rumores", como diz você... quantos, de fato, aconteceram?

— Nenhum, Majestade.

— Pois é. Dê-me os seus conselhos, mas não me encha a paciência! E Lília tem guardas o suficiente para protegê-la. Ninguém seria tolo de atacar alguém como ela.

Guilherme soltou o ar dos pulmões, aliviado. O Rei estava débil de paixão pela Lira. Seria a sua demência a principal causa da derrota. O Reino de Guerreiros precisava de coisa melhor.

— Me acorde pela manhã — disse o Rei, indo se recolher.

Guilherme tinha certeza de que o Rei não iria deitar-se tão cedo. Precisava preparar o discurso acalorado para o povo. Isac saiu do salão e Guilherme pensou no que faria a seguir. A confirmação da visita da Lira possibilitava um melhor detalhamento nos planos.

Guilherme foi até o jardim do recanto. A Rainha continuava com suas plantas, sozinha. Guilherme percebeu que seria o melhor momento para afinarem o discurso. Nos próximos dias, o Rei de Guerreiro teria uma surpresa desagradável.

VIII

— Vamos descansar! — exclamou Rufino, montado no cavalo.
— Quanto mais pararmos, pior — disse Simão.
— Mas eu preciso dormir, homem!
Nara o fulminou com o olhar.
— Pelo amor de Deus, cale a boca!
Jaime não sentia sono. Nem frio. Nem fome. A cada galope, seu peito parecia prestes a explodir. Desejou mais do que tudo neste mundo saber como manusear bem uma espada. Pela primeira vez na vida, sentia-se feliz ao se imaginar degolando o inimigo. E sua lâmina já tinha um alvo certo.

O semblante de Guilherme não saía de sua cabeça. Jaime revidaria o ataque que sofrera cortando a garganta daquele que tanto mal fizera à sua família. Respirando fundo, engoliu em seco e se acalmou. Não seria capaz de uma coisa dessas.

O sol já se punha e os cavalos corriam contra o vento.

— Estamos há dias do meu acampamento — disse a Estrela Republicana. — Não sei onde poderemos comer.

— Eu sei — adiantou-se Jaime. Conseguira se localizar quando vira passar um umbuzeiro.

— Quanto tempo daqui até lá? — indagou Simão.
— Nessa marcha, algumas horas. Passaremos pela Vila Aguada, ao lado do recanto do Rei de Guerreiro.
— Algumas horas? — Rufino deu um sobressalto. — Não sei se aguento, meu Pai do céu...
— Mas deve ter alguma cidade mais próxima, Rufino.

Nara jogou as rédeas para o lado, ficando a alguns centímetros de Rufino. Tão rápida quanto um raio, retirou sua lâmina.

— Se você reclamar mais uma vez, vou cortar sua língua fora.

Rufino ficou calado até chegarem ao vilarejo mais próximo. Quando encontraram um local e comeram à vontade, Jaime ficou curioso com aquele vilarejo. Não se lembrava dele nos mapas que estudara e tentou rememorar as folhas de papel ressecadas com os desenhos de cada canto do Reino de Guerreiros. Ou o mapa estava errado, ou iam na direção errada.

O grupo partiu com a chegada da noite. Os cinco acenderam seus archotes, formando cinco pontos luminosos em meio à escuridão. A luz escassa da lua acentuava as chamas amarelas que dançavam à alta velocidade dos cavalos.

Mas Jaime percebeu que a Estrela Republicana foi diminuindo até parar. E todos fizeram o mesmo.

— Há algo errado — disse ela.

— Do que está falando? — questionou Simão.

— Já deveríamos estar avistando a Vila Aguada. E não há sinal da Floresta de Esaúna.

Ao ouvir aquele nome, Rufino deu um sobressalto e fez sinal da cruz.

— Ela tem razão — disse Simão, encarando Jaime. — Você errou o caminho?

Uma coisa era estudar um mapa do Reino de Guerreiros. Outra, vivenciar esses lugares em alta velocidade e à noite. Rufino levou as mãos ao ar, gesticulando desesperado.

— E então? Avie pra explicar o que Simão quer saber!

— Está escuro demais — revelou Jaime. — A Estrela Republicana está correta. Já devíamos estar na Floresta de Esaúna.

— Mas isso nós já sabemos, homem! — continuou Rufino. — Diga logo para aonde ir!

Um silêncio frio caiu sobre o grupo. Os grilos invadiram o juízo de Jaime sem misericórdia. Sua alma tremulou no mesmo ritmo da folhas das árvores e das chamas dos archotes.

— Estou perdido — admitiu.

Rufino aproximou seu cavalo e inclinou seu corpo, ficando a poucos centímetros do rosto de Jaime. A chama do archote iluminou seu rosto pela metade, intensificando sua careta grotesca.

— Como é a história, rapaz? — questionou ele. — Você sabe mais do que todo mundo aqui junto. Bote a cabeça para funcionar!

— Pegue leve com ele, Rufino. — Simão levantou uma das mãos. — Jaime, sei que pode fazer isso. Apenas raciocine com calma.

Jaime engoliu em seco. Sentiu como se sua garganta fosse se rasgar. Ele encarou a Estrela Republicana. Como tinha sido ela quem notara a falta de rumo, poderia indicar algum caminho.

— Já andei muito pelo Reino de Guerreiros — disse ela. — Mas não o conheço como a palma da minha mão.

Jaime sentiu a pressão de todos os olhares sobre os ombros. Não era possível que todos se perderiam por sua causa. Seu pai lhe havia confiado a tarefa de ser o principal guia naquele vasto Reino desconhecido. Desviou o olhar, baixando a cabeça. Tinha que pensar com cautela.

Então, Jaime percebeu.

Ainda montado em seu cavalo e a poucos metros do chão, notou a vegetação rasteira. Descendo às pressas do cavalo, posicionou seu archote à frente, ficando de cócoras e tateando com a ponta dos dedos. Vislumbrou detalhes das mudas de cana-de-açúcar.

— Vamos por ali — disse. — Estaremos na Floresta de Esaúna em menos de uma hora.

— Graças a Deus, homem! — exclamou Rufino, levantando as duas mãos para o céu. — Mas... por Esaúna passaremos só pela porta... né?

— Temo que não, Rufino. Dar a volta pela Floresta de Esaúna demorará muito mais do que simplesmente atravessá-la.

Rufino empalideceu.

O grupo continuou avançando. O vento frio soprava cada vez mais forte contra Jaime, mas ele mesmo não sabia se os arrepios que sentia vinham do clima ou de seus pensamentos sobre a Floresta de Esaúna. Seu pai sempre dizia que não era dos melhores lugares para se estar num Reino tão belo e, por isso, nem se detinha em muitos detalhes. Quando perguntava aos vizinhos, arregalavam os olhos quando confrontados sobre histórias de Esaúna e sempre tinham algo a confessar. Um deles disse que vira mortos andando de lá para cá. Outro disse que, uma vez dentro daqueles troncos, não tinha mais como voltar. Jaime não sabia se eram apenas histórias inspiradas nos poemas dos Sábios Cantadores e alçadas pela imaginação. Mas tantas histórias estranhas não pareciam coincidência.

Em bem menos de uma hora, o coração de Jaime pareceu que iria parar ao ver a Floresta de Esaúna se erguer no horizonte. Tal qual um paredão em meio às plantações de cana-de-açúcar, a floresta se estendia numa linha escura.

— Passaremos mesmo por dentro de Esaúna? — questionou Rufino.

— E você tem outro caminho em mente? — retrucou Nara. — Se for tão rápido, estou a todo ouvidos.

Rufino começou a parar o seu cavalo, chamando a atenção de Simão, que fez o mesmo. Logo, todos haviam parado outra vez.

— Não podemos passar pela Floresta de Esaúna! Não com tanta coisa ruim que já aconteceu lá.

— Não temos tempo a perder com essas crendices — disse a Estrela Republicana. — Mestre de Guerreiro, temos que nos apressar.

Nara pareceu que iria retirar a adaga, mas Simão a interrompeu.

— Precisamos continuar.

— Você não entende, Simão! — insistiu Rufino. Naquele instante, a luz do seu archote iluminou-lhe outra vez a expressão. Jaime nunca vira olhos tão assustados.

— Há histórias horríveis sobre Esaúna. Eu e Pacheco prometemos um ao outro que nunca chegaríamos perto de um local tão sinistro. Dizem que é pior do que a morte. Não tem nenhuma casa por aqui, sabe por quê? As pessoas sabem que morar próximo à Floresta de Esaúna é pedir problemas!

— As pessoas se convenceram a não morar por aqui por causa do inútil do Rei — disse a Estrela Republicana. — Olhe em volta. Está vendo as plantações de cana-de-açúcar? Eles devastaram a maior parte da floresta para o seu plantio. E esse pouco que resta ainda dizem que é para preservação... — Ela deu de ombros. — Esaúna não oferece perigo algum. Ao contrário da ignorância política da maioria do povo do Reino de Guerreiros.

Simão pôs a mão no ombro de Rufino.

— Eu também já fiz promessas que não pude cumprir, Rufino. O futuro incerto nos pega de surpresa e dobra nossos joelhos à força. Nossos juramentos foram feitos quando tudo era diferente. Quem poderia imaginar que estaríamos presos, aqui, no meio do nada, tentando salvar o destino do Reino de Guerreiros? Eu acredito em você, Rufino, mas nada de mal lhe acontecerá. Estou aqui para protegê-lo.

Rufino fez um sinal da cruz e pareceu rezar baixinho.

— Por isso — continuou Simão — precisamos chegar o mais rápido ao recanto do Rei de Guerreiro. Não há mais nada para...

Simão interrompeu sua fala. Seus olhos se semicerraram fixos em algo distante. Jaime olhou na mesma direção. Dois pequenos pontos de luz amarelos, como dois archotes acesos cortando a escuridão. A cada segundo, os pontos ficavam maiores.

— Quem são eles? — indagou Nara. — Alguém nos seguiu?

— Não vi ninguém — disse Simão. — Mas não acredito que seja coincidência estarem aqui.

A Estrela Republicana e Simão retiraram suas espadas. O som da lâmina saindo da bainha cortou o ar gélido da noite. Jaime começou a suar frio. Alguma coisa estava errada.

— Melhor a gente se afastar — disse Rufino.

— Não adianta — retrucou a Estrela Republicana. — Se quisermos passar por Esaúna, temos que passar por eles.

Jaime respirou fundo. Seu coração acelerou. Os dois cavalos diminuíram a velocidade, agora bem próximos. Jaime jurou ter visto alguns brilhos acima da cabeça de um dos cavaleiros, como vagalumes. Foi então que ficaram visíveis. Jaime não viu vagalumes, mas o reflexo da chama do archote nas várias joias de uma coroa. Uma Coroa de Guerreiro. Nela, uma estrela prateada. Ao ver o objeto, sentiu o coração quase lhe trair.

Aquela era a Estrela Brilhante.

— Se derem mais um passo, serão todos mortos! — exclamou ela, numa voz grave e violenta que fez Jaime se arrepiar. Parecia que as cordas vocais rasgavam-se a cada sílaba.

— Sou o Mestre de Guerreiro — disse Simão, aproximando seu cavalo.

— Sei muito bem quem você é, Mestre — desdenhou a Estrela Brilhante. O homem ao seu lado permaneceu calado. Era apenas um vassalo. — Estão sob as ordens de prisão do Rei de Guerreiro.

— Não há motivo para o Rei nos prender. Tenho a soberania da Hierarquia.

As folhas da cana-de-açúcar balançaram compassadas com o vento repentino. A Estrela Republicana aproximou seu cavalo. Sua espada ainda em punho.

— Ora, Ora — disse a Estrela Republicana. — Não é todo dia que temos o prazer de ver a cadela do Rei. Vai matar a todos nós, de uma só vez?

As palavras chocaram Jaime. A Estrela Republicana acabara de frustrar qualquer tentativa diplomática.

A Estrela Brilhante apontou a lâmina para o peito da Estrela Republicana.

— Ou vocês vêm comigo ou morrem aqui.

— Vamos ao encontro do Rei — disse Simão. — Eu mesmo resolverei com ele essa situação.

— Eu não peço, Mestre de Guerreiro. Minhas palavras são ordens diretas do Rei. Pela última vez, ou todos irão como prisioneiros ou já sabem o que vai acontecer.

Nara, Jaime e Rufino se entreolharam. Simão posicionou seu cavalo para o lado, forçando os três amigos a recuarem, numa atitude protetora. E sem aviso, elevou sua espada, apontando-a para a Estrela Brilhante.

— Então, pode vir.

De uma só vez, a Estrela Brilhante e seu vassalo partiram ao ataque. O vassalo avançou contra a Estrela Republicana. A Estrela Brilhante partiu contra Simão, desferindo golpes fortes o suficiente para fazer as lâminas tilintarem e assustarem os cavalos. Com alguns golpes, o vassalo caiu do cavalo e a Estrela Republicana desmontou, cravando a lâmina na garganta do sujeito, que o fez se contorcer em um grunhido grotesco. Apesar da destreza, Simão não conseguia atacar. O cavalo da Estrela Brilhante ficou mais imponente ao se equilibrar sobre duas pernas, assustando o cavalo de Simão. O animal se desequilibrou e derrubou o Mestre de Guerreiro com um estrondo seco, levantando poeira.

— Simão! — gritou Nara. Jaime percebeu que ela estava prestes a partir para ajudá-lo e fez um gesto com as mãos.

— Não adianta! — disse ele. — Se você for, vai atrapalhá-lo. — Jaime testemunhava toda aquela cena sob a fraca luz da lua, ao mesmo tempo em que os archotes moviam-se num pêndulo incerto.

Enquanto Simão se levantava, não conseguia domar seu cavalo inquieto, relinchando em meio à presença da Estrela Brilhante. Quando Simão soltou-lhe das rédeas, o animal fugiu através da escuridão, fazendo-se ouvir os galopes cada vez mais distantes. A Estrela Republicana montou outra vez e avançou contra a Estrela Brilhante, mas a adversária revidava com tamanha força que a fazia pender para os lados, e com destreza forçou a Estrela Republicana a também desmontar. Afastando-se, a Estrela Brilhante olhou para os seus dois inimigos e seus cavalos impulsivos.

Mas Jaime engoliu em seco ao ver que a Estrela Brilhante o encarou fria, passando o olhar por Nara e Rufino. Sem pensar duas vezes, ela começou a se aproximar. Sua espada em ataque, pronta para desferir o golpe que os mataria. Simão e a Estrela Republicana ficaram logo atrás, impedidos de ajudar.

Antes que Jaime pudesse sequer pensar em fugir, a Estrela Brilhante fez um movimento brusco com a espada, parecendo que tinha cortado o ar à altura de sua face. Sua lâmina havia batido em alguma coisa. Isso a fez parar a montaria.

— Vejo que temos alguém minimamente capaz — disse a Estrela Brilhante, encarando Nara.

Após alguns instantes, Jaime entendeu o que acontecera. Nara havia jogado sua adaga contra a inimiga. A pontaria certeira lhe atingiria na face, mas no último instante, a Estrela Brilhante conseguiu se defender.

A Estrela Brilhante desmontou e partiu contra Nara, mas logo atrás, a Estrela Republicana e Simão já estavam ao seu encalço. Com movimentos certeiros, a Estrela Brilhante se defendia dos ataques implacáveis. Jaime sentiu um arrepio ao perceber que os dois se cansavam a cada golpe, enquanto a Estrela Brilhante parecia impassível. Num golpe de destreza, Simão avançou e atingiu o ombro da inimiga. Ao contrário do que Jaime esperava, ela continuou lutando como se nada tivesse acontecido, numa resistência sem igual.

No contra-ataque, a Estrela Brilhante pressionava seus dois adversários até desequilibrarem. A Estrela Republicana caiu no chão e sua espada saltou alguns metros dali. Aproveitando a deixa, Simão pareceu usar toda a sua força para atingir a Estrela Brilhante à altura da cintura, conseguindo fazer a inimiga também perder sua espada.

Agora, apenas Simão mantinha uma espada em punho. A Estrela Brilhante o encarou, como se refletisse sobre as alternativas para capturar o grupo.

— Volte para o Rei de Guerreiro — disse Simão. — Diga a ele que o Mestre vai cobrar todas as injustiças que ele cometeu.

Para a surpresa de Jaime, a silhueta da Estrela Brilhante partiu contra Simão. Quando ele girou a espada para atingi-la, ela desviou e lhe deu um golpe certeiro na face. Simão tombou ao chão. Enquanto a Estrela Republicana pegava de volta a sua espada, a Estrela Brilhante pegou a espada de Simão e a apontou para o peito do próprio Mestre de Guerreiro.

Jaime engoliu em seco com o desfecho trágico. Segundos atrás, Simão rendera à inimiga. Agora, ela mantinha seus dois adversários outra vez subjugados. A inimiga não parecia satisfeita. Sem nenhuma antecipação, cravou a ponta da espada no peito do Mestre de Guerreiro.

— Simão! — exclamou Nara.

Os olhos de Simão se contorceram e suas mãos agarraram a lâmina que lhe atravessava o peito, mas a Estrela Brilhante pressionou ainda mais. A Estrela Republicana empunhou sua espada em novos golpes certeiros contra a inimiga. A cada passo, fazia a Estrela Brilhante se afastar.

Com a distância, Jaime teve um lampejo. Com o espaço, poderiam resgatar Simão. Sem pensar duas vezes, Jaime partiu com o cavalo na direção do corpo do Mestre de Guerreiro, agora estendido sobre a grama.

— Venham comigo! — exclamou Jaime para Nara e Rufino.

Quando chegaram perto, desmontaram para ver o estado de Simão.

— Simão! — disse Nara, com os olhos cheios de lágrimas. — Simão!

Rufino e Jaime pegaram Simão em cada braço, suspendendo-o até à altura de um dos cavalos.

Quando os três montaram nos cavalos, com o corpo de Simão atravessado sobre as pernas de Rufino, Jaime voltou sua atenção para a luta entre as Estrelas. E ficou atônito ao perceber que a Estrela Republicana virara as costas para a inimiga e corria rumo ao seu cavalo, parado próximo dali. A Estrela Brilhante tentou alcançá-la, mas a Republicana galopou, se afastando cada vez mais.

A Estrela Republicana fugia da luta. E o pior, na mesma direção que tinham vindo. Jaime ficou horrorizado e não pôde deixar de imaginar que a Estrela Republicana montara uma armadilha para todos. A luz do archote da Estrela Republicana se afastava cada vez mais, apressada na volta ao caminho para o seu acampamento.

A Estrela Brilhante alcançou o seu cavalo, mas não foi atrás da sua adversária. Ao contrário, fixou o olhar no grupo. Jaime pôde ver que ela sabia que os esmagaria de uma vez por todas.

— Temos que ir para a Floresta de Esaúna! — exclamou Nara.

Os três cavalos partiram em alta velocidade rumo ao paredão de árvores. O corpo de Simão movia-se inerte no balançar dos trotes ligeiros. Ao olhar para trás, Jaime via a luz do archote da inimiga se aproximando. À frente, a Floresta de Esaúna se descortinava a poucos metros. A imponência das árvores lembrava um grande portão de ferro, com árvores numa altura que pareciam riscar o céu do Reino de Guerreiros.

Ficando frente a frente com a densa Esaúna, os três desmontaram e levaram Simão.

— Tem certeza disso? — perguntou Rufino, mas seu semblante transparecia a própria resposta que buscava. Não havia alternativa.

Quando passaram pela barreira de troncos, foram envolvidos pelo mais completo e silencioso breu. Jaime pôs seu ouvido no peito de Simão. O coração do Mestre de Guerreiro não batia.

Simão estava morto.

Parte Quatro

I

A luz da manhã mal conseguia entrar pelo topo das árvores. Como um grande tecido que insistia em cobrir como um lençol os seres abaixo, o mato fechava o caminho num emaranhado corpulento. As folhas secas formavam um tapete no chão, misturando-se aos troncos e raízes que vez ou outra se elevavam alguns centímetros. Os mosquitos zumbiam ferozes e não pareciam se importar com aqueles três invasores em seu ambiente. A qualquer instante, algum animal feroz poderia lhes rasgar as entranhas e colocar tudo a perder.

Mesmo com tudo isso, Onofre sabia que o pior bicho que poderiam encontrar era o próprio homem. Algum soldado do exército de Adhemar. Ele e Pacheco ainda usavam roupas sujas, fingindo-se de ajudantes de Diego, cada um ainda carregando duas caixas de madeira com os materiais de pintura. Diego os fizera passar pelo Cordão do Sul, mas ao que tudo indicava, quanto mais o conhecia, mais se lamentava de ter embarcado naquela jornada de vida ou morte ao lado de um bêbado. Mas apesar de tudo, o pintor conseguira que estivessem todos ali, no Reino de Peri.

Diego ia na dianteira, mantendo um ritmo acelerado o suficiente para Pacheco pedir-lhe, a cada dez minutos, que parassem para descansar.

— Para aonde estamos indo, afinal? — perguntou Onofre.

Diego girou nos calcanhares, fazendo a comitiva parar. Pela primeira vez, não estava bebendo, mas o cheiro de cachaça ficou mais intenso que um animal em decomposição. Onofre virou o rosto, evitando o hálito pegajoso.

— Para aonde estamos indo? Para qualquer lugar! — O pintor sorria como se estivesse no paraíso. Onofre ficou em dúvida se o álcool não tinha causado danos permanentes em seu cérebro. — Estamos no Reino de Peri, meu amigo. Então, anime-se!

— Na verdade... — disse Pacheco, curvando-se devagar enquanto dobrava os joelhos para pôr a caixa de madeira no chão. — Não há tempo a perder. Precisamos encontrar algum líder indígena.

Diego gargalhou.

— Você acha que é só assim? Queremos ver um líder e bum, conseguimos?

— Quer dizer que você não faz ideia de como nos levar até um líder? Ou até Adhemar? — Onofre pôs sua caixa no chão. Diego era um irresponsável.

— Claro que tenho. Mas isso não significa que não sejamos mortos até lá. — Ele riu. Onofre não. — Vamos lá, homem! Anime-se! Usarei o meu incrível talento e minha elegante beleza para dobrar os corações desses índios maravilhosos.

O bêbado não tinha a menor ideia de quanto tempo iriam levar. Se dependesse dele, destruiriam o Reino de Guerreiros antes mesmo que dessem o primeiro passo.

Diego olhou para sua esquerda e pôs a mão em formato de concha na orelha. Ouviu muitas vozes, não muito longe dali. Diego o encarou com o enorme sorriso e partiu com pressa na mesma direção. Onofre e Pacheco pegaram as caixas e começaram a correr para alcançá-lo.

A lembrança do que acontecera no recanto do Mestre de Guerreiro tomou Onofre. Guilherme sempre fora traiçoeiro e mais uma vez provara ser indigno de servir à Hierarquia. Na verdade, nem no Rei de Guerreiro se podia confiar. A personalidade do General refletia a do próprio Rei, sendo Guilherme a ponta de sua lança.

Naquele mar de incertezas, Simão era o único em que se podia confiar. Assumira o cargo de Mestre de Guerreiro com honestidade, sem se apegar às velhas políticas em que a Hierarquia estava metida ao longo da história. Onofre não fazia ideia por onde andava Simão.

Metros à frente, a luz da manhã adentrava por entre os galhos, nos limites da Floresta de Esaúna. Para além das árvores, pessoas carregavam suas mercadorias, numa espécie de feira indígena. Conversavam numa língua que Onofre não conseguiu compreender.

Diego pôs a mão nos galhos à sua frente.

— O que pensa que está fazendo? — questionou Onofre.

— Ora, abrindo caminho para conhecer a feira.

— Você por um acaso é algum tipo de retardado ou outra coisa parecida? Temos que ir até um líder indígena e não sermos vistos!

Diego riu.

— Meu caro, você acha que faremos isso como? Escondidos é que não. E outra: olhe em volta e diga se há alguma diferença entre essa feira indígena e as nossas feiras. São praticamente a mesma coisa.

O pintor estava certo. A feira dos índios se mostrava idêntica a qualquer outra do Reino de Guerreiros. Talvez fruto das interações ao longo dos anos com o Reino vizinho, o que gerou uma uniformização.

— Apenas me sigam — concluiu o pintor, jogando os galhos para o lado e se exibindo às vistas de todos. Pacheco e Onofre continuavam abrigados em Esaúna, receosos. Mas ninguém pareceu notar que um estranho acabara de sair da floresta.

Por um relance, Onofre percebeu que a pele do pintor não carregava a brancura típica dos cidadãos do Reino de Guerreiros. A pele de Diego era parda. Não havia percebido até agora por estar mais preocupado em sair vivo daqueles conflitos e salvar o Reino de Guerreiros, mas agora, ao abrigo da floresta e mantendo a ilusão de que se protegia, sua percepção era diferente. O pintor tinha seus maneirismos, cor da pele, textura do cabelo e até mesmo o sorriso como características peculiares se comparadas ao resto da população do Reino de Guerreiros.

— Vamos logo, Onofre! — exclamou Pacheco, interrompendo seus pensamentos.

Pacheco e Onofre saíram e acompanharam o pintor. Diego parecia possuído pelo êxtase.

— MEU. DEUS. DO. CÉU! — bradou Diego, com os olhos cheios de lágrimas. Pacheco quase largou sua caixa no chão e Onofre ficou em posição de ataque. Diego apontou para uma das barracas. Ao invés de frutas, a tenda improvisada exibia vários tipos de colares e pulseiras, decoradas com pinturas de uma textura que Onofre não soube descrever. Uma senhora de pele parda fitava o pintor com um sorriso no rosto. Onofre tinha certeza de que ela já o considerava um maluco completo.

Diego foi até Onofre e abriu a caixa de madeira, retirando um pequeno azulejo em branco. Esticou sua perna de lado e se aproximou de Pacheco, abrindo a outra caixa e retirando pinceis, três latas de tinta e vários pedaços de madeira. Posicionando cada pedaço com cuidado, Diego armou um cavalete improvisado, abrindo os potes de tinta e gesticulando movimentos ágeis com o pincel. Onofre sentiu o cheiro de tinta à base de jenipapo.

— Quanto tempo vai demorar? — indagou Pacheco, murmurando para Onofre.

— Já vou acabar, já estou acabando! — respondeu Diego. — Podem colocar as caixas no chão e descansem um pouco. Mas cuidado para não quebrar, pelo amor de Deus!

Pacheco e Onofre se inclinaram com cuidado. Diego interrompeu sua pintura e voltou para a barraca montada, apontando para objetos cortantes, como armas de corte fino, como se quisesse pegar cada item na mão e verificar os mínimos detalhes.

Olhando de um lado a outro, Onofre acompanhou outras pessoas em seus afazeres. As lembranças encheram sua mente num turbilhão. A vida inteira teve de enfrentar inimigos que se camuflavam nas feiras como gente comum. Aquele ambiente se mostrava um palco perfeito para agentes infiltrados. Agora, era ele quem estava na mesma situação, tentando penetrar pouco a pouco no coração do Reino de Peri sem ser notado.

Junto às lembranças, a imagem da filha estendida ao chão. Isabela jazia sobre uma poça de sangue no meio da sala. E ao lado, o corpo de Selina. Sentiu a respiração acelerar a ponto de lhe causar enjoo. Fechou os olhos e rezou para tirar aquela imagem do vermelho que ensopava o cabelo da mulher e da filha, e dos seus gritos ecoando pela sala ao abraçá-las em desespero. Engoliu em seco quando percebeu que seu corpo estremecia e o suor lhe assaltava sem pudor.

Então, Onofre ouviu um choro. A voz aguda de uma criança em meio à feira indígena. Seu coração acelerou. Aquele choro lhe era familiar. Podia jurar que ouvira Isabela.

Onofre virou-se para olhar à sua direita. Vislumbrou uma menina em seus aparentes cinco anos, assim como Isabela. Cabelos cumpridos, iguais à menina mais preciosa deste mundo. Mas aquela era uma criança índia, com cabelo cortado numa franja delicada. Linhas de tinta vermelha e preta lhe riscavam o rosto, numa beleza incomparável. A menina olhava desesperada de um lado para o outro, sozinha no meio de toda aquela gente. Deveria ter se perdido dos pais. Onofre esperou, mas ninguém veio buscá-la. Os minutos foram passando e ela interrompia seu choro em acessos de tosse, lavando a tinta com as lágrimas.

Devia ter acontecido alguma coisa com os pais da menina. Ela era órfã. A menina se encolheu sentada no chão e apoiou o queixo nos dois joelhos junto ao corpo. Parecia conformar-se com o mundo hostil que lhe violentava a existência. O coração de Onofre batia cada vez mais rápido. Ninguém veio buscá-la. As pessoas não percebiam a menina e caminhavam com pressa e rigidez. Não tinham tempo de notá-la.

Onofre viu a menina contorcer-se de dor quando uma mulher tropeçou em seu ombro. E o pior, a mulher virou-se e apontou o dedo para a menina com cara de queixa, proferindo palavras na língua dos índios. Depois, continuou seu caminho. A menina voltou a chorar, desesperada. Aquilo tudo era cruel demais.

Sem pensar duas vezes, Onofre começou a dar passos largos na direção da menina.

— Ei! — ouviu a voz de Diego, logo atrás. — Ei, Ei! O que está fazendo?

Onofre aproximou-se da menina e se abaixou, encarando-a com ternura. Ela fungou o nariz, parecendo surpresa por ver aquele sujeito desconhecido.

— Ei, menininha, você está bem? Não chore, não chore. — Onofre enxugou com os dois polegares as bochechas dela, borrando a tinta ainda mais. — Você está segura. Não se preocupe. Não precisa chorar mais.

Onofre sentiu um empurrão em seu braço. Outro pedestre havia tropeçado, um homem que cambaleou e conseguiu ficar de pé no último instante.

— O que você está fazendo aí, seu imbecil? — esbravejou o homem. Pela aparência, idioma e arrogância, era do Reino de Guerreiros.

Onofre se levantou. O homem inclinou a cabeça para trás para encarar Onofre em sua altura avantajada. Onofre agarrando-lhe a roupa à altura do pescoço.

— Olhe você por onde anda, seu idiota! — vociferou Onofre. — Você quase tropeçou na menina!

— Foi você quem estava abaixado. Não tinha como ver!

Sentindo uma mão tocar-lhe o ombro, Onofre agiu por instinto e largou o pedestre, e este seguiu xingando sem parar enquanto se afastava. Onofre voltou sua atenção logo atrás. Era Pacheco.

— Você está louco! — disse Pacheco, baixinho. — Quer nos matar, é isso? Todo mundo está olhando!

A menina se aproximou, levantou seus pequenos braços e envolveu a perna de Onofre, num abraço apertado e inocente. Onofre passou a mão no cabelo dela, fazendo-a se acalmar.

— A menina é órfã. Está perdida.

— Você se expôs!

Pelo canto do olho, Onofre viu Diego aproximar-se com as tintas e o cavalete nas mãos. Seu sorriso desaparecera.

— Pode me explicar o que foi tudo isso? — perguntou. — Quero aproveitar o máximo do Reino de Peri, meu caro, e isso inclui não ser morto antes da hora por causa de atitudes irresponsáveis.

— A menina precisa de mim. Não tem pais.

— Como você sabe?

— Está vendo alguém por aqui, seu bêbado?

Onofre continuou alisando o cabelo da criança. Ela havia parado de chorar. Onofre sentiu-se feliz em ser seu porto-seguro. Sem aviso, um grito irrompeu há vários metros. Uma mulher gritava desesperada e Onofre não entendia uma palavra sequer. Os gritos cortavam a multidão e se intensificavam a cada segundo. Em instantes, a mulher ficara ao lado de Onofre, cheia de lágrimas.

Apressada, a menina correu em direção aos braços da mulher e ela a agarrou, num grito que misturava alívio e desespero. A mulher pôs a menina no colo e se afastou.

O coração de Onofre apertou outra vez. Suas suspeitas estavam erradas.

— Pois é, rapaz... — disse Diego. Seu tom de desdém fez Onofre se segurar para não lhe dar um soco. — ...que interessante, não é mesmo? Impressionante tudo isso que você fez.

Onofre ainda sentiu os olhares sobre si. Com a confusão, tentavam entender o que havia acontecido. Agora, as palavras de Diego caíram fúnebres em sua consciência. Agira como um irresponsável e o grupo colhia sua insensatez chamando a atenção mais do que deveria. Parecia que todos os sons da feira indígena haviam se esvaído e olhares fixos o julgavam como se ele próprio fosse um monstro pelo o que acabara de fazer.

Aos poucos, o interesse das pessoas migrou para as barracas e afazeres que haviam planejado. Mas uma voz soou íntima demais.

— Diego de Araújo Dias! — disse um homem.

Quem falara era um homem baixinho de pele parda. Sua careca refletia com vigor a luz do sol e roupas mais sofisticadas que qualquer um ao redor, expondo uma cicatriz que atravessava o nariz. Mas a suposta alegria das palavras não combinava com sua expressão. Onofre viu uma estranha frieza naqueles olhos. A voz do homem era estranhamente aguda.

— Uma surpresa vê-lo por essas bandas — continuou o homem.

— É... verdade... — respondeu Diego, com o mesmo sorriso amarelo que exibira para o General. O sujeito lhe havia feito se encolher nos próprios gestos.

— Quando ouvi a confusão, já devia saber que era você. Imaginei que, sendo uma celebridade, as pessoas estivessem loucas por um autógrafo. Mas acredito que seu trabalho nunca tenha chegado ao Reino de Peri como deveria. Pergunto-me o que motivou a sua visita.

— Vim com meus subordinados para mudar um pouco de ares. — A voz de Diego estava alterada ao ridículo. — Deixar a inspiração alçar voo, entende?

O sujeito foi até Diego, encarando-o frente a frente.

— Então, acredito que se lembre muito bem do que me causou no Reino de Guerreiros. Fico surpreso em saber que não veio ajustar as suas contas.

— Eu... é claro que vim ajustar as contas! Inclusive... — Diego apontou para os dois caixotes deixados no chão. — Posso lhe pagar agora mesmo.

Onofre percebeu de imediato as intenções do pintor. Aplicaria a mesma técnica de barganha que usou no General. Era inacreditável quantos inimigos Diego já havia feito em suas andanças e falta de escrúpulos. Teria que livrar a todos da situação de risco. De novo.

— Vai me pagar com juros — disse o homem, enfático.

— Tudo bem, tudo bem, sem problemas, tudo certo. — Diego não parava de gaguejar. — Pode ficar com todas que eu fizer.

— Não é suficiente. Sua dívida está triplicada.

— Triplicada? Mas isso é um absurdo!

O homem continuou sério. Seus olhos pareciam arder em ódio pelo pintor.

— Então, vamos negociar — continuou Diego. — Que tal lhe pagar com tudo o que tenho agora? Assim, faltará bem pouco para completar o valor e tudo estará resolvido.

— É uma boa oferta. — As palavras do homem arrancaram um sorriso temporário do pintor. — Mas, eu tenho outra melhor. Não há mais nada seu que possa me servir, mas sei que não deve somente a mim.

Vários pedestres se juntaram ao grupo, prendendo os braços de Onofre e imobilizando Pacheco e Diego. Não eram simples pedestres, concluiu Onofre, mas vassalos daquele sujeito.

— Mas para quê tudo isso? Eu vou pagar! — exclamou Diego.

— Digamos que um velho amigo meu, precisa de sua cabeça. E eu me coloco em seu lugar, Diego. Também tenho minhas dívidas a pagar. Mas ao contrário de você, eu sou O Caboclo. Mantenho minha honra.

O coração de Onofre deu um salto. Sentiu a respiração e a força das pernas lhe escaparem. Aquele era o homem mais perigoso do Reino de Peri, responsável por tantos motins no Reino de Guerreiros. À sua frente, seu sorriso de desdém à mostra traduzia sua personalidade torpe.

O Caboclo fez um sinal e no mesmo instante colocaram um capuz apertado em Diego. E depois, um capuz em Pacheco. Onofre tentou se desvencilhar, mas não conseguiu.

Então, tudo escureceu.

II

Era como se as luzes do mundo tivessem se apagado.
Escuro. Silêncio. Vazio.

Ar entrando-lhe pelos pulmões, expansão dos músculos do tórax, sopro expelido. Ar vibrando através dos ossos. Únicos sons. Não tinha ideia de onde estava, como veio parar ali e muito menos para aonde iria. Levou as duas mãos ao rosto, balançando os dedos a poucos centímetros dos olhos. Não enxergou nada. Olhando para baixo, não viu chão. Dos lados, não viu paredes. Fechar e abrir os olhos não fazia diferença.

Não havia dúvidas de que ele próprio existia, um último resquício de ser. Vivo ou não. Voltou atrás, questionando-se se tinha o atributo da existência, e concluiu que se era capaz de pensar, respirar e duvidar, existia de fato, pouco importando se conseguia ver seu próprio corpo. Tentou em vão saber como foi parar ali. Um nome surgiu na lembrança, latejando forte numa dor de cabeça inesperada.

Simão. Esse era o seu nome.

Abriu os braços e gesticulou no ar, na esperança de tocar em alguma coisa. Deu um passo à frente, depois outro. A qualquer momento poderia tropeçar em outro ser, mas não se importou. Também não ouviu seus próprios passos. Era estranho saber que nem a escuridão reagia às suas ações. Começou a correr. Cada vez mais rápido.

Um som cortou o silêncio. Simão parou de correr e ficou atento. Não sabia de qual direção vinha o barulho. De todas as direções. Ficou mais intenso. E mais alto. Não conseguiu compreender.

Um ponto de luz branca surgiu, distante dali. O som se intensificava ao mesmo tempo em que a luz aumentava, transformando-se em uma forma com tantos pontos e curvas que Simão não soube decifrar. Um amálgama de cores flutuava na superfície como tinta fresca dispersa sobre a água, misturando-se no caos.

De uma hora para outra, a luz tomou o lugar da escuridão e Simão percebeu-se diante de um grande monumento. Um recanto. O som cortante do vento. Próximo dali, alguém. Uma criança. Um menino. Brincava com um pedaço de madeira, fingindo ser uma espada, fazendo gestos no ar. Apesar de estar a poucos metros, o menino não percebia sua presença. Gesticulava sua boca, como se gritasse contra um inimigo invisível em sua batalha imaginária, mas não conseguia ouvi-lo.

Simão tentou falar com o menino, mas foi tomado por outro som. Um tilintar distante. O portão de entrada do recanto se abriu, revelando um homem. Havia um objeto em sua cabeça, como uma coroa. Dela, várias fitas coloridas balançavam em sincronia com o vento. O homem se aproximou do menino. Este escondeu seu brinquedo às costas, como se o homem surpreendera-o fazendo algo de errado. Outra vez o menino abriu a boca, mas Simão não conseguiu escutar.

Dali, outra silhueta apareceu no portão. Uma mulher. A luz do sol lhe iluminou a face sem olhos, nariz ou boca. O rosto era uma mistura de tons sem sentido. A pele transparecia uma corrosão misturada com ranhuras feitas à mão, como se alguém ou ela própria tivesse se mutilado em busca de algum órgão vital. No lugar da boca, uma fina pele branca indicava que os dentes se encravavam sob a pele e que o sangue não podia escapar. O formato onde estariam os olhos não era convexo, típico de um ajuste natural ao formato do crânio; ao contrário, os olhos inexistentes pareciam existir sob pressão, num formato côncavo parecido com dois caroços pequenos e em relevo. Ao contrário do nariz, não havia orifícios nem qualquer sinal de que a mulher conseguia respirar. De resto, sua estatura era mediana. Suas mãos, delicadas. E sua roupa, de fino traço.

A mulher e o homem deram as costas para o menino e entraram no recanto. O menino saiu correndo, a porta começou a se fechar, deixando-o do lado de fora. Quando a porta se trancou, seu barulho ensurdecedor irrompeu no ambiente.

E tudo se apagou, de volta à completa escuridão. Sussurros insurgiram repetidos, tomando o espaço em volta a ponto de Simão sentir que poderia tocá-los.

"Es...", dizia uma voz de mulher.

"Esa..."

"Esaúna".

"Temos q... Esaúna"

"Temos que ir para a Floresta de Esaúna!"

Esaúna. Simão sentiu algo familiar. E, pela primeira vez, sentiu temor. Sabia que significava alguma coisa. Fechou os olhos, obrigando a si mesmo a refletir, mas de nada adiantou. Sentia como se sua mente fosse um local deserto sem qualquer grama de lembrança ou flor de pensamento a ser colhida.

"Tem certeza disso?". A voz de homem quebrara o silêncio.

Outra vez uma luz apareceu à sua frente. Parecia um muro. Simão inclinou a cabeça para trás, medindo a altura extrema. Percebeu ranhuras cinzentas por todos os lados, como se vários objetos estivessem tão juntos que formassem uma larga cortina esbranquiçada. O objeto era uma barreira que se estendia de um canto a outro, e se movia na sua direção. Ela lhe envolveu por completo.

Tudo se transformou em um imenso branco. Depois, um tom amarelado tingiu o solo. Forçando-se contra o chão, plantas espinhosas saíram da terra repleta de ranhuras, com um solo castigado pela seca. Levantou uma das mãos e tocou os espinhos, que cada vez mais o cercavam numa verdadeira floresta estéril. Em um relance, as ranhuras da terra se abriram e se elevaram, engolindo-a em um labirinto. As rachaduras da seca agora se transformaram em paredes três vezes maior do que sua altura.

Conseguiu enxergar o próprio corpo. Pelas laterais de sua cabeça, pendiam alguns objetos estranhos. Fitas coloridas. Levou as mãos acima da cabeça e tateou um objeto. Percebeu que era a mesma coroa que vira na cabeça do homem, momentos antes.

Guerreiros. A palavra o invadiu, gerando um gosto amargo na língua. Um amálgama de lembranças lhe tomou. Aquele objeto era a Coroa de Mestre de Guerreiro. Lembrou-se do Reino de Guerreiros, da Hierarquia, da história dos Sábios Cantadores.

Ele era filho do antigo Mestre de Guerreiro. Ele, Simão, era o atual Mestre do Reino de Guerreiros. Sentiu o coração acelerar. Um aperto no peito.

Preciso saber onde estou.

Correndo pelos corredores do labirinto, atingiu a saída para o espaço aberto. Não estava só. Atracado na areia branca, uma canoa sobre um lago. Nela, um homem sentando de costas. Simão se aproximou, percebendo que aquele não era um homem comum. Parecia um gigante demasiado magro. Tinha bochechas avantajadas e uma barba espessa. A pele de cor laranja pendia para o marrom-escuro. Suas pálpebras inchadas e enrugadas. Na cabeça, um chapéu de palha. Às mãos, uma vara de pescar, cuja linha penetrava nas águas cristalinas. Seus pés eram gigantescos e desproporcionais ao corpo.

O aparente gigante dormia. Simão quis dizer algo, mas não sabia o quê. Levantou uma das mãos e tocou com a ponta dos dedos o ombro. Nenhuma reação. Antes que o tocasse outra vez, o gigante deu um sobressalto, fazendo a canoa afundar na areia.

— Quem é você? — perguntou ele, ficando de pé. Simão inclinou o pescoço para trás, encarando o gigante que parecia ter mais de quatro metros de altura.

— Me chamo Si...

— Para aonde você quer ir?

— Eu quero saber como...

— Para aonde você quer ir? — O gigante levantou seu imenso pé e saiu da canoa.

— Não sei.

O gigante encarou Simão, como se verificasse sua resposta. Virou as costas, entrou na canoa e sentou-se outra vez.

— E quem é você? — perguntou Simão.

A criatura repetiu o mesmo gesto anterior, levantando-se de súbito e parecendo mais angustiado do que nunca.

— O que você está fazendo aqui?

Simão pensou na resposta. Nada lhe passava pela cabeça. Aquele lugar não fazia sentido.

— Não sei.

— Como não sabe?

— Não sei onde estou.

O gigante considerou aquelas palavras, em silêncio.

— E quem é você? — indagou o gigante.

— Me chamo Simão, sou um dos Guerreiros. Mestre de Guerreiro.

— Isso eu já sei! — exclamou apontando para a Coroa com um olhar de obviedade.

— E você?

— Pezão!

— Como? — Simão inclinou a cabeça, como se estivesse entendendo errado.

— Eu sou Pezão! Se você não sabe para onde ir, então saia daqui.

— Preciso que me ajude.

O gigante o encarou, franzindo o cenho.

— Você está na Floresta de Esaúna.

Esaúna. Outra vez.

— E por que estou aqui?

O gigante sorriu, como se aquela pergunta fosse tão óbvia que jamais havia pensado que alguém a faria. Ele bateu o enorme pé no chão, erguendo-se.

— Você, Simão, está morto.

Naquele instante, lembrou-se de que havia encontrado com alguém. A Estrela Brilhante. E que se feriu.

— Então aqui é o paraíso?

— Aqui é a Floresta de Esaúna!

— E como eu vim parar aqui?

— Você está num local sagrado! Outros como você já passaram por aqui. Muitos nem falaram com Pezão!

— E como eles saíram daqui?

— Não tem como sair. Se entrar em Esaúna, não tem volta.

Simão sentiu um arrepio na nuca. Mais lembranças o invadiram. Nara, Rufino e Jaime o acompanhavam. Eles precisaram passar por Esaúna a todo custo.

— Você tem que sair daqui — disse Pezão.

— Você disse que não há saída.

— É para sair da minha frente! Mais gente vai chegar. Pezão precisa estar pronto.

— Pronto para quê?

— Levar aqueles que sabem para aonde ir.

— E para aonde vão?

Pezão franziu o cenho outra vez.

— Encontrar com minha Senhora.

Então, havia outra pessoa naquele lugar.

— Me leve até a sua Senhora.

— E você sabe para aonde ir?

— Já disse que não sei.

— Então não vou levar!

Simão respirou fundo. Era óbvio que Pezão não o tiraria dali. Precisava convencê-lo.

— Eu quero falar com sua Senhora. Ela vai me dizer para aonde ir. Deixe-me vê-la.

O gigante franziu o cenho.

— Não sei. Não sei se Pezão pode fazer isso. Ninguém nunca pediu.

— Preciso que me ajude, Pezão. Preciso sair daqui.

— Já disse que não tem como sair!

Apesar de enfático, o gigante estava inseguro. Simão então pensou na única saída improvisada que lhe acometeu.

— Sua senhora está à minha espera.

O gigante o encarou, em silêncio. Simão teve esperanças de que Pezão refletia sobre o assunto. Não havia motivos para não ajudá-lo.

— Você precisa saber de uma coisa... — disse Pezão — ...ninguém nunca teve um encontro como esse. É minha Senhora quem encontra as pessoas, não o contrário. Cuidado com o que vai dizer.

O gigante virou as costas e começou a se afastar. Simão apressou o passo, seguindo-o por entre o complexo de árvores.

A Floresta de Esaúna se mostrou um emaranhado maior do que imaginara, com troncos entrelaçados como arames farpados que se contorcem à espera de sua vítima. Cada passo naquele chão áspero produzia um barulho singular. Não era pedra nem areia e não se marcava com pegadas. Uma temperatura amena sem o menor sinal de vento ou do sol.

Andaram por uma longa distância e Simão teve a certeza de que jamais saberia voltar. Tentou medir o tempo, mas não sabia como. Os caminhos difíceis demoravam horas ou segundos para serem transpostos. Simão não conseguia explicar a sensação. Quando deu por si, adentrara num imenso espaço vazio. As árvores erguiam-se numa cortina fechada. Na linha do horizonte, um labirinto de árvores voltava a se formar. Simão imaginou-se vendo tudo àquilo do alto e concluiu que ele e Pezão estavam dentro de uma espécie de círculo, aberto em meio à mata fechada.

Pezão parou de repente.

— Chegamos.

— Não estou vendo nada.

— Porque Pezão ainda não fez o chamado.

Simão não sabia do que o gigante estava falando.

— Pezão vai ter que chamar com o Itamimby — disse Pezão. — Ou nada acontece.

Simão aguardou. Pezão estendeu um dos braços à frente com o punho fechado. A enorme mão se moveu com vagar e os dedos se abriram para revelar um objeto. Um pífano. Apesar da aparência bruta, Pezão pôs aos poucos o instrumento musical em sua boca, tocando os lábios em uma das extremidades.

Fechando os olhos, Pezão soprou.

Simão foi pego de surpresa. Já escutara uma infinidade de tocadores, cujos sons criavam uma pluralidade de estilos. Presenciou verdadeiros eruditos na arte musical, contemplando as obras mais fantásticas já escritas no Reino de Guerreiros. Mas nada tinha comparação com aquela melodia. Sentiu-se privilegiado em ouvi-la, e suas angústias se esvaíram. Antes, queria encontrar com a dita Senhora o quanto antes, mas agora nada mais parecia completar sua mente a não ser aquela música. Sem dúvida, o pífano traduzia a identidade dos Guerreiros.

Pezão finalizou a melodia e repousou o instrumento nas mãos. Sem aviso, o chão tremulou. Não como um terremoto, mas similar às ondas do mar. O tom amarelado substituiu o imenso espaço vazio e o círculo aberto entre as árvores transformara-se em uma lagoa dourada. Mesmo sem o menor sinal de vento, ondas quebravam na margem.

Simão encarou os próprios pés. A água não o tocava. Quando se virou para questionar Pezão sobre o que acontecera, deu de cara com um rosto a poucos centímetros do seu.

Uma mulher.

Em completo silêncio, Simão admirou aqueles olhos. Um sentimento invadiu seu interior, tendo certeza de que poderia permanecer ali para sempre. Simão notou que havia algo acima da cabeça dela.

Uma Coroa.

Encrustada nela havia um símbolo, cujo formato Simão conhecia muito bem. Sentiu o coração disparar e a sensação de paz se esvaiu por completo.

Pezão se inclinou numa reverência.

— Minha senhora, perdoe se Pezão a aborrece, mas este homem insistiu em vê-la. — O gigante virou-se para Simão. — Esta é...

— A Sereia... — balbuciou Simão.

Uma avalanche de memórias voltou a lhe tomar de assalto. As histórias do pai se entrecruzavam com relatos dos Sábios Cantadores. Os testemunhos e mitos de

Esaúna não eram os únicos a provocar a imaginação. Dentre tantas histórias que o pai lhe narrara, uma em especial parecia ter maior importância. Envolvia uma Figura muito particular do Reino de Guerreiros.

Ao dizer aquilo, sentiu os olhos delicados da Sereia percorrendo sua fisionomia.

— Qual é o seu desejo? — perguntou ela.

— O quê?

— Qual é o seu desejo?

Simão deu um suspiro.

— Me chamo Simão, sou...

—...filho do Mestre de Guerreiro e atual Mestre do Reino. Eu sei. — Ela sorriu. — Fale-me: qual é o seu desejo?

Simão meditou por alguns segundos.

— Ainda estou vivo?

— Saber se está vivo não é o seu desejo.

Simão engoliu em seco e pensou outra vez.

— Ficarei condenado a vagar por Esaúna para sempre?

— Se vagará ou não, pouco importa. Este não é o seu desejo.

Um aperto no peito fez Simão angustiar-se ainda mais. Manteve-se absorto em seus pensamentos. Viu pessoas mortas, espalhadas pelo lago, com corpos repletos de ferimentos de lâmina. Aos milhares. Por toda a parte.

Ao seu lado, Simão notou uma Coroa de Mestre de Guerreiro no chão. Manchada de vermelho, as fitas e as paredes da catedral escorriam sangue como cachoeira, como um ser vivo que acabara de ser abatido. Ali, Simão lembrou-se da Coroa de seu pai falecido, a mesma que estava usando.

Simão deu um suspiro.

— Desejo salvar o Reino de Guerreiros.

A Sereia ficou séria.

— Seus olhos pronunciam a verdade.

— O que você é? — indagou Simão. — Uma realizadora de desejos?

— Não. Tudo na vida é pelo homem realizado e os únicos triunfantes são os que acreditam até o fim. Nada substitui a crença, seja qualquer, e ela cumpre a possibilidade do Homem. Mas eu sei o que acontecerá a ti e a todos que o seguem, assim como a todos do Reino. O tempo se move como as fitas dos Guerreiros. Passado, Presente e Futuro se mesclam no tremular das cores e Ontem, Hoje e Amanhã não são claros como os Homens anseiam, assim como a Manhã, a Tarde e a Noite. Eu contemplo tudo, sem a tentadora ordem que tanto aprisiona a ti.

Simão tinha o coração arrebatado.

— Já que tudo sabes, conseguirei realizar o meu desejo?

— Só cabe a ti descobrir — disse ela, apontando para dentro da lagoa, logo atrás.

Simão respirou fundo, encarando os tons dourados da água. Deu o primeiro passo e sentiu a água tocar-lhe os pés. Deu mais passos em direção ao centro da lagoa e a água já lhe atingia o pescoço. Quase imerso, olhou para trás. A Sereia e Pezão o miravam distante, seguros à margem. Enchendo os pulmões de ar, fechou os olhos. E afundou.

Quando abriu os olhos. Sentiu-se apossado por um estado de transe. O aspecto turvo da água foi sendo substituído por imagens vindas de todos os lados e o que viu foi a imagem da mãe, morta ao chão. Seu rosto transfigurado convertia-se em uma mera poça de sangue, espalhada por um salão. Vendo-a deitada imóvel, Simão sentiu outra vez um forte aperto no peito. Fechou e abriu os olhos na tentativa de livrar-se daquela imagem, mas parecia fixada em sua mente.

A água desapareceu e Simão ouviu uma voz que o fez estremecer. Uma voz familiar que pertencia a um homem. Olhando às costas, viu a si mesmo dentro de uma sala. Paredes sustentadas pelas colunas imponentes se estendiam até onde sua vista alcançava. Sob seus pés, um tapete. Não teve dúvidas. Aquele era o recanto do Mestre de Guerreiro.

Com o coração aos saltos, saiu de trás de uma das colunas e encarou o trono ocupado. Seu pai usava sua Coroa de Mestre de Guerreiro, fazendo-se reluzir através da claridade que invadia pelos vitrais.

Imóvel, Simão observou ao longe. Teve o ímpeto de se aproximar, mas o peso em seu coração não o deixava dar um passo sequer.

— Mais perto, Simão — disse o pai, com a voz enfática.

Reuniu todas as forças para dar alguns passos à frente, ficando a poucos metros diante de seu pai. Como se sua alma lhe pesasse o mundo inteiro, Simão caiu de joelhos. Sua visão ficou turva e as lágrimas inundaram sua face. Não conseguiu parar de soluçar.

— Mas o senhor morreu... por minha culpa. Eu fui o responsável... Perdoe-me.

As lágrimas não permitiam Simão continuar. Tentou outra vez, a voz embargou em soluços repentinos. O pai se levantou do trono e se aproximou a passos lentos até ficar frente a frente com o filho.

— Acabamos encontrando nosso destino pelo caminho menos provável. Você sempre foi o Contramestre do Reino de Guerreiros. Agora vá. Cumpra o seu destino.

Enxugando as lágrimas, Simão ficou de pé.

— Não sei se consigo, pai.

— Tudo a seu tempo — respondeu ficando sério de modo repentino. Retirando a mão do ombro de Simão, deu um passo para trás. — Precisa ir agora, Simão.

Um tremor abalou as paredes do palácio. Rachaduras começaram a surgir por todos os cantos do salão. Uma coluna desmoronou e outras tombaram violentas, estilhaçando-se ao longo do tapete. O trono desapareceu, transformando-se em areia fina levada pelo vento.

— Mande lembranças a Antônio — disse o pai, com um sorriso acolhedor.

Simão nunca ouvira aquele nome antes.

— Quem é Antônio?

Mas o antigo Mestre de Guerreiro desapareceu, assim como tudo ao redor. Em um instante, Simão se viu imerso na lagoa, sufocado. A dor no peito lhe tragou as entranhas, como se dilacerassem cada órgão. Simão não suportou a falta de ar e o entorpecimento usurpou seu juízo. Ao olhar acima, viu a luz branca da superfície refletida na água. O leve ondular serviu como âncora ao seu íntimo, mesmo seu coração estando pesado como chumbo. Fechou os olhos para ser engolido pela escuridão.

Quase sem consciência, Simão sentiu alguém puxar seu corpo de volta. Quando abriu os olhos, já estava acima d'água e sendo levado à margem. Quando se deu conta, fora Pezão quem o resgatara, jogando-o na areia. Tossindo sem parar, Simão recuperava o fôlego como se respirasse pela primeira vez.

— Tudo bem? — perguntou Pezão.

Antes que pudesse responder, Simão recobrou as forças e se levantou. A Sereia estava ao seu lado.

— Quem é Antônio?

Ela sorriu.

— Finalmente, Mestre de Guerreiro, o destino lhe encontrou.

Ainda extasiado pela visão de seu pai no fundo da lagoa, Simão refletiu sobre todos aqueles que haviam passado pelo palácio do Mestre de Guerreiro.

— Era gente demais — disse Simão, encarando a Sereia e Pezão. — Meu pai tratou de negócios com famílias de todo o Reino de Guerreiros. Não faço ideia de quem seja Antônio.

A Sereia sorriu.

— É esse o problema dos Homens. Apesar de tentarem, o controle não está em suas mãos. Seu pai tinha mais segredos do que imagina.

— Por isso preciso que me ajude.

— Esse é o seu destino. É a sua função como Mestre de Guerreiro. É você quem deve encontrar o caminho.

Simão não fazia ideia de quanto tempo já estava ali. Nem se ainda poderia reparar os danos causados ao Reino de Guerreiros.

— Pezão disse que não tem como sair.

O gigante, que até então só ouvia, pareceu incomodado em ser citado.

— Pezão não consegue sair daqui! — exclamou ele. — Mas minha Senhora tem todo o poder, sobre tudo e sobre todos.

Simão encarou a Sereia. Ela tinha um olhar profundo, um brilho especial que Simão nunca vira antes. Ela levantou sua mão delicada até alcançar as pontas de seu próprio cabelo. Entrelaçando os dedos, a Sereia fechou os olhos e inspirou. Ao expelir o ar, Simão notou que a lagoa reagiu com pequenas ondas quebrando à margem.

— A vida é como o Guerreiro e suas Partes. Isso é a causa dos Homens possuírem a ilusão do controle. Querem a todo custo dominar o que está a sua volta, não percebendo que por mais que exista uma Verdade, o âmago da vida é a transformação constante. O Por quê, o Quando e o Onde formam as Partes e é a partir delas que o Guerreiro permanece. — Ela abriu os olhos, fitando Simão. — Eu sou a Sereia das Ondas do Mar. Dou um cacho de meu cabelo àqueles que acreditam. A eles, venho dizer todos os segredos vindos do mar.

A Sereia estendeu a mão. Simão pegou o conteúdo que ela lhe reservara. Uma pequena parte de seu cabelo, formando um pequeno cacho, perfeito em cada fio.

— Eu não entendo — disse ele.

— Você veio até mim, Simão, Mestre de Guerreiro. Mortos vagueiam na Marcha de Despedida. Mas você ainda deve cumprir seu destino. É melhor que o cumpra, pois não há segunda chance. O Guerreiro é antigo. Tolos pensam haver rigidez, mas ele sempre se modifica. Cada apresentação é uma nova versão, igualmente verdadeira.

— E por que eu?

— Tudo acontece da forma que só pode acontecer. O Guerreiro já nasceu da mistura de outras interpretações. O improviso constitui a sua base, criando-se e transformando-se ao infinito. E você deve conquistar sua transformação.

Simão percebeu um som, vindo do alto. Ao olhar acima, um pequeno ponto flutuava em ziguezague, se aproximando rápido. Um pássaro. O animal aumentava cada vez mais em sua descida e ao chegar muito próximo, Simão contemplou sua magnitude.

O pássaro deu uma volta na lagoa e aterrissou ao lado da Sereia. Dando uma arremetida, o pássaro se revelara uma criatura gigantesca. A garra tinha a mesma proporção de um homem. Do chão ao bico, a criatura parecia tocar o céu. Mas Simão não sentiu medo, aproximando-se da criatura e apoiando-se em uma de suas garras.

A Sereia sorriu.

— Deixe o carcará guiá-lo aonde precisa ir. Ele é seu espelho.

Simão deixou que a brisa da lagoa o enlaçasse por completo, fazendo-o fechar os olhos e ser atingido pela imagem de uma árvore. Pelo tronco e altura, não teve dúvidas de que era a mesma árvore diante do recanto do Mestre de Guerreiro. Era como observar o cenário próximo do chão, do ponto de vista de uma formiga. O gramado verde criava uma espécie de paredão, cuja estrutura assimétrica se assemelhava a lanças cravadas no chão durante a batalha para reprimir os inimigos. As pedras eram como montanhas de diferentes proporções e distâncias, todas misturadas com a areia marrom-escura e úmida, indicando que chovera há pouco tempo. O cheiro de terra molhada adentrou pelos pulmões, e Simão abriu os olhos.

Pela primeira vez, reconheceu que ele realmente era uma formiga naquele mundo, como um ser frágil que, de tão diminuto, parece descartável. Mas eram essas mesmas formigas os seres que transformavam a natureza no que ela era de fato: um milagre. E era em busca desse milagre que Simão deixou-se possuir por um ardor no peito.

Num salto, o carcará bateu as asas a toda velocidade. Simão olhou para baixo, mas não achou a Sereia, nem Pezão. A lagoa também havia desaparecido e tudo em volta compunha uma branca vastidão. No céu, um emaranhado de pontos se estendia como um imenso lençol. O carcará mantinha-se a toda velocidade e os pontos transformaram-se em nós, que aumentavam de tamanho.

O amálgama de nós e cordas se revelou uma tarrafa. E os entrelaçou.

Tudo o que era branco transformara-se em breu. Em outra completa escuridão.

III

A Estrela de Ouro sentia nojo da Rainha. E a cada passo, também sentia nojo de si mesma.

Os dois vassalos d'O Caboclo a acompanhavam pela estrada principal rumo ao recanto do Rei de Guerreiro. Ambos assassinos vestiam roupas de cetim de visível formalidade e carregavam uma calma nas expressões, como se soubessem tudo o que teriam que fazer a seguir, nos mínimos detalhes.

Os vassalos se passariam por uma comitiva de recepção, enviada pelo Rei à Lira.

Afastando-se atrás, o recanto do Rei virava uma miniatura no horizonte. À frente, a estrada serpenteava ao infinito. O sol da manhã abrasava toda a areia e terra que margeavam os jardins reais, e ao menor sinal de aproximação da carruagem começariam a ação.

Um dos vassalos levantou a mão. Todos pararam.

— Aqui está bom. É alto o suficiente. — Ele pôs a mão em formato de concha sobre os olhos, protegendo-se da luz do sol para ver com clareza o caminho.

Os três esperaram ao abrigo da sombra. O jardim fora criado há muitos anos pelos Ancestrais, cultivado com afinco pelo Rei de Guerreiro. Apesar da aparente calma das flores e do campo, a Estrela de Ouro sabia bem que o Reino de Guerreiros estava prestes a entrar no mais completo caos, quando a Lira fosse assassinada. E teve dúvidas sobre qual confronto ameaçava mais a Hierarquia: Adhemar e seu exército ou os abutres à espreita.

Dias antes, o Rei aflorara o coração do povo com seu discurso contra Adhemar. O Rei havia jogado contra as expectativas, fingindo um ataque para servir de isca. Assim como os Ancestrais enfrentaram Peri, o Rei agora unia o povo contra a invasão do inimigo com um discurso raso e simplificador. A Estrela de Ouro sabia que não havia arma melhor para àquela gente do que palavras fáceis e emotivas.

Engoliu em seco, controlando sua raiva. A batalha contra o maior inimigo do Reino de Guerreiros parecia não importar para a Rainha. Cega de ciúmes, colocara seu pescoço e o de sua família sob a mira da traição real. Não havia provas de que o Rei cometera adultério, mas a Estrela de Ouro tinha a certeza de que o relacionamento entre o Rei e a Lira tinha algo além da mera diplomacia, duas crianças que se encontram numa brincadeira amorosa e se descobrem apaixonados.

Teve de respirar fundo ao rever a imagem do pai morto em seus braços. Não fora capaz de salvá-lo. E agora, teria que agir contra o Rei da mesma forma que os assassinos mais baixos do Reino agiram contra sua família. Seria a responsável pela morte de alguém amado por outro. Mesmo que houvesse traição do Rei à Rainha, a Estrela de Ouro sentia o pesar de ser a causa da dor que tanto conhecia.

A Rainha dissera que o Rei não saberia de sua ação. Ele estaria ocupado demais resolvendo seus assuntos particulares com comerciantes no salão principal. Julgou que tais comerciantes já haviam sido orientados pela própria Rainha para ocupar o tempo do Rei com suas demandas inúteis. Uma garantia para que não descobrisse o paradeiro da Estrela de Ouro.

Os três esperaram pelo que pareceu ser uma hora. A sensação de mormaço envolveu os jardins e as nuvens fechavam o céu. A luz da tarde diminuiu. Um dos vassalos deu um passo à frente e semicerrou os olhos, fitando o horizonte.

— Lá vem ela.

A Estrela de Ouro viu um grupo de vassalos ao redor da carruagem. Contou dez cavaleiros, uma quantidade considerável. Com os constantes ladrões furtando mercadores, homens e mulheres resolviam viajar em grupos, dificultando a ação dos bandidos. A situação se complicava ainda mais quando a passageira da carruagem era uma nobre. Desde a sua saída, assassinos poderiam raptá-la, cobrando de sua família o que desejassem.

Respirando mais acelerado, a Estrela de Ouro previu que a carruagem chegaria ali em poucos minutos e os dois vassalos explicaram o passo a passo de toda a ação. Ambos abordariam os guardas, os convenceriam de que precisavam revistar a carruagem, a Estrela de Ouro traria um discurso autorizado e, após abrir a carruagem, cortaria o pescoço da Lira.

Mas ali, frente a frente com o seu destino, a Estrela de Ouro se viu imersa em dúvidas. Engoliu em seco e fechou os olhos. A imagem dos três irmãos mortos e idênticos ao pai lhe acometeu.

Sentiu um aperto no braço. Um dos vassalos lhe segurou com firmeza.

— Melhor se concentrar, estrelinha — disse, com uma expressão que lhe causou asco. — Cumpra o seu dever e ninguém se machuca.

Os dois vassalos saíram da sombra e ficaram no meio da estrada. A Estrela de Ouro ficou atrás do amontoado de troncos e arbustos, fora das vistas, observando o desenrolar da ação.

Quando o cocheiro notou os dois homens, levantou uma das mãos e parou a carruagem. Todos os guardas fizeram o mesmo.

— Saiam da frente! — exclamou o cocheiro, ao mesmo tempo em que abaixava sua mão e segurava o cabo da espada.

— Boa tarde, cavalheiros — disse um dos vassalos.

— Estamos aqui em nome do Rei de Guerreiro — completou o outro.

O cocheiro fechou sua expressão.

— O Rei não avisou que teríamos uma recepção.

— Os senhores sabem muito bem que o Rei declarou guerra ao Reino de Peri. A segurança de Vossa Majestade é sua prioridade.

— O que estão querendo dizer?

— Precisamos averiguar a carruagem — respondeu um dos vassalos.

— Para certificar de que não há nada errado — completou o outro.

O cocheiro olhou para a sua direita, encarando um guarda montado. Este balançou a cabeça, em negação.

— Se não saírem da frente, serão pisoteados — disse o cocheiro.

Os dois vassalos deram um passo à frente.

— Se os senhores desejam ver o Rei, precisam entender que ele mesmo quer garantir a segurança — disse o primeiro vassalo.

— Por que então se recusam à vontade de Vossa Majestade? — questionou o segundo.

Quem respondeu foi um dos guardas, o mesmo consultado pelo cocheiro.

— Porque não temos a obrigação de fazer nada para um bando de ladrões de estrada.

O coração da Estrela de Ouro acelerou. Se continuassem recusando, teria que se envolver. Eram duas possibilidades claras: na primeira, os vassalos convenceriam a todos e matariam a Lira; na segunda, agiria para reforçar um suposto discurso real. Não havia melhor alternativa, então torceu para que acontecesse o "melhor" dos males. Que os vassalos d'O Caboclo cumprissem seu serviço sem que ela precisasse intervir, salvando sua família sem trair ninguém.

— Senhores, nós não somos ladrões. Apenas seguranças — disse o primeiro vassalo.

— Não é à toa que a senhorita Lira estará segura sob nossos cuidados — completou o segundo.

Ao ouvir o nome *Lira*, todos os guardas retiraram suas espadas. O som do metal contra a bainha cortou a alma da Estrela de Ouro como uma navalha. Os dois vassalos se aproximaram ainda mais, com ambas as mãos estendidas, num gesto universal de subserviência.

— Não estamos armados, senhores. Não há necessidade disso.

— Vou falar pela última vez — disse o cocheiro. — Saiam agora ou serão mortos.

Os dois vassalos deram mais alguns passos.

— Estamos sob as ordens do Rei de Guerreiro — disse o primeiro vassalo.

— Os senhores querem mesmo descumprir ordens oficiais de Vossa Majestade? — indagou o segundo.

O cocheiro os encarou por um instante. Olhou outra vez para o guarda.

— E se falam a verdade?

— Não falam — respondeu o guarda, ríspido.

— Como pode ter tanta certeza?

— O Rei nos avisaria.

O guarda brandiu sua espada. Os dois vassalos já estavam frente a frente com os dois cavalos da carruagem.

— Por favor, senhores — disse o primeiro vassalo.

— Deixem-nos averiguar o interior da carruagem. Por precaução à Vossa Majestade o Rei de Guerreiro — completou o segundo.

O guarda encarou o cocheiro. A Estrela de Ouro percebeu que seu comando estava mais do que claro.

— Passem por cima deles! — ordenou.

— Nós temos ordens oficiais! — exclamou um dos vassalos.

O guarda segurou firme nas rédeas com uma das mãos, prestes a dar a partida.

— Seus ladrões imundos.

— A Estrela de Ouro está conosco! — completou o outro vassalo.

De um segundo para o outro, o guarda pareceu ficar pálido. Ele levantou sua espada, como se estivesse prestes a dar seu golpe. O coração da Estrela de Ouro acelerou. Chegara sua hora.

— Estão brincando com a morte, seus ladrões. Ninguém brinca com a Hierarquia.

— Eles não estão brincando — disse a Estrela de Ouro, saindo das sombras. Notou todos os olhares mirando sua Coroa.

O guarda pôs a espada na bainha, desceu do cavalo e apoiou um dos joelhos no chão, em reverência.

— Minha Senhora, Estrela de Ouro.

Todos os homens se apressaram em seguir o mesmo gesto.

— Esses dois falam a verdade — disse ela. — Estão sob a tutela do Rei de Guerreiro, portanto, é seu dever cumprir as ordens reais.

O Guarda mantinha o olhar abaixado, imóvel em sua reverência. A Estrela de Ouro tentava entender a situação. Todos os dez guardas mantinham-se como estátuas.

— Estão me ouvindo? — indagou ela. — Eu ordeno que...

Num salto, ele se moveu rápido e desembainhou a espada, partindo veloz contra o pescoço da Estrela de Ouro. Como por instinto, ela inclinou as costas para trás e pôde sentir a lâmina quase lhe arranhando a garganta.

— Preparem-se! — gritou o guarda e todos os homens brandiram suas espadas.

— O que significa isso? — exclamou a Estrela de Ouro, dando passos para trás e reencontrando com os dois vassalos d'O Caboclo.

— Parece que vamos ter mais trabalho do que pensávamos — disse o primeiro.

— Mas todos eles já estão mortos de qualquer maneira — completou o segundo.

Um turbilhão de pensamentos invadiu a Estrela de Ouro. Não havia explicação para o que acabara de acontecer. Um guarda havia lhe atacado sem motivo, desafiando sua posição e questionando abertamente as supostas ordens do Rei de Guerreiro. Tinha algo de errado com aqueles homens e ela pensou numa terrível hipótese: a Rainha poderia estar envolvida, almejando também o pescoço da Estrela de Ouro, talvez para reforçar o caráter verídico da morte da Lira. A perda de um membro da Hierarquia desviava as possíveis desconfianças sobre a Rainha para Adhemar e os Afoitos. A morte da Estrela de Ouro se mostraria uma tragédia e o desejo de vingança consumiria o Rei até esquecer-se de pensar sobre o que realmente acontecera.

A Estrela de Ouro retirou sua espada e os dois vassalos d'O Caboclo já erguiam suas adagas. Sem pensar duas vezes, os três partiram contra os homens. Naquele tumulto, a Estrela de Ouro agia por instinto. Havia treinado a vida inteira para momentos decisivos e não havia chances de falhar. Os sons de espadas cortando o ar ao seu redor compunha uma música familiar.

À sua frente, quatro guardas partiram apressados contra ela. O mais adiantado perdeu um dos braços com um golpe lateral e certeiro da Estrela de Ouro, caindo no chão aos urros. Os outros três guardas movimentavam-se numa coreografia ágil. Um guarda atacou, errando por alguns centímetros o quadril da Estrela de Ouro, que revidou cortando-lhe a cabeça diante da brecha visível. O terceiro e o quarto guarda atacaram juntos. Apesar da força física de ambos, a Estrela de Ouro defendeu-se imediatamente, enfiando a espada no peito de um dos homens. Mas o outro viu uma brecha para o ataque.

Naquele instante, a Estrela de Ouro sentiu uma dor lhe dilacerar a coxa esquerda. A lâmina da espada lhe havia transpassado a carne e ela gritou de dor. O guarda tentou puxar de volta sua lâmina, mas a Estrela de Ouro deu dois passos para trás, impedindo que as mãos inimigas chegassem ao cabo da espada. Cada passo lhe dilacerou ainda mais e a Estrela de Ouro fechou os olhos de dor. Sem aviso, a imagem da família morta lhe atacou. Era por eles que precisava sobreviver.

Contando até três, retirou a espada num puxão e o sangue vermelho jorrou. Mas ela não se permitiu cair, e diante da oportunidade, o guarda avançou. Ela desviou do golpe que cortaria sua cabeça e lhe enfiou a própria espada no ventre do inimigo.

A dor era insuportável. Olhou ao lado e viu que apenas um dos vassalos lutava com um dos guardas ainda vivo. O outro vassalo jazia caído no chão, pressionando as mãos ensanguentadas contra o quadril. O outro vassalo desferiu dois golpes rápidos com sua adaga no pescoço do último guarda ainda de pé. Agora, todos os dez homens se espalhavam mortos na areia poeirenta da estrada.

— Irmão! — exclamou um vassalo, abaixando-se para estancar o ferimento. Pela primeira vez, a Estrela de Ouro viu compaixão naquele homem. — Vamos! — esbravejou encarando a Estrela de Ouro. — Acabe logo com a Lira de uma vez.

A Estrela de Ouro encarou a porta fechada da carruagem, a alguns metros. Havia chegado o momento de sua traição. Respirando fundo, rangeu os dentes ao mancar os doze passos mais longos de sua vida, até ficar frente a frente com a porta. Levantou uma das mãos sobre a maçaneta e girou. Trancada. Respirou fundo outra vez. Com um golpe certeiro da espada, decepou a maçaneta. Pressionando a porta, a abriu com um empurrão.

Naquele instante, a Estrela de Ouro quase perdeu o equilíbrio. A pulsação aumentou ainda mais e ela quase se permitiu um sorriso. Repensou na hipótese da Rainha estar envolvida com tudo aquilo e concluiu que fora uma tolice de sua parte. A Rainha queria a morte da Lira a qualquer custo e toda a preparação havia sido em torno daquele ataque. Mas agora, mais do que nunca, a Estrela de Ouro não sabia o que fazer.

A carruagem estava vazia. A Estrela de Ouro entendeu o óbvio. Aquela ida havia sido uma farsa. Uma simulação para fazerem crer que transportavam uma nobre rumo ao recanto do Rei de Guerreiro. E quem planejara aquilo, estava um passo à frente de todos.

— Já terminamos? — perguntou o vassalo, indo na direção da carruagem e encarando a porta aberta.

— Não — respondeu a Estrela de Ouro, agradecendo a Deus por aquela benção inesperada. — Ainda nem começamos.

IV

Onofre abriu os olhos. Viu o tecido do capuz e a luz do sol entrar pelas brechas da costura. Do lado esquerdo, a dor da pancada que levara pulsava no sangue manchado na orelha e pescoço. Tentou se mover, mas sentiu o forte nó em volta das mãos. O sabor de fruta podre quase lhe engasgou, percebendo que uma amordaça mantinha firme seu maxilar. Estava deitado de costas e seu corpo balançava de um lado para o outro. Deveria estar numa carroça de roda enferrujada, envolvido por vozes de pedestres. À altura do ombro, algo também parecia cambalear na mesma cadência. Onofre desconfiou que se encontrasse no meio, entre Diego e Pacheco. Os dois não falavam nada, ou por estarem desacordados ou talvez estivessem na mesma situação. Ou pior, estavam mortos. Precisava pensar.

A dor de cabeça quase não lhe deixava lembrar do ocorrido. Ao ser derrubado, batera no chão à altura da nuca. A mistura da dor da pancada com o mormaço lhe inflamou o íntimo, mas decidiu se acalmar. Não fazia ideia de onde estava nem para aonde iria.

O rosto de Selina lhe saltou à memória. Pôde jurar que a ouviu dizer alguma coisa. Ela lhe deu um sorriso, ao mesmo tempo em que se abaixava com os braços abertos no meio de um florido jardim. Isabela veio correndo e a abraçou, quase fazendo sua mãe cair para trás. As duas sorriam como se nada pudesse separá-las. O momento mais precioso do mundo, que só pertencia à elas. Onofre tentou se aproximar, mas Selina e Isabela lhe fitaram de volta.

Uma lágrima lhe desceu pela face, misturando-se ao sangue.

Interrompendo seus pensamentos, vozes conversavam entre si em um idioma que não conhecia. A carroça parou. Onofre ouviu três homens, dois mais distantes e um mais próximo. A carroça havia chegado ao destino e o homem próximo, talvez o condutor, parecia querer descarregá-los. Como por instinto, Onofre esperou chegarem perto para se levantar e atacá-los, mas frustrou-se ao sentir os dois pés bem amarrados. Sentiu uma pressão em um dos ombros e foi puxado para fora da carroça. A dor lhe invadiu quando se desequilibrou e caiu no chão úmido. Mãos agressivas lhe levantaram com vozes ferozes. Em torno dos pés, sentiu que o nó foi afrouxado, permitindo que desse curtos passos, um após o outro, no ritmo das mãos que o empurravam para frente.

Depois de andar alguns minutos por um caminho sinuoso, Onofre ficou parado, em pé, como se os índios aguardassem novas instruções.

Sentiu uma pressão sobre a cabeça e lhe tiraram o capuz. Teve que semicerrar os olhos contra o sol para distinguir o ambiente ao redor. Ao seu lado, viu Pacheco e Diego amarrados e amordaçados. Pela cara dos dois, estavam aliviados por vê-lo.

O ambiente era fechado, como um grande barracão de madeira. A luz do sol adentrava pela janela de grades, vencendo as árvores que impediam a visão do exterior. Uma porta marcava a silhueta de um dos homens, e pouco se podia ver do lado de fora.

Onofre viu os rostos dos seus captores. Pela cor da pele e pela língua deveriam ser índios, portanto, ainda estavam no Reino de Peri. O primeiro se aproximou e lhe fitou nos olhos com curiosidade. Desatou a mordaça, falando sua língua ininteligível. Onofre não soube se ele dera uma ordem ou fizera uma pergunta. O índio fechou a cara e repetiu a mesma frase. Onofre balançou a cabeça, em negativa.

— Não entendo uma palavra do que...

O soco foi tão rápido que Onofre primeiro sentiu a dor nos lábios ao cair no chão e só depois percebeu o que acontecera. O outro índio lhe pegou pela gola da camisa velha e o levantou. O primeiro índio continuou o suposto interrogatório, agora ficando frente a frente com Pacheco. Desatou o nó da mordaça e repetiu seus dizeres, dando-lhe um soco na barriga e fazendo Pacheco tombar no chão. Se repetindo, o índio agora foi até Diego.

— O que está fazendo? — exclamou Onofre. Sem hesitar, o primeiro índio desferiu outro soco certeiro, fazendo Onofre despencar no chão. Onofre sentiu uma dor agonizante na costela ao lhe chutarem com força. Reuniu todas as forças que tinha para se virar. Diego estava sendo massacrado.

Onofre se lembrou de como os Guerreiros eram meticulosos na captura e extração de informações, cujas técnicas de tortura se repetiam até se tornarem habituais. O convívio entre o Reino de Peri e o Reino de Guerreiros rendera seus frutos podres.

Quando o índio retirou a mordaça de Diego e repetiu suas ordens, o pintor respondeu em uma língua estranha. Das três, uma: ou tinha ficado bêbado e já não controlava as palavras, estava fingindo; ou o miserável sabia falar a mesma língua daquele índio. Diego discutia com fluência, fazendo gestos em direção aos seus dois companheiros. Pela expressão incerta do índio, Onofre não soube dizer se tudo estava bem ou se morreriam logo de uma vez.

Girando nos calcanhares, ambos os índios saíram do barracão e trancaram a porta. Diego deu um sorriso por entre o sangue do canto da boca.

— Ainda bem que estamos vivos!

— Mas que merda foi essa? — vociferou Onofre. Aquele sorriso era insuportável.

— Calma, rapaz... calma.

— Calma uma ova! Por que não me disse que falava a língua dos índios?

— Não havia necessidade.

Pacheco impediu o avanço de Onofre.

— Tenha calma. Pelo visto, foi Diego quem garantiu nossa segurança.

— E o que você falou? — indagou Onofre.

— Onofre, Onofre... você é uma pessoa muito fora de controle, sabia? Devia me agradecer por evitar sua condenação.

— Do que você está falando? — questionou Pacheco.

— Queriam saber se algum de nós falava a língua do Reino de Peri. E pela cara de vocês, era óbvio que não. Então... — Diego deu outro sorriso. — Resolvi resolver resolvendo.

— E para aonde eles foram? — exclamou Onofre. Jurou para si mesmo que se o pintor fizesse outra gracinha qualquer, seria ele a torturá-lo.

— O Caboclo disse que está pagando a sua dívida. É tanta gente que devo favor que não faço ideia de quem seja. E decidi questioná-los.

Onofre respirou fundo para não avançar no pescoço do pintor.

— Você nos arrastou para tudo isso! E agora somos condenados a quê? A ver o Reino de Guerreiros ruir por causa de sua irresponsabilidade?

Pacheco se interpôs outra vez.

— Vamos dar um jeito, Onofre. Tenha um pouco de esperança, pelo amor de Deus.

— A irresponsabilidade desse bêbado vai matá-lo. E seremos arrastados com ele.

— Mas hoje, não — respondeu Pacheco, sorrindo. Ele encarou Diego. — E para onde os índios foram, afinal?

Antes que Diego respondesse, a porta abriu com um estrondo. Ao invés de dois homens, agora eram três. Mesmo na contraluz, Onofre viu que o terceiro homem se mostrava bem diferente dos demais. Jovem, com roupas arrojadas e bem mais magro. Os dois índios eram meros vassalos. A postura do terceiro índio transparecia sua arrogância.

Apressando-se, Diego fez uma reverência. Suas mãos tremiam. O pintor começou a falar na língua indígena. O jovem índio fez cara de asco.

— Deixe de formalidades, Diego — disse ele, fazendo-se entender com uma voz estridente. — Há anos que seu mau-caráter suja o Reino de Peri.

— Meu senhor! É uma honra estar aqui na sua presença — disse Diego, ainda de joelhos.

Aqueles dois se conheciam há tempos. O desgraçado do pintor mentira quando disse que não conhecia ninguém do Reino de Peri. E para piorar, sempre fazia um inimigo poderoso. O jovem gesticulou na direção das cordas e os índios desataram os nós dos pés e das mãos do grupo.

— Estou aqui para servi-lo — disse Diego.

— É mesmo? Então quer dizer que veio até mim por livre vontade?

Diego ficou em pé, recuando. O jovem índio avançou, agarrando o pescoço de Diego.

— O meu amigo me falou muito sobre o valor de seus quadros — disse o jovem.

Por mais que Onofre não quisesse admitir, o pintor tinha um talento sem igual. Mas suas habilidades tornaram-se uma maldição.

— Quantos quadros deseja, meu senhor? — perguntou Diego, com a voz trêmula.

— Você acha que fará meia dúzia de obras e sairá daqui para passear? Você é uma mina de ouro.

Diego ficou mudo. E empalideceu.

— E quem são esses dois? — continuou o jovem.

— São meus assistentes.

O jovem índio contemplou Onofre e Pacheco dos pés a cabeça, para depois gesticular aos outros dois índios.

— Cortem a garganta deles.

Pacheco recuou para trás de Onofre, que continuou firme em seu lugar.

— Calma, meu senhor — disse Diego. — Sem meus assistentes, não posso fazer meu trabalho.

— Para o inferno com os seus assistentes.

— O tempo que levo para pintar triplica sem os dois! Suplico que não os mate, meu senhor!

O jovem índio levantou a mão. Os dois índios pararam a meio caminho.

— É você quem pinta os quadros. Não eles. — Pela porta, outro índio entrou com as três caixas. O carregador colocou todas aos pés do pintor. — Ajudantes só servem para carregar a bagagem de seu mestre. Eles não são mais necessários.

O jovem baixou sua mão e os dois índios continuaram seu caminho, tirando suas lâminas afiadas debaixo do manto.

— Espere, meu senhor! Está vendo esse aí? — Diego apontou para Pacheco. — Perdeu a mãe quando criança. Tive que adotá-lo e ensiná-lo as técnicas de pintura. Pobre coitado. E o outro, está vendo como é feio? Ficamos amigos há alguns meses depois do que fizeram com a sua cara, pobre diabo. Os dois são responsáveis por me agilizar o trabalho, meu senhor. Inclusive, já vendi três quadros caríssimos, feitos pelo primeiro, e já vendi um, feito pelo segundo. Por que ter apenas um quadro quando se pode ter três?

Onofre percebeu os olhos marejados do pintor, numa atuação convincente. Por alguns instantes, o jovem índio pareceu refletir, mantendo um brilho no olhar de quem deseja engolir o mundo e dobrá-lo às suas vontades.

— Que seja então — disse o jovem, e os dois índios guardaram suas lâminas. — De onde vieram não me interessa. Ou terminam ainda hoje três quadros ou morrerão. Quero ver em qual velocidade você é capaz de garantir a própria vida.

O jovem virou-se para os outros três índios e disse algumas palavras na sua língua. Os índios saíram apressados. Pouco depois, eles trouxeram um casal jovem carregando um bebê. A criança se esganiçava em choro. Pelos traços do rosto, aquela família era do Reino de Guerreiros.

O jovem foi até a mulher e pegou no seu rosto, puxando seu queixo para si. Ali, proferiu uma série de frases que Onofre não entendeu. O velho apontou para o bebê. A mulher chorou desesperada e o homem juntou as mãos em súplica.

O coração de Onofre apertou.

— O que vai fazer?

Os três índios puseram suas lâminas em punho e puxaram o homem, a mulher e o bebê para fora da cela e desapareceram das vistas ao som dos gritos de desespero.

— Pare! — gritou Onofre, sabendo o que estava por vir.

Onofre ouviu que o choro do bebê parou de súbito. Os gritos do homem e da mulher, também. Sentiu suas pernas tremerem. Logo depois, os três corpos apareceram de relance pela porta, levados pelos capangas. A família estava retorcida e mergulhada em sangue escuro.

Onofre cerrou os punhos contra o jovem índio, de costas. Era sua melhor oportunidade. Mas sentiu uma mão lhe segurar pelo ombro.

— Melhor não fazer nada, meu caro — disse Diego, num murmúrio.

Aquele miserável também era conivente com a morte de inocentes.

— Me largue.

— Ele está certo — disse Pacheco, ainda atônito com a imagem das mortes.

O jovem índio seguiu rumo à saída.

— Se não quiser que aconteça pior com vocês, é melhor se apressarem. E da próxima vez, Diego de Araújo Dias, me chame de líder.

E saiu. O eco da ferrugem da tranca invadiu a mente de Onofre como um prego enfiado contra uma superfície de algodão.

— Pois é, gente... — iniciou Diego, indo na direção da caixa de mantimentos. — ...a situação está difícil, mas não vamos nos... — Onofre partiu contra Diego num soco certeiro, interrompendo sua frase e fazendo o corpo do pintor cair por cima das caixas de madeira.

— Calma! — exclamou Pacheco.

— Mas que droga foi essa, Onofre? — exclamou Diego, sentando-se no chão.

— Eu é que te pergunto, seu desgraçado! Líder? Você é inimigo de um líder das Onze Nações?!

Diego cambaleou para se levantar, pondo as duas mãos no lábio cheio de sangue.

— Eu não sou inimigo de um dos líderes! Foi O Caboclo quem armou tudo isso. Sou o pagamento de sua dívida. Os dois que se resolvam.

A imagem da família destroçada impregnou-se à mente de Onofre. Sua respiração acelerou ao perceber que contemplaria a mesma cena mais uma vez, sendo todo o Reino de Guerreiros a próxima vítima.

Pacheco se intrometeu no meio dos dois.

— O que vamos fazer agora? — perguntou a Diego.

— Nada.

— Como nada?!

— Tem alguma coisa para fazer? Querem fingir que pintam quadros e morrerem diante do desgosto do líder indígena? Vocês viram o que ele fez com aquela família, não viram? Não adianta fazermos nada, porque é impossível vocês aprenderem a pintar em algumas horas e ainda fazer um quadro descente.

Virando as costas, Diego se abaixou para abrir uma das caixas. Dela, retirou um objeto afiado.

— Não vamos apodrecer aqui — continuou Diego. — Esses índios são fortes o suficiente para nos derrubar a qualquer momento, mas creio que você, Onofre, seja a pessoa certa para executar o que estou pensando. Mas ainda assim, não fazemos ideia do que há lá fora.

Pacheco e Onofre acompanharam Diego pintar um quadro pelo resto do dia. Quando a luz do sol poente impediu que Diego prosseguisse, ouviram a tranca da porta e dois índios entraram. Um carregava uma tocha e o outro trouxe dois candeeiros, acendendo-os perto do cavalete. Um terceiro índio entrou com uma cesta de frutas e um balde d'água. Os três índios encararam seus prisioneiros, como se garantissem que nada estava errado, depois saíram.

Onofre perdera a noção de tempo com o passar das horas. Não fazia ideia se já era de madrugada ou se amanheceria em alguns minutos. Pacheco pegara no sono e se recostou na parede, apertando os braços em volta de si para afastar o frio. Diego continuava pintando sem parar. A luz dos dois candeeiros era forte o suficiente para o tom das chamas dominar a tela. Onofre desconfiou que o pintor já se acostumara com aquela rotina enquanto pintava em sua casa à luz semelhante. O frio da noite não parecia cortar as pinceladas de Diego, que mais parecia ter entrado numa espécie de transe artístico. Mesmo sem querer, Onofre o admirou por sua persistência.

— Não vai comer nada? — questionou Onofre, pegando uma maçã.

— Três... dois... um! Pronto, agora sim, terminei. Estou faminto!

Onofre jogou a maçã e Diego a pegou no ar, devorando-a de imediato. Enquanto mastigava, o pintor apontou para Pacheco, que roncava de sono.

— Ele deveria comer. Não sei quando eles vão trazer outra refeição. Ou pior, se vão recolhê-la a qualquer momento.

— Você é mais desconfiado do que pensei. — Para um julgamento como aquele, Onofre desconfiou que Diego já tivesse passado por situação semelhante.

O pintor se sentou.

— Se há comida, eu aproveito.

— Não entendo como é que uma pessoa como você fez tantos inimigos.

Diego jogou os restos da maçã ao longe e apontou para a cesta de frutas. Onofre lhe jogou outra.

— O que é uma "pessoa como eu"?

— Você não é soldado e não tem ligações com nenhum membro da Hierarquia. Poderia desconfiar que faz parte de alguma gangue perigosa no Reino de Guerreiros, mas pelas suas habilidades com aquele índio, não teria a menor chance.

Diego riu, pondo as mãos no lábio inferior. Pareciam bem doloridos.

— Mas mesmo assim — continuou Onofre — você só faz inimigos. Faz dívidas com gente perigosa que põe sua cabeça a prêmio. Você tem talento para se dar mal.

— E, pelo visto, essa é uma característica que temos em comum.

Onofre deu um sobressalto.

— De jeito nenhum. Minha vida foi correta e nunca precisei envolver o meu pescoço com gente tão perigosa como você faz.

— Mesmo assim, aqui estamos. E seu pescoço, mais do que nunca, se envolve em algo muito maior.

— Mas somos diferentes. Eu nunca precisei arriscar a vida de outras pessoas por causa de mentiras.

— Ah, não? E o que aconteceu com você quando entramos na feira? O que foi aquilo com a menina?

Onofre engoliu em seco.

— Ela estava perdida. Era meu dever consolá-la.

— Era mesmo?

A respiração de Onofre acelerou.

— O que quer dizer com isso?

— Que você, meu caro, está mentindo. Não sou tão ingênuo de não saber o que acontece com membros dos Guerreiros e suas famílias. É típico das pessoas preferirem não nos atingir diretamente, porque sabem que nossa fraqueza são nossos filhos.

Onofre se espantou com as palavras de Diego. Nunca imaginou que o pintor fosse capaz de inferir algo tão íntimo. Naquele instante, percebeu que os olhos de Diego estavam marejados. Aquilo só podia significar uma coisa.

— Você também perdeu alguém — concluiu Onofre.

— Assim como você, meu caro. Filho?

O coração de Onofre acelerou.

— Filha. Isabela. E minha esposa, Selina. Foram mortas por ladrões de beira de estrada. Não conheço seus rostos e não posso fazê-los pagar. — A imagem da mulher e da filha imersas em sangue lhe acometeu outra vez. — E você?

O olhar de Diego parecia estar perdido no vazio.

— Meu filho, Tawan, adoeceu quando ainda tinha cinco anos. Até hoje não sei o que aconteceu, mas ardia em febre o dia todo. E a doença o levou.

— E sua mulher?

— Nunca fomos casados. Quando engravidou, seus pais não me aceitaram e ameaçaram a criança. Ela teve de ficar aqui e eu fugi com Tawan para o Reino de Guerreiros. O criei sozinho.

— Fugiu para o Reino de Guerreiros?

— Eu sou filho de índio. Sou descendente de Peri.

Onofre deu outro sobressalto. Isso explicava sua pele parda. E também, o domínio da língua.

— Eu não tive a chance de ensiná-lo a pintar — continuou Diego. Sua voz estava embargada. Onofre jamais o vira naquele estado. — Não tive a chance de ensinar a pessoa mais importante da minha vida a usar as cores numa tela. Eu precisava ser o melhor. Eu devia isso a ele. — Diego deixou as lágrimas lhe cobrirem a face, tentando controlar o soluço a cada palavra. — Jurei para mim mesmo que seria o maior pintor que o mundo jamais viu. Tawan foi minha grande inspiração.

— E você é o melhor, Diego. Ninguém jamais fez uma arte como a sua. Você, Diego de Araújo Dias, já faz parte da história do Reino de Guerreiros. Tawan teria muito orgulho de você.

Diego levou uma das mangas de seu manto ao rosto, enxugado as lágrimas.

— Mas você sabe tão bem quanto eu o que os Sábios Cantadores dizem. Na vida, precisamos sempre usar máscaras, pois ninguém nos reconheceria se nos apresentássemos de rosto nu.

Onofre engoliu em seco. Nunca ouvira palavras tão verdadeiras. Diego continuou.

— Preciso encontrá-la outra vez, dizer tudo o que aconteceu. Preciso reencontrar minha mulher que ainda amo tanto. Sei que também me espera. Hoje vejo que pouco importa a opinião de ninguém. Começaremos tudo de novo. Juntos.

Pelo menos, Diego tinha uma segunda chance.

A tranca rangeu sua ferrugem, ecoando o barulho por todo o ambiente. Pacheco acordou e tanto Onofre quanto Diego ficaram de pé. Ao longe, viam uma luz dentro de um lampião iluminar a metade de dois rostos lado a lado. Pelo porte físico, só podiam ser os mesmos índios que os haviam espancado no dia anterior.

Os dois se aproximaram, um deles com um lampião na mão e o outro com uma adaga à mostra.

— Acabou? — disse o índio com a adaga, fazendo-se entender.

— Ainda não. Quero dizer, consegui terminar as cores, mas ainda falta um retoque especial.

Diego interrompeu sua fala no mesmo instante em que segundo índio partiu para cima dele. Onofre não pensou duas vezes e se manteve entre os dois.

— O que pensa que vai fazer? — indagou Onofre, mas sentiu o ar sair de seus pulmões e uma dor forte no estômago. Outro soco tão rápido que não teve alternativa a não ser dobrar os joelhos e se render à dor, caindo no chão.

— Espere! — exclamou Pacheco.

— Nosso líder disse que o quadro ficaria pronto o quanto antes. Se não terminou, que assuma as consequências.

Em vão, Pacheco quis proferir outra fala, mas se calou. O índio fechou o punho e socou o rosto de Diego, fazendo-o cair ao lado da pintura. O primeiro índio sacou a adaga da cintura.

— Se não acabar logo, um de seus ajudantes vai morrer na sua frente. — E virou as costas, saindo junto com o outro índio.

Onofre apoiou-se nas pernas cambaleantes e se levantou.

— Você está bem, Diego?

Diego sangrava pelo nariz.

— O que você acha? — bradou ele, franzindo o cenho enquanto puxava o manto para enxugar o sangue. — Vocês dois são muito burros!

— Você está louco? — questionou Onofre, ofendido.

— Um não faz nada e o outro, tão pouco. Pelo amor de Deus. — Diego abaixou a voz, quase num murmúrio. — Parece que só eu resolvo tudo nesse grupo.

— É mesmo? — disse Onofre, trocando um olhar incrédulo com Pacheco. — E posso saber como vai usar suas incríveis habilidades de luta?

Diego se abaixou, indo em direção à sua caixa de ferramentas.

— Você, meu caro Onofre — disse o pintor, revirando suas tintas e pincéis. Teve de enxugar o sangue do nariz outra vez. — Você só pensa com um lado do cérebro.

Onofre viu Diego retirando todas as ferramentas da caixa, deixando um dos lados vazio. O pintor colocou os dedos em uma das laterais internas, como se fizesse um movimento de pinça. Aos poucos, foi subindo com o braço até retirar um fundo falso. Ali dentro, Onofre percebeu um objeto.

— Isso vai nos tirar daqui. — Diego se virou para revelar um pequeno objeto entre seus dedos. De bambu, com uma pequena pena amarrada no canto. O pintor se mostrou mais perspicaz do que Onofre imaginara.

— Uma zarabatana — concluiu Pacheco.

— Com dardos, é óbvio. Três — completou Diego.

Onofre rememorou quando passaram pela feira indígena. Antes de avistar a menina chorando, Diego se mostrou mais interessado do que devia naquela barraca de armas. Pelo menos uma vez o pintor conseguiu ficar sóbrio o suficiente para pensar no que poderia acontecer, caso tudo desse errado. Sem dúvida, Diego já havia passado por muita coisa para ser tão precavido.

— Em quanto tempo um homem cai depois de levar o dardo? — perguntou Pacheco.

— Depende. Perguntei à mulher que vendia se os dardos estavam envenenados. Ela confirmou.

Pacheco ficou sério.

— Vamos matar os dois índios?

— O veneno não é letal — disse Diego. — Mas não é isso o que me preocupa.

Onofre sentiu o coração apertar. Não lhe havia ocorrido uma possibilidade, que transformara aquela chance de fuga numa missão suicida.

— Os dardos podem não estar envenenados — disse Onofre.

Diego aquiesceu.

— E qual o motivo disso? — perguntou Pacheco.

— Você tem ideia de como essa gente ganha a vida? — questionou Diego, com uma expressão de quem exibia uma verdade óbvia para alguém tolo demais para compreender. — Eles fazem de tudo para vender. É óbvio que jamais perderia a venda dizendo que os dardos não estariam envenenados. Ela viu nos meus olhos que eu só os levaria caso estivessem desse jeito.

— E mesmo que derrubemos os guardas — disse Onofre. — Não temos ideia para aonde fugir. Podemos morrer logo depois de passar pela porta.

— Meu Deus... — murmurou Pacheco. — Não tem saída?

— Só torcer, meus caros. Só torcer.

Onofre refletiu que era o único capaz de se utilizar de outras habilidades contra os índios. Em se tratando de lutas corporais, Pacheco e Diego eram o mesmo que nada. Mas a zarabatana trouxe uma nova esperança.

— Você é bom nisso? — indagou Onofre a Diego.

— Mas é óbvio que não. Você é o Guerreiro aqui, então pensei que fosse o mais adequado. São três dardos ao todo. Portanto, são três vezes que precisa acertar.

Pacheco aquiesceu. Ele também não sabia usá-la.

— Vou dizer o que vai acontecer — disse Onofre. — Quando eles entrarem, Diego diz que não conseguiu terminar e...

— Você só pode estar brincando, meu caro. Não vou apanhar de novo.

Onofre o ignorou.

— Quando eles avançarem contra Diego, eu atiro a zarabatana e vocês tapam a boca dos dois.

— Tapar a boca?

— Se os dardos funcionarem, não sabemos em quanto tempo vão agir. Os índios não podem chamar a atenção.

Pacheco estremeceu com aquela possibilidade.

— Eu... não sei se posso fazer isso — disse ele, olhando para o nada. — Sou só um pescador. Não tenho a mínima ideia de como posso calar a boca de um índio daquele tamanho.

— Pense em quanto você ainda tem a pescar depois de sair dessa cela imunda — disse Diego, o encarando firme. — Estamos no mesmo barco. Só quem se salva aqui é Onofre. Se bem que, nem ele está dando conta. Mas ainda estamos vivos. E até agora só fizemos coisas suicidas, não? Por isso, se morrer... morreu!

Onofre não acreditou que Diego pudesse achar que suas palavras eram de consolo.

— Vamos esperar — disse Onofre.

Diego pôs a zarabatana próxima aos pincéis. As horas passaram, sem o menor sinal dos índios. Os raios do sol iluminavam o céu e Onofre ouviu os pássaros cantarem a chegada da manhã. Ele e Pacheco ficaram alertas, mas Diego roncava alto. O pintor passara grande parte da madrugada aproveitando para adiantar a sua obra de arte e merecia um mínimo de descanso para o que fariam a seguir.

O som da tranca enferrujada invadiu o ambiente. Diego se levantou, alerta e de costas para a porta, como se continuasse seu quadro. Entrando na cela, não estava a dupla que os tinham espancado. Muito pelo contrário.

Agora, eram quatro índios.

Onofre, Pacheco e Diego se entreolharam. Era óbvio que todos pensavam a mesma coisa. Só havia três dardos. Naquela situação, teria que matar um dos índios. Pegaria a sua adaga e cortaria a garganta antes que fosse tarde demais. E só Onofre poderia fazer isso.

Com a luz da manhã já evidente, viu com clareza que os quatro já traziam suas adagas em punho.

— Acabou?

A zarabatana estava a poucos centímetros da mão de Onofre, logo abaixo dos dois pincéis. Onofre sentiu o coração acelerar com a possibilidade dos dardos ainda não funcionarem. Diego levou as duas mãos abertas à frente, como em rendição.

— Esperem, meus caros. Falta muito pouco.

— Nosso líder se cansou de esperar — disse o índio, levantando a adaga. — Vamos ver se um pouco de pressão lhe ajuda a se inspirar.

Onofre jogou sua mão para o lado e agarrou a zarabatana, mirando-a no peito do índio e soprando o mais forte que pôde. O dardo o atingira em cheio e Onofre soprou contra o segundo, girando a zarabatana para o terceiro, soprando outra vez. Diego e Pacheco não hesitaram em partir contra os dois índios já atingidos, empurrando-os com força em direção ao chão e segurando seus pulsos com as adagas. Onofre concluiu que haviam caído por causa do forte efeito dos dardos. Deu o soco mais forte que pôde contra o maxilar do terceiro índio, que caiu com o golpe.

Mas uma forte dor lhe dilacerou no braço direito. O quarto índio lhe enfiara a adaga até o meio da lâmina, mas Onofre não se afastou. Girando rápido, jogou sua perna contra a do índio, fazendo-o cambalear e cair no chão. Onofre pegou sua adaga, tentando pressioná-la contra o pescoço do inimigo. Rangia os dentes com a dor em seu próprio braço, forçando-se a continuar o movimento. Percebeu que o índio queria gritar em direção à porta e Onofre empurrou a adaga cada vez mais perto do pescoço dele, enquanto este fazia de tudo para empurrá-la de volta. A ponta encostou no pescoço e começou a entrar na carne, e antes que o inimigo pudesse gritar de dor, Onofre empurrou-a com toda a força.

A lâmina entrou toda na garganta do inimigo. O sangue lhe escorria pela boca e pequenos espasmos faziam o corpo tremer. A dor da ferida no braço de Onofre voltou com toda a força e ele olhou para trás, temendo o pior por Pacheco e Diego. Felizmente, os índios estavam desacordados no chão.

Ali, Onofre levantou-se e se aproximou da porta, e Pacheco e Diego foram até ele. Onofre percebeu de relance os vários índios do lado de fora, armados com arco e flecha. Distantes, não haviam percebido o que acabara de acontecer.

Mais ao fundo, a Floresta de Esaúna.

— Você está bem? — indagou Pacheco, num murmúrio.

— Isso não é nada — respondeu Onofre sobre seu ferimento, mentindo. A dor estava lhe tirando o juízo. — Quando eu disser três, corram o mais rápido que puderem.

— Eles estão armados — disse Diego, com a respiração acelerada.

— Pois é — respondeu Onofre, encarando o pintor. — Se morrer... morreu. — Um... dois...

— Espere — disse Diego. — O que vai acontecer se as flechas nos atingirem?

Onofre maneou a cabeça, em negativa.

— Não teremos chance de salvar um ao outro. Quem cair, será deixado para trás. O que interessa é chegarmos do outro lado. Prontos?

Diego e Pacheco se entreolharam. Depois de um instante, ambos aquiesceram.

— Um, dois... três!

Onofre correu o mais rápido que pôde, sem olhar para os lados. A Floresta de Esaúna devia estar a menos de quinhentos metros. Esperava que Diego e Pacheco estivessem ao seu lado, mas seu condicionamento físico fez a diferença. Aos poucos, ouviu alguns murmúrios em uma língua que não conhecia. Depois, gritos altos. Sabiam o que queriam dizer. De relance, olhou pelo canto do olho e viu Pacheco correndo firme. Diego, no entanto, ficava cada vez mais para trás.

Ainda faltavam uns quatrocentos metros.

Um som rasgou o ar à sua cabeça. Uma flecha. E depois outra.

Trezentos metros.

Onofre inclinou-se para a esquerda, evitando ficar em linha reta. Outra flecha rasgou o chão arenoso no local onde estava segundos antes, logo ao lado.

Duzentos metros.

Olhou de relance e percebeu Pacheco quase ao seu lado. Nenhum sinal de Diego. Não podia girar a cabeça para trás sem correr o risco de diminuir a velocidade.

Cem metros.

A imponência das árvores era maior do que Onofre suspeitava e a densa mata seria mais do que suficiente para se esconderem. Onofre e Pacheco atravessaram a linha das árvores. Uma flecha bateu no tronco à altura da cabeça de Pacheco. Os dois se abaixaram atrás de um grosso tronco e procuraram por Diego. O pintor estava aos tropeços, com ndios ao seu encalço.

Onofre viu com clareza quando uma flecha atravessou a coxa de Diego.

O pintor gritou de dor e levantou poeira quando caiu cambaleante no chão. Sem pensar duas vezes, Onofre correu até lá. Diego se contorcia no chão e Onofre pegou seus braços e o puxou rumo à floresta. Ali, percebeu que Pacheco o havia acompanhado. Ambos apoiaram Diego em cada ombro e correram de volta à Esaúna, sob uma saraivada de flechas.

Seguiram uma trilha em ziguezague pela mata fechada. A cada passo, as sombras dominavam a luz, escurecendo o chão em volta. Desviar das pedras e rochedos se tornou um trabalho árduo, diminuindo a velocidade da fuga. Mas a trilha deixara as vozes dos ndios cada vez mais distantes. Onofre sabia que aquele ambiente era inóspito demais até para os ndios e a dificuldade da luz do sol adentrar por entre as altas árvores também contribuía a favor do grupo.

Continuaram o passo até não ouvirem nenhuma voz. Diego rangia os dentes, evitando os gritos de dor da ferida aberta. Pacheco e Onofre deitaram-no sobre a grama, fazendo o pintor soltar um gemido seco sobre a perna retorcida. Esperaram por mais tempo, até terem certeza de que os índios haviam desistido. Onofre via o corpo de Diego tremer em febre. E perdia muito sangue.

— Precisamos sair daqui — disse Pacheco.

Diego rangeu os dentes, conseguindo falar.

— Você me salvou. Você... você disse que não tinha como isso acontecer.

Onofre deixou escapar um sorriso.

— Só assim você conseguiria correr o suficiente para se safar.

— Agradeça a Onofre por isso — disse Pacheco.

O ferimento estava feio. O sangue não parava de escorrer.

— Eu vou morrer de qualquer jeito — disse Diego. — É melhor saírem daqui.

— Não vamos deixar você! — exclamou Pacheco. — Você enlouqueceu de vez?

— Não quero ser o responsável por levá-los comigo.

— Nem mais um piu — disse Onofre. — Você vai viver, pintor. Pode apostar.

Onofre sabia que estava nutrindo falsas expectativas.

— Me ajude a levantá-lo — continuou Onofre. Os dois levantaram o pintor, que não rangeu de dor. Onofre percebeu que já perdia as forças. — Vamos continuar.

Os três andaram por pelo menos uma hora, até ouvirem vozes. Onofre não conseguia entender o que diziam. Percebeu que eram vários timbres de homens, mulheres e crianças. E ouviu algumas risadas.

— Mas o que é isso? — perguntou Onofre, ao mesmo tempo em que via a luz do sol adentrar com mais força por entre os troncos, metros à frente. Aquela porção da Esaúna havia acabado. Olhando com cuidado por entre os galhos, notou um vilarejo. Pais pareciam brincar com seus filhos, todos correndo em meio às brincadeiras.

— Vamos até lá — disse Pacheco.

— Ficou louco? — rangeu Onofre. — Isso está fora de cogitação.

— Mas Diego vai morrer se não fizermos nada.

— Eles podem nos entregar.

Onofre não se lembrava de ter visto uma família tão feliz quanto àquela.

— Não vão nos entregar — concluiu Pacheco.

Aquele vilarejo não tinha pessoas de pele mais clara, como se não tivesse contato com os Guerreiros. Pensou na possibilidade de os tratarem da mesma forma que o líder e seus capangas. Mas não havia alternativa para Diego.

Os três passaram por entre os galhos. Os pais fecharam o semblante, chamando os filhos para junto de si.

— Precisamos de ajuda — disse Pacheco. Os índios responderam em sua língua. Onofre acreditou que estavam sendo sinceros e provavelmente não tinham aprendido a língua dos Guerreiros. Diego maneou a cabeça, e começou a balbuciar palavras na língua dos índios. O homem e a mulher ouviram atentos e seus olhos pareceram estarrecidos. Diego talvez estivesse contando tudo pelo o que o grupo passara.

Os dois índios se entreolharam e apontaram para uma casa, num gesto universal que concedia a passagem.

— Obrigado — disse Pacheco, adentrando na casa junto ao homem.

Foram até um quarto singelo. Uma rede pendurada nas paredes servia de descanso. Onofre e Pacheco colocaram Diego nela, ao mesmo tempo em que a mulher entrava pela porta com os quatro filhos. Todos traziam ervas nas mãos. A mulher foi até o outro lado do cômodo, para uma espécie de fogão à lenha e jogou as ervas na água fervente. Em menos de cinco minutos, retirou a panela do fogo e molhou um pano. Depois, o espremeu contra o ferimento de Diego. O pintor rangeu os dentes e o homem índio segurou suas mãos. Diego desmaiou. O ferimento parara de sangrar. Onofre se permitiu um sorriso. Diego iria sobreviver.

Mas irrompendo logo atrás, a porta da casa se escancarou, revelando três homens. Pelos traços, eram índios. Pelas roupas, pareciam oficiais. E antes que Onofre se levantasse para se defender, sentiu uma pancada forte na cabeça.

A última coisa que viu foram as silhuetas embaçadas dos oficiais agarrando Pacheco e o corpo de Diego com violência, puxando-os para fora da casa e gritando num idioma desconhecido.

Jaime e Rufino carregavam Simão nos ombros, correndo atrás de Nara em meio à escuridão. A Estrela Brilhante vinha logo atrás.

Quando passaram pela entrada de Esaúna, o coração de Jaime quase saía pela boca. Não bastasse a perseguição da Estrela Brilhante, agora adentrava no local mais inóspito no Reino de Guerreiros. Não conseguia enxergar nem um palmo à sua frente, e se guiava pelos passos de Nara contra as folhas secas do chão.

As folhas pisadas guiavam a fuga à frente de Jaime. E a morte, logo atrás.

Apesar do emaranhado de troncos e galhos do lado de fora, o grupo percorria o que parecia ser um caminho aberto, uma espécie de passagem. Jaime sabia que pessoas evitavam aquele local e não se permitiu refletir sobre quem havia feito tudo aquilo.

Jaime tinha certeza de que iria morrer. E Rufino morreria junto. Com o corpo desfalecido de Simão sobre os ombros, logo a Estrela Brilhante os alcançaria. Ouvia Rufino ofegante. Nara era a única que tinha alguma chance, já que estava livre e abria caminho a toda velocidade. Jaime imaginou com quais requintes de crueldade o torturariam. As histórias que Igor contara a respeito da guerra eram pavorosas.

Jaime sentiu uma mão lhe agarrar um dos ombros e lhe puxar para o lado, retirando-o daquele caminho principal em direção à margem.

— Por aqui — disse a voz de Nara.

Em meio à escuridão, Jaime deixou-se guiar. Sem aviso, foi empurrado ao chão e tanto Simão como Rufino caíram no solo duro de areia fria, ao mesmo tempo em que galhos lhe arranharam a face.

— Fiquem quietos! — murmurou Nara.

O som das folhas pisadas aproximava-se em alta velocidade. Jaime prendeu a respiração. A Estrela Brilhante passou diante do grupo, correndo em seu desespero de matá-los. O som afastava-se a cada segundo. Jaime soltou a respiração e também ouviu Rufino e Nara fazerem o mesmo, soprando a aspereza do ar de seus pulmões contra sua nuca.

— E agora? — sussurrou Jaime.

— Vamos voltar e sair daqui! — exclamou Rufino.

— Xiu! Não podemos voltar — disse Nara.

— Por que não?

— Não temos nenhuma chance no descampado fora de Esaúna.

— Meu Deus — disse Rufino, em oração. — Que o Senhor me proteja desse ambiente infernal, que tudo possa...

— Cala a boca!

Os três fizeram silêncio. O vento não soprava dentro de Esaúna. Não havia o menor sinal de pássaros, esquilos ou qualquer animal comum em outras florestas. Jaime pôde ouvir as batidas de seu coração e a aflição lhe perfurar o juízo. Percebeu também que o som das folhas não mais existia.

— Para aonde ela foi? — perguntou Jaime.

Os três ficaram em silêncio e Jaime desconfiou que todos pensavam a mesma coisa. A Estrela Brilhante devia estar a uma distância segura, mas ninguém teve coragem de se mexer.

— Está tudo bem com Simão? — indagou Nara.

— Estou apoiando sua cabeça em minhas mãos — disse Jaime.

Era óbvio que precisavam levar o Mestre de Guerreiro seguro para um enterro adequado. Se conseguisse escapar dali, Jaime prometeu para si mesmo que viveria um dia após o outro sem possibilidade de planos a longo prazo. Como em todas as guerras dos livros históricos dos quais se lembrava, os recursos iriam se tornar escassos, até a fome atingir o povo. No fim, se os Guerreiros perdessem, não conseguia imaginar o pior.

— Se não podemos sair... — disse Rufino, com a voz mais amena. — Esperaremos aqui até quando, Jaime?

— Não sei para aonde ir.

— Mas é você quem sabe de tudo, homem!

— Só conheço a Floresta de Esaúna pelos mapas. E cada um diz uma coisa diferente.

Jaime sentiu a mão de Rufino tatear o ar à sua frente, até encontrar seu ombro e agarrá-lo com desespero.

— Para de ser tinhoso, homem! Se temos alguma chance em Esaúna, é por causa de você. Qualquer coisa serve.

O Reino de Guerreiros era muito dinâmico e qualquer linha ou fronteira traçada nos mapas poderia estar errada com as novas bordas das cidades e das feiras que não paravam de crescer. Mas precisava arriscar.

— Há um rio por aqui — disse Jaime.

— Para qual lado? — perguntou Nara.

— Nessa escuridão, não faço ideia. Mas deve...

— Xiu! — murmurou Nara. Os três ficaram em completo silêncio. — Ouviram isso?

O som das folhas outra vez. Mais próximo. A Estrela Brilhante voltava pelo caminho, com passos mais lentos do que antes. O coração de Jaime apertou. Sabia que ela procurava o exato local onde seus alvos haviam desviado.

Jaime prendeu a respiração. A Estrela Brilhante agora estava perto demais. Sentiu a mão de Nara lhe puxar para trás, buscando afundar ainda mais por entre os galhos. Mas Jaime não conseguia apoiar Simão e, ao mesmo tempo, se levantar sem fazer barulho. Os três ficaram imóveis. Jaime sentiu a alma tremer ao ouvir o som inconfundível de uma espada sendo desembainhada. Era como se pudesse enxergar com clareza a morte em forma de lâmina vindo em sua direção.

Outro som de folhas, poucos centímetros de distância. Simão estava morto. Provavelmente, seu pai e irmão também. Agora era a sua vez.

Mas o som das pegadas afastou-se para o lado. Mesmo com todas as suas habilidades de Estrela Brilhante, em Esaúna todos ficavam completamente perdidos. Uma ponta de esperança lhe tomou o coração.

— Vamos morrer — murmurou Rufino.

— Só se você continuar falando! — disse Nara, num sussurro.

Tateando ao redor, Jaime ficou de cócoras e apoiou um dos braços de Simão nas costas. Quando teve certeza de que Rufino fizera o mesmo, levantou aquele corpo desfalecido.

— Mas se dermos um passo, ela vai ouvir — disse Rufino.

— Não a esta distância — respondeu Jaime.

Jaime sentiu a mão de Nara também lhe segurar o ombro. Todos se apoiavam nele como guia. Ao invés de Jaime levantar seu pé e dar o primeiro passo, causando o sério risco de ser ouvido pela Estrela Brilhante, preferiu arrastar o pé para frente. Seus passos seriam mais lentos, mas garantiria a sobrevivência. Jaime adivinhou que Rufino e Nara já faziam o mesmo. Mas sentia que a Estrela Brilhante não seria despistada tão facilmente.

Jaime não fazia ideia para aonde ia. Tinha esperança de sentir uma brisa leve sob a pele ou o som de água corrente. Perdendo a noção do tempo, o grupo permanecia em silêncio. Não havia mais nenhum sinal da Estrela Brilhante, mas Jaime não podia arriscar.

— Estão vendo aquilo? — indagou Rufino. Ao fundo, distante dali, Jaime viu uma luz por entre os galhos.

— Deve estar amanhecendo — concluiu Nara.

A luz pareceu surgir aos poucos, mas não como um raio do sol incidindo por sobre as altas árvores de Esaúna. Era amarela, deixando os galhos na contraluz.

— Não está amanhecendo — disse Rufino. — É uma fogueira!

— Alguém mora em Esaúna? — questionou Nara.

— Só se não tiver um pingo de juízo.

A luz ficou mais forte e iluminou o caminho. As folhas secas formavam um imenso tapete que cobria todo o chão e as árvores mais próximas conservavam seus galhos escuros e retorcidos, sem vida animal. Jaime percebeu também que todo o grupo agora estava visível.

Ao olhar para trás, viu suas sombras projetadas. E seu coração acelerou ao ouvir o som das folhas na escuridão, cada vez mais perto e em alta velocidade.

— Corram!

O grupo se apressou em direção à luz. Ao chegarem próximos da margem da estrada principal, viraram à esquerda, seguindo reto por entre os galhos, que formavam outro caminho. Poucos metros à frente, deram de cara com uma pequena capela rodeada por um espaço vazio dentro da densa Floresta de Esaúna. A luz amarela não vinha de uma fogueira, mas de muitas velas espalhadas por todos os lados.

Nara seguiu na frente e abriu a porta de entrada da capela. Jaime e Rufino apoiaram Simão com cuidado quando passaram. Quando se virou para fechar a porta, Jaime viu a Estrela Brilhante no meio do espaço vazio, brandindo sua espada. Uma porta velha como aquela não seria suficiente para impedi-la de matar a todos.

Mas a Estrela Brilhante se mantinha parada, encarando o grupo. Em seu olhar, parecia hipnotizada pela capela. Mas também parecia sentir medo. A Estrela Brilhante então guardou sua espada de volta na bainha. E virou as costas, saindo apressada.

Um arrepio percorreu a nuca de Jaime. Refletiu sobre o porquê daquela atitude. Um completo arrependimento lhe tomou de assalto por ter entrado naquela capela, como se ali corresse mais perigo do que qualquer outra coisa no mundo.

Pela primeira vez, um forte vento soprou em volta do espaço vazio. A porta se fechou e a escuridão da capela lhes arrebatou outra vez.

— Droga! — esbravejou Nara. Pelo som enferrujado, ela não conseguia abrir a maçaneta.

A porta se destravou e a fresta de luz amarela surgiu como um filete até encobri-los. Abriram a porta para saírem da capela, mas Rufino parou.

— Esperem! — exclamou ele.

O grupo percebeu que não estava mais sozinho. Mas não era a Estrela Brilhante que reaparecera. No meio do espaço vazio, havia outra pessoa. Um menino. Não deveria passar dos doze anos. Roupas sujas e manchadas de preto, com os pés descalços. Jaime notou que o preto era feito de carvão, que encharcava seu rosto.

— O que estão fazendo? — perguntou o menino, numa voz suave. — Podem sair da capela.

Nara abriu a porta, dando passagem a Jaime, Rufino e Simão. Mas ninguém se atreveu a dar um passo.

— Seu amigo está machucado?

— Ele está morto — respondeu Jaime.

O menino se aproximou. Jaime percebeu que pela suavidade dos gestos, não iria machucá-los.

— Ela não vai voltar — disse.

— Como você sabe? — indagou Nara.

— Quem entra em Esaúna com medo, sai com medo. — O menino apontou para uma pedra lisa, ao lado da capela. — Coloquem seu amigo ali.

Rufino recuou um passo.

— E se ele estiver mentindo? — perguntou, murmurando.

— Não acho que esteja — disse Jaime. Por alguma razão que não sabia explicar, Jaime sentiu nos olhos do menino que sua inocência era real.

— Não é possível que a Estrela Brilhante tenha desistido tão fácil.

— Ela não desistiu porque quis. Foi obrigada. Não há uma pessoa que escape ao medo de Esaúna e a Estrela Brilhante seria uma tola se não conservasse um mínimo de temor sobre esta floresta.

Rufino encarou Nara, como pedindo confirmação.

— Não temos outra escolha — disse ela.

Jaime e Rufino saíram com o corpo de Simão sobre os ombros, deitando-o sobre a pedra. Os olhos fechados e sua boca pálida forçavam Jaime a acreditar naquilo que evitara até ali. Precisava admitir para si mesmo que o Mestre de Guerreiro estava morto.

— Precisamos sair da Floresta de Esaúna e levar nosso amigo de volta.

O menino ficou frente a frente com o rosto de Simão e o tocou na testa.

— Vocês têm que ir pelo rio. É a forma mais rápida de sair de Esaúna.

— E para que lado ele fica? — indagou Jaime.

— Vocês morreriam se fossem por ele. — O menino pôs a mão no coração de Simão. — Tem que ser alguém com experiência.

Jaime e Nara encararam Rufino.

— O que foi? — exclamou ele. — Eu sou apenas um pescador. Nunca naveguei por esse rio e não faço ideia de como sair daqui!

Ao ouvir aquelas palavras, o menino se levantou rápido, encarando Rufino.

— Você é pescador?

— Por quê?

O menino se aproximou ainda mais. Jaime percebeu seus passos firmes e olhos de sabedoria misteriosa. Como entoando um cântico, o menino levantou o dedo indicador e fechou o semblante.

— Pescador, o que andais pescando? O que trazeis na sua canoa? — questionou o menino.

Aquelas palavras eram familiares para Jaime. O pai sabia de muitas histórias e sempre as contava desde que ainda era muito pequeno. Tinha certeza de que já a ouvira pelo menos uma vez.

— Trago cravo, trago rosas, trago jasmim da lagoa — respondeu Rufino, balbuciando suas palavras como se tremesse de medo pelo o que viria a seguir.

— Pescador, o que andais pescando? O que trazeis mais a Sereia?

— Trago cravo, trago rosa, trago jasmim da baleia. — Rufino fez um sinal da cruz, apressado.

O menino sorriu.

— Você é bom no que faz. Vai conseguir navegar pelo rio.

— Só por que sei uma música?

— Porque se lembra de versos que ninguém mais se importa. Quem se lembra disso, sempre será capaz de sobreviver.

O menino se aproximou outra vez do corpo de Simão, colocando a mão sobre seus olhos, como se sentisse a temperatura.

— Tragam seu amigo — disse, dando as costas rumo à mata fechada, por trás da capela.

Apoiando Simão nas costas, o grupo o seguiu. Jaime sentia a umidade lhe envolver e, aos poucos, uma lufada de ar gelado lhe tocou a face. Logo à frente, a margem do rio se iluminou. Atracada, uma canoa. Grande o suficiente para todos. Dentro dela, uma tarrafa.

O menino embarcou. Ao colocar o corpo de Simão apoiado na proa, Rufino e Jaime desceram para tirar o barco da areia.

— Podemos confiar nesse moleque? — indagou Rufino, num sussurro.

— Temos escolha?

Empurrando com força, a canoa adentrou no rio. Jaime e Rufino se molharam no raso antes de subirem. No meio do rio, a canoa parou.

— Entrem na ygara! — disse o menino, apontando para sua canoa de junco. Ele pôs as mãos nas costas de Simão. Com um empurrão, o derrubou lagoa adentro.

— O que está fazendo? — exclamou Nara.

O corpo desfalecido do Mestre de Guerreiro adentrou na lagoa, afundando pesadamente e desaparecendo da superfície. Jaime ficou perplexo com aquela atitude, mas algo lhe dizia que o menino não os estava enganando. Nara puxou sua adaga e pôs na garganta do menino, mas ele parecia calmo. Num cântico, disse:

— Pescador não visse a lua, e nem visse o clarão dela, olha o canto da Sereia, Pescador da barca bela. Pescador do alto rio, pescando neste salão, sacuda sua tarrafa, venha pescar no meu coração. Lá na sombra daqueles coqueiros, dormirei sob a fresca ao luar, Pescador que anda alta noite, me achou na praia a pescar.

O menino encarou Rufino, que prontamente respondeu:

— Lá na sombra daqueles coqueiros, dormirei em teus braços querida, Pescador que anda alta noite, me achou na praia perdida.

— Jogue a tarrafa! — o menino ordenou.

Rufino pôs a tarrafa nas mãos e ficou de frente para as ondulações remanescentes da superfície, no mesmo local onde o corpo de Simão afundara. Atirou a tarrafa, que se abriu num gesto delicado e preciso. Quando esperou uns instantes, as mãos de Rufino tremeram, como se tivesse agarrado alguma coisa.

— Puxe! — ordenou o menino.

Numa última investida, Rufino fechou o semblante e cerrou os dentes, empregando toda sua força. Algo saiu da água, numa agitação frenética. O grupo ouviu uma forte tosse e braços tentando se desvencilhar da tarrafa.

Jaime não acreditou. Nara deixou cair sua adaga dentro da canoa.

— Simão! — gritou ela.

Jaime pegou a tarrafa e puxou Simão para dentro da canoa. Com um estrondo, o Mestre de Guerreiro adentrou, ajudado por Nara a se desvencilhar de tantos nós.

O Mestre de Guerreiro estava vivo.

Simão se levantou, ensopado. Nara o abraçou desesperada.

— Você está bem? Está tudo bem?

Simão sorriu.

— Estou melhor do que nunca.

Rufino cutucou o ombro de Simão.

— É tu mesmo, homem?

— Pelo que eu saiba, sim.

— Meu Deus do Céu! — exclamou Rufino, fazendo um sinal da cruz.

Jaime encarou Simão.

— É bom vê-lo de novo.

Os dois amigos se abraçaram. Sem aviso, o grupo ouviu um barulho e notaram que o menino pulara fora da canoa, adentrando no rio e nadando de volta para a margem.

— A correnteza vai levá-los para onde desejam — disse ele, virando-se de costas para a canoa.

O barco se afastava da margem, agora seguindo uma correnteza que surgira de repente. Jaime se aproximou de Simão.

— Para aonde vamos, Simão?

Sem pestanejar, o Mestre de Guerreiro bradou:

— Salvar o que restou do Reino de Guerreiros.

Com aquelas palavras, Simão fechou o semblante. Jaime sentiu um arrepio lhe percorrer a alma ao sentir que as palavras do Mestre de Guerreiro eram uma mistura de conforto e confiança. Aquele Simão não era mais o mesmo.

VI

Uma carruagem. Um ataque. Corpos espalhados pelo chão. Areia, sangue e gritos. Cavalos estraçalhados. Duas almas ainda de pé. Um homem de rosto deformado por uma cicatriz e uma mulher. A Estrela de Ouro. Noutro instante, tudo ficou escuro. A expressão no rosto de Simão misturava-se com o breu. Não tinha ideia de onde estava ou como encontrá-lo. Não conseguia contar com a ajuda da Sereia em nenhum momento. Estava disposto a esperar. Aos poucos, escutou o som vazio da cela e saiu da meditação.

O Mateu abriu os olhos. Pouca luz adentrava na cela, através de pequenas janelas no alto, onde os raios do sol indicavam o entardecer em avanço sobre o Reino de Guerreiros. Igor afastado, preso por correntes que pendiam da parede, compartilhava o cheiro da cela úmida e do chão frio. Só Deus matinha o filho vivo.

O Mateu refletiu sobre o que o Rei de Guerreiro faria em seguida. Em seus sonhos, o Mateu viu toda a cena do ataque à carruagem da Lira. O evento se somaria ao verdadeiro barril de pólvora entre o Rei de Guerreiro e Adhemar. Sem a presença do Mestre de Guerreiro, não havia outro caminho se não o caos total.

A porta da cela se abriu. Viu um homem com uma tocha. Era Guilherme.

— É melhor se preparar, seu velho imundo — disse ele, com um sorriso escancarando seus dentes amarelos pelo fogo. — O Rei vai te ferrar como um porco imprestável.

— Deixe-me falar com Vossa Majestade.

— Quer falar com ele? Quer? Ah, não se preocupe. Ele está vindo. Quero só ver o que o desgraçado de Simão irá fazer agora.

Então era isso, pensou o Mateu. Não era ele, Igor ou o próprio Reino de Guerreiros que importava.

— O que tanto quer com Simão?

Pela sua expressão, Guilherme pareceu surpreso com aquela pergunta, como se fosse a coisa mais óbvia do mundo.

— O seu queridinho jamais mereceu aquele posto. Não é de se espantar que a Hierarquia não seja exemplo para ninguém.

— Então, além de você, quem mais presta neste Reino?

Guilherme demorou em sua resposta e o Mateu viu que nem mesmo o Rei de Guerreiro tinha uma boa imagem para o conselheiro.

— Vossa Majestade o Rei de Guerreiro responderá suas perguntas. Pode apostar que as dele não serão tão tolas quanto as suas.

— Você é o culpado disso tudo.

Outra vez, Guilherme deu um sobressalto.

— Do que está falando?

— Eu sei o que fez naquela manhã, embaixo daquela árvore. E sei que você sempre quis ser um Guerreiro. Não foi Simão quem lhe tirou isso.

Guilherme pareceu engolir em seco. Seu semblante se fechou.

— Olhe bem para isso! — exclamou, levantando sua mão direita com dedos retorcidos. — Eu nunca pedi que isso acontecesse!

— Mas torcia que esse destino acometesse Simão. Ele o feriu. Mas você o teria matado ali, na frente de todos.

— A morte não faria diferença para ninguém.

— É lamentável como ainda tenta se justificar sem um mínimo de honra.

Guilherme abriu seu horrendo sorriso outra vez.

— Na hora da guerra, homens de honra são os primeiros a cair.

O Mateu ouviu novos passos. A sombra crescente do Rei de Guerreiro se impôs pela porta entreaberta e abraçava toda a réstia de luz do exterior. Ao lado de Vossa Majestade, duas mulheres adentraram na cela.

— Seu Afoito de merda! — vociferou o Rei de Guerreiro. — Comece a falar!

O Mateu respirou fundo, encarando a Estrela de Ouro e a Rainha, logo atrás.

— Não sei do que Vossa Majestade está falando.

— Eu sempre soube que você não era digno da Hierarquia. Nunca foi. Meus Ancestrais não merecem você, um Afoito caído em maldição! Diga agora como planejou o ataque à Lilia?

— Não sou o responsável. Não tive nenhuma...

O Rei interrompeu a frase do Mateu com um soco. Os dedos cheios de anéis rasgaram a face esquerda do Mateu, que caiu de imediato no chão. O som de correntes invadiu a cela, com Igor tentando se desvencilhar para defender o pai.

— Eu lhe peço, Majestade! — clamou Igor, com uma voz rouca de fraqueza extrema. — Peço que o poupe.

O Rei de Guerreiro se abaixou, ao lado do Mateu.

— Admita o que fez.

— Eu... eu não fiz...nada.

Recobrando a força nas pernas, o Mateu se levantou. As costas doíam mais do que o normal com a queda. O Mateu cuspiu sangue outra vez. Sentia o lábio inferior arder ao se misturar com o suor do rosto.

— Para aonde a levou? — exclamou o Rei.

— Eu já disse, Majestade, que não...

— A carruagem estava vazia! Sei que há gente das matas infiltrada em meu Reino. Sei que estão aqui. E sei que você é um deles.

— Sempre servi à Hierarquia, Majestade. Sabe disso. Sou um Crédulo fiel.

Aquela situação extrema fazia o Rei delirar. Mas seu desespero não era uma total incompreensão. A Lira não estar na carruagem era de um desespero compartilhado. Em seu sonho, não conseguira visualizar mais detalhes. Mas lembrava-se do rosto de outra pessoa.

— Vossa Majestade deveria perguntar à Estrela de Ouro.

O Rei mudou a expressão, surpreso. E se virou com uma postura cética para encará-la.

— Você está metida nisso?

— Esse Mateu é bom em contar mentiras, meu Rei — interviu a Rainha.

O Rei parou, parecendo refletir consigo mesmo sobre as variáveis envolvidas naquele incidente.

— Você foi a primeira a me comunicar — disse o Rei à Estrela de Ouro. — Como o Mateu poderia saber disso?

A Rainha se meteu outra vez.

— Eu o pergunto, meu Rei. Até hoje, a Estrela de Ouro não lhe foi honrosa e totalmente leal em suas obrigações?

— Mas ainda não disse o que estava fazendo lá.

A Estrela de Ouro baixou o olhar, completamente rendida e sem o menor sinal de que iria se pronunciar em sua defesa.

— Eu lhe disse há pouco, meu Rei — continuou a Rainha. — O desespero está fazendo sua memória falhar. Fui a responsável por ter enviado a Estrela de Ouro, para a proteção. Ou acha que só você se preocupa com o Reino de Guerreiros? Isac nos havia informado sobre supostos ataques. Ainda bem que a coloquei lá.

A dor no maxilar se intensificou, mas não o suficiente para tirar a atenção do Mateu. Ele sabia que a preocupação da Rainha com o bem-estar da Lira não condizia com a realidade. A Rainha de Guerreiro nunca fora alguém preocupada com os membros da Hierarquia, nem com seus servos. E o fato dela falar pela Estrela de Ouro tinha algo de muito estranho.

O Rei voltou sua atenção ao Mateu.

— Eu sei que você e Adhemar estão envolvidos nisso. Aquele verme indígena desgraçado! É para isso que índios servem! Para acabar com tudo que nós construímos. Aquele miserável vai pagar caro se tocar em Lília. Sempre soube que você tinha sangue imundo nas veias. Você é descendente de índio, só pode ser. É capaz de olhar nos meus olhos e mentir. Mentir para o seu Rei! Será castigado até que aprenda a obedecer sua Majestade.

O Rei bateu palma, duas vezes. Segundos depois, outras sombras começaram a se projetar para dentro da cela e não tardou para que três vassalos aparecessem, fazendo sua reverência diante de sua Majestade, como se soubessem o que fazer a seguir.

Os três vassalos foram na direção de Igor. O Mateu sentiu o coração dar um salto.

— O que vai fazer, Majestade?

— Tirar a verdade da sua boca — respondeu o Rei, com um sorriso no formato da mais pura ganância que um homem poderia sentir ou desejar.

Um dos vassalos verificou a firmeza das correntes. Igor fora preso nos braços e pernas. Em sua chegada, sabiam do que ele fora capaz contra o ataque de Guilherme e não repetiriam seu erro de julgamento, amarrando-o dos pés à cabeça para que não oferecesse resistência.

Ao acenar com a cabeça, os vassalos esticaram os braços de Igor para os lados, fazendo-o gritar de dor. Igor era bem mais alto e os vassalos puxaram seus dois braços com violência para baixo, fazendo-o dobrar os joelhos.

— Por favor, pare! — exclamou o Mateu.

Igor se debatia em vão enquanto o terceiro vassalo retirou sua adaga e a pôs próxima ao seu ferimento.

— Onde Lília está?

— Não sei, Majestade! Não faço ideia do que aconteceu. Por favor, poupe meu filho...

O Rei aquiesceu. O vassalo sabia o que fazer. A lâmina encostou na ferida e Igor se esganiçou em dor. A lâmina descia por dentro da carne, ao mesmo tempo em que os dois vassalos que lhe seguravam o braço o esticaram ainda mais. Igor escancarou o ranger de dentes e seus olhos fechados foram capazes de lhe retorcer todos os músculos da face. O vassalo puxou a lâmina de volta. Aquilo causou um derramamento de sangue violento até o chão. Para o desespero do Mateu, a poça de sangue se formava rápido e implacável.

— Majestade, eu suplico! — o Mateu caiu de joelhos. — Poupe meu filho! Torture a mim. Sou eu quem deve estar no lugar dele.

— Onde ela está?

O Mateu se calou. O Rei aquiesceu outra vez. Igor se contorceu em outro grito de dor. A lâmina lhe rasgara a carne em outro ponto, ainda em cima da cicatriz cheia de pus. O Mateu fechou os olhos e começou a rezar. Deus tiraria seu filho daquela situação. Mas orar com os gritos de desespero do próprio filho fora uma tortura maior do que pôde suportar.

Ao abrir os olhos, viu que o Rei sustentava um leve sorriso. As lágrimas escorreram pelo rosto do Mateu. Igor continuava gritando de dor e uma verdadeira cachoeira de sangue sujava seu corpo. Os vassalos cumpriam as ordens reais sem o mínimo de remorso. O Mateu olhou para a Estrela de Ouro e viu que ela ainda estava com a cabeça baixa. Parecia não aguentar aquele banho de sangue. Ela sabia que eram inocentes.

Naquele instante, o Mateu não teve dúvidas do que precisava fazer. E rezou para que desse certo.

— Afonso! — bradou.

A Estrela de Ouro ergueu a cabeça e encarou o Mateu, com olhos de espanto. O Rei levantou uma das mãos e os vassalos largaram Igor.

— O que você disse?

— Afonso. Ele está com a Lira.

— Quem é Afonso? Onde posso encontrá-lo?

O Mateu se calou.

— Pelo visto... — continuou — o desespero lhe causou danos ao juízo. Não precisa inventar nomes só para me convencer. Palavras desesperadas são tão úteis quanto uma lâmina cega numa batalha. — O Rei apontou para Igor. — Está vendo o traste de seu filho, não está? É bom dar uma olhada nele com atenção, pois se você não se apressar, ele vai morrer. Não vai aguentar perder tanto sangue por muito tempo.

O Rei bateu palmas outra vez e os três vassalos saíram da cela. O Rei se virou para sair, acompanhado pela Rainha. A Estrela de Ouro demorou alguns instantes a mais, contemplando o Mateu uma última vez antes de sair. A porta da cela foi trancada, causando uma quase completa escuridão.

— Igor! Igor, você está bem, meu filho?

Igor mal se aguentava em pé. O sague lhe escorria em abundância, fazendo-o cair de joelhos.

— Aguente, meu filho! Vai passar.

O Mateu fechou os olhos outra vez e questionou quanto tempo deveria esperar por um sinal. Afonso era uma pessoa conhecida, mas não pelo Rei. Como previsto, sua arrogância sempre fora seu ponto fraco.

Durante as próximas horas, ninguém apareceu. Diante das tosses incessantes, o Mateu percebeu que a respiração de Igor se esvaía por completo. Precisava mantê-lo acordado.

— Lembra-se de quando você chegou em casa depois de tanto correr atrás do seu irmão? — indagou o Mateu. Igor não respondeu. — Eu lembro quando Jaime chegou chorando, achando que você iria bater nele com a espada de madeira. Lembra-se disso? Eu sempre enxergava vocês como as duas criaturas mais inocentes que um pai poderia desejar. Dois filhos lindos, cheios de vida e de sonhos. Cada um com o seu, é claro.

As tosses pararam.

— Igor? Eu sei que você se lembra, meu filho — o Mateu continuou, sentido a angústia pelo pior. Mas não viu alternativa a não ser continuar. — Você sempre foi o mais ágil, desde pequeno. Amava ganhar do seu irmão durante as corridas e nas lutas corpo-a-corpo. Na verdade, até Jaime percebia que as brincadeiras eram escolhidas por você e é óbvio que ele não via vantagem alguma na hora de praticar. Ele, ao contrário, queria fazer uma competição geográfica, lembra-se disso?

Silêncio. O Mateu sentiu o peito apertar.

— Pelo amor de Deus, me responda, Igor!

O corpo do filho ficara imóvel. O sangue em seu braço continuava jorrando e o que era uma poça agora virara um verdadeiro lago que cobria dois cantos daquela cela. O Mateu irrompeu num choro seco e amargo. As lágrimas lhe saíam fáceis e sua visão turva se misturava com as lembranças de Igor quando jovem.

— Eu sou o culpado disso tudo — murmurou o Mateu, irrompendo em acessos de choro e tosse. — Por minha causa o perdi, meu filho. Meu filho querido... meu...

Cortando o silêncio, o som da tranca invadiu a cela. A porta se abriu de vagar, como para não chamar a atenção. Uma pessoa entrou e fechou a porta rápido. Estava escuro, mas não o suficiente para que o Mateu não confirmasse suas suspeitas.

Era a Estrela de Ouro.

O Mateu encarava o corpo do filho. Sabia que ele estava morto. Respirando fundo, retirou forças para continuar o que havia planejado.

— Fico grato que esteja aqui.

— Por que citou o nome de meu pai?

— Conheci Afonso desde que você era bem pequena. E também estive, que Deus o tenha, em seu funeral. De tudo o que eu já vi aquele homem fazer e falar, de uma coisa eu tenho certeza. Ele jamais criaria uma filha que fosse tola.

A Estrela de Ouro o encarava em silêncio, como se soubesse o que viria a seguir.

— Você não tem nenhum envolvimento com o que aconteceu à Lira — continuou o Mateu. — E sei muito bem que é a Rainha quem está por trás disso tudo. Você só está agindo conforme suas regras. Seu olhar lhe entregou, Estrela de Ouro. Ela a ameaçou para que traísse o Rei. Não citei seu pai para incriminá-lo. Só quis ganhar tempo.

Pelo olhar, a Estrela de Ouro sentia-se aliviada por alguém reconhecer sua situação.

— O que quer de mim? — indagou ela.

— Convença ao Rei a me tirar daqui — disse o Mateu com a voz embargada. Não aguentou a possibilidade de não incluir seu filho como planejado. — O Mestre de Guerreiro está em perigo e precisamos encontrá-lo.

O Mateu respirou fundo, segurando as lágrimas. Encarou o corpo do filho, na esperança que voltasse à vida. Mas nada aconteceu.

A Estrela de Ouro se levantou. Antes que saísse, o Mateu agarrou sua mão.

— O que está fazendo por mim trará problemas sérios a você. Quando a situação se tornar inevitável, vá para o Convento.

— Convento? É um local escondido. Ninguém sabe onde fica.

— À leste do Rio dos Ladrões. Depois dos rochedos. É um local santo, de milagre e salvação. É para lá que deve ir.

— Farei de tudo para tirá-lo daqui. Eu lamento pelo seu filho. Ele não iria sobreviver de qualquer maneira. Os vassalos usaram uma adaga envenenada. Naquela situação, só a morte poderia ter lhe trazido alguma paz. Rezarei por ele. — A Estrela de Ouro se virou e saiu da cela, trancando a porta e devolvendo a escuridão.

Pelo resto da noite, o Mateu ficou imóvel encarando o corpo inerte de Igor. Tinha certeza de que ele levantaria a qualquer momento e aguardou pelo resto da noite, e por cada hora, minuto e segundo da madrugada, até o amanhecer. Quando os raios do sol da manhã adentraram na cela, Igor se manteve no mesmo lugar.

A porta da cela foi aberta e um vassalo se aproximou. Com mais força que o necessário, o vassalo puxou seus pulsos e com uma chave na mão abriu as algemas que o prendiam às correntes. O vassalo o pegou pelo braço e o puxou para fora da cela, adentrando no corredor iluminado. A luz do sol o cegou de tal forma que não conseguiu entender por quantos corredores fora levado.

O Rei estava na entrada do recanto, ao lado de dezenas de vassalos montados a cavalo. No centro, logo em frente às escadas, uma carruagem.

— Lutarei contra aquele animal das matas — disse o Rei, referindo-se a Adhemar. — E você não merece morrer dentro de uma cela, seu Afoito miserável. Fui à batalha quando ainda era jovem, mas é isso que os verdadeiros Guerreiros fazem. E você vai comigo. Vai ser o primeiro a ser ferrado como um animal selvagem pelos inimigos. Verá a união do General com os dois Embaixadores e o estrago que isso causará. Torça para que Lília apareça e sua morte seja menos dolorosa.

Olhando ao lado, a Estrela de Ouro era uma das escoltas reais. Ao encará-la, ela baixou a cabeça. Aquela ideia de escoltarem o Mateu para a frente de batalha fora ideia sua, ganhando mais tempo.

O Mateu percebeu outra Figura ao lado da carruagem. A Estrela Brilhante também seria sua escolta. Pela primeira vez, o Mateu sentira a dor em seu lábio inferior e um gosto amargo de sangue. A imagem de Igor morto lhe assaltou outra vez, e sentiu uma dor no peito, que continuaria pelo resto de sua vida.

VII

A correnteza do rio continuava firme e constante naquela madrugada fria e silenciosa. Simão observava da proa cada detalhe do que estava por vir. Como por milagre, suas roupas já estavam secas. Nara, Rufino e Jaime pareciam estátuas silenciosas, como se não se atrevessem a puxar conversa com o ressuscitado Mestre de Guerreiro.

Simão encarava as estrelas e a lua cheia. Os raios intensos delinearam a sinuosidade do rio, sem um próximo ponto de chegada. Tomado de assalto, começou a relembrar da geografia do Reino de Guerreiros. Na imensa biblioteca do recanto do Mestre de Guerreiro, várias versões e desenhos de fronteiras se espalhavam aos montes. E aquele rio não constava em nenhuma parte dos rascunhos. Era de se esperar que ao longo dos anos, as várias versões tivessem se multiplicado. Imaginou que também deveria haver algumas no Convento. Não era à toa que Jaime tinha tanta inteligência e informação a respeito.

Virando-se, Simão encarou Jaime.

— Já viu este rio em algum lugar?

— Como?

— Nos mapas. Sabia desse rio?

— Já. Na verdade, não como este aqui. A sinuosidade é diferente. Meu pai me mostrou mais de uma dezena de versões, algumas muito antigas. Só um mapa mostrava um traço de rio, mas bem diferente deste aqui.

Rufino pareceu consternado.

— Os rios são misteriosos — disse ele. — Já perdi a conta de quantas vezes me perdi durante a pescaria. A correnteza nos surpreende e nos leva para outros lados. Nenhum dia de pesca é igual.

— E, por um acaso, você já tinha visto aquele menino em algum lugar? — indagou Nara.

— Deus me livre! — Rufino fez um sinal da cruz. — Mas nunca que eu vi um menino daqueles!

Ninguém comentara sobre a volta de Simão, mas pelas expressões, parecia que Rufino tivera alguma participação importante.

— Pois acho muito estranho que você tenha interagido tão bem com ele — disse Nara.

— Mas é claro! Eu sou pescador. Qualquer um no meu lugar saberia também. Aquela canção é muito antiga. — Rufino ficou em silêncio, parecendo pensar sobre o que acaba de dizer. — Realmente... nem todo mundo que é pescador sabe da canção. Ela foi perdida há muito tempo.

Simão saiu da proa e se aproximou do grupo.

— Quem é esse menino de que tanto falam?

— Não faço a mínima ideia — respondeu Nara, enquanto encarava Rufino.

— Eu também não sei! — respondeu ele.

Jaime se mostrou desconfortável.

— Sabe de alguma coisa? — indagou Simão.

— Não. Não sei nada sobre o menino.

Era mentira. Simão podia sentir isso.

— E você, Simão? — indagou Jaime, de volta. — Como conseguiu voltar?

— Eu vi a Sereia. Frente a frente.

Rufino estremeceu, fazendo um sinal da cruz. O grupo se parecia com estátuas silenciosas, desconfortáveis demais para discutir.

— Sei que é difícil entender — continuou Simão. — Mas sinto que tudo ficará bem no Reino de Guerreiros.

— Como tem tanta certeza? — questionou Jaime. — Estamos no meio do nada, não sabemos quando iremos chegar ao Cordão do Sul, não sei se meu pai e Igor estão bem ou se tudo já foi destruído em algum ataque de Adhemar...

Como por instinto, Simão pôs a mão no bolso. A sua confiança vinha da Sereia. Precisava mostrar à Nara, Rufino e Jaime o pequeno cacho. A imagem de seu pai invadiu sua mente e Simão respirou fundo, tateando o fundo do bolso. Mas o bolso estava vazio.

— O que foi, Simão? — perguntou Nara.

— A Sereia me deu um objeto, mas não o encontro.

— Caiu no rio? — indagou Rufino.

Simão tinha certeza de que não. Aos poucos, os raios alaranjados do sol pintavam o céu misturando-se com tons de rosa entrecortando as nuvens. As árvores margeavam o rio dos dois lados, como muros encurralando aquelas águas. Não havia sinal de civilização. Simão ouvia sons de pássaros cantando floresta adentro, que mais pareciam alucinações do que reais.

Por quase uma hora, Simão rememorou todos os caminhos que os levaram até ali. Graças ao grupo, conseguira chegar tão longe. Mas tinha que suportar a desconfiança em seu coração. Jaime e Rufino estavam ali encarregados pelo Mateu de guiar e proteger o grupo. Menos Nara.

Desde o início, insistira em acompanhá-lo. Não havia dúvidas de que ela o amava muito e que se importava com sua vida. Mas desconfiou que não fora apenas por amor que ingressara naquela jornada de vida ou morte. Atento ao rosto delicado de

Nara e à expressão severa de preocupação de Jaime, Simão teve certeza de que aquele grupo escondia mais segredos do que poderia imaginar.

Rufino se levantou.

— Chegamos.

Virando-se, Simão encarou a imponente muralha do Cordão do Sul, com suas bandeiras azuis pendendo do topo até quase tocarem no chão. Àquela distância, as bandeiras pareciam filetes de tecido sobre o muro cinzento. O rio serpenteava por entre Esaúna e só naquele momento a grande construção ficou à vista, como num presságio de surpresas que estariam por vir.

Quando o barco finalmente se aproximou da margem, mais de uma dezena de aprendizes de Guerreiro já aguardava o grupo. Todos com a espada em punho.

— Identifiquem-se! — exclamou um deles, ao mesmo tempo em que o barco subia com a proa contra as mudas de cana-de-açúcar.

Simão ignorou o aviso, descendo do barco e indo de encontro ao semicírculo formado pelos aprendizes. O que havia gritado avançou com a lâmina contra Simão, encostando a espada em sua garganta.

— Identifique-se, agora!

— Sou o Mestre de Guerreiro. Abaixe a espada.

Simão sentiu a lâmina cortar-lhe a pele, gerando um pequeno filete de sangue.

— Acha mesmo que me engana? — disse ele, com os olhos gelados de precaução.

— Onde está a sua Coroa de Mestre?

Aquilo fora inesperado. Assumira o posto de Mestre de Guerreiro de maneira tão brusca que nem seu próprio rosto era reconhecido pelos vassalos. Consequência direta de sua falta de interesse e envolvimento nos assuntos do pai.

— Calma, gente — interrompeu Rufino, entrando no meio dos dois, o que forçou o homem a afastar a lâmina. — Eu sou Rufino, aquela ali é Nara e este é Jaime. — Ele pôs a mão na testa, como se repreendesse a atitude dos aprendizes. — Vocês deviam respeitar o Mestre de Guerreiro, viu? Deixem essa cara amuada e abram um sorriso!

O aprendiz levantou a espada, encostando a ponta da lâmina no queixo de Rufino, que ficou em silêncio no mesmo instante.

— Mais um piu e eu corto sua língua.

— Estamos em guerra — disse Simão, ao mesmo tempo em que protegeu Rufino atrás de si. — E vocês estão mais do que certos em se precaverem. Podem nos revistar. Estou aqui para ver o Embaixador do Sul.

Todos os aprendizes se entreolharam, como buscando a certeza de que fariam a coisa certa. O aprendiz à sua frente abaixou a espada.

— Verifiquem tudo.

Quatro vassalos embainharam as espadas e se aproximaram. Com uma agressividade maior que a necessária, revistaram o grupo e depois assentiram. Pegaram Simão,

Rufino, Jaime e Nara pelo braço como prisioneiros, puxando-os rumo à pequena porta de metal na base da muralha.

A porta se abriu e uma imensa escada em espiral se revelou por meio da luz das tochas nas paredes. Ao chegarem ao topo, um corredor se estendia dos dois lados. Várias portas se enfileiravam na parede cinzenta, adornadas por quadros de Guerreiros ilustres da Hierarquia ao longo dos anos. Andaram pelos corredores e pararam diante da porta.

Simão tinha certeza de que se lembraria do semblante do Embaixador do Sul. Quando pequeno, acompanhara o pai durante as visitas dos membros da Hierarquia ao recanto do Mestre de Guerreiro. Tinha certeza de que os dois Embaixadores já haviam feito uma visita. Lembrou-se do exato momento em que o pai trocara palavras com o Embaixador do Sul, um homem de rosto imponente, quadriculado e com feições severas.

O aprendiz bateu duas vezes na porta. Por entre as janelas espaçadas ao longo do imenso corredor, os fortes ventos eram um indício da altura daquele ponto estratégico na muralha. Simão pensou que, através da janela daquela sala, o Embaixador do Sul tinha uma visão total do outro lado do Reino. Lembrou-se de que, em toda a sua vida, jamais tinha visto o mínimo resquício do Reino de Peri. Ironicamente, em breve vislumbraria Adhemar e o Rei de Guerreiro comandando seus homens rumo a uma marcha para a morte.

O aprendiz bateu na porta outra vez. Com um barulho estrondoso de madeira envelhecida, a porta se abriu. Um homem baixo, de rosto arredondado e nariz adunco se revelou na contraluz. Aquele, definitivamente, não era o Embaixador do Sul.

— Senhor... — disse o aprendiz, fazendo uma reverência — ...estes homens insistem em ver o Embaixador do Sul.

— Então, por que os trouxeram para mim? — respondeu sem olhar para o grupo. — Agora o General é irmão gêmeo do Embaixador do Sul por um acaso?

— Senhor... não senhor... é que este homem afirma ser o Mestre de Guerreiro.

O General levantou a cabeça e encarou Simão, desconcertado em sua postura. A voz de arrogância sobre o aprendiz se transformou em uma calmaria e serenidade forçadas.

— Meu querido senhor Mestre! — Ele fuzilou os aprendizes com o olhar. — Tirem essas mãos de cima do Mestre de Guerreiro, seus imbecis! E saiam logo daqui! Saiam!

Com uma reverência, os aprendizes saíram pelo corredor.

— Podem entrar — continuou o General. — Quem acompanha o Mestre de Guerreiro merece a mesma qualidade de honras.

Aquela bajulação forçada não era à toa, Simão pôde sentir. Algo estava errado. O General arrodeou sua mesa e sentou-se na cadeira. Simão preferiu ficar de pé. Nara, Rufino e Jaime fizeram o mesmo.

— Então, a que devo a honra dessa inesperada visita?

— Quero falar com o Embaixador do Sul. Agora mesmo.

— Ele está ocupado. Não poderia eu resolver o que precisa?

— Chame-o. Agora!

O semblante do General se fechou. Cumprir ordens de alguém mais jovem não deveria ser seu traço comum. Ainda que viessem do Mestre de Guerreiro.

— O Embaixador está no meio de um treino com os vassalos.

— Diga que o Mestre de Guerreiro está à sua espera. Tenho certeza de que ele não será tolo de me fazer esperar.

O General pareceu corar. Sua raiva transbordava.

— Como queira, Mestre. No entanto, posso eu saber do que se trata?

— Não.

O cheiro de madeira velha se espalhou no ambiente quando o vento frio entrou pela janela aberta.

— Certo — disse o General, levantando-se com dificuldade e se dirigindo à porta. Antes de abri-la, encarou o resto do grupo com desconfiança. E saiu, fechando a porta atrás de si.

— O que você vai dizer a ele, Simão? — indagou Nara.

— Vou negociar.

— Negociar o quê?

— Outra forma de agir que não seja igual à corrupção e arrogância do General e do Rei de Guerreiro. Precisamos evitá-los.

Nara se mostrou incomodada.

— Ainda temos que falar com o Rei — disse ela. — Só ele pode impedir esta guerra.

Mais uma vez, Simão notou algo estranho sobre Nara. Seu interesse pelo Rei era fora do comum.

Ouviram o ranger de madeira logo atrás. Simão deu de cara com um homem alto, cujo rosto quadriculado de maxilares evidentes franzia o cenho numa expressão austera. Os olhos negros e o cabelo curto não haviam mudado em nada ao longo dos anos. O Embaixador do Sul se aproximou, arriscando um sorriso. Simão pôde sentir que era sincero.

— Mestre de Guerreiro — disse, fazendo uma reverência. — Vim o mais rápido que pude.

— Fico feliz em vê-lo, Embaixador do Sul. Estou aqui, porque preciso lhe informar algo urgente e de seu interesse.

As feições do Embaixador se fecharam outra vez, como se esperasse o pior.

— Não deve haver guerra — disse Simão. — Todos os preparativos devem cessar agora mesmo.

O Embaixador do Sul encarou Simão, num silêncio reflexivo.

— Não me cabe essa ordem. É o General quem tem essa competência.

Uma voz vinda do corredor adentrou no gabinete através da porta aberta.

— Exatamente — exclamou o General, entrando. — E devo lembrá-lo, Mestre de Guerreiro, que isso contraria as ordens do Rei.

Simão continuou fitando o Embaixador do Sul nos olhos, ignorando a presença do General.

— É o General quem comanda a guerra, mas é sua função comandar a paz. É você o responsável por guiar os aprendizes na vida dentro da Hierarquia. Homens e mulheres que almejam o crescimento dentro dos Guerreiros. E é para todos eles que deve se posicionar neste momento, a favor da paz entre o Reino de Peri e o Reino de Guerreiros.

— Isso é traição! — exclamou o General.

— Ele está certo — disse o Embaixador do Sul. — As ordens do Rei não podem ser contrariadas. Mesmo que Vossa Majestade cometa erros, somos Guerreiros, fazemos parte da Hierarquia.

Uma energia pareceu percorrer o íntimo de Simão, como uma pulsão para que falasse as palavras certas no momento certo. E como se algo guiasse sua voz, Simão pôs a mão no ombro do Embaixador do Sul.

— Então, que você seja o primeiro a fazer a coisa certa, Antônio.

A expressão no rosto do Embaixador do Sul foi de extrema surpresa, como se tivesse uma lembrança inesperada que lhe atingira o peito.

— Quem é Antônio? — indagou o General.

— Eu. Eu sou Antônio — respondeu o Embaixador do Sul.

Simão continuou firme.

— Eu estive com ela. Eu vi a Sereia, frente a frente. Ela me falou sobre você, disse que eu precisava encontrá-lo.

Todos ficaram em silêncio por alguns instantes. O General o quebrou com uma risada.

— Isso é alguma piada?

— Preciso que acredite em mim — continuou Simão. — Precisa evitar essa guerra a todo custo, mesmo contra as ordens do Rei.

O General se aproximou, se intrometendo entre ambos e forçando Simão a retirar seu braço.

— Pelas ordens do Rei de Guerreiro, eu o prendo por traição!

Simão moveu sua mão para o próprio bolso e tateou um objeto com a ponta dos dedos. Quando o ergueu à frente, abriu cada um dos dedos para revelar um objeto.

— O que significa isso? Um punhado de cabelo? — disse o General.

O Embaixador do Sul pareceu detalhar cada parte do cacho da Sereia. Mas fechou a expressão. Não era um bom sinal.

— Já não estão cansados de fazer isso comigo? — disse o Embaixador do Sul, com uma voz em tom ameaçador. — É por isso que você veio até aqui? Fingindo ser um salvador do Reino de Guerreiros?

— Esse cacho é da Sereia.

— Malditos sejam! — esbravejou o Embaixador do Sul. — Pode prendê-lo, General. Sempre soube que nunca havia se importando com os Guerreiros, mas sempre tive dúvida de que o filho do antigo Mestre poderia ser uma grande promessa para todos nós. Infelizmente, é um homem pior do que pensava. — O Embaixador do Sul virou as costas para sair da sala. — Prepararei ainda mais rápido nossa ofensiva contra Adhemar. Estaremos prontos quando o Rei de Guerreiro chegar.

Simão sentiu um frio lhe arrepiar a nuca e o coração falhar uma batida. Pacheco, Jaime e Nara pareciam atônitos. O General encarou Simão com um sorriso desdenhoso.

— Você ficará no Cordão do Sul, Mestre de Guerreiro. Será julgado por seu comportamento inadequado. E tomara que diante do Rei, finalmente aprenda a dar valor a Hierarquia e às nossas tradições.

Com aquelas palavras, o General saiu do gabinete, fechando a porta atrás de si. Todos ficaram imóveis, incapazes de digerir o que acabara de ocorrer. Toda a confiança que a Sereia havia lhe dado se esvaíra como poeira. Ao guardar o cacho de volta no bolso, duvidou de que teria alguma serventia.

— Tem certeza do que acabou de fazer, Simão? — indagou Rufino.

— Isso não era para acontecer. Preciso garantir quem estará ao meu lado contra o Rei de Guerreiro quando essa guerra começar. E, principalmente, quando ela acabar. — Simão encarou Nara. Precisava romper com quaisquer segredos. — E você?

Ela pareceu surpresa.

— Não entendi.

— Vai me falar agora o porquê de tanto interesse no Rei de Guerreiro?

Aquela pergunta surpresa a fez enrubescer.

— Não sei do que está falando.

— Claro que sabe. Quero saber o que o Rei fez contra você.

Rufino e Jaime também a encaravam, como se pegos de surpresa por não desconfiarem. Nara refletiu consigo mesma, como se escolhesse as palavras certas.

— Seja sincera — pediu Simão. — Apenas isso que importa.

Ela respirou fundo.

— Mataram minha mãe na ida à cidade d'O Comércio. Ia realizar trocas e discussões comerciais ao lado do recanto do Rei de Guerreiro. Lembro que as notícias se espalharam e o próprio Rei se pronunciou a respeito. Ele deve saber de mais alguma coisa sobre os homens que a mataram.

— Então... — disse Simão — ...esperaremos o Rei de Guerreiro. Vamos falar com ele. Não há mais nada o que tratar com o Embaixador do Sul nem com o General.

Todo o grupo deu um sobressalto. Na certa, surpresos com aquela tomada drástica de decisão de uma hora para a outra.

— Obrigada, Simão — disse Nara, com os olhos marejados. — Obrigada.

Simão se inclinou à frente e a abraçou, delicadamente. O Mestre de Guerreiro não tinha dúvidas do amor que Nara nutria por ele. Ao encará-la outra vez e vê-la sorrir, Simão percebeu algo de errado.

Nara estava mentindo.

VIII

A dor de cabeça era insuportável. Abrindo os olhos com toda a força que teve, percebeu-se próximo de uma parede cinzenta. Duvidou que conseguisse ficar de pé. Havia uma estranha umidade nos cabelos acompanhada de um cheiro desagradável. A dor atrás de sua cabeça parecia tê-lo deixado surdo, com um zumbindo no ouvido, como se o tilintar de duas espadas em confronto tivessem criado seu ruído perpétuo. Aos poucos, Pacheco concentrou-se naquele mundo desconhecido.

Deitava debaixo de uma tenda, sobre um chão de areia e cimento. De um lado a outro, homens com espadas e arco e flechas se deslocavam por entre fogueiras improvisadas. Soube que estava num acampamento militar indígena. Tentou puxar uma das mãos, mas haviam sido amarradas às costas.

Sua pulsação acelerou ao ver um índio sentado bem próximo a ele, também debilitado. Parecia um prisioneiro.

— Ei — murmurou Pacheco. O homem virou sua cabeça e semicerrou os olhos, esforçando-se para enxergar. — Em que parte do Reino de Peri estamos?

— Não sei — disse o índio, rangendo os dentes de dor.

— Você também foi capturado?

— Quem fala demais sempre acaba desse jeito.

— O que quer dizer?

— Olhe em volta. — Pacheco viu um índio distante, como um vigia, sentado à entrada da tenda. — Ele só pode trabalhar para desgraçado chamado Adhemar.

Pacheco se surpreendeu. Em seu íntimo, achava que todos os índios pensassem da mesma maneira sobre aquela guerra.

— O que houve com você? — questionou Pacheco.

— Não quis participar desta imundice. Mas meu irmão é um fanático contra os Guerreiros, e eu o impedi. Falei umas verdades na cara dos oficiais. E fizeram o seu serviço sujo.

— Muitos pensam como você?

— A maioria só quer justiça, sem derramamento de sangue. Mas Adhemar recruta às escondidas. E sempre tem fanático para tudo.

O índio pôs a mão na cabeça e cerrou os dentes, deitando-se no chão para suportar o que parecia uma dor de cabeça implacável. A partir dali, Pacheco desconfiou que não conseguiria mais responder às suas perguntas e teria que se arriscar com o vigia.

Com uma calma invejável, o homem descascava uma laranja com sua pequena navalha, enquanto mastigava encarando de volta. Como por impulso, Pacheco virou o rosto para a sua direita, vendo mais dois homens desacordados. Onofre e Diego.

A dor de cabeça voltou com força e Pacheco teve vontade de vomitar.

— Onde estou? — indagou para o índio, mas teve dúvidas se havia, de fato, perguntado alguma coisa. A pancada na cabeça provocara uma fraqueza generalizada.

Apoiou-se no cimento e conseguiu se levantar. O vigia continuava seus movimentos concentrados, e seu olhar fitava a casca com delicadeza. Por um instante, Pacheco teve receio se deveria se aproximar, mas não via outra escolha.

— Onde estou? — Pacheco não teve resposta. O homem continuava lá, quase como uma estátua.

Ao se aproximar mais um passo, o índio levantou-se ligeiro com a navalha em punho, encostando-a contra o pescoço de Pacheco. Proferiu o que pareceram ser palavras ásperas na língua indígena. A voz do homem era estranhamente ruidosa, como um vento fino que luta contra uma brecha para adentrar num ambiente.

Pacheco o encarou. Se fizesse qualquer movimento, seria morto. Com calma, deu um passo para trás. Sentiu a navalha afiada lhe arranhar e provocar uma leve ardência. Os resíduos da casca da laranja apresentaram sua acidez dentro do corte. O índio sentou-se, voltando à sua atividade.

Virando-se, Pacheco foi até Onofre e Diego. Os dois também estavam com as mãos amarradas às costas e tinham marcas de violência na cabeça. Pacheco sentiu um medo lhe descer pela espinha ao imaginar que ambos estavam mortos. Mas ainda respiravam. Ficou de joelhos ao lado dos dois corpos desfalecidos.

— Diego? Diego? Onofre, acorde!

Pacheco ouviu uma voz e passos muito próximos, vindos do acampamento, no exterior da tenda. Um homem alto, pele escura e com um uniforme diferente dos outros se aproximou, acompanhado por outro índio. Aquele homem parecia um oficial importante.

Ele parou em frente à tenda, dando alguma ordem ao subordinado, que entrou apressado. O subordinado se agachou e pôs a mão no bolso, tirando o que pareceu ser uma folha de árvore amassada. Levou-a ao nariz de Onofre, que em alguns segundos se debateu inconsciente e logo acordou. Repetiu o gesto com Diego e agora ambos se apoiaram desajeitados, atordoados demais para compreender o que estava acontecendo. Pacheco desconfiou que a dor de cabeça também dilacerava seus juízos.

O índio oficial finalmente entrou na tenda.

— Vou começar do início — disse ele, fazendo-se entender com seu estranho sotaque. — Quem são vocês?

Pacheco, Onofre e Diego trocaram um olhar. Aquilo não fazia o menor sentido. Só poderiam estar presos ali porque foram identificados como invasores.

— Comecem a falar — continuou o oficial, deixando escapar um sorriso irônico. — Garanto com toda a certeza deste mundo que é melhor falar comigo do que com Adhemar.

O coração de Pacheco deu um salto. A última coisa de que precisavam era estar na toca do maior inimigo do Reino de Guerreiros. Sentiu como se tudo em volta girasse fora do eixo e não soube se era a dor de cabeça ou a sensação de que seus destinos não tinham mais volta. O sentimento do fracasso inevitável surgia à sua frente, nos olhos daquele oficial.

Ajeitando-se como pôde com a perna ainda dolorida, Diego se levantou. Pacheco reconheceu que o pintor usaria sua lábia.

— Meu caro oficial, sou Diego de Araújo Di...

— Cale-se, pintor! — interrompeu oficial. — Sei exatamente quem você é, mas parece que seus amigos nunca pisaram neste Reino.

— Eu é que pergunto onde nós estamos — disse Onofre.

O oficial fechou a expressão e seu olhar grotesco os fitou de cima a baixo.

— A decisão é de vocês. Uma pena que não posso matá-los aqui e agora. Encontrarão alguém muito pior.

O oficial exclamou algo na sua língua e os dois índios cercaram o grupo. O oficial deu as costas e saiu da tenda. O subordinado empurrou Diego e Onofre, forçando-os a seguir. O outro índio puxou Pacheco pelo braço. Andaram por um chão pedregoso e cinzento. O cheiro de fumaça misturada com condimentos os encobria e Pacheco sentiu o sol severo lhe atingir a ferida da cabeça. A quantidade de pessoas e a extensão daquele acampamento eram muito maiores do que pensara. Também notou a quantidade de cavalos em armaduras por todos os lados. Havia um fervor entre aqueles soldados, ao mesmo tempo em que sua pulsação acelerou ao desconfiar que estava diante do exército que atacaria o Reino de Guerreiros. Se os levavam à presença de Adhemar, aquele local só poderia ser seu ponto estratégico.

Apesar de nunca ter visto o exército dos Guerreiros, Pacheco temeu a sua derrota. Não parecia possível deter aquele contingente. Não sentia mais qualquer esperança em encontrar um líder que pudesse ouvi-lo, que fosse razoável naquela situação tão extrema. A última alternativa seria falar com o próprio Adhemar, um suicídio completo.

Guiados pelo oficial, passaram por vários homens ao redor de fogueiras e tendas. Há menos de cem metros, viram uma cabana muito maior, vigiada por seis guardas à entrada. Todos abriram caminho para o oficial.

Lá dentro, Pacheco notou uma mesa cumprida, de pelo menos cinco metros. Peças de madeira repousavam em cima de um mapa que a cobria por inteiro. Em alto contraste, o mapa possuía um rabisco esverdeado, uma verdadeira mancha que se estendia entre os nomes "Reino de Peri" e "Reino de Guerreiros". Ao lado da mesa, um homem com nariz adunco os encarava. Seu lábio inferior retorcido mostrava os dentes através da pele, cuja face carregava uma cicatriz na testa. Pacheco arrepiou-se com a violência e caráter grotesco daquela exposição macabra.

O oficial parou e se dirigiu ao outro índio em sua língua, áspero e enfático, como se proferisse um xingamento. O homem de nariz adunco respondeu da mesma maneira, mas logo em seguida, se dirigiu ao grupo.

— Pelo visto, encontrou mais alguns. Ou terá se enganado de novo, Alfredo?

Aquele nome não era indígena. Lembrou-se das palavras do Mateu e de como a perda cultural refletia a influência dos Guerreiros no Reino de Peri.

— Não se preocupe — retrucou Alfredo. — É melhor falarmos em alto e bom som para que entendam o que vai acontecer quando Adhemar souber. E você aqui, sempre se divertindo. O cão de guarda.

A qualquer instante, Pacheco estaria cara a cara com Adhemar, mas não fazia ideia de como negociar. E antes que pudesse elaborar o discurso improvisado, passos ecoaram à entrada da tenda, logo atrás. Ao se virar, deu de cara um com um homem de altura média e feições rígidas. Sua pele tinha tonalidades de bronze. Adhemar contornou a mesa, enquanto proferia palavras em sua língua. O oficial Alfredo pareceu outra vez consternado. Como resposta àquela reação, Pacheco notou outra vez um sorriso do outro oficial.

— A vida é assim — disse o oficial. — Homens como você é que são cães de guarda e sempre saem com o rabo entre as pernas. — Os dois se encararam. O oficial Alfredo proferiu palavras ininteligíveis e virou as costas, saindo da tenda. Pacheco sentia a tensão à flor da pele daqueles dois oficiais que faziam questão de exibir o ódio que nutriam um pelo outro.

O oficial se aproximou dos três prisioneiros. Adhemar se sentou na cadeira e os fuzilou com o olhar.

— O que aquele nojento está tramando?

Pacheco não faz ideia do que Adhemar estava falando. Trocou um olhar com Diego e Onofre, percebendo que ambos também não sabiam o que dizer.

— A quem estão espionando? — continuou Adhemar.

— Não somos espiões — disse Onofre.

Adhemar carregava um fervor nos olhos, como se estivesse diante de uma recompensa valiosa e disposto a tudo para obtê-la.

— Helder — disse Adhemar, como uma ordem coreografada.

Com uma força e rapidez extremas, o oficial puxou Diego, jogando-o sobre a mesa. Retirou uma adaga e a pressionou contra os dedos da mão aberta do pintor. As peças de madeira se dissiparam num estrondo.

— Cuidado — disse Adhemar, apontando para Onofre. — Qualquer movimento e seu amigo pintor vai perder cada dedo imundo para cada mentira. A quem estão espionando?

Diego fechara os olhos e suas mãos tremiam. Para um artista como ele, perder os dedos talvez fosse pior do que a própria morte.

— Não estamos espionando ninguém! — exclamou Onofre, dando um passo se aproximando de Adhemar. Diego começou a exclamar de dor. A lâmina já cortava a sua carne e um pequeno filete de sangue escorreu pela lateral da mão, fazendo Onofre recuar.

— Estamos aqui para parar esta guerra — disse Pacheco.

Por alguns instantes, Adhemar os fitou, em silêncio.

— E qual truque o Rei de Guerreiro está planejando?

— Não há truque. Não estamos sob as ordens do Rei de Guerreiro. Ele nem sabe que estamos aqui.

— Estão mentindo! — disse Helder.

— O que estão planejando? — indagou Adhemar.

Pacheco estava com o coração aos saltos. Diego continuou gritando de dor e o filete de sangue se espalhava numa pequena poça sobre a mesa. Não havia truques em sua estratégia. Desde que saíra do Reino de Guerreiros, confiou na sinceridade e bom senso. E era a única coisa que poderia usar a seu favor.

— Esta guerra não faz sentido! E você pode negociar!

— Não há nada a ser negociado, Guerreiro.

— Esta guerra apenas nos levará ao caos e à morte de inocentes! O Reino de Guerreiros não está tão perigoso quanto na época de Peri. Os Ancestrais não estão mais vivos. Não há um governo sob suas ordens. Você precisa ser razoável.

Ao ouvir aquilo, Adhemar mudou de expressão, como se refletisse sobre cada palavra dita por Pacheco.

— Solte-o — disse Adhemar.

O coração de Pacheco falhou uma batida. Sendo pego de assalto, viu que Adhemar não era tão insano quanto imaginara. Sabia que a existência daquele acampamento exibia sua obstinação, e isso, talvez, o tivesse deixado cego para o óbvio. Mas Adhemar parecia disposto a ouvi-lo e isso já era uma vitória.

Adhemar se levantou de sua cadeira, aproximando-se até ficar com o rosto a poucos centímetros do de Pacheco.

— Razoável?

— Exatamente. Entendo a situação dos índios, mas sei que tudo o que fez foi...

Pacheco foi interrompido por um movimento brusco de Adhemar e sentiu uma forte pancada na cabeça. Quando deu por si, estava sendo imobilizado sobre a mesa, sua cabeça comprimida contra a faixa verde desenhada no mapa.

— Querem que eu seja razoável? — exclamou Adhemar. — Então, vou ser razoável! Olhem bem para isso! — Ele se referiu à mancha verde desenhada entre um Reino e outro. — Agora faz sentido? Ou é muito estúpido para ver que você faz parte da escória dos Ancestrais? Os Guerreiros plantaram tanta cana que uma planta passou a valer mais do que a vida de cem índios!

Pacheco olhava a mancha verde se estender de um canto a outro, atravessando os dois reinos, e pela primeira vez, se deu conta daquela terrível política. Durante décadas exploraram o povo do Reino de Peri por causa da cana-de-açúcar e as consequências eram evidentes. A mancha se impunha muito maior do que poderia pensar.

— Meu pai foi um tolo — continuou Adhemar. — Achou que os Guerreiros poderiam ser confiáveis e abriu nossas portas para trocas... *amigáveis*. Os Guerreiros sempre souberam que a morte de Peri tinha sido o começo do fim para nós. Meu pai, no auge de sua cegueira, pensou que a aliança com os Guerreiros seria boa para todos. — Ele puxou a cabeça de Pacheco para trás e a jogou de volta com força na mesa. A pancada deixou Pacheco tonto. — Vocês nos menosprezaram durante todos esses anos e agora reivindicam o que nem lhes é de direito. Vou lhes dar o que merecem, então!

Adhemar encarou Helder.

— Pode cortar!

Agora mais forte, Diego começou a gritar.

— Pare! — exclamou Onofre.

— Isso é pelo povo do Reino de Guerreiros — disse Adhemar.

Com um único movimento, Helder dilacerou o dedo indicador de Diego. O pintor deu um grito ensurdecedor e se debateu para sair daquela posição, mas Helder o puxou de volta. O sangue se espalhava com pressa em pequenos esguichos. Agora, a faixa verde se tornava vermelha. Pacheco se negava a acreditar que aquilo estava acontecendo.

— E isso é pelo Rei de Guerreiro — continuou Adhemar, maneando a cabeça.

Helder levantou a adaga sobre o dedo polegar, dilacerando-o com um movimento medonho. Diego gritou se arquejando para trás e novamente foi colocado em seu lugar. A poça de sangue se abria como uma onda. Quando o sangue encostou em seu rosto, era como ter a vida inteira de um homem resumida ao mero calor dos respingos, de uma existência extirpada sem motivo.

— E isso é pelos seus Ancestrais!

Outra vez, Helder levantou a adaga e desferiu um golpe no dedo médio do pintor.

— Agora, pela sua tão amada cana-de-açúcar!

A lâmina cortou, de uma só vez, os últimos dois dedos da mão de Diego, que abriu a boca num grito sem voz. Pacheco sentiu o sangue esguichar no rosto. Helder soltou o pintor, que caiu para trás e se debateu no chão segurando seu pulso. Sua mão direita era apenas uma massa de carne repugnante.

Adhemar puxou Pacheco e Onofre para trás e os largou.

— Traga logo esses dois miseráveis! — vociferou, indo para a saída.

Pacheco não tinha ideia do que fazer. Diego se debatia no chão em gritos esparsos e estava claro para Onofre que não havia mais saída.

Helder puxou Diego e o forçou a ficar de pé, empurrando-o à saída. Pacheco e Onofre seguiram Adhemar para fora da tenda, onde diversos homens encararam o grupo com olhares de reprovação.

— Atenção! — gritou Adhemar, se dirigindo aos soldados. — Vocês vão ter a oportunidade de ver o que há de melhor nos Guerreiros! — O coração de Pacheco quase saía do peito. Adhemar apontou para Diego, que fazia um caminho de sangue. — Coloque esse imundo na minha frente! — Helder foi até Diego e pressionou contra seus ombros, forçando-o a se ajoelhar. — Aprendam como se trata um traidor!

— Ele não é um traidor! — exclamou Onofre.

— Um artista índio perde o seu valor no momento em que decide se acobertar no Reino inimigo.

O possível desfecho excitava a multidão. Vários homens urraram com espadas, arcos e flechas na mão, como se estivessem diante de um espetáculo. Todos queriam a morte dos Guerreiros e Diego era o exemplo da vez.

— Tragam meu arco! — ordenou Adhemar.

Em poucos instantes, o oficial Alfredo apareceu entre os homens carregando um arco e flecha. Adhemar deu alguns passos para trás. Pegou uma das flechas e a encaixou. O coração de Pacheco pesou ainda mais quando o viu puxar a corda até o limite, apontando a flecha para a cabeça de Diego. Os homens começaram a gritar mais alto.

— Não precisa fazer isso! — exclamou Pacheco, mas duvidou que ouvissem suas palavras por entre os berros. — Por favor, não faça isso!

Mas Adhemar pediu silêncio. Em poucos segundos, todos se calaram. Pacheco pôde ouvir o crepitar das fogueiras e o vento anunciar o desenlace.

— A quem estão espionando e o que quer o Rei de Guerreiro? — indagou Adhemar.

— Não viemos aqui por causa do Rei! — disse Pacheco. — Não somos espiões! Não há outra intenção, além de buscar a paz!

Homens gargalharam, mas logo se contiveram. Adhemar continuou com a flecha em punho, na iminência de soltá-la.

— Estou começando a acreditar que falam a verdade.

— Se você negociar... — disse Onofre. —... será o primeiro passo. Se não atacar o Reino de Guerreiros, pode ter vantagem e poder nas mãos, pedindo o que quiser ao Rei de Guerreiro.

Adhemar ficou em silêncio. Um vento frio arrebatou a todos, fazendo as fogueiras tremularem. Pacheco sentiu que as lágrimas começavam a lavar o próprio rosto.

— Está em suas mãos, Adhemar, um recomeço — continuou Onofre.

Os homens fitaram Adhemar. E cortando o silêncio, ele liberou os dedos, soltando a flecha a toda velocidade. Com um som grotesco, a flecha atingiu a testa de Diego e sua ponta saiu atrás, por entre os cabelos. O corpo do pintor caiu como um boneco de pano. Morto.

Os homens exclamavam em gritos extasiados. Onofre caiu de joelhos, incrédulo. Os oficiais Helder e Alfredo se aproximaram.

— Não os matem! — ordenou Adhemar. — A morte seria um privilégio. São Guerreiros legítimos e verão o seu próprio Reino cair nas cinzas da ruína.

Pacheco e Onofre foram arrastados pelos dois oficiais. Pacheco fechou os olhos e sentiu a face sendo cuspida pelas pessoas ensandecidas. A imagem de Diego no chão fez com que tivesse certeza. Aquele seria o destino final do Reino de Guerreiros.

IX

— Prepare as tropas! — exclamou Adhemar para Helder. — Essa situação saiu do nosso controle.

Os dois espiões e o pintor morto eram uma prova de que não se poderia esconder um ponto estratégico como aquele. O Rei de guerreiro poderia saber da organização das tropas sem jamais saber o ponto exato em que elas se aglomeravam. Isso na teoria. Na prática, poderia enviar espiões e sentinelas para colher informações e preparar sua defesa. Capturara os três espiões no momento certo: não tinham ideia do que aconteceria e, o mais importante, os dois mantidos ainda vivos estavam fadados a deixar o Rei de guerreiro de mãos vazias.

No fundo, Adhemar sabia que matar um pintor como Diego de Araújo Dias era uma afronta à natureza. Suas habilidades eram conhecidas além dos reinos. Mas o pintor escolhera errado ao viver no meio dos ratos e usar suas tintas para retratá-los em sua selvageria enganadora.

O comandante Helder virou-se para Alfredo.

— Sempre soube de sua incompetência, mas nunca imaginei que fosse tão grande, seu idiota! Foi incapaz de gerenciar uma estratégia altamente sigilosa.

— Minha função era garantir a arrecadação de impostos — respondeu Alfredo, num tom de ameaça. — E isso tenho feito sem receber reclamações. Prevenir a entrada de espiões era também a sua responsabilidade, comandante.

Adhemar aproximou-se dos dois.

— Os guerreiros marcharão conosco — disse ele. — Amarre-os de modo que assistam a tudo o que vai acontecer. Quero que vejam a muralha ruir.

— O que fazer com o corpo do pintor? — indagou Helder.

— Queime-o. Quero que esse miserável seja esquecido para sempre. — Adhemar parou, refletindo sobre o que fariam a seguir. — Prepare o exército.

Se saíssem imediatamente, chegariam em duas semanas ao Cordão do Sul pela Estrada de Aimara. Nas horas seguintes, o comandante se apressou em organizar a formação. Os homens pareceram extasiados com a marcha tão esperada.

O sol logo se pôs.

Ao adentrar na madrugada, Adhemar montou em seu cavalo e se agrupou junto ao comandante, iniciando a jornada. Helder dividira a cavalaria em duas partes: guiando a dianteira e protegendo a retaguarda. Os imprevistos também o preocupavam. Junto à cavalaria e infantaria, bois puxavam carroças cheias de armamentos, tendas, madeiras e ferramentas. Os Índios artífices seguiam no meio do grupo, responsáveis pela construção dos engenhos de ataque contra a muralha. As cabeças de gado que não puxavam nenhuma carroça serviriam para o abate, alimentando o imenso contingente. A primeira semana de marcha passara sem que Adhemar desse conta, como uma águia veloz que captura a presa tão rápido que nem é percebida.

Os soldados marcharam numa velocidade alta. O terreno plano e sem desvios até a Estrada de Aimara ajudava no ritmo acelerado que também devia estar invadindo os corações daqueles homens e mulheres. Adhemar rememorou seus próprios discursos inflamados, onde cada palavra dita era recebida com tamanho fervor que todos ali deviam estar à flor da pele, com a iminência de destituir um Reino tão corrupto e traiçoeiro.

No oitavo dia de marcha, a hoste repetiu o que fizera em todas as noites anteriores, montando um acampamento. O comandante Helder designou homens para a patrulha, estabelecendo um perímetro de segurança para repelir qualquer inimigo. Impediu os cavaleiros de desmontarem até que tudo estivesse seguro e patrulheiros voltassem com notícias. Para Adhemar, o local era inóspito o suficiente para que nenhum homem ou mulher se aventurasse pelos arredores, mas todo cuidado era pouco. Ao mesmo tempo, guiou cabeças de gado a um local mais afastado da hoste para o abate. A distância preveniria o intenso mau cheiro causado pelas vísceras dos animais.

Não demorou muito para Adhemar se servir num banquete. Enquanto comia, as histórias sobre a Revolta de Peri lhe invadiram as emoções e ficou emocionado ao rememorar a coragem de Peri ao marchar contra os muros inimigos. Mas também rememorou o fato terrível de terem perdido a guerra. Pelo o que contavam as histórias, queimaram muitos Índios e tantos outros armamentos de madeira. Os inimigos atiraram flechas em chamas contra inocentes. Índios que só queriam reivindicar o que lhes sempre fora de direito: uma vida digna, capaz de tirar o melhor da terra e da natureza para viver em paz. Não repetiria esse erro.

— Mande os artífices prepararem o couro — ordenou para o comandante, que também se banqueteava ao lado. — Não há sinal de que choverá.

— Como quiser — disse o comandante Helder, levantando-se de imediato.

— Outra coisa. Verifique se todas as pedras estão no tamanho ideal.

— Já fiz isso. Tudo está conforme o planejado.

Adhemar mastigou outro pedaço delicioso de carne, deleitando-se com o fato dos dois espiões algemados na jaula estarem famintos, só os alimentando de dois em dois dias. Estavam a um dia do Cordão do Sul, portanto, não morreriam de fome e poderiam contemplar os gritos de desespero dos soldados guerreiros mutilados.

Pela manhã, a hoste reiniciou a marcha. Alcançariam a Estrada de Aimara em poucos dias, e a partir dali, tudo ficaria às vistas. O exército percorreria o trecho tortuoso e chegariam ao Cordão do Sul. Sendo Aimara em formato de "S" e cercada pelos paredões de árvores da Floresta de Esaúna, seria impossível enxergar a muralha guerreira a longo alcance.

Aimara sempre fora uma região dominada pelo inimigo nos tempos de Peri. Rodeada pela takûare'ẽ, a tomada da região pelos Índios foi o estopim para a guerra que viria logo depois. Durante décadas, o inimigo concretizara sua exploração e ficara confiante de que a situação continuaria até o esgotamento total dos recursos, por meio da mão de obra barata. Com tanta injustiça, Peri liderara sua revolta retirando toda a takûare'ẽ de Aimara e organizara comitivas cada vez maiores em torno da busca por uma vida digna. Hoje, a Estrada de Aimara era um terreno plano e protegido nas laterais pela Floresta de Esaúna, como se a própria natureza fizesse questão de apoiar a causa contra o inimigo. E agora seria ele, Adhemar, a concretizar o que Peri jamais conseguira.

Sem aviso, o comandante Helder levantou um dos braços, sinalizando para a hoste parar. Um tronco de árvore imenso bloqueava a passagem a algumas centenas de metros, exatamente no início da Estrada de Aimara. Pela maneira como se prostrava no meio da estrada, Adhemar tinha certeza de que não caíra por acaso. Alguém sabia de sua marcha e bloqueara o caminho de propósito. Na certa, o Rei apostava que a história iria se repetir, precavendo-se de antemão. Mas tudo seguia como planejado. Quanto mais o Rei pensasse que todos os eventos daquela guerra seguissem os mesmos passos que acometeram Peri, melhor seria o elemento surpresa. O inimigo cairia sobre a própria arrogância.

Sem aviso e cortando o vento da tarde, um som repetido invadiu o coração do Adhemar, como cordas de arco e flechas em ataque. No céu, dezenas de flechas faziam sua trajetória curva, se precipitando contra o exército.

— Escudos! — exclamou Adhemar. Os homens levantaram os braços, formando um mar de escudos de um lado a outro.

As flechas caíram violentas, o barulho da madeira perfurada ressoando como um terremoto sacudindo as pedras por onde passava. Adhemar ouviu gritos desesperados dos homens e cavalos atingidos. Os animais despencando provocaram uma onda de confusão.

De repente, outra chuva de flechas. Da Floresta de Esaúna e por trás dos rochedos, o inimigo se revelara. Dos dois lados, dezenas de pessoas avançaram contra o exército, como duas ondas violentas que sabiam que mais cedo ou mais tarde quebrariam na margem de espadas e escudos, numa chama incontrolável e suicida. Estavam em menor número, mas pareciam não se importar. E se jogavam como loucos contra as lâminas. Não havia sinal de que algum líder estaria coordenando aquele grupo. Eram todos soldados e generais ao mesmo tempo.

— Em formação! — exclamou o comandante Helder e a infantaria se alinhou. A cavalaria avançou contra os inimigos. Bloqueando o ataque, a infantaria avançou, e tanto aliados como inimigos se misturaram num tilintar de espadas, machados, escudos e sangue. A onda inimiga aos poucos pareceu se dissipar e os homens caíam um atrás dos outros. Além de número insuficiente, a técnica de batalha do inimigo era inferior. A cada Índio abatido, cinco atacantes se dilaceravam numa chuva torrencial de corpos.

Avançando com seu cavalo de batalha, o comandante Helder guiou a cavalaria para o outro lado da infantaria. Relinchos agressivos e desesperados eclodiam a cada cavalo abatido. O comandante avançou com os homens para cercar centenas de pessoas, num verdadeiro abatedouro.

O comandante Helder se alinhou com Adhemar.

— Você está bem?

Adhemar desviou de um ataque e enfiou a espada no abdômen do inimigo. Este encarou com desespero suas vísceras à mostra.

— Cerque-os com cavalaria pela retaguarda! — exclamou Adhemar. Era mais do que óbvia a ausência de liderança estratégica do inimigo, outra vez provando-se insuficiente em habilidades de combate.

Mais uma vez o Rei de guerreiro fora traiçoeiro em sua armadilha. Mas Adhemar se incomodou com tanto amadorismo e não entendeu como o Rei fora capaz de enviar tantos incompetentes. Das duas, uma: ou ele tinha certeza de que a perícia dos Índios carregava um nível bem mais baixo para os padrões guerreiros, ou guardara os melhores soldados no Cordão do Sul para quando chegasse a hora. Adhemar não vislumbrou outra explicação. Aquele simples ataque servira apenas para atrasá-lo. Mais ataques poderiam estar por vir.

Em poucos minutos, o exército deixara apenas um homem vivo. Alfredo forçou-o a se ajoelhar diante de Adhemar. — Ainda há quantos de vocês em Aimara? Alfredo retirou um punhal e o colocou no pescoço do homem. Adhemar levantou a mão para que Alfredo não lhe rasgasse a garganta. — Prometo que vou poupá-lo se me der as informações.

O homem ficou em silêncio, com um olhar que não carregava medo nem remorso. Não iria colaborar nem sob tortura. E Adhemar não tinha tempo a perder.

Aquiescendo para Alfredo, a ordem fora clara. Alfredo puxou a lâmina para si e fez um corte lento e ruidoso na garganta do homem, que caiu se debatendo sobre o próprio sangue em golfadas excessivas.

Olhando em volta, Adhemar percebeu suas perdas mínimas. A marcha tinha de continuar. Viu nos olhos dos seus homens que a desconfiança começava a crescer. Um ataque surpresa deixara seus corações desconfiados. Mas a vitória estava à sua espera, e logo ao fim da Estrada de Aimara.

— Ouçam e vejam o que os cerca! — gritou Adhemar, chamando a atenção. — Vejam a desgraça que o maldito inimigo está prestes a enfrentar. Vejam os corpos dos guerreiros que vocês mesmos criaram! É esse o destino que o inimigo terá que aceitar. Que cada corpo despedaçado se multiplique por dez quando nós invadirmos seu território. — Adhemar andou até o comandante Helder e pôs a mão em seu ombro. — Marchem com o seu comandante! Marchem comigo rumo à vingança justa de nosso povo, e mostrem que cada um de vocês está aqui para fazer história.

Em uníssono, os homens levantaram suas espadas e exclamaram votos inflamados sobre o que fariam contra o inimigo. Logo depois, Adhemar montou em seu cavalo e entraram em marcha.

E quando chegassem no Cordão do Sul, nem o deus do inimigo o salvaria.

X

Simão sentia o peso do impasse lhe tragar a alma. Contou com todas as forças que a Sereia estaria ao seu lado, que confiar em sua palavra seria a melhor das escolhas e que tudo daria certo. Mas a discussão que tivera com o Embaixador do Sul fora trágica em todos os sentidos, fazendo com o que nada mudasse no destino sangrento do Reino de Guerreiros.

Parado diante do corredor, fitava os bustos esculpidos e pinturas dos antigos Guerreiros da Hierarquia, mas sua mente não parava de questionar sobre onde estariam Onofre, Pacheco, Igor e Mateu. Desejou do fundo do coração que estivessem vivos.

Simão acertaria as contas com Guilherme no momento adequado. Sua intriga pessoal era secundária diante da segurança do Reino de Guerreiros. Mas não pôde deixar de imaginar que daria a Guilherme a morte que merecia.

A imagem do pai lhe acometeu. Por mais que não quisesse, as lembranças mais vívidas eram de sua presença nas decisões sobre a paz do povo e da Hierarquia. Não era à toa que este mesmo povo lhe era tão fiel. E que agora esperava a mesma competência de seu filho. Simão admitiu para si mesmo que o pai fazia muita falta.

Os Ancestrais irromperam em investidas contra o povo índio, tirando suas terras e os governando ao modo Guerreiro. Simão sabia que Peri não estava errado. Não conseguia pensar em outra maneira de acabar com o regime totalitário do Rei de Guerreiro, que tão publicamente se dizia descendente dos Ancestrais e por eles motivado. Adhemar tinha plena consciência da catástrofe que continuaria ao seu Reino se não fizesse nada, por isso mantinha consigo uma motivação tão elevada. Mas o método era escuso. Querer matar inocentes não era a solução, mas Simão se viu em seu lugar. No fim das contas, vidas seriam perdidas numa guerra sem real vencedor.

Já passara do meio-dia, mas Simão ainda não sentia fome. Nara, Jaime e Rufino almoçavam num dos aposentos luxuosos destinados aos membros da Hierarquia. Rumou até o fim daquele corredor e abriu a porta dupla de madeira.

Quando adentrou no aposento, outras feições severas de Guerreiros lhe encararam com fervor. Ao centro, uma mesa de mogno apoiava o banquete.

— Onde está o General? — indagou Simão.

— Acabou de sair — respondeu Nara, limpando os dedos oleosos de frango. — Disse que o Rei de Guerreiro chegará antes do entardecer.

— E o Embaixador do Sul?

— Está com os aprendizes Guerreiros — respondeu Rufino, ainda se embebedando com o vinho.

Simão virou as costas.

— O que pretende fazer? — questionou Jaime, do outro lado da sala.

— Darei um jeito nisso.

— Você disse que não havia mais o que fazer. O Embaixador do Sul não deu à mínima atenção ao seu relato sobre a Sereia.

Simão trocou olhares com os três. A Sereia parecia se comunicar por meio de mistérios. Quando tateou o bolso na Floresta de Esaúna, não achara o cacho. Diante do Embaixador do Sul, ele reaparecera como se o momento adequado de seu destino tivesse surgido diante de seus olhos. Mas não foi o bastante para convencê-lo. Por isso, Simão ainda carregava a esperança de encaixar sua própria existência no destino que a Sereia lhe confirmara. Não tinha respostas para o que viria a seguir, mas não se importava. Ouvira dos lábios da Sereia que encontraria o seu destino com Antônio. Tinha que acreditar nela.

— Vocês me viram voltar dos mortos. Cumprirei o meu dever.

— Não desconfiamos de você nem por um minuto sequer, Simão — disse Jaime. — Eu sei bem o que vi, mas quero saber se vale a pena perder tanto tempo no Cordão do Sul.

— O que quer dizer?

— Temos que sair daqui para encontrar meu pai e meu irmão.

Simão deu um suspiro profundo. Perguntou para si mesmo se não estaria sendo teimoso demais. Jaime estava certo. Falara o suficiente para o Embaixador do Sul, mas não mudara seu pensamento. Algo dentro de si lhe dava forças para tentar outra vez.

— A Sereia não me abandonou — disse Simão. — Não posso desistir.

Rufino repousou os talheres e fitou o grupo.

— É um privilegiado por tê-la encontrado e isso não foi à toa, Simão — disse ele, virando-se agora para Jaime. — Sei que teme por seu pai e irmão, mas estamos em guerra. Por mais que doa, temos que enxergar o que é preciso. Simão voltou dos mortos com sua mensagem e ela deve ser ouvida.

A expressão de Jaime mostrava que não concordava de todo com Rufino, mas sua mente pareceu vaguear por alguns instantes, até finalmente assentir.

— Vocês precisam olhar o lado bom das coisas — continuou Rufino. — Se Simão voltou dos mortos, quer dizer que qualquer um daqui, caso aconteça algo que Deus nos livre que aconteça, pode voltar também.

— A Sereia deixou claro que somente eu estava voltando para, nas palavras dela, "conquistar sua transformação". Se qualquer um de nós morrer, não tem mais volta.

— Sangue de Cristo! — exclamou Rufino, fazendo um sinal da cruz.

— Posso ir com você, se quiser — disse Nara.

— Não. Preciso falar com o Embaixador do Sul, sozinho.

Todos concordaram. Simão abriu as portas e voltou para o corredor. Adentrou na grande escadaria em espiral com bandeiras azuis hasteadas a uma quantidade regular. Tochas acesas quebravam a escuridão. Ao sair, Simão deu de cara com um grande pátio florido, um imenso jardim margeado por coqueiros e vestígios de cana-de-açúcar. Ouviu os gritos distantes dos aprendizes Guerreiros e guiou sua direção. Em uníssono, vozes coreografadas rugiam distantes. No meio do jardim, Simão fitou o caminho de pedras que entrecruzava os dois lados, como fitas da Coroa de Guerreiro. As pedras brancas se estendiam à sua esquerda e direita, bifurcando-se duas ou três vezes. Simão pisou à esquerda, seguindo rumo às vozes.

Pensou sobre o que iria dizer para o Embaixador do Sul. Contaria mais detalhes sobre a Sereia, sua própria morte e o encontro com o antigo Mestre de Guerreiro. Mas no fundo, uma mistura de sentimentos parecia impedi-lo de continuar. As palavras de Jaime lhe incomodavam ao ponto de desconfiar de si mesmo, como se tudo aquilo fosse uma tolice de criança teimosa que insistia em algo sem sentido por falta de maturidade.

Ultrapassando o paredão de coqueiros ornamentados, as vozes se tornaram um estrondo. Ao sair do jardim, deu de cara com um pátio que formava uma imensa e vasta arena de luta. Centenas de homens e mulheres jovens, com espadas e escudos, treinando entre si. As espadas eram todas de madeira, obrigatórias no treinamento. Simão teve certeza de que nenhum jovem já havia pegado numa lâmina de verdade, piorando a situação quando a batalha se apropriasse do Cordão do Sul.

A imponente muralha se erguia aos céus margeando o pátio. Na base, um portão de ferro. Pelas histórias que o pai lhe contara, sabia que ali guardavam o estoque de armas para os aprendizes incapazes de pagar pelo próprio armamento. E sabendo que em grande parte as famílias que sonhavam em ter um filho Guerreiro não eram nem um pouco abastadas, Simão previu que o estoque seria esvaziado quando as tropas do inimigo chegassem. Dos lados, jovens montados a cavalo, treinando sua formação. Ao contrário dos mais ricos, os pobres só poderiam arcar com os custos de um cavalo se pudessem pagar uma fortuna que talvez nunca conquistassem.

Não havia sinal do Embaixador do Sul em meio as duplas e trios de jovens que se golpeavam. Previu que estivesse do outro lado da arena. De onde estava, viu a vários metros dali uma espécie de galpão, talvez um local para refeição e estudo.

Simão cruzou o pátio com passos largos. Os gritos se enchiam cada vez mais a cada ataque e defesa, num tilintar constante de espadas e escudos rancorosos. Em menos de cem metros, tentaria sua última chance com o Embaixador do Sul. Simão sentiu seu coração pesar mais de uma tonelada.

— Mestre! — Simão ouviu alguém exclamar atrás de si.

Saindo do meio da multidão, um jovem sorridente, suado e machucado se aproximava correndo. O semblante do jovem era familiar, mas não se lembrava onde o vira. O jovem finalmente parou e fez uma reverência.

— É uma honra encontrar o Mestre de Guerreiro! — O jovem falava de maneira entusiasmada e ofegante, sem perder o amplo sorriso. — Meu pai fala muito do senhor.

— Eu te conheço de algum lugar?

— Antes de o antigo Mestre falecer, que Deus o tenha, eu o vi em muitas reuniões. Mas nunca poderia imaginar que o senhor, tão jovem, pudesse assumir o lugar de seu pai. Saiba que foi uma emoção. Todos aqui o veneram, senhor!

Simão relembrou das muitas vezes em que ficara ao lado do pai nos encontros com comerciantes. Aquele jovem na certa já devia ter acompanhado seu próprio pai em alguma visita.

— Mas seria melhor que meu pai estivesse vivo para lidar com essa situação — disse Simão.

— Me perdoe mencioná-lo, senhor.

— Não há com o que se preocupar. Se meu pai se fora, é porque teve de ser assim.

— Se Deus permitiu, então temos que nos curvar à sua decisão — disse o jovem fazendo um sinal da cruz. — Eu sempre quis ser um Guerreiro e meus pais sempre me incentivaram. Meu pai mais ainda, já que também é um Guerreiro.

— Em qual região ele está guarnecido?

— Meu pai não é um soldado. É um membro da Hierarquia.

Simão deu um sobressalto.

— Quem é seu pai?

— Me perdoe, Mestre, por não ter me apresentado como deveria. Sou Antônio de Albuquerque Filho, meu pai é Antônio de Albuquerque, o Embaixador do Sul.

O coração de Simão falhou uma batida.

— O senhor está bem? — perguntou o jovem Antônio.

Num movimento feito quase por instinto, Simão colocou a mão dentro do bolso. As forças que lhe sustentavam quase se esvaíram por completo ao tatear, lá no fundo, o que pareciam ser fios de cabelo. Ao puxá-los, viu o cacho da Sereia na palma da mão.

Antônio lançou um olhar atento e seu semblante mudara totalmente. O jovem parecia ter os pensamentos num turbilhão de lembranças.

— O que sabe sobre isso? — questionou Simão.

— Não é possível — respondeu Antônio em êxtase. — Meu pai contara inúmeras vezes como um cacho da Sereia havia sido dado a ele, há muito tempo. Mas... — Antônio pareceu engolir em seco. — Não acho que o senhor queira enganá-lo.

— Do que está falando?

— Meu pai disse que a Sereia o encontrara e lhe dera o cacho, mas nunca mais se comunicara com ele. E, infelizmente, a devoção de meu pai fizera com o que contasse isso para outras pessoas. Elas fingiram ter tido a mesma experiência, tudo para tirar proveito de alguém como o Embaixador do Sul. Isso o machucou profundamente. E desde a morte de minha mãe, que Deus a tenha, não há mais em quem confiar.

— Elas foram as responsáveis pela morte de sua mãe?

O jovem assentiu, com olhos marejados.

— Sinto muito saber disso — disse Simão. — O Embaixador do Sul não mencionara nada disso quando nos encontramos pela primeira vez.

Havia algo de errado na postura do Embaixador do Sul desde o primeiro momento em que Simão sugerira a existência do cacho. A reação exagerada fora típica de alguém ferido por causa das injustiças que o mundo o obrigara a degustar. Simão sabia bem o que era isso.

— Não estou querendo tirar proveito — continuou Simão. — Busco apenas o bom senso nesta guerra.

— Por quê? — indagou Antônio, numa surpresa ingênua.

— Não haverá vencedores. É exatamente o discurso contrário que é imposto a você e a todo povo pela Hierarquia.

— Mas o inimigo nos ameaça! Com todo o respeito, o que o senhor diz não faz sentido.

Os olhos do jovem não possuíam qualquer sinal de maldade. Seu discurso era apenas a repetição da ignorância do Rei de Guerreiro e de sua política manipuladora.

— A Sereia me encontrou por um motivo. E te encontrar não é coincidência. Olhe bem para este cacho e diga se o que digo realmente não faz sentido.

O jovem ficou em silêncio, com os olhos apregoados em cada detalhe do cacho. Sob a luz, o objeto adquirira contornos suaves e refinados, onde os poucos fios soltos nas laterais eram como as fitas da Coroa de Guerreiro esvoaçando-se num balé coreografado.

— Acredito em você, Mestre. Mas não conseguirá convencer meu pai — disse Antônio.

— Então você conseguirá.

O semblante do jovem transformou-se em um emaranhado de preocupação.

— Não vou conseguir.

— Irei com você.

— Se meu pai não deu ouvidos ao Mestre de Guerreiro, quanto mais ao filho ainda aprendiz. Não sei o que dizer.

— As palavras certas virão no momento certo. Confie na Sereia.

— Depois de tudo que já ouvi... do que já tive de suportar...

Simão apontou para todos os jovens daquele pátio, concentrados em seu treinamento.

— Olhe bem para todos eles, Antônio. Olhe quantas vidas você vai condenar se não fizer nada. Só há luta justa quando um motivo racional está em jogo. Essa guerra criada pelo Rei de Guerreiro é estupidez. Preciso que venha comigo.

O jovem pegou o cacho com cuidado. Sua mente parecia vagar nas próprias reflexões. No fundo, Simão sentiu que ainda restava esperança.

— Está bem — disse o jovem.
— Onde ele está?
— Em horário de descanso.

Simão permitiu que a confiança no destino lhe deixasse arrancar um sorriso naquela situação tão trágica. E os dois partiram. Saindo do pátio, Simão e Antônio foram rumo ao que parecia ser um grande refeitório improvisado. O coração de Simão voltou a palpitar forte. À entrada, a porta dupla estava aberta. Lá dentro, dois vassalos de pé esperavam o Embaixador do Sul terminar sua refeição. Quando deu sua última mordida, ficou de pé e seus olhos cruzaram com os de Simão e seu filho.

— Este é meu horário de descanso. Não o seu — disse o Embaixador do Sul ao filho.

— Não estou aqui para almoçar.
— Então virou o mensageiro do Mestre de Guerreiro?
— Pai, é melhor o senhor escutar o que ele tem a dizer.

Os dois vassalos se apressaram em recolher os restos deixados no prato e saíram do refeitório, deixando os três a sós.

— Não tenho tempo para perder com histórias sem sentido.

O filho se aproximou do pai. Sua voz carregava uma mistura de entusiasmo com receio. Era visível que o filho já tivera que suportar incontáveis vezes aquele jeito austero de um membro oficial da Hierarquia. O jovem Antônio abriu a mão, revelando o cacho da Sereia. O pai fitou-o cuidadosamente. Simão desconfiou que o cacho que o Embaixador do Sul tivera em mãos fosse igual àquele.

— Você pode ser o Mestre de Guerreiro — disse o Embaixador do Sul —, mas vai precisar mais do que isso para provar o que quer que seja.

— Mas pai, esse cacho é da Sereia! É tudo o que o senhor me descreveu.
— Volte para o treino, Antônio.
— É genuíno, pai!
— Cale a boca e volte para o treino! Não adianta fazer corpo mole e fugir por causa de mentiras. — Simão sentiu os olhos do Embaixador do Sul lhe fulminarem. — E, se me permite, Mestre de Guerreiro, meu filho não deve se distrair de seu dever, ainda mais com uma guerra às nossas portas.

Cada gesto defensivo do Embaixador do Sul servia de máscara para seu sofrimento. Era por isso que não desistiria. Simão se aproximou até ficar frente a frente com ele.

— Nunca desconfiei que a doença corroía minha mãe por dentro enquanto brincava naquela árvore.

O Embaixador do Sul mudou sua expressão, atento.

— Jamais imaginei que, enquanto eu brincava de batalha, minha mãe lutava uma de verdade contra morte, em silêncio. Meu pai nunca me disse o que havia acontecido, mas eu me lembro de ficar noites sem dormir. Algo dentro de mim me dava pesadelos, e até hoje eles aparecem de vez em quando. Jamais pensei que meu pai estivesse carregando tamanho fardo nas costas.

Os olhos do Embaixador pareciam estar mais sensíveis. Pai e filho escutavam com atenção a cada palavra.

— Quando perguntava se minha mãe estaria melhor, meu pai nunca se recusara a dizer que sim. Mas no fundo, acho que eu sabia a verdade. Quando a olhei pela última vez, sabia que tinha perdido a melhor mãe que alguém poderia ter. — Simão sentiu as lágrimas lhe invadirem. — E minha família se abalou para sempre. Demorei muito para perceber aquilo que é necessário. Reconhecer o fardo que os outros suportam não é o suficiente. E é por isso que estou aqui, para carregar o fardo em nossos ombros, carregá-lo em nome do povo do Reino de Guerreiros. Eu sou Simão, Mestre de Guerreiro. Sou contra essa insanidade que o Rei quer levar a cabo a todo custo. Não quero que o Reino de Guerreiros tenha cada família sofrendo o que sofri. Não suporto imaginar que meu pai morrera sem concretizar o grande sonho de encorajar a paz nos corações de cada mãe, pai e filho do Reino de Guerreiros. Esta guerra é a grande doença que corroeu minha mãe. Eu me oponho a isso, Embaixador do Sul. E você?

Simão percebeu que o Embaixador estava com os olhos marejados. Os dois eram iguais em seus traumas de vida. O acúmulo de tristezas e decepções que acometera Simão e o Embaixador do Sul faziam com o que suas feridas fossem fontes incuráveis de dor contínua. O Embaixador do Sul pareceu saber que o destino estava em suas mãos.

— Em um dia de grande meditação, tive uma visão da Sereia — disse o Embaixador do Sul. — Ela também falou comigo. Não conseguia responder, de tamanha emoção. Mesmo naquele estado, desconfiei se tudo não passava de um sonho. A Sereia me deu um cacho como prova de que tudo havia sido real. O cacho nunca mais apareceu. Mas ela disse que, um dia, eu saberia para quem deveria mostrá-lo.

O Embaixador ficou em silêncio por um instante que pareceu durar uma eternidade. Pôs a mão dentro do bolso do uniforme e tateou com cuidado o interior. Quando pareceu encontrar um objeto, fechou os olhos e as lágrimas lhe escorreram pela face. De dentro do bolso, o Embaixador do Sul retirou um cacho, exatamente igual ao de Simão.

— Minha mulher nunca o viu — continuou o Embaixador do Sul, com a voz trêmula. — E por minha causa, ela nunca mais poderá.

— Então, já sabe o que fazer — disse Simão, pondo a mão em seu ombro.

O Embaixador fitou o cacho outra vez. Apesar do ambiente fechado, parecia não ter diminuído seu brilho, como se criasse luz própria por entre o emaranhado de fios.

— Pegue-o — disse o Embaixador do Sul. — Ele apareceu outra vez por sua causa, como se quisesse estar em suas mãos. — Simão pegou o cacho delicado e o guardou junto ao seu. Agora, a expressão do Embaixador mudara completamente. — Está bem, Mestre de Guerreiro. Eu comprarei essa briga.

Incontáveis possibilidades invadiram a cabeça de Simão a respeito de como a Sereia intercederia a partir dali. Talvez a mente do Rei de Guerreiro, como por milagre, se convencesse a negociar com Adhemar para por um fim a tudo aquilo, mesmo que em última hora.

Cumprira o seu destino. Agora, esperaria que Antônio cumprisse o dele.

XI

Finalmente, o desgraçado estava a caminho.

Centenas de jovens aprendizes de Guerreiro inundavam o ambiente em frente à grande muralha do Cordão do Sul. Mais afastados e formando um grupo uniforme estavam as personalidades do Reino: Simão, Embaixador do Sul e o General. Formavam um semicírculo próximo ao Rio dos Homens, rodeado nas margens por uma lama misturada com resquícios de cana-de-açúcar do jardim.

Todos olhavam para a linha do horizonte, exatamente no ponto onde a estrada serpenteava até desaparecer. Era o único caminho oficial até o Cordão do Sul e seria por onde o miserável do Rei de Guerreiro passaria em seu desfile imundo e inundado de outras Figuras. E estava atrasado.

Sentiu as mãos suarem e o coração bater mais forte. Preparara-se para aquele momento, mas tinha de admitir que não fazia ideia do que aconteceria depois. Quando tivesse que fazer o inevitável.

Matar o Rei de Guerreiro.

Quando silhuetas apareceram no horizonte, teve de limpar a garganta e respirar fundo. Ao lado da carruagem, vinham centenas de cavaleiros. Logo atrás e formando um tapete de homens se estendendo por todos os lados, uma infantaria de milhares de soldados. Pareciam não ter fim.

Seu coração bateu forte quando a carruagem ficou a poucos metros. Abrindo sua porta, o General, Embaixador e Simão fizeram uma reverência para o Rei e Rainha, e todos os aprendizes fizeram o mesmo.

De longe, apenas assistia. Lógico que não se curvaria àquele covarde.

Descendo dos cavalos, a Estrela Brilhante, Estrela de Ouro e Guilherme acompanharam o Rei rumo à entrada da muralha.

— Finalmente te achei — disse Jaime, se aproximando. — Por que ficou tão longe?

— Não gosto desse amontoado de gente.

— Simão está esperando.

Enquanto os aprendizes se dispersavam de volta ao seu treinamento no pátio interior da muralha, Jaime se adiantou rumo à entrada. Apressou o passo e ficou lado a lado com Jaime e acompanhou todos na subida da escadaria. Ao chegar na sala de reuniões, um silêncio fúnebre pairou no ar. O Rei de Guerreiro e a Estrela Brilhante não tiravam os olhos de Simão.

— Acredito que tenha acontecido um mal-entendido — disse o Rei. — As notícias me preocuparam. Mas ao que percebo, as informações eram apenas rumores.

O cinismo do Rei provocava asco.

A Estrela Brilhante fechou a expressão. Ela matara Simão e, na certa, contara ao Rei os mínimos detalhes. Sua mente deveria estar num amálgama de hipóteses sobre como o Mestre de Guerreiro se salvara.

— Mas demando uma reparação imediata — disse Simão. Seus olhos fulminaram Guilherme, ao lado do Rei.

— Também soube desse lamentável episódio e já tomei as medidas cabíveis. — O Rei fez um maneio com as mãos e dois vassalos saíram às pressas. Pouco tempo depois, retornam com um terceiro homem.

No primeiro instante, percebeu um velho sujo e malcuidado. Seus pulsos exibiam chagas agressivas de que foram amarrados. Pela calvície e rugas por sobre os olhos e nariz, aquele era um Mateu irreconhecível.

— O que fizeram com ele? — exclamou Jaime, correndo na direção do pai.

— Todos sabem que nesta guerra temos que nos precaver — respondeu o Rei. — Informações haviam chegado a mim sobre uma possível conspiração do Mateu contra o Reino de Guerreiros. Mas tudo se confirmou um boato.

Diante daquele teatro político, começou a se perguntar se alguém acreditava naquela ladainha.

— Vou conversar com o Mateu a sós — disse Simão.

O Rei trocou olhares com seus conselheiros, que não esboçaram nenhuma reação. O Rei aquiesceu. — Todos os cuidados serão fornecidos ao Mateu para que se recupere.

Simão trocou olhares com seu grupo. Entendeu no mesmo instante que o acompanhariam. Simão apoiou o Mateu fragilizado rumo à saída, de volta ao corredor. O grupo o seguiu.

Fechando a porta atrás de si, Jaime deu um abraço desesperado no pai.

— O senhor está bem? Está sentindo dor?

Os olhos dos dois se inundaram em lágrimas. O Mateu soluçava como uma criança e beijava a testa de Jaime com sensível afeto. Diante daquela cena, teve de engolir em seco. Também sentia saudades do pai e, principalmente, da mãe. Conhecia muito bem aquela falta.

— Pai, onde Igor está?

O Mateu respirou fundo e fez um gesto de negação com a cabeça. Sua tristeza era incomparável. Soube, no mesmo momento, que o ferimento no braço do filho o havia condenado. E o Rei fora o responsável.

— Meu filho está com Deus. E tenho muito orgulho que tenha sido um homem com tanta honra. — O Mateu pôs a mão no ombro de Jaime. — Meus dois filhos são homens de honra.

Simão encarou firme o Mateu.

— Fui ao mundo dos mortos e a encontrei — disse Simão.

— A Sereia me abandonou. Abandonou meu filho. Abandonou a todos nós.

O Mateu deu de ombros. Surpreendeu-se ao ver alguém tão religioso se mostrar tão indiferente.

— Sei que está profundamente decepcionado com o que acontecera com Igor. Mas precisa acreditar. — Simão se aproximou, baixando sua voz a quase ser um murmúrio. — Agora sei o porquê de você ter procurado por esse cacho.

O semblante do Mateu pareceu se reacender num espanto. Simão o encarou com ternura, deixando escapar um sorriso.

— Sua jornada não termina aqui — disse Simão. — Nem a minha. Eu farei justiça por Igor. Mas antes, preciso que esteja ao meu lado para resolver essa guerra.

O Mateu contemplou as palavras de Simão de modo que sua mente pareceu vaguear por outras reflexões. Falar sobre o cacho pareceu revigorar sua postura quebrada e seu olhar opaco.

— Estarei sempre ao seu lado, Simão, Mestre de Guerreiro.

Simão deu as costas e rumou de volta à sala de reuniões, mas antes que alcançasse a porta, ela se abriu num ronco enferrujado. O Rei e todo o seu séquito percorreram o corredor em direção ao lado superior da muralha. Imaginou se o teatrinho incompetente do Rei ainda iria continuar. Sua paciência estava se esgotando e daria um fim em tudo no momento oportuno. A adaga escondida à cintura só precisava de uma brecha.

Quando o Rei chegou ao adarve, pareceu surpreso.

— As tropas de Adhemar não tardarão a chegar, General.

— Sim, Majestade. Acredito que já estejam a caminho.

— Então, me pergunto como não vejo a mínima organização adequada para impedir o exército indígena.

— Temos tropas mais do que suficientes, Majestade.

— Mas são meus soldados, minha infantaria e minha cavalaria. Onde estão os aprendizes?

O General encarou o Embaixador do Sul, logo atrás.

— Antes de deslocar os aprendizes, preciso comunicar algo a Vossa Majestade — disse o Embaixador do Sul, sério.

— Minhas ordens foram claras e vieram antes de seus comunicados. Prepare os aprendizes agora mesmo.

— Com todo o respeito, não posso fazer isso.

O Rei enrubesceu. Talvez não se lembrasse da última vez em que teve suas ordens contrariadas. Semicerrando os olhos, suas maçãs do rosto enrubesceram e se sobressaltaram.

— Você... não pode?

— O Mestre me abriu os olhos, Majestade. Ele encontrou a Sereia. A mensagem do Mestre é clara. Não devemos continuar com esta guerra. Admito que Vossa Majestade me convenceu de que Adhemar seria irredutível em seus planos, mas eu não estava abençoado pela interferência da Sereia. Por causa dela, penso que posso negociar de boa fé com o inimigo. Como Embaixador do Sul, convencerei Adhemar a mudar de ideia. E a Sereia estará ao meu lado.

O Embaixador do Sul parecia um idiota, um Crédulo fanático que inventa histórias para justificar suas insanidades. Àquela altura, ainda acreditava que o maldito Rei de Guerreiro fosse digno o suficiente para usar a razão.

— Viu a Sereia... — disse o Rei. — ...não era isso o que você também dizia, há alguns anos? Não tinha a ver com um... cacho, talvez?

Alguns homens riram. O Embaixador do Sul manteve sua postura.

— O Mestre me mostrou.

— É mesmo? — questionou o Rei com desdém, fitando Simão. — Então, deixe-me vê-lo.

Simão pôs a mão no bolso, mas após vasculhar, tirou a mão vazia.

— Não está comigo, agora — disse Simão, com uma voz vacilante.

— Entendo — disse o Rei. Mais homens começaram a rir. — Então, até que vocês dois o achem, é melhor preparar os aprendizes para que o Reino de Guerreiros não venha a baixo. — Quando todas as gargalhadas cessaram, o Rei fulminou o Embaixador do Sul. — Apesar de sua competência, Embaixador, agora vejo que tem sérios problemas em seguir ordens simples e diretas. Trataremos disso quando vencermos esta guerra.

Tanto o Embaixador do Sul quanto Simão ficaram em silêncio. De fato, não teriam tempo de investigar por onde estaria o cacho e os misteriosos propósitos da Sereia em mostrá-lo ou não. Simão estava tenso e as feições do Embaixador do Sul traduziam o desespero de alguém que acabara de perder a confiança nas próprias convicções. Parecia que a Sereia só os tinha como um joguete para seu conveniente deleite.

— E o Embaixador do Norte? — indagou o Rei ao General.

— Chegará a qualquer momento, Majestade. Informantes disseram que houve algum ataque de rebeldes contra o Cordão do Norte e tiveram que deslocar suas tropas para o confronto. Isso o atrasou.

Os músculos da face do Rei se contraíram numa expressão retorcida.

— Não se preocupe, Majestade — disse o conselheiro Isac. — Minhas fontes também apontam que houve algum motim contra as tropas de Adhemar.

— Quem foi o responsável pelo ataque?

— Não sei dizer, mas acredito que tenha sido de uma resistência local.

— Deus está ao nosso favor — concluiu o Rei, fazendo o sinal da cruz ao mesmo tempo em que expunha um sorriso de ganância.

O Rei chamou a atenção de todo o séquito para o adarve. De onde estava, não pôde ouvir o que ele dizia, mas julgou que fossem instruções das possibilidades de defesa. Simão e o Embaixador do Sul ficaram lado a lado com o Rei. Todos de costas.

Não posso esperar, pensou, com o coração aos saltos. É agora ou nunca.

Olhando para os quatro cantos, planejou o caminho que teria de fazer para fugir. Mas concluiu o óbvio. Não tinha como sair dali com vida depois de matar o

Rei de Guerreiro. Sentia dentro de si que, no fim das contas, sua vingança era o que importava. Nada mais.

Todos pareciam concentrados no que o Rei tinha a dizer. Ali, retirou a lâmina devagar. Deu um passo à frente. Seu coração pesava feito chumbo e teve de respirar fundo para não recuar. O suor lhe encobria as mãos. Deu outro passo. Mais alguns e tudo estaria acabado. As costas do Rei estavam mais próximas. Imaginou o sangue manchando a roupa e as mãos dos que tentariam salvá-lo. Deu outro passo. E levantou a adaga com cuidado. É agora ou nunca.

Por um breve instante, seu olhar desviou para o lado e seu coração estremeceu ao ver que Simão observava a tudo. Antes que o Mateu se virasse também, escondeu a lâmina às costas.

— ...é por isso que mataremos mais homens por esse lado... — Ouviu a voz do Rei, finalmente, enquanto ele próprio também se virava. — O que está fazendo aqui?

Aquele era lugar apenas para os membros da Hierarquia e o séquito pessoal do Rei. Deveria ter ficado distante no outro aposento, junto ao grupo. A adaga escondida às costas era sua sentença.

— Ela está comigo — disse Simão, apressado em agarrar seu braço com a lâmina às costas. Sentiu que ele pegara a adaga com cuidado, escondendo consigo. — Vou escoltá-la para fora, agora mesmo.

Enquanto andavam lado a lado, ela sentiu o coração pesar ainda mais. Simão pegava em seu braço com uma severidade além do normal e temeu pelo o que teria de ouvir. Simão a conduziu até um corredor dentro do labirinto da muralha. Não havia ninguém por perto.

— Você está louca? — exclamou Simão. — Tem ideia do que estava prestes a fazer, Nara?

Ela engoliu em seco.

— Olhe para mim! — continuou Simão, mostrando a adaga. — O que significa isso?

Nara sentiu as lágrimas lhe invadirem os olhos, ao mesmo tempo em que a imagem do pai e da mãe substituiu sua visão.

— Você não faz ideia do que é viver com os preços abusivos que esse Rei corrupto impõe. Você conhecia minha mãe. Sabe que dona Cícera jamais se convenceu, e foi conversar cara a cara com o Rei. A viagem não deveria demorar mais que duas semanas. Mas minha mãe não voltou, Simão! Minha mãe foi vítima de um ataque! Eles sempre saquearam os comerciantes durante as viagens, mesmo que estivessem em grupos. E mataram minha mãe a sangue frio. Tentei convencer meu pai, mas alguns homens envenenaram a cabeça dele, o convencendo de que minha mãe tinha fugido com um amante.

— Mas o que o Rei tem a ver com isso?

Nara enxugou as lágrimas.

— Os grãos vêm do Reino de Peri. Acha que não sei que esse Rei imundo contrata mercenários para fazerem o que fizeram? O Rei matou minha mãe, Simão! Sua política se especializou em prejudicar as relações comerciais com as Onze Nações. Ele é culpado pela morte de dona Cícera!

— Você não tem certeza disso.

— Muito menos você. Ou duvida que isso realmente possa acontecer?

Simão engoliu em seco.

— Não pode matar o Rei, Nara. Essa não é você.

— Não vai me impedir.

Nara sentiu que os olhos de Simão recaíam sobre ela com uma ternura rara.

— Lembra quando lutei contra Guilherme para te defender? Éramos crianças aprendendo como viver neste mundo. E uma guerra ensina que ainda temos muito a aprender com a paz. A paz deve ser a nossa causa.

— A Feira dos Sábios me ensinou coisas das quais você não faz ideia, Simão. Tive um homem que só me fez sofrer e recuperei minha honra. Agora, preciso honrar minha mãe.

Simão mudou a expressão, completamente espantado. Ela sabia que Simão sempre tivera dúvidas do que acontecera ao seu ex-marido e jamais pensaria que ela poderia ser a responsável.

— Você precisa raciocinar direito — disse Simão.

— Seu pai morreu na sua frente! Acha que raciocinou direito ao aceitar ser o Mestre de Guerreiro?

Simão fechou sua expressão.

— Isso não tem nada a ver.

— Olhe para você. Não é o mesmo que conheci!

— Estou aqui para proteger o Reino de Guerreiros!

— Não. Está aqui para proteger a si mesmo. Não precisa se esconder atrás de seu pai.

— Eu não me escondo atrás de ninguém!

— Então, por que age como se fosse ele? Porque somos iguais. Eu mudei. Você mudou. Por isso que estamos aqui.

— Você não vai ajudar a salvar o Reino de Guerreiros se matar o Rei.

— E deixá-lo vivo, vai?

Simão fechou ainda mais a expressão, incrédulo diante daquelas palavras.

— Apenas pare — disse ele.

— Entenda de uma vez por todas, "Mestre", que assim como você vive à sombra de seu pai, eu também vivo à sombra de minha mãe e é por ela que o matarei.

— Isso é errado, Nara. Não deixarei que faça isso. Vou vigiá-la se for preciso.

— Então esperarei que se canse e feche os olhos. — Nara aproximou seu rosto do dele e lhe deu um beijo delicado. — Na verdade, você já os fechou.

Parte Cinco

I

A muralha do Cordão do Sul se descortinou por entre o paredão de árvores da Estrada de Aimara.

Cortando o verde da Floresta de Esaúna como uma navalha, o imponente muro branco hasteando bandeiras azuis demarcava o limite entre os dois reinos. Encaravam agora o inimigo de frente.

A tropa ansiava tanto quanto Adhemar por aquele momento. Todos cresceram no Reino de Peri ouvindo as histórias sobre o feito heroico que não destruíra o inimigo. Mas agora, seriam eles os escritores do destino.

O comandante Helder levantou uma das mãos, em sinal de cautela. Dos lados e na retaguarda, a cavalaria seguia protegendo a hoste. No adarve da muralha, guerreiros pareciam se amontoar.

— Balistas — disse Helder.

— Vamos avançar.

Há dezenas de metros afastado do Cordão do Sul, um fosso adentrava de um lado a outro em Esaúna. Ao longo da história, ele serviu para impedir a aproximação dos engenhos de cerco. Iriam atravessá-lo logo após a muralha ruir.

O comandante Helder parou seu cavalo, assim como toda a hoste. Adhemar notou as três pedras em cima da grama, à direita do fosso, no local combinado.

— Comande os artífices e montem tudo naquele ponto — disse Adhemar.

— Mas vão estar ao alcance das balistas.

— Nada que uma parede de escudos não resolva. Deixe os arqueiros a postos.

Os artífices desmontaram carroças com pedaços de madeira e levaram até as três pedras. Mas antes de a parede de escudos se formar, Adhemar reparou um borrão no céu, aproximando-se a toda velocidade até apunhalar o peito de um dos seus soldados despreparado.

— Protejam-se! — exclamou o comandante Helder.

Em poucos instantes, uma torrente de flechas começou a irromper contra os soldados. O barulho das flechas contra os escudos estrondou, a ponto de Adhemar sentir o chão tremer. Quando as flechas cessaram, Adhemar ergueu o braço.

— Arqueiros!

Centenas de arqueiros levantaram seus arcos ao mesmo tempo e dispararam contra a muralha. Adhemar jurou que ouvira o doce som dos gritos do inimigo em agonia. Não havia dúvidas de que, para cada dez guerreiros mortos, apenas um Índios sofreria baixa. Não havia arqueiros melhores do que os descendentes de Peri.

Os artífices começaram a trabalhar mais rápido. Levantaram uma tora de madeira na vertical e puseram outra na horizontal, no formato de "T", apoiado sobre uma grande base retangular de madeira. Os ferreiros traziam pregos e martelos para segurar a estrutura. Com o trabuco, romperiam o Cordão do Sul com pedras de mais de vinte quilos contra o ponto ideal a partir das três pedras marcadas na grama.

Os guerreiros não dispararam mais nenhuma flecha contra os Índios, o que significava que tudo saía como planejado. O comandante Helder guiou os homens que carregavam o couro para revestir a estrutura de madeira.

— Arqueiros! — ordenou Adhemar e outra saraivada caiu sobre os guerreiros. E, mais uma vez, nenhum sinal de contra-ataque.

A infantaria berrava sedenta para subir nos muros e, finalmente, se vingar por tudo o que seu povo sofrera. Adhemar carregava a confiança de que seus desejos não tardariam a se cumprir.

O sol já riscava o horizonte e Adhemar viu labaredas acesas pelas brechas na estrutura do adarve. Os arqueiros Índios disparam outra saraivada de flechas, retardando o inimigo.

— O Rei de guerreiro acha que somos imbecis. Quer fazer conosco o que fez com Peri — disse Adhemar ao comandante Helder.

Como folhas se levantando ao vento, os inimigos dispararam dezenas de esferas de fogo contra as tropas. Os escudos protegeram a infantaria e a cavalaria. Meia dúzia de flechas de fogo atingiram a estrutura em "T" e também a base do trabuco, mas nada aconteceu. O couro cobria toda a superfície e nenhuma fagulha sequer se espalhou.

— O que estão esperando? Rápido! — exclamou Helder para os artífices.

Mais homens trouxeram outras toras de madeira. O contrapeso do trabuco tomava forma enquanto a madrugada encobria a todos com o frio cortante de Esaúna. Adhemar ordenou que tochas e fogueiras fossem acesas longe da infantaria. Como previsto, os imbecis guerreiros começaram a atirar flechas contra fogueiras isoladas, achando que fossem Índios desgarrados e alvos fáceis.

Protegidos pela parede de escudos, os homens iluminavam o trabuco, que já tinha outra estrutura em forma de "V" unida com a anterior. Ergueram e equilibraram outra tora de madeira sobre a composição. No braço menor, ataram o contrapeso e o guindaste improvisado em cordas sob torção. Talhada na ponta do braço maior e em formato de colher, uma cuia suportaria as pedras de dezenas de quilos que arrasariam com a muralha. Os guerreiros insistiam tentando incendiar o trabuco com suas flechas de fogo, sem o menor sinal de sucesso.

Para a surpresa de Adhemar, vários soldados começaram a cantar e dançar o Toré. E alguns velhos artesãos lhes emprestaram maracás. O som das sementes fez Adhemar sentir um arrepio na espinha, vislumbrando todo o significado daquela ironia. De um lado, supostos inimigos que se achavam superiores à cultura indígena, acuados e sem saber o que fazer. Do outro, a benção de Tupã faria a máquina guerreira que tanto destruíra povos, recair sobre seus próprios egos, entalhando uma lápide no Reino de guerreiros.

— Temos que avançar agora — disse o comandante Helder. — A qualquer momento eles vão nos atacar pelos lados, vindos de Esaúna.

Antes que Adhemar pudesse responder, um artífice chamou sua atenção.

— Está pronto — disse, apontando.

Diante daquela estrutura magnífica, Adhemar achou impossível não se admirar com o trabuco de contrapeso já montado. Com sacrifício, colocaram a pedra no local de destino.

— Afastem-se! — exclamou Adhemar, aproximando-se do trabuco e pondo as mãos na trava.

Sabia que ao puxá-la, o destino mudaria para sempre. Com um movimento rápido, o imenso braço de madeira deu um giro, levantando a pedra no ar. E sua trajetória estava mais do que certa.

II

O sol da tarde abrasava a todos no adarve do Cordão do Sul. O Mateu sabia que a qualquer instante as tropas de Adhemar apareceriam em Aimara.

— Eles vão trazer escadas para subir na muralha — disse o Rei ao General. — Esses imundos nos surpreenderam no passado, mas os mutilarei do mesmo modo que meus Ancestrais fizeram com cada demônio daquele Reino.

Guiando dezenas de balistas, o General as posicionou de um lado a outro. Os Guerreiros apontaram as flechas de um metro para além do fosso ao redor da muralha. Cada flecha tinha cem gramas de peso, alcançando trezentos metros de distância e atingindo o alvo com precisão.

Observando cada detalhe, o Mateu tentou decifrar o que se passava na cabeça do Rei. Não devia acreditar que o exército de Adhemar atravessaria o Cordão do Sul. Se o Rei seguisse as mesmas estratégias dos seus Ancestrais, subestimaria os índios mais uma vez. E aquela arrogância poderia lhe custar caro.

Na linha do horizonte, o exército de Adhemar apareceu. O General deu um passo para trás e sua expressão mudou, como possuído pelo medo. O silêncio pairou sobre a muralha quando viram que o exército inimigo não parecia ter fim. Uma multidão tingia o caminho com a escuridão das vestes e armaduras. A cavalaria inimiga guiava na dianteira até pararem diante do fosso.

— Atirem! — ordenou o Rei. O General deu o sinal e as balistas dispararam contra o inimigo. Os projéteis atingiram os índios em cheio, fazendo-os formarem uma grande parede de escudos.

Mas antes que as balistas recarregassem, os arqueiros inimigos contra-atacaram com uma chuva de flechas, riscando o céu às centenas. As flechas inimigas estremeceram as estruturas da muralha e seu som ensurdecedor se multiplicou quando atingiu toda a coluna de Guerreiros. Como por instinto, vários soldados rodearam o Rei, atingidos no lugar de sua Majestade. Protegendo-se da saraivada, os membros da Hierarquia entraram no corredor.

— Ataquem outra vez! — esbravejou o Rei ao General.

— Temos que esperar, Majestade. Temos que saber o que o inimigo pretende para atacarmos com precisão.

Aquela observação chamou a atenção do Mateu. O General parecia não saber o que fazer.

— Do que está falando? Ordeno que ataque agora!

— Vamos desperdiçar recursos, Majestade. Precisamos observar e escolher a forma mais eficiente de acabar com o exército inimigo.

Sem aviso, o céu se tingiu de flechas inimigas. Os Guerreiros sobreviventes nas balistas agora foram atingidos, urrando de dor e impregnando seu sangue pelo adarve.

— Esperem! — exclamou o General, ordenando que os novos soldados nas balistas não iniciassem o contra-ataque.

Não havia mais sinais de que Adhemar atacaria, encobrindo a Hierarquia sob o manto da incerteza do que o inimigo faria a seguir. Quando a escuridão abraçou o Cordão do Sul e os índios fizeram fogueiras para iluminar seu campo, o General ordenou que atirassem flechas nos índios desprotegidos da hoste principal.

Os Guerreiros começaram a acender seus projéteis incendiários nas balistas e apontaram para a parede de escudos. Os olhos do Rei de Guerreiro estavam mais confiantes do que nunca, como se vislumbrasse a história de seus Ancestrais se repetindo sob seu comando. O Rei ordenou que o ataque fosse constante, não dando chance para o inimigo se recuperar. Mas as flechas incendiárias não pareciam surtir o efeito.

O Mateu tinha certeza de que a escuridão e espera do exército de Adhemar sustentavam alguma estratégia terrível contra os Guerreiros. Seu coração falhou uma batida quando a descobriu.

Cortado o terrível silêncio, um barulho mecânico soou familiar. As bases da muralha pareceram estremecer e uma chuva de destroços explodiu para todos os lados. Quando se deram conta, perceberam que uma rocha atingira a muralha.

As tochas ao redor do imenso buraco permitiram ver as proporções do estrago. Uma passagem já se abria profunda, de tamanho suficiente para não aguentar uma segunda rocha. O Cordão do Sul possuía uma parede de dupla camada. Entre as paredes havia pedregulhos que serviam para amortecer o impacto. Isso na teoria. Na prática, a área atingida não fora projetada dessa maneira. O Mateu lembrou-se da reforma que o Cordão do Sul sofrera, o que incluía um suposto reforço do lado de fora. Mas o resultado fizera com o que a muralha ficasse mais enfraquecida.

O General pareceu estar em pânico.

— O que está esperando? — questionou o Rei. — A infantaria deve atacar, agora!

Outra vez ouviram o barulho das cordas do trabuco irromper de surpresa. Uma segunda rocha atingiu o mesmo ponto da primeira, milimetricamente calculada. Abrindo uma larga passagem, a muralha cedera e os gritos dos inimigos ganhavam força em aproximação. Os índios haviam acabado de passar pelo fosso utilizando largas pranchas de madeira. Com suas espadas, flechas, escudos e orgulho, adentraram pela fenda através do Cordão do Sul.

Agora, pensou o Mateu, não tem mais volta.

III

Quando cruzaram a fenda muralha adentro, o grito ensurdecedor do inimigo impregnava-se no Reino de Guerreiros como o sangue que esguicha de uma ferida profunda. O General tinha certeza de que estariam no topo da muralha antes do sol nascer.

— Levem o Rei e a Rainha em segurança! — exclamou Simão com sua espada em punho.

— Não vou me esconder desses miseráveis — disse o Rei.

— Vossa Majestade precisa viver para negociar, caso o inimigo tome o Cordão do Sul — disse o General. O Rei retorceu o semblante em sinal de reprovação. — Eu o protegerei, Majestade. Não se preocupe.

A Estrela Brilhante ficou ao lado do Rei.

— Não. Essa é a minha função. É você, General, quem precisa ficar e coordenar nossa defesa contra Adhemar.

O General engoliu em seco. Reunidos com o Rei, Rainha e Estrela Brilhante, todo o séquito se dirigiu para o lado oposto, onde ficariam protegidos enquanto durasse o ataque.

— Venham comigo — ordenou o General ao grupo de aprendizes.

O General sabia o que tinha que fazer, mas admitiu para si mesmo que estava com medo. Confiava em Adhemar e tinha certeza da sua vitória, mas qualquer guerra carregava consigo o resultado incerto.

Cruzaram os corredores e desceram a escada em espiral. Irrompendo no ar, ouviu vozes misturadas com o som de espadas saindo de bainhas. Inimigos subiam ao seu encalço. Pôs sua espada em punho e os aprendizes partiram contra os inimigos, forçando a passagem escada abaixo. O tilintar ecoava pelos túneis até abaterem todos os inimigos. Quando atingiu o solo, o General abriu a porta.

A noite escura encobria a todos, pintando silhuetas em movimento. O exército de Guerreiros misturava-se entre veteranos e jovens aprendizes. E ambos seguiam as ordens do Embaixador do Sul, que se mantinha na linha de frente ao lado de seu filho. O garoto já se mostrava hábil o suficiente para segurar a horda de índios com ataques certeiros e defesa veloz. Mas o mesmo não se podia dizer dos outros jovens.

— Estamos numa carnificina! — vociferou o Embaixador do Sul quando o General se aproximou, em meio aos gritos. — Não vamos aguentar!

— O Rei nos trouxe mais homens. Vamos segurar.

Na direção deles, três inimigos avançaram rápidos em ataque. O Embaixador do Sul desviou e contra-atacou pelas costas. O General segurou o ataque do inimigo e lhe cortou a garganta. Os aprendizes pegaram o terceiro antes que concluísse seu plano.

— As tropas do Embaixador do Norte já deviam estar aqui! — exclamou o Embaixador do Sul, apontando para o lado esquerdo, para o estrago na muralha. Entravam tantos inimigos que as flechas dos Guerreiros não conseguiam dar conta.

O Embaixador do Sul partiu com seu filho junto ao grupo da cavalaria, misturando-se entre os inimigos e desaparecendo da vista. Quando o General se deu conta, os aprendizes que lhe acompanharam sofriam com novas investidas. O General partiu rumo ao lado direto da muralha, percorrendo o longo caminho até encontrar a porta. Pegou apressado a chave no bolso e a abriu.

Diante de si, uma espiral de degraus lhe levava ao corredor de seu escritório. Olhando de um lado a outro, não viu sinal do inimigo. Ainda não tinham alcançado aquele ponto. Caminhou apressado até a porta do escritório e a fechou, imergindo no cômodo que bloqueava a maior parte do som do matadouro que envolvia os dois reinos. Teria de pensar no que faria até a tomada da muralha por Adhemar.

Quando sentou na cadeira por trás da mesa, a porta de entrada quebrou o silêncio fúnebre, abrindo-se num estrondo. O General sentiu seu coração falhar uma batida ao ver as duas pessoas de pé, lhe encarando de volta. Uma era o braço direito do inimigo, o famoso comandante Helder. E logo ao lado, Adhemar em pessoa.

— Adhe... Adhemar — balbuciou o General. — É uma honra tê-lo...

Adhemar levantou uma das mãos, interrompendo o discurso. O comandante Helder fechou a porta e os dois se aproximaram da mesa.

— O que está fazendo, meu velho amigo? — questionou Adhemar, numa voz e expressão ásperas que distorciam a frase em desdém.

— O que...

— Aqui, nessa sala... o que pensa que está fazendo? Se escondendo de mim?

O General sentiu um arrepio na nuca.

— É claro que não. Pensei...

— Admito que, por um instante, pensei que o traidor dos Guerreiros fosse capaz de trair a mim, também.

— Você seguiu exatamente o que falei, não? — disse o General, engolindo em seco. — Isso é prova mais do que suficiente.

— E só tenho a agradecer. A pedra foi certeira e exata em seu alvo, no mesmo ponto informado. E seu trabalho com os sapadores foi melhor do que imaginava. Mas aí, me veio uma dúvida... Por que fui atacado antes mesmo de chegar ao Cordão do Sul?

Num sobressalto, o General se pôs a pensar.

— Não sei do que está falando.

— Não sabe? — Adhemar olhou para trás, para o comandante.

— Perdemos muitos homens, General — disse Helder. — Seus Guerreiros nos pegaram de surpresa.

— Não deixei passar nenhum Guerreiro. Vocês é que começaram o ataque, exatamente como acertado. Fiz de tudo para não contra-atacar. Penso que o exército dos outros líderes das Onze Nações sejam os responsáveis.

— Não — disse o comandante Helder. — Tomamos todas as medidas e impedimos qualquer formação suficiente para um ataque significativo.

Adhemar ficou em silêncio. O General mantinha no olhar a ganância e a perversão. Dentro daquela mente, devia desconfiar que fosse o General o culpado.

— Agora eu pergunto o que você quer dizer com isso — disse Adhemar, sério.

O General sentiu a palpitação aumentar. Se descartasse ambas as possibilidades de ataque, só havia uma alternativa. Alguém desconhecido também entrara naquela guerra. Um inimigo invisível.

E, por causa disso, a vitória saíra do controle.

IV

O Rei sentiu o coração acelerar ao relembrar a imagem da rocha rasgando o céu e atingindo violenta o indestrutível muro do Cordão do Sul Guerreiro. E ficou pior ao cogitar que a falta de camada protetora entre as paredes se devia ao aspecto mais imundo que um homem poderia carregar: traição. Seria coincidência demais que Adhemar tivera tal conhecimento certeiro. A informação vazara de dentro dos Guerreiros.

Ao redor, as duas Estrelas, Rainha, Mateu e dezenas de aprendizes faziam a proteção. A noite passara e os primeiros raios de sol invadiram aquela sala isolada do resto do mundo. O Rei mal conseguiu ouvir qualquer mudança que parecesse significativa vinda do lado exterior.

Abrindo a porta, seu conselheiro Isac entrou apressado.

— Por Deus, o que está havendo? — indagou o Rei.

— A maioria dos aprendizes morreu, Majestade. Os malditos índios estão por toda a parte. Vossa Majestade deve permanecer aqui.

— Não posso ficar aqui! Não sou um covarde para me isolar entre quatro paredes!

A Estrela Brilhante se aproximou.

— Isac tem razão, Majestade. Caso o pior aconteça, Adhemar só irá ouvir o mais alto membro da Hierarquia nas negociações. Permita-me assegurar sua vida indo agora mesmo para a batalha.

— Se meu marido, o nosso Rei, quer lutar... — disse a Rainha. — ...então devemos acatar as suas ordens sem questionar.

— Mas há ainda más notícias, Majestade — disse Isac.

Ao ouvir aquilo, todos o encararam em silêncio absoluto, como se estivesse cometendo um pecado em deixar aquela situação ainda pior.

— Há um exército de cavaleiros vindos do norte.

O Rei deixou escapar um sorriso. Finalmente o reforço chegara.

— Não são más notícias, pois se trata do Embaixador do Norte.

— Também pensei o mesmo, Majestade. Mas temo que não seja disso que se trata. — A respiração ofegante dos aprendizes não disfarçava que temiam o pior. — Não há bandeiras vermelhas. E uma mulher conduz o exército. A chamam de Estrela Republicana.

Em uníssono, os aprendizes e outros membros da Hierarquia soltaram um arquejo. O Rei sentiu um arrepio. Todos os seus temores haviam se tornado realidade. A líder dos Afoitos não apenas estava viva como tinha escolhido o momento oportuno para massacrá-lo. Outra vez, coincidência demais para ser obra do acaso.

— Vamos atacá-la, Majestade! — exclamou a Estrela Brilhante.

— Não. É suicídio dividir o exército. Se eu deslocar as tropas, Adhemar nos destruirá. — O Rei encarou Isac. — Em quanto tempo ela chegará aqui?

Isac pareceu vacilar. O Rei previu a terrível resposta.

— Ela já está aqui, Majestade.

O Rei sentiu o ambiente em volta girar. De súbito, todos os homens e mulheres da sala pareceram ficar translúcidos e também giravam. Sentiu a força de uma das pernas lhe deixar.

— Vossa Majestade, está bem? — perguntou a Estrela de Ouro.

— Estou bem. — O Rei contraiu os músculos da face e olhou os quatro cantos da sala. Tudo voltara ao normal. Aquela sensação nada tinha a ver com o temor diante da Estrela Republicana. Podia sentir que algo pareceu corroê-lo por dentro.

Ao tentar dar um passo à frente, a força das duas pernas lhe escapou de repente. A dor lhe atingiu em cheio quando o rosto cravou sua pancada no chão.

— Meu Rei! — exclamou a Rainha, agachada ao seu lado.

Uma forte dor lhe atingiu em algum ponto dentro da barriga e, com uma força descomunal, algo subiu por sua garganta, fazendo-o vomitar uma mistura de um líquido qualquer com sangue escuro.

— Vossa Majestade foi atingido? — questionou a Estrela Brilhante, desesperada, juntando-se à Rainha. — Sente alguma ferida?

Tudo aquilo era um absurdo. O Rei sabia que não o atingiram com uma flecha envenenada. Era velho, mas não frágil. Tinha o sangue dos Ancestrais, forte o suficiente para suportar qualquer coisa vinda daqueles índios imundos.

As Estrelas de Ouro e Brilhante ajudaram o Rei a se levantar.

— Já disse que estou bem — disse ele, ao mesmo tempo em que enxugava o fio de sangue no canto da boca.

Todos ouviram uma batida na porta. Quando a abriram, deram de cara com dois aprendizes apontando suas espadas para o pescoço de outra pessoa. Um homem de meia-idade. O Rei nunca o vira antes, mas ao que parecia, era inimigo. Nas mãos do homem, uma carta. O Rei se desvencilhou dos braços das duas Estrelas e se aproximou do que parecia ser um mero mensageiro. Quando desdobrou a carta, leu cada palavra com o coração mais angustiado.

Principalmente ao ler a última linha.

Atônito, o Rei sentiu sua respiração ofegante. A Rainha se aproximou e pegou a carta para si, lendo-a em voz alta:

"Vocês vão morrer. Todos vão morrer. Não têm alternativas a não ser aceitarem o meu conselho. Meu exército enfrentará o de Adhemar e posso garantir que o Reino de Guerreiros sobreviva. Está em suas mãos, "majestade", a vida de todos os Guerreiros. Inclusive de Lília".

Um silêncio sepulcral enlaçou a sala inteira.

— Não pode fazer isso! — esbravejou a Rainha.

O Rei partiu rumo à porta sob murmúrios de protesto. Não havia mais do que se proteger. Saindo pelo imenso corredor e seguido pelo séquito, o Rei se dirigiu a um dos adarves que permitia a ampla vista do que acontecia abaixo e além da muralha. No campo de batalha, o número de jovens aprendizes diminuíra a ponto de não enxergar mais do que meia-dúzia, e apenas os mais experientes seguravam a horda inimiga. Uma fumaça preta circulava por todo os lados, vinda de uma intensa chama na estrutura da muralha. Os cavalos mortos se espalhavam dilacerados pelo imenso pátio. E nenhum sinal de Adhemar. Ao longe, o exército da Estrela Republicana parecia esperar o seu sinal, no topo de um monte. Os dois maiores inimigos encurralavam o Reino de Guerreiros. Não havia alternativa.

O Rei se virou para o mensageiro.

— Se ela estiver mentindo, você também morrerá.

O mensageiro pôs a mão no bolso e pegou uma pequena luneta, dando-a para o Rei. — Olhe com atenção.

O Rei olhou pela lente e apontou para a sua inimiga. Sua pulsação acelerou ao notar que Lília estava ali, amarrada em cima de um cavalo e rodeada por homens com espadas ao redor do pescoço.

— Você deve tocar a trombeta se a quiser viva e a salvo — completou o mensageiro.

— É uma armadilha! — disse a Rainha.

— A verdadeira Estrela nunca rompe promessas — disse o mensageiro.

— Vossa Majestade vai colocar o Reino de Guerreiros em risco por causa de uma mulher que nem pertence à Hierarquia?

O Rei fez um sinal com a mão. A Estrela Brilhante e a Estrela de Ouro se aproximaram de sua Majestade.

— Quero que ambas garantam que tudo não sairá do controle, está claro? — murmurou o Rei, certificando-se de que ninguém os ouvia. — Quando essa insolente destruir o exército de Adhemar, todos nós pagaremos o seu preço. Agora, está nas mãos de vocês que isso não aconteça.

De repente, o Rei sentiu uma forte dor lhe subir as entranhas. Tudo ao redor começou a girar fora de ordem, como uma paisagem dentro d'água.

— Toquem — continuou o Rei, tropeçando nas palavras. — toquem a trombeta! Caindo de joelhos no chão, sentiu que vomitaria outra vez.

— Juro que levarei até o fim suas ordens, Majestade! — disse a Estrela Brilhante.

E antes que tudo ficasse silencioso e escuro, o Rei pôde ouvir um último ruído. Ensurdecedora, a trombeta tocou.

V

Cruzando o ar como estrelas cadentes, as flechas passavam muito próximas da jaula. Pacheco sentiu um arrepio ao imaginar que Adhemar iria dilacerá-lo assim como fizera com Diego. A fome o tragava por dentro há dias e era bem possível que, se não morresse naquele instante, morreria de fraqueza. Onofre, como sempre, não se abalara.

Afastados, conseguiram vislumbrar a parede de escudos proteger algo importante para o exército de Adhemar. A movimentação era intensa ao redor do objeto que pouco a pouco tomava forma e que equilibrava um imenso braço de madeira, sobrevivendo ao ataque dos Guerreiros.

A jaula estivera sob vigilância durante toda a marcha. Com o ataque dos Guerreiros, o frenesi fez com que fossem abandonados. Trancafiados, Onofre e Pacheco estavam por contra própria.

— Droga! — exclamou Onofre ao chutar até a exaustão das barras de metal. — Dura demais. — Onofre tentou tirar as algemas das mãos, para logo depois uma flecha raspar seu rosto.

— Vamos morrer se ficarmos aqui! — disse Pacheco.

Uma carroça carregara a jaula até aquele local. A areia iluminada pelas fogueiras deixava nítida a sombra que dividia a Estrada de Aimara e a Floresta de Esaúna. Alguns velhos índios se atreviam a adentrar naquela escuridão, vindos do local onde se construía o imenso braço de madeira. Pacheco teve certeza de que eram artífices quando saíram com toras de madeira nos braços, levando-as como recursos para continuar a construção.

— Por favor, comida! — clamou Onofre para um velho índio que passava rumo à floresta. O braço estendido para fora da jaula exagerava o pedido. — Por favor, estou faminto!

O velho índio pareceu refletir, mas ignorou por completo as súplicas de Onofre, até desaparecer sob as sombras da Floresta de Esaúna.

— Faça você também! — ordenou Onofre.

— O que vai fazer com ele?

Pacheco esperou a resposta, mas Onofre só conseguiu encará-lo.

— Não — disse Pacheco. — Não vou matar um homem.

— Então vai para o mesmo lugar que Diego. É isso o que quer?

Diego e seu corpo retorcido preencheu a visão de Pacheco como num turbilhão, fazendo-o engolir em seco.

— A Sereia vai nos salvar — disse ele.

— Estamos sozinhos, Pacheco!

Onofre ficou em silêncio. Pacheco sabia muito bem o porquê de o amigo estar tão abatido. A morte de Diego a sangue frio fora um golpe mais duro do que ele próprio poderia imaginar. Sendo Onofre um ex-Guerreiro, na certa possuía sua fé Crédula inabalável. Renegar a intervenção da Sereia significava que rompera com a tradição. Pouco a pouco, Onofre se transformava em um Afoito.

— Feche os olhos junto comigo — disse Pacheco. — Peça por um milagre.

— Não temos tempo para isso.

— Peça!

— Se fechar os olhos, morro para uma flecha.

— Então me diga que outra chance temos de sair daqui.

Onofre respirou fundo. Pacheco sentiu seu coração palpitar cada vez mais rápido. Uma energia transpassava seu corpo, arrepiando-o dos pés à cabeça.

Imersos numa chuva de flechas, os dois fecharam os olhos. "Minha Senhora", pediu Pacheco, "se for da tua vontade a salvação, que nos conceda a abertura pelo caminho tortuoso. Coloque-nos diante da luz do Nosso Senhor Jesus Cristo e de sua misericórdia. Que todo aquele que queira nos machucar desista a meio caminho. Se perseverar, que sua arma não nos atinja. Se nos atingir, que não nos machuque. Qualquer que seja a sua vontade, Minha Senhora, nos curvamos perante sua sabedoria. Amém".

Ao abrir os olhos, Onofre ainda rezava sua prece.

— Não vamos matar ninguém — disse Onofre. — Não se preocupe.

Ouviram um barulho vindo da floresta. O mesmo velho agora voltava apressado com toras de madeira.

— Por favor! — clamou Pacheco, estendendo o braço para fora junto com Onofre. — Vamos morrer de fome!

O velho parou outra vez e os encarou. Seus olhos carregavam um interesse verdadeiro.

— Não posso lhes dar comida — disse ele, seguindo o seu caminho.

— Espere! Espere! — gritou Onofre. O velho se virou. — Por favor! As ordens de Adhemar foram para que ficássemos vivos. Do jeito que estamos, não tem jeito, vamos morrer de fraqueza.

— Desculpe, mas não posso ajudar. Nem tenho acesso às carnes e ao banquete dos soldados.

— Não queremos muito! — exclamou Pacheco. — Qualquer coisa, por favor!

O velho artífice ficou em silêncio por alguns instantes e saiu. Quando virou as coisas, Pacheco sentiu como se uma lança lhe perfurasse o peito.

— Volte! Não queremos muito! Por favor... — exclamou Onofre até se cansar. Recolhendo a mão para dentro da jaula, encarou Pacheco. — Vamos morrer aqui.

Distante, um ponto luminoso cruzava o céu na direção da jaula. Quando Pacheco se jogou no chão, a flecha quase lhe atingira no ombro. Mas os Guerreiros interromperam o ataque. A movimentação intensa do exército garantia a permanência da parede de escudos. Onofre e Pacheco tentavam de todos os modos retirar as algemas e quebrar a jaula. Quando algum soldado índio se aproximava, fingiam que definhavam desacordados.

Alguém então se aproximou da jaula pela sombra. O mesmo velho de antes. Carregava algo nas mãos. Quando chegou mais perto, duas vasilhas com um líquido viscoso balançavam a cada passo.

— Mingau — disse o velho artífice. — Não é grande coisa.

— Obrigado! — agradeceu Onofre, com a mão estendida para fora da jaula. — Agradecemos muito por isso!

Mas o velho se manteve afastado, imóvel.

— Recolha as mãos para dentro da jaula — disse.

— Não vamos lhe fazer mal — disse Onofre.

— Recolha as mãos e eu colocarei a tigela do lado.

— Se pensa que vamos machucá-lo, por que está nos ajudando?

O velho suspirou fundo.

— Adhemar pode ter declarado guerra aos Guerreiros, mas isso não significa que tenho que vê-los definhar de fome. Os indivíduos não têm culpa de terem alguém fora do controle no poder. Mas não sei até que ponto vocês me consideram amigo. Então, recolha o braço.

Onofre juntou suas mãos ao corpo. Por baixo das duas tigelas, o velho artífice segurava uma ferramenta pontiaguda. A usaria numa possível surpresa. Ele se aproximou, pondo uma das tigelas logo ao lado da jaula. Fez isso encarando Onofre e Pacheco em cada movimento que talvez viessem a fazer. Quando estava prestes a colocar a segunda tigela, a ferramenta caiu sobre a carroça e o velho deu um sobressalto de angústia.

Onofre saltou contra as grades e estendeu as mãos para agarrar o artífice. A tigela derramou e caiu numa pancada seca. Onofre puxou o corpo frágil do velho contra a grade da jaula, batendo várias vezes até desacordá-lo.

— Pare! — ordenou Pacheco. — Disse que não ia matá-lo!

— E não vou.

Pacheco estendeu o braço para pegar a ferramenta, mas estava longe demais.

— Passe uma das pernas — disse Onofre. — Apoie com o pé.

A largura dos quadrados da jaula era pequena demais para o corpo atlético de Onofre, mas as canelas finas de Pacheco foram perfeitas para a tarefa. Agachando-se com pressa, Pacheco estendeu uma das pernas para fora da jaula e conseguiu tocar na ferramenta. Tentou apoiá-la com o peito do pé, trazendo-a devagar.

— Ei! — ouviram uma voz exclamar ao longe.

O coração de Pacheco quase saiu pela boca quando fitou o soldado de Adhemar se aproximar com a espada em punho.

— Rápido, Pacheco! — exclamou Onofre.

A ferramenta roçou no pé, cada vez mais próxima. Onofre se esticou e conseguiu agarrá-la. Ele apoiou a ponta afiada da arma no cadeado, batendo com força, mas o cadeado permaneceu intacto. Onofre repetiu a mesma ação várias vezes, fazendo ressoar o tilintar dos ferros contra os gritos do soldado cada vez mais próximo.

— Maldito seja! — esbravejou o soldado.

O soldado apontou a espada para dentro da jaula, prestes a matá-los. Mais rápido que ele, Onofre se adiantou e chutou a porta da jaula. Ela irrompeu aberta contra o soldado, num estrondo forte o suficiente para fazê-lo cair para trás. Antes que se levantasse, Onofre o golpeou até nocauteá-lo.

— O que faremos agora? — indagou Pacheco. O olhar de Onofre se encontrou com as árvores da floresta, a poucos metros. — Está louco? Estamos mais seguros aqui do que dentro de Esaúna.

Logo atrás, ouviram um barulho. Os índios dançavam com chocalhos na mão, numa coreografia que Pacheco nunca vira. Pareciam comemorar. Os soldados então se afastaram e um terrível som de cordas retorcidas contra a madeira invadiu o acampamento, ao mesmo tempo em que o braço de madeira se erguia e lançava uma rocha contra a muralha do Cordão do Sul. Pacheco prendeu a respiração e acompanhou o trajeto da rocha, até a forte explosão se fazer ouvir. Os soldados gritaram em uníssono, continuando a dança ainda mais frenética.

— Não temos escolha — disse Onofre, e correu para baixo da escuridão. Engolindo em seco, Pacheco o seguiu.

Ao adentrar sob os galhos, a escuridão quase lhe engoliu por completo. Preservou-se atrás de um tronco, na divisa com a Estrada de Aimara. Os soldados se movimentaram apressados em volta do imenso braço de madeira. O mesmo som de cordas retorcidas fez outra rocha alçar voo e estilhaçar a muralha do Cordão do Sul.

— Olhe ali! — exclamou uma voz em Aimara, e logo quatro soldados índios se aproximaram às pressas do corpo desacordado do soldado e do velho índio.

— Os desgraçados fugiram! — vociferou outro.

A respiração de Onofre estava pesada.

— Vamos entrar do Reino de Guerreiros — disse ele, se agachando para apanhar uma pedra.

— São quatro soldados, todos armados — disse Pacheco. — Não vamos conseguir.

Ao fundo, o exército de Adhemar começou a seguir rumo à fenda aberta na muralha.

— Pegue algo para se defender — disse Onofre. — Vou chamar a atenção deles.

Pacheco respirou fundo. Quando Onofre estava obstinado, ninguém conseguia detê-lo. A estratégia era suicida, mas ele não parecia se importar. Pacheco sentia o peso da decepção por não ter nenhuma habilidade de batalha. Uma pedra nas mãos de Onofre virava uma arma mortal e refinada. Nas mãos de Pacheco, apenas um pedregulho.

Pacheco notou uma pedra e a agarrou junto a si. Onofre jogou a sua na direção dos quatro soldados. Ela atingiu um deles na altura do ombro.

— Que porcaria é essa?! — exclamou o outro, ao mesmo tempo em que os quatro se viraram na direção da Floresta de Esaúna. Todos desembainharam as espadas.

Os quatro soldados se aproximaram a passos cuidadosos. Enquanto seguiam em frente, Pacheco e Onofre rodeavam o tronco com cuidado, impedindo de serem vistos. Quando o soldado mais próximo acabara de passar ao lado, Onofre avançou contra ele e o prendeu no pescoço com as correntes da algema, puxando-o para fora das vistas rumo à escuridão. Os três soldados seguiram na mesma direção, sem perceber Pacheco cara a cara.

Com o coração aos saltos, Pacheco deslizou as costas pelo tronco até se sentar no chão. Ali, a escuridão lhe ajudaria a despistá-los. Não encontrou Onofre, que desaparecera com o soldado.

— Você vai morrer! — gritou um dos soldados para as sombras. Recebeu como resposta um ataque de Onofre, que o pegou pelo pescoço e o puxou para a escuridão, desviando-se dos golpes dos outros dois soldados.

Agora, os dois índios restantes mantinham o completo silêncio, como se o medo os tivesse tragado a alma.

— Vamos sair daqui — disse um para o outro.

Ao se virar, o olhar daquele soldado cruzou com o de Pacheco.

— Ali!

Pacheco viu que as duas espadas miravam sua cabeça quando os dois soldados correram em ataque. Jogou a pedra contra os soldados, que desviaram sem esforço. Como por extinto, tateou o chão em volta, mas a pedra mais próxima estava a metros de distância. Irrompendo pela escuridão, Onofre agarrou outro soldado, repetindo a mesma ação de antes. O último soldado continuou obstinado contra Pacheco, que se tornara um alvo fácil.

Pacheco rastejou rumo à pedra, mas tinha certeza de que seria morto antes de alcançá-la. Deu um salto e a agarrou com uma das mãos. Ao se virar, deu de cara com a ponta da espada já desferindo seu golpe. Conseguiu desviar para o lado no último instante, agarrando a pedra com as duas mãos e se contorcendo até conseguir se levantar do chão áspero e frio. O soldado empunhou a espada outra vez, mas antes de desferir o golpe, Pacheco o golpeou na cabeça. Quando a pedra o atingiu na orelha, ouviu o osso do crânio do inimigo se partir. O corpo cambaleou para trás e caiu em espasmos.

Sentiu um frio na espinha quando uma mão tocou seu ombro.

— Pegue o uniforme! — ordenou Onofre, com o corpo de outro soldado ao lado. Com pressa, Onofre retirava as botas e toda a armadura. Pacheco olhou para o índio que acabara de atacar. Ele ainda se contorcia em convulsão. — Vá logo!

Disfarçados como soldados de Adhemar, saíram de volta para a Estrada de Aimara. Seguindo o alvoroço rumo à fenda, correram junto aos soldados índios. Improvisaram uma plataforma para passar por cima do fosso e quando adentraram pela fenda, Pacheco deu de cara com Guerreiros sedentos por defender seu Reino. Sentiu uma alegria ao pensar que nem tudo estava perdido.

Seguiu Onofre até chegarem numa área repleta de cana-de-açúcar. Onofre se abaixou, puxando Pacheco junto a ele.

— Ficaremos escondidos. O conflito ainda está concentrado na área principal do pátio.

— Simão está aqui?

— Nem sabemos se ele ainda está vivo.

Pacheco se deu conta de que não vislumbrara aquela possibilidade. Não conseguiu acreditar que o Mestre de Guerreiro perdera a vida antes mesmo da batalha contra o Reino de Peri começar. Mas mantinha a esperança.

— Simão está vivo. Meu irmão, também. Temos que encontrá-los!

— É suicídio. Esperaremos a luz do amanhecer. Nessa madrugada, não encontraremos o caminho para subir no Cordão do Sul.

Engolindo em seco, Pacheco se conteve. Imaginou, por um breve instante, o calor do abraço de Rufino, o sorriso do amigo Simão e a paz envolvendo a caótica Feira dos Sábios. Fechou os olhos e rezou outra vez enquanto torcia para que ninguém os encontrasse.

Os dois ficaram ali por horas. Os gritos e o tilintar das espadas não cessaram durante toda a madrugada. Quando os raios do sol começaram a iluminar o Cordão do Sul, partiram rumo à área próxima da base do muro, procurando pelas portas de entrada. Mas as tropas de Adhemar encurralavam as três logo à frente.

Partiram para o lado oposto. A quantidade de inimigos parecia cada vez maior. Os corpos dos Guerreiros mais jovens se entrelaçavam com os cavalos dilacerados e com o odor insuportável. Pacheco e Onofre seguiram devagar por trás das árvores, sem despertar a atenção, até se afastarem o suficiente e começarem a correr. Àquela distância, a muralha ficava cada vez menor.

— Para onde estamos indo? — indagou Pacheco.

— Atravessaremos pelas bordas do pátio. É arriscado, mas há entradas mais seguras. Seguimos por aqui até...

Onofre se calou. Pacheco acompanhou aquele olhar e viu que, distante dali e se aproximando, outro exército marchava rumo ao Cordão do Sul. Onofre estava boquiaberto.

Sem hesitar, agarrou Pacheco pelo braço e os dois se esconderam apressados atrás das árvores que adornavam aquela parte mais distante da muralha.

— Quem são eles? — questionou Pacheco, vendo que não havia cores que identificassem aquele exército. Onofre o ignorou. — Quem são eles?

— Xiu!

Aproximando-se, uma mulher guiava o imenso exército. Pacheco conseguiu ver que eram duas mulheres montadas a cavalo. A primeira tinha uma postura áspera no olhar e uma espécie de poder sobre os outros que transbordava em cada gesto. A outra era a mulher mais linda que já vira, mas suas mãos e pernas amarradas marcavam a pele delicada. Uma prisioneira.

Descendo de um dos cavalos, um homem com algo nas mãos foi a pé na direção da distante muralha, enquanto todo o exército aguardava sob o sol abrasador. Onofre ficou pálido.

— Quem são essas mulheres, Onofre? — murmurou Pacheco.

— A que está prisioneira... é a Lira. E aquela... — Onofre respirou fundo. — É a Estrela Republicana.

Pacheco sentiu que seu coração sairia pela boca. Suas forças pareceram lhe deixar e a fraqueza tomou conta das duas pernas.

— Como sabe disso? — indagou Pacheco.

— Seu semblante ficou marcado para sempre na memória dos Guerreiros da minha época. Nunca vimos alguém cometer o crime de discutir com o Rei de Guerreiro, e um membro da Hierarquia ser ameaçado de morte. E a Lira sempre visitou o Rei de Guerreiro.

A mente de Pacheco se imergiu em lembranças. Na Feira dos Sábios, comentava-se que a Estrela Republicana comandava um exército de Afoitos contra o Rei. Nem ele nem Rufino davam qualquer importância àquelas fofocas de gente velha rabugenta. Mas as previsões do Mateu se confirmavam verdadeiras.

— Ela vai acabar com o Reino de Guerreiros se atacar as tropas do Rei — disse Pacheco. Ao longe, o combate ainda se acirrava, mas a quantidade de índios estava cada vez maior.

— Não sei como é possível tantas coisas acontecerem conosco desse jeito — disse Onofre. Sua respiração mais pesada do que nunca. — Se Deus, Jesus ou a Sereia não estão metidos nisso, não sei mais como tudo caiu em nossas mãos.

— O que quer dizer?

— Jurei para mim mesmo que nunca mais me meteria com os Guerreiros. Mas você está certo, Pacheco. A Estrela Republicana vai destruir tudo. E não posso me acovardar. Preciso fazer o que for preciso para salvar inocentes dessa guerra sem sentido.

O olhar de Onofre para a Lira estava mais do que determinado. Pacheco sentiu um calafrio na espinha diante do que o amigo pretendia. Não podia acreditar que alguém tão sensato como Onofre se submeteria a tamanha insensatez.

— Demos sorte em Aimara. Eram quatro soldados. Mas a Lira está presa com um exército inteiro. Você vai morrer assim que tirar os pés daqui.

— Não tem outro jeito, Pacheco. Se não fizer nada, acabarei como Diego. — Onofre tirou uma adaga escondida por baixo do manto, que pertencia ao soldado abatido em Esaúna. — Todos os outros do Reino de Guerreiros seguirão para o mesmo destino.

— Diego foi um pintor irresponsável.

Onofre flexionou os joelhos de modo a começar um ataque.

— Sim, ele foi irresponsável — respondeu Onofre. — Mas foi capaz de mudar de ideia e vir conosco. E por causa dele, estamos aqui. Prometa-me que quando eu matar a Estrela Republicana, você ficará a salvo. Encontre Simão e Rufino.

— Pelo amor de Deus, não faça isso.

Onofre permaneceu com os joelhos semi-flexionados, esperando a hora certa para atacar.

Um som alto reverberou. Uma trombeta. Os soldados da Estrela Republicana desembainharam as espadas e partiram na direção da muralha. Para a surpresa de Pacheco, a Estrela Republicana liderou o exército, mas em torno de dez homens montados ainda ficaram junto à Lira. Seu coração bateu ainda mais forte ao vislumbrar que o exército da Estrela Republicana atacou as tropas de Adhemar.

Pacheco e Onofre trocaram um olhar.

— Se a Lira está viva... — disse Onofre. — É porque é valiosa. E isso é um sinal.

— Um sinal?

— O Reino de Guerreiros talvez não precise sucumbir ao poder de Adhemar.

— Ainda assim é suicídio. São dez cavaleiros.

Onofre sorriu.

— Os céus estão nos pregando uma peça. Isso não pode ser coincidência. No momento certo, faremos o que for preciso.

Mas como um sinal vindo dos céus, Onofre viu ao longe que a oportunidade já estava a caminho.

VI

A Rainha se reuniu com as Figuras. Levaram o Rei a um aposento reservado para que duas curandeiras lhe prestassem auxílio.

— Enquanto o meu marido, o Rei de Guerreiro, não melhorar, terei que levar a cabo suas ordens e guiá-los nesse momento tão difícil. — Os membros da Hierarquia fizeram uma reverência imediata. A Rainha cruzou os olhos com os da Estrela Brilhante. — Você ouviu o que o Rei lhe ordenou. É preciso que vá agora para o campo de batalha. Reúna os seus melhores homens.

— E o que ou a quem exatamente estarei enfrentando, Majestade?

— Lute ao lado da Estrela Republicana.

Um murmúrio coletivo se espalhou. A Estrela Brilhante torceu a expressão.

— Ela é inimiga do Reino de Guerreiros.

— Então o que sugere? Impedir a principal esperança do Reino de Guerreiros de deixá-lo de pé?

A Estrela Brilhante fez uma reverência.

— Não quero desrespeitá-la, Majestade, mas é preciso que ordene o que fazer caso ela conquiste a vitória.

A Rainha ficou em silêncio por alguns instantes. A única imagem que lhe vinha à cabeça era a expressão do Rei ao ver que a Lira estava em perigo. Aquele olhar de alguém que desejaria dar a própria vida para salvar outra pessoa. Não se lembrava da última vez em que ele a olhara daquele modo. Mas à Lira, essa sim, era uma grande merecedora... só não sabia o porquê. Não havia nada que se salvasse em suas feições. O rosto e o contorno do nariz eram mais do que suficientes para espantar a Deus e o mundo.

Mas quando o Rei caíra vulnerável no chão, sentira um misto de compaixão e cólera. Justo quando ele a vira sob o domínio da Estrela Republicana, perdera o controle, como um castigo mais do que merecido. Uma providência divina da Sereia, não havia dúvidas. Mas ele não merecia morrer. Não antes de ver o que reservavam àquela prostituta de rua.

— Se o exército de Adhemar cair, e vamos rezar para que isso aconteça, não há caminho certo. Você terá que matá-la. Mas sem precipitações.

A Estrela Brilhante deu as costas e saiu, seguida por mais de duas dezenas de soldados, seus fiéis protetores e talvez os mais habilidosos de todos os Guerreiros do Reino. A Estrela de Ouro seguiu na mesma direção, mas a Rainha fez um sinal.

— Não. O Rei precisará de você. — Apesar da aparente consternação, a Estrela de Ouro se limitou a uma reverência e se aproximou.

Guilherme veio até a Rainha, sorrateiro como sempre. Os três andaram lado a lado no corredor que dava nos aposentos onde repousava o Rei de Guerreiro.

— Onde eles estão? — murmurou a Rainha à Guilherme.

— À sua espera. Os chamarei quando desejares, Majestade.

— Está louco? Ninguém pode vê-los aqui.

— Eles estão infiltrados no campo de batalha, mas atentos para quando quiserem retomar de onde pararam.

A Estrela de Ouro torceu a expressão.

— Sabe muito bem quais são as cabeças em jogo. Se você falhar, elas rolarão por sua causa — disse a Rainha.

Depois de cruzar os corredores transversais, chegaram à uma pequena janela que dava para o grupo de cavaleiros que protegia a Lira, ao longe.

— Ali embaixo — disse Guilherme, apontando para um tumulto de espadas e sangue. A Rainha viu dois homens indistinguíveis no meio do campo de batalha. Pareciam lutar à primeira vista, mas um olhar cuidadoso percebia que fingiam se movimentar contra os invasores.

— Vá agora.

— Majestade — disse a Estrela de Ouro. — Se sair sem proteção, morrerei quando me virem. São muitos inimigos.

A Rainha deu uma risada.

— Nem combina com você esse tipo de coisa, querida. Não se dê ao trabalho.

Puxando-a pelo braço, Guilherme guiou a Estrela de Ouro até desaparecer no labirinto de corredores.

A Rainha voltou para o salão e foi direto aos aposentos do Rei. Ao abrir a porta, uma curandeira lhe enxugava a face e a outra amassava ervas misturadas em água. Pálido e com os lábios escuros, a aparência do Rei era a pior possível. Se não fosse o suor e o peito suspendendo-se numa respiração sofrida, pensaria que já estivesse morto.

— Como ele está?

— O chá não está fazendo efeito, Majestade. Infelizmente.

Como se um raio lhe atingisse o peito, a imagem dela própria como governante do Reino de Guerreiros surgiu como um turbilhão diante dos olhos. O que faria, então? Não conseguiu pensar em habilidades suficientes para lidar com tanta burocracia do povo e da Hierarquia. Colocaria Guilherme como seu conselheiro, também. Era um homem ambicioso demais para qualquer cargo de confiança, ainda mais tendo traído o próprio Rei, alguém ao qual devia absoluta obediência. Mais cedo ou mais tarde ele iria apunhalá-la pelas costas, mas seria alguém necessário de início. Afinal de contas, estava lhe fazendo um favor e a todo o Reino de Guerreiros acabando com a Lira de uma vez por todas.

Mas o som da batalha interrompeu suas reflexões. Os gritos se intensificavam, sinal de que o inimigo conquistava mais espaço, cada vez mais próximo. E de uma hora para a outra, imaginou-se morta ao lado do Rei. Seus corpos pendiam como decoração para a Estrela Republicana e para Adhemar, como um casal sentado ao trono.

Apagando aquela imagem da mente, saiu do quarto com as pernas trêmulas, e pensou numa coisa de cada vez. O que importava agora era a morte da Lira. Para o futuro, só Deus e a Sereia poderiam guiá-la.

VII

— Faça exatamente como da última vez — disse um dos vassalos d'O Caboclo.

A Estrela de Ouro seguia à frente com os dois vassalos logo atrás. Acabara de sair pelas laterais do jardim ainda não dominadas pelo conflito e seguia subindo a encosta na direção dos cavaleiros ao redor da Lira.

O coração bateu mais forte ao lembrar-se dos irmãos. Fazia tempo que não os via. Não sabia se já havia se passado semanas ou meses. Viu-se ofegante, e sua visão ficou turva. Uma lágrima lhe desceu à face quando se lembrou de tudo o que poderia estar fazendo junto de sua família. Agora, era tarde demais para seu pai lhe perdoar.

Poderia se virar e matar aqueles dois vassalos de uma vez por todas. Depois, levaria os irmãos para longe. Pura tolice. Os homens da Rainha matariam a ela e a sua família mais cedo ou mais tarde. Se pelo menos garantisse a vida deles a salvo, poderia morrer em paz.

A elevação ficou mais íngreme e as árvores margeavam um pequeno caminho. Dali, o som da guerra diminuíra a ponto de se transformar num sussurro. No topo, avistou os cavaleiros e a Lira. As espadas em punho mostravam que os inimigos já os haviam notado de longe.

— Afaste-se! — exclamou um dos cavaleiros.

— Deixem-me falar com a Lira — disse a Estrela de Ouro.

— Nosso mensageiro já disse o suficiente — respondeu outro cavaleiro, com nítido desdém.

Ela deu um passo à frente. Um dos cavaleiros desmontou e partiu contra a Estrela de Ouro. A espada inimiga bailou no ar em duas investidas. Pela força vacilante, o soldado queria apenas garantir um território seguro.

— Diga ao seu Rei que depois que a verdadeira Estrela estiver no trono, ele terá a Lira de volta.

— Por favor! — clamou a Lira, atrás da parede de cavalos. Sua voz completamente embargada. — Quero falar com meu Rei. Preciso lhe dar uma mensagem.

"Por favor" não era uma palavra muito pronunciada pela Lira. Na certa, utilizaria suas habilidades para arriscar uma fuga.

— Levaremos a mensagem da Lira ao Rei — disse o primeiro vassalo d'O Caboclo, aproximando-se.

— Ele já autorizou a ida da Estrela Republicana — completou o segundo.

Os cavaleiros soltaram uma risada, em uníssono.

— Você diz "autorizou", como se o Rei de Guerreiro tivesse alguma escolha.

Os dois vassalos deram mais um passo à frente. O soldado levantou a espada, na iminência do golpe. Todos os outros cavaleiros desmontaram. O som das lâminas cortou o ar quando saíram das bainhas.

— É apenas uma mensagem — disse o primeiro vassalo.

— Está bem. — Um dos cavaleiros trocou um olhar de desdém com os outros. Os vassalos e a Estrela de Ouro pararam a meio caminho. — Mas só se a Estrela de Ouro entregar sua espada.

A imagem dos irmãos lhe assaltou as lembranças. Se morresse, não teria falhado em cumprir as ordens da Rainha, portanto, era grande a chance de ambos ficarem a salvo. Mas se a Rainha fora capaz de trair o Rei, com ela não seria diferente. Não havia garantias.

Ela pegou o cabo da espada e a retirou da bainha. Quando estava prestes a entregá-la, sentiu uma presença estranha. Ao lado, uma série de arbustos e árvores margeava o caminho. Se estavam escondidos, não faziam parte do exército da Estrela Republicana. Talvez fossem do exército de Adhemar ou aprendizes em desespero.

A Estrela de Ouro estendeu a espada ao inimigo. Todos os soldados se entreolharam numa nítida expressão de surpresa ao assistir a improvável cooperação de um alto membro da Hierarquia. O soldado a encarou firme.

— Não faça nenhuma burrice.

A Estrela de Ouro vasculhou de relance os arbustos. Vislumbrou dois olhos lhe encarando de volta, escondidos por debaixo das folhas. Concluiu que o sujeito só poderia estar em péssima situação. Também notou outra pessoa logo ao lado da primeira. Dois desconhecidos que guardavam suas vidas naquela guerra sem fim.

Vindo dos arbustos, um breve reflexo lhe atingiu os olhos. Uma adaga. Aquele sujeito oferecia ajuda contra o inimigo? Respirou fundo. Se eles estivessem esperando para atacá-la, não eliminariam o elemento surpresa, muito menos mostrariam a adaga em mãos. Pensou consigo mesma o quanto estaria sendo inconsequente se confiasse naqueles desconhecidos. Mas sua confiança na Hierarquia era como a poeira de fim de tarde na Feira dos Sábios, misturando-se à sujeira degradante das frutas podres. O que tivesse que acontecer estaria a cargo de Deus, de Jesus e da Sereia.

— Só estou cumprindo ordens — disse a Estrela de Ouro ao cavaleiro.

— Um mínimo movimento e sua cabeça estará no chão.

Abrindo-se em meia-lua, os soldados se afastaram e a Estrela de Ouro se aproximou da Lira. Viu que os pulsos pareciam queimar em carne viva sob a corda atada.

Irrompendo no ar, um tilintar eclodiu feroz. Um projétil atingiu a armadura e produziu um típico som metálico, seguido por um grito de dor. Aos seus pés, a Estrela de Ouro viu uma pedra ao lado de um dos soldados no chão. Todos se posicionaram em ataque, formando um círculo em volta da Lira e da Estrela de Ouro.

— Você planejou um ataque! — exclamou o soldado encostando a ponta da lâmina na garganta da Estrela de Ouro.

— Eu não seria tola de lhe entregar minha espada se isso fosse verdade — respondeu ela, ríspida.

Outra pedra se lançou no ar e desceu num arco certeiro, acertando a cabeça de outro soldado, nocauteando-o de imediato. Como por instinto, todos os soldados se viraram na direção dos arbustos. O soldado que tomara sua espada lhe dirigia as costas, numa posição frágil. A Estrela de Ouro não pensou duas vezes e avançou em ataque, recuperando a espada e golpeando-o na jugular.

Os soldados partiram em contra-ataque. Nove contra uma. Mas dois deles gritaram e se retorceram ao revelarem adagas em suas costas. A Estrela de Ouro encarou os dois vassalos d'O Caboclo vindo ao seu auxílio. Agora, eram sete contra três.

Os inimigos se reposicionaram em defesa. Quando se deram conta, alguém havia saído dos arbustos e derrubara mais três soldados. O desconhecido tinha força e estrutura corporais suficientes para causar um estrago irreparável na linha de defesa. Os três soldados despencaram desprotegidos com o empurrão.

Cada vassalo se encarregou de um inimigo. O desconhecido avançou nos dois caídos e a Estrela de Ouro atacou os três restantes. Ele desviou ágil dos golpes e cortou-lhes a garganta. Sua habilidade chamou a atenção da Estrela de Ouro. Ele tinha uma experiência militar.

Os três avançaram contra a Estrela de Ouro, mas não eram tão rápidos quanto imaginara. Atacavam ao mesmo tempo, e ela desviava-se enquanto armava contra-ataques. Aqueles três inimigos eram como crianças brincando com espadas de madeira.

O primeiro era o mais habilidoso, mas a Estrela de Ouro lhe atingira à altura do ombro, para logo depois enfiar a espada certeira em sua cabeça. O sangue em cachoeira lhe inundou a face. De imediato, desviou-se do ataque do segundo soldado e lhe atingiu no coração. Quando a lâmina definhou na carne, o adversário a encarou com os olhos confinados no silêncio eterno. Os dois vassalos d'O Caboclo eliminavam seus dois adversários, cortando-lhes a garganta.

Quando partiu contra o terceiro, ficou surpresa com o que viu. O adversário jogou a espada no chão, olhando fixo para o companheiro morto, caindo de joelhos diante do corpo desfalecido.

— Irmão? — disse ele, imerso num choro doloroso. — Irmão? Irmão?

A Estrela de Ouro sentiu o coração apertar. Não pôde deixar de se imaginar olhando seus irmãos mortos ao chão, desesperada, perguntando o porquê de merecer tudo aquilo. O irmão morto daquele soldado também era sua responsabilidade, assim como da Rainha. Difícil imaginar como Deus permitira que alguém pudesse ser tão cruel, como se os homens tivessem veneno nas veias ao invés de sangue. A Rainha era uma alma sugada pela corrupção do Diabo, e a Estrela de Ouro viu-se num beco sem saída. Sabia que Deus jamais a perdoaria.

O soldado inimigo ficou ao lado do corpo morto de seu irmão, enquanto lágrimas lhe lavavam o rosto e faziam a alma da Estrela de Ouro estremecer. Ao chacoalhar o irmão, o sangue lhe escapava do corpo cada vez mais rápido, transformando-se em pequenas pedras cor rubi ao se misturarem com a areia.

Um barulho seco invadiu o ambiente. O desconhecido acabara de empurrar o corpo do último soldado ao chão e este caiu como uma tábua morta sobre a poeira. O relincho dos cavalos cortou o breve silêncio. A Estrela de Ouro encarou a Lira ainda imóvel em cima do cavalo. Ela matinha sua expressão atônita. Era possível que jamais tivesse testemunhado algo tão sangrento diante de si. Ela, claro, já treinara para a luta, apenas na teoria. Seus olhos agora se davam conta da realidade num trauma paralisado pelo tempo.

O homem desconhecido se aproximou rápido na direção do adversário imerso em choro.

— Não o mate! — clamou a Estrela de Ouro.

— Ele ameaçou a Lira — disse o desconhecido. — E vai fazer de novo quando tiver chance.

— Quem é você?

— Sou ex-soldado Guerreiro, amigo de Simão, o Mestre de Guerreiro. Chamo-me Onofre.

A Estrela de Ouro deixou escapar um suspiro pesado e abaixou a espada. Finalmente, alguém aliado à uma pessoa sã naquele Reino imerso na loucura. Onofre foi até o arbusto, dando a volta e trazendo consigo o outro homem, baixinho e de expressão assustada. A sua completa antítese.

— O que fazem aqui? — perguntou a Estrela de Ouro.

— Este é Pacheco. Fomos capturados pelo exército de Adhemar e escapamos.

— Procuramos Simão — disse Pacheco.

Sem aviso, o soldado ao lado do corpo do irmão correu na direção da Lira. A Estrela de Ouro sabia o estava prestes a acontecer. A Lira seria sua vítima.

O cavalo da Lira relinchou e ficou sobre duas patas, fazendo-a cair sem jeito por causa das mãos atadas. Aquilo deu o estopim para que todos os outros animais fizessem o mesmo. Os animais correram em várias direções, levantando uma poeira grossa que dificultou a visão do que acontecia ao redor.

Quando a poeira baixou, o homem detinha a Lira sob uma lâmina prestes a perfurar-lhe o pescoço.

— Não... — gritou a Lira, aos prantos. — Não me mate, por favor!

— Vá em frente — disse um dos vassalos d'O Caboclo.

— Fique à vontade — completou o outro.

Tentando se acalmar, a Lira articulou:

— Eu lhe dou o que quiser. Minha família lhe dará o suficiente. Por favor!

Por um breve instante, pareceu que o soldado pensava duas vezes na proposta. Seu olhar cruzou com o corpo do irmão. Aquele breve momento de reflexão abriu uma brecha num ponto fraco, e num movimento rápido, a Lira lhe golpeou com o cotovelo, fazendo seu captor cambalear para trás. O soldado perdeu o equilíbrio, mas não caiu.

Ele enfiou toda a sua adaga na barriga da Lira.

Onofre partiu ao ataque e o soldado deu as costas. Quando correu, Onofre jogou sua lâmina e o atingiu, fazendo-o cair num baque seco. A Estrela de Ouro apoiou a Lira nos braços. O vestido branco se manchou de vermelho, como um botão de rosa desabrochando em espasmos. Um fio de sangue teimava em sair pela boca da Lira, fazendo-a tossir. Ainda estava viva.

Onofre foi até o corpo morto do assassino da Lira, agarrou de volta sua adaga e a retirou num puxão. Os dois vassalos se aproximavam. Suas adagas em punho.

— Perfeito, Estrela de Ouro — disse um deles. — Agora, assumimos daqui.

A Estrela de Ouro sentiu o coração acelerar. A aparição de Pacheco e Onofre não era coincidência. Grande parte das tropas da Estrela Republicana já iniciara o ataque, facilitando a vitória contra o número reduzido de soldados. Aquilo era um sinal. E não deixaria que nada acontecesse à Lira. O Reino de Guerreiros caía por causa de homens e mulheres corruptas no comando. Não seguiria pelo mesmo caminho.

Ela puxou a espada e apontou para os dois vassalos.

— O que pensa que está fazendo? — indagou um deles.

— O que significa isso, "estrelinha"? — completou o outro. — Acha mesmo que pode voltar atrás?

— Ninguém vai encostar nela!

— Essa decisão não é sua. — Os dois vassalos trocaram um rápido olhar. — Sempre soube que não se aliara conosco.

— Mas não vamos voltar para o nosso senhor, O Caboclo, de mãos vazias — completou o segundo. — Pode apostar que não.

Os dois retiraram mais uma adaga. Cada vassalo agora tinha duas, eram quatro lâminas contra a Estrela de Ouro.

— Nem pensar — disse Onofre, juntando-se à Estrela de Ouro.

— Melhor não morrer na briga dos outros, rapaz — disse o vassalo.

— Espero que saiba o que está fazendo — murmurou Onofre.

— Sua ajuda não é necessária — disse ela, ríspida.

— Não assistirei você contra dois.

— Não se meta.

— Você não tem escolha.

Pacheco se manteve à distância, paralisado. Um dos vassalos o encarou.

— Se você não sair da nossa frente — disse para Onofre. — Seu amigo morre aqui.

O vento levantou a poeira sob os pés da Estrela de Ouro. Os vassalos d'O Caboclo ficaram imóveis, na iminência de partir ao ataque. Pacheco deu leves passos para trás, tentando se proteger em vão. Possivelmente não conseguiria desviar do inimigo. A Estrela de Ouro sabia que Pacheco não era Guerreiro. E não parecia carregar qualquer habilidade aparente.

Um dos vassalos se apoiou sobre os joelhos e jogou a adaga contra Pacheco. Onofre, que já estava a meio caminho, empurrou o amigo contra os arbustos. Pacheco caiu com um estrondo e Onofre gritou de dor com o corte que a lâmina lhe causara de raspão no braço, deixando a arma se perder dentro da mata.

O outro vassalo veio na direção da Estrela de Ouro. Ela levantou a espada no instante em que o vassalo deu um giro no ar, atingindo a lâmina duas vezes com suas adagas. A Estrela de Ouro sentia a força exagerada do inimigo e as adagas continuavam batendo à sua esquerda e direita, por baixo e por cima, sempre empurrada para trás. Cada tilintar anunciava a iminência da morte sobre o pescoço.

O segundo vassalo se juntou ao primeiro. Tendo perdido uma das adagas, as três lâminas bailavam nos poucos espaços que restavam contra a Estrela de Ouro. Ambos estavam tão concentrados em acabar com sua vida que não perceberam a aproximação de Onofre. Ele empurrou um dos vassalos e o fez cair com um estrondo. As duas adagas do inimigo giraram tentando persegui-lo, mas Onofre girou o corpo para o lado e rolou sobre o chão, desviando-se no último instante.

Quando a Estrela de Ouro avançou no vassalo à sua frente, conseguiu atingir-lhe na perna. Arqueando-se de dor, ele apoiou o joelho no chão e ela logo bradou a espada no ar. Executando um giro certeiro, o golpeou no pescoço. A cabeça do vassalo rolou para o lado, acumulando areia nos olhos e na boca aberta, numa expressão distorcida.

O outro vassalo se recuperara. Apesar de estar lutando apenas com uma adaga, Onofre não conseguia segurá-lo. Onofre gritou de dor quando a lâmina lhe atingiu a perna, e mais ainda quando o vassalo fez questão de girá-la dentro da carne, abrindo ainda mais o ferimento. Onofre arqueou para trás rangendo os dentes de dor. Caído na areia, não conseguiu se levantar.

O vassalo voltou sua atenção à Estrela de Ouro.

— Você faz parte da Hierarquia — disse ele. — Jamais sairá dela. Seu destino já foi escrito desde o momento em que concordara com tudo isso.

— Não encostará num fio de cabelo dela — respondeu a Estrela de Ouro.

— Então as duas morrerão.

O vassalo jogou sua adaga na direção da Lira. Quando a lâmina estava a meio caminho, a Estrela de Ouro interpôs sua espada. A adaga bateu forte na lâmina, girando no ar na direção oposta e caindo ao longe. O vassalo aproveitou a brecha e correu para o seu lado, imobilizando o uso da espada.

Mas num sobressalto, o vassalo se contorceu. Seu corpo deslizou devagar até cair na areia. A Estrela de Ouro percebeu uma adaga fincada em suas costas, brilhando contra o sol. Buscou Onofre, mas ele ainda estava caído, ainda imerso na dor em sua perna. E então, viu Pacheco de pé. A Estrela de Ouro concluiu tudo: a adaga arremessada contra Pacheco se perdera nos arbustos, mas ele a recuperara e a havia atirado certeira contra o adversário.

Pacheco pôs o braço de Onofre em seu ombro e apoiou o amigo. Mancando, os dois se aproximaram.

— Ela vai morrer se não a levarmos daqui — disse Onofre.

A Estrela de Ouro engoliu em seco. Precisava arriscar tudo. Para salvarem a Lira, só um milagre. Por isso, lembrou-se das palavras do Mateu. Confiava nele o suficiente para entender que seu lugar de oração só poderia ser sagrado. Era a melhor chance que a Lira poderia ter.

— Levem-na para o Convento. Sigam a leste do Rio dos Homens.

— Rio dos Homens? — se espantou Pacheco.

— Sigam para além dos rochedos.

Pegando um dos cavalos ao lado, Onofre colocou a Lira apoiada na cela.

— Vão agora! — exclamou a Estrela de Ouro.

Ela não sabia ao certo o que iria fazer. Onofre e Pacheco tentariam salvar a Lira, mas a única coisa que conseguiu fazer foi montar em outro cavalo e esporeá-lo com força. Afastou-se o suficiente para que os gritos de Onofre e Pacheco se transformassem em murmúrios. O som da batalha à frente começou a encobri-la como uma névoa dispersa.

Acertaria as contas com a Rainha. Lutaria ao lado do Mestre de Guerreiro. E acabaria de uma vez por todas com Adhemar.

VIII

— Onde estaria Adhemar? — questionou Simão, um momento antes da lâmina de um índio lhe passar próxima ao pescoço no meio da batalha. Desviando-se, fez uma investida e perfurou o abdômen, fazendo o adversário cair em agonia.

Adhemar não estava em parte alguma. Marchara com seu exército, ferira o Cordão do Sul e desaparecera. De um lado a outro, a multidão de homens em combate formava uma visão turva, misturada com sangue e gritos. Se Adhemar estava ali, mantinha-se imperceptível.

Precisava enfrentá-lo. No fundo, Simão não sabia se o mataria, mas precisava pará-lo de qualquer maneira. A morte de Adhemar era uma punição barata para um crime tão caro. O chão rodeado de corpos de jovens aprendizes compunha um mosaico funesto, como fios de uma tapeçaria que se entrelaçam para compor uma profecia do fim dos Guerreiros. Simão o levaria sob julgamento das leis do Reino de Guerreiros por cada alma inocente, mas precisava se manter vivo até lá. Se morresse, não havia mais volta.

A Sereia provara-se uma grande decepção. Nem o Rei de Guerreiro nem Adhemar haviam mudado de ideia. A guerra já espalhava suas marcas macabras e a quantidade de inimigos parecia não ter fim. Quando mais precisara, não havia encontrado os cachos diante do Rei. E sentia que, de agora em diante, era cada um por si.

Parecia impossível que Adhemar tivesse convencido tanta gente disposta a acabar com o Reino de Guerreiros. Mas não conseguia enxergá-los como inimigos. O sofrimento que os Ancestrais lhe impuseram foi suficiente para convencê-los. Adhemar aproveitara-se para despertar a fagulha que eclodiria no espírito vulcânico da vingança. Tanto índios quanto Guerreiros eram mártires de vereditos pautados na cobiça e soberba de ambos os lados. E agora, inocentes tinham que pagar pelos erros do passado e do presente.

Do outro lado do pátio, os arqueiros de Adhemar mutilavam Guerreiros aos montes. Com uma rapidez e pontaria superiores aos veteranos, uma pilha crescente de corpos se formava. Mas desde o início, Simão notara que a estratégia do Embaixador do Sul sempre fora garantir que os arqueiros fossem repelidos para áreas desfavorecidas de espaço, confinando-os ao máximo no local com mais árvores ao redor. A situação os impedia de atirar flechas ao alto e atingir grandes distâncias, limitando a eficácia dos ataques.

Outro índio se aproximou com espada e machadinha nas mãos, e desferiu dois golpes ágeis. Simão desviou-se e contra-atacou, e o peito do inimigo se arrebentou em sangue. Do lado esquerdo, outro índio fez o mesmo e Simão cortou-lhe a garganta. O cheiro das tripas dos homens e mulheres, misturados aos cavalos mortos, lhe saltou ao juízo. Desde a madrugada, os primeiros abatidos já se acumulavam dos dois lados e as moscas lhe devoravam os restos.

Simão lembrou-se de que deixara Nara, Jaime e Rufino em um lugar seguro, dentro do Cordão do Sul. E também das últimas palavras de Nara sobre o que faria ao Rei de Guerreiro. Ele destruíra sua vida e ela o faria pagar. A força que vira em seus olhos deixava claro que não descansaria até ver o Rei de Guerreiro aniquilado.

— Do outro lado! — exclamou o Embaixador do Sul, derrubando seus adversários.

Ao redor dele, outros aprendizes marchavam numa coreografia de ataque contra os índios montados.

— Temos que impedi-los de chegar até o segundo pátio! — exclamou outra vez, apontando para a fenda na muralha do Cordão do Sul.

— Onde está Adhemar? — indagou Simão.

— O covarde ainda não apareceu.

Adhemar jamais permitiria o avanço das tropas sem que estivesse presente para coordenar sua estratégia, portanto, a única solução era ter conseguido adentrar em algum ponto-chave. Talvez na muralha. Ele jamais conseguiria dar um passo sequer pelos corredores do Cordão do Sul sem que tivesse um acesso privilegiado. Simão cogitou a hipótese de o Reino de Guerreiros possuir um traidor.

Mais quatro índios avançaram contra o grupo. Simão segurou um deles e os aprendizes se dispersaram num corpo a corpo individual. Depois de várias investidas dos dois lados, Simão cortou a garganta de seu adversário. Três cavalos avançaram contra o Embaixador do Sul, que atacou a pata dianteira do primeiro. O animal derrubou o índio num solavanco que assustou o segundo. Este relinchou violento, ficando sobre duas patas, derrubando o índio. Simão avançou, cortando-lhe à altura do ombro. O Embaixador do Sul foi em cima do outro, decapitando-o.

A fenda aberta no Cordão do Sul parecia sangrar. Os índios escorriam para dentro do Reino como uma chuva violenta de corpos ensandecidos pelo massacre. Nas suas contas, Simão havia acabado com pelo menos cinquenta índios desde a noite anterior. Seu coração apertado queria acreditar que não.

Dezenas de índios avançaram contra o Embaixador do Sul. Estavam a meio caminho de atingi-lo, mas diminuíram o passo até parar. Seus olhares não se concentravam na batalha, mas logo atrás ao fundo. Simão se virou, e seu coração deu um salto.

Em cima da encosta, cavalos de guerra se mantinham parados.

— Estamos perdidos — murmurou o Embaixador do Sul.

— Quem são aqueles homens?

— Não há bandeira vermelha. Não são as tropas do Embaixador do Norte.

— O que isso quer dizer?

O Embaixador do Sul fechou a expressão.

— Que a coincidência é o lugar onde moram os inimigos.

— O que vamos fazer, senhor? — questionou um dos aprendizes.

— Ficaremos aqui.

Outro aprendiz pareceu recuar.

— Nós vamos morrer — disse ele. Seus olhos imersos no terror.

— Vocês sabiam disso desde momento em que entraram para os Guerreiros! — exclamou o Embaixador do Sul. — Assim como eu e todos os membros da Hierarquia. Andamos de mãos dadas com a morte. Não podem dar as costas ao Reino de Guerreiros!

Naquele instante, parecia que toda a batalha havia congelado no tempo. Tanto Guerreiros quanto índios olhavam fixo para o exército desconhecido, como se não soubessem o que fazer. Simão sentiu um arrepio. Se o Rei enfrentava dois inimigos e um deles já estava em batalha, aquelas tropas deveriam ser a da Estrela Republicana.

Como por instinto, Simão tocou na cicatriz do peito, no local onde fora atingido pela Estrela Brilhante. A Estrela Republicana havia lhe dado às costas. Agora, via que fizera uma aliança com Adhemar. Segurar dois exércitos naquelas condições era impossível.

Mas ao olhar as feições dos índios ao redor, Simão desconfiou que estava errado. Olhares tão surpresos quanto os dos Guerreiros. Ou a Estrela Republicana não fizera nenhuma aliança, ou Adhemar simplesmente não contara isso aos seus homens. Uma hipótese difícil de acreditar.

Irrompendo naquele silêncio, uma trombeta tocou. E, no instante seguinte, as tropas da Estrela Republicana desceram o morro como o mar que invade a areia ao quebrar numa onda inesperada.

Os Guerreiros se entreolharam. Os índios, também. Ninguém tinha ideia do que fazer. Quando aquele exército se aproximou, a primeira espada cortou o rosto do primeiro índio. E de outro. E mais outro. Simão confirmara que era a Estrela Republicana logo à frente dos homens. Ela fizera então uma improvável aliança com o Rei de Guerreiro.

As tropas avançaram na direção da fenda, em quantidade mais do que suficiente para segurar os índios e fazê-los recuar. Do outro lado, um grupo de índios tentava invadir uma das portas que dava acesso ao Cordão do Sul, no mesmo local onde deixara Nara, Pacheco e Jaime.

Simão partiu contra eles.

Um grupo de Guerreiros os segurava com golpes rápidos e certeiros. Simão atacou o primeiro pelas costas. Notando sua presença, os outros partiram ao contra-ataque. Conseguindo se desviar dos golpes incessantes e buscando brechas para repelir seus adversários, Simão avançou.

— Segurem! — gritou ele, apontando para outra horda de índios a caminho, todos dispostos a derrubar aquela porta. Quando uma dúzia de Guerreiros se juntou ao grupo para defender a passagem, Simão sentiu o coração bater forte. A imagem de Nara morta pelas tropas de Adhemar lhe tirou a atenção. Ali, deu as costas para a batalha e adentrou pela porta, subindo as escadas apressado. Parecia que o cheiro forte de sangue lhe invadira em meio às paredes apertadas. Lembrava-se daquele cheiro desde o dia em que quebrara os dedos de Guilherme. Um cheiro que acompanhava um gosto quase visível.

Chegando ao topo, dobrou os corredores labirínticos até a sala em que se despedira do grupo. Quando abriu a porta, deu de cara com o Jaime e Rufino.

— Vocês estão bem? — indagou Simão.

— Estamos — respondeu Rufino. — Mas parece que o Rei de Guerreiro perdeu a saúde e o juízo.

— Você viu esse ataque? Ele fez uma aliança com a Estrela Republicana — disse Rufino.

— Onde ele está?

— Desmaiou durante seu discurso e se mantém acamado — disse Jaime, apontando para outro aposento longe dali.

— E Nara? — perguntou Simão.

— Sumiu desde quando você se foi — disse Rufino.

Simão sentiu a pulsação acelerar ainda mais.

— Aonde ela foi?

— Não faço ideia — disse Rufino. — Mas a vi correndo na direção das escadas, como se quisesse sair do Cordão do Sul.

Por um instante, Simão pensou que fosse brincadeira. Mas a expressão de Jaime e Rufino estava mais do que clara. Nara carregava consigo a chama da personalidade capaz de fazer coisas muito piores.

— Como permitiram?

— Nem você consegue detê-la, Simão — disse Jaime.

— Ela não disse nada?

— Disse que essa guerra também era dela. Precisava lutar, e que ainda não acabou. Eu não entendi, mas disse que você entenderia.

Simão imaginou Nara no meio do campo de batalha. Tinha certa habilidade, mas nada comparado aos índios. Óbvio que fora a responsável pela situação do Rei de Guerreiro, por isso já cumprira sua missão. Mas não fazia ideia do que Nara ganharia indo inexperiente rumo ao confronto.

— Vou achá-la — disse Simão. — E vocês dois, não se arrisquem.

— Quero ajudar, Simão! — disse Jaime. — Posso ficar à distância. Atacar com arco e flecha.

— Você não tem experiência, Jaime. Morrerá antes que consiga puxar o arco.

Jaime pareceu decepcionado.

— Tem mais uma coisa, Simão — disse Rufino. — A Estrela de Ouro também saiu do Cordão do Sul.

— Tem certeza? Não a vi no campo de batalha.

— Foi para o lado oposto — completou Jaime. — Com mais dois homens. Pelas vestes, não tinham qualquer relação com os Guerreiros.

Pelo o que sabia da Estrela de Ouro, sua devoção ao Rei de Guerreiro não permitiria que se afastasse. Aquilo era obra da Rainha.

Simão deu as costas para os dois amigos e voltou pelo caminho. Se a Estrela de Ouro saíra, só restava a Estrela Brilhante no campo de batalha. Sendo sinônimo de força na Hierarquia, devia estar do outro lado do grande pátio principal, também dominado pelos índios.

Quando abriu a porta e saiu do Cordão do Sul, os gritos e tilintar ecoaram pelas paredes adentro. Do lado esquerdo, o Embaixador do Sul mantinha sua formação original com os aprendizes. Do outro, a Estrela Brilhante junto com os Guerreiros mais experientes. E em nenhum lugar entre eles encontrou Nara. Correndo os olhos de um lado a outro, tentou desvendar sua silhueta. Para escapar da morte, só podia estar disfarçada. Encontrá-la seria impossível.

Um grupo de índios atacou a Estrela Brilhante, e Simão ficou surpreso com a velocidade com a qual ela os matou. Simão avançou contra os índios que impediam seu caminho. Ao se juntar com a Estrela Brilhante, o Embaixador do Sul também veio ao seu encalço.

Correndo os olhos pela multidão, notou uma pessoa ao longe, rodeada por índios que faziam sua proteção. Não havia ninguém em situação semelhante no campo de batalha, o que significava que o índio protegido era alguém importante. O líder daquele exército.

Adhemar.

Sozinho, ele derrubava seus adversários Guerreiros com facilidade. Sentiu um arrepio lhe subir pelo braço, ao mesmo tempo em que uma vontade incontrolável guiou sua mão para dentro do bolso. Simão sentiu na ponta dos dedos um entrelaçado de cabelos e puxou para ver com os próprios olhos o que seu coração já sabia. Os cachos refletiam delicados as faíscas do sol em cada fio. Fechando os olhos, viu a face do próprio pai refletida em seu trono. Era ele, Simão, que assumira seu lugar e tinha em mãos o futuro do Reino de Guerreiros. Os cachos eram a confirmação de que a Sereia não o abandonara.

Simão guardou os cachos e ergueu sua espada, prestes a avançar contra Adhemar. Mas uma mão o impediu. Olhando por sobre os ombros, encarou a Estrela Brilhante.

— Vai precisar mais do que isso, Mestre de Guerreiro — disse ela. — Não pense que Adhemar já não viu você.

— Venha comigo — disse Simão. Mesmo sabendo que estava diante de sua assassina, ela era uma das únicas pessoas com habilidade certa para o momento oportuno.

— Também não serei capaz de derrotá-lo. Adhemar é traiçoeiro. Qualquer ataque direto não terá efeito algum.

— Ele já está antecipando — completou o Embaixador do Sul.

— Atacaremos pelos lados — explicou Simão. — Vocês quebram a formação e eu mesmo me encarrego do resto.

Simão pensou que a Estrela Republicana poderia auxiliá-los, mas mantinha-se afastada e coordenando o ataque contra os índios na fenda do Cordão do Sul. Trocando um olhar, a Estrela Brilhante e o Embaixador do Sul ficaram em silêncio. Mais importante do que obedecer ao Mestre de Guerreiro, era entender que a estratégia fazia sentido.

— Ele virá para cima de você com tudo — disse o Embaixador do Sul. — Tem certeza?

— Quebrem a formação e lhes darei toda a certeza de que precisam.

O Embaixador do Sul deu as costas e foi para a esquerda. A Estrela Brilhante, para a direita. Entre Simão e Adhemar, centenas de índios e Guerreiros se dilaceravam. Um verdadeiro mar de corpos e lâminas em movimento. Simão partiu na direção de Adhemar. De um instante para outro, Adhemar encontrou seus olhos. Sabia que o Mestre de Guerreiro estava a caminho. O homem ao seu lado parecia ter uma posição privilegiada, falando-lhe algo ao ouvido. Os índios ao redor não tardaram a perceber o que pretendia Simão.

Mas a Estrela Brilhante e o Embaixador do Sul os pegaram de surpresa pelos flancos. Quando estavam prestes a comandar o ataque contra Simão, os aprendizes Guerreiros irromperam numa investida. E a Estrela Brilhante sacou sua espada contra o homem ao lado de Adhemar, iniciando uma luta corpo-a-corpo. O Embaixador do Sul cercou os índios e a batalha se espalhou.

Simão e Adhemar ficaram frente a frente. Ele, Simão, o Mestre de Guerreiro, finalmente teria a chance de parar o maior inimigo do Reino desde Peri. Adhemar brandiu sua espada e apressou o passo. Sua expressão se distorceu numa cólera implacável, disparando contra Simão. O Mestre de Guerreiro pegou sua espada e se preparou para o impacto. Por um instante, não ouvia mais o som da batalha. Todos os soldados se transfiguraram em manchas de tinta espalhadas sobre um quadro caótico e incompleto. O Cordão do Sul transformou-se numa moldura sustentada apenas pelo Mestre de Guerreiro e Adhemar, ambos executando movimentos com seus pincéis até a morte.

O Mestre de Guerreiro tentou um golpe, Adhemar desviou e contra-atacou. Sentiu o ataque do inimigo muito mais forte do que supunha, dando um passo atrás para recuperar o equilíbrio.

— Pensava que seria alguém mais forte a me enfrentar — disse Adhemar, com sorriso de desdém. — Pelo visto, é tão inútil quanto seu pai.

Simão sentiu o coração falhar uma batida.

— Não faz ideia do grande homem que ele foi.

— Se ele tivesse sido um grande homem, estaria aqui em vez de você. São lixos do mesmo jeito.

Adhemar avançou em ataque. Simão defendeu-se três vezes das investidas implacáveis. Tentava achar uma brecha para o contra-ataque, mas sua lâmina não encontrava o hábil inimigo. Quando a espada de Adhemar desferiu um golpe de cima para baixo, os dois pressionaram as espadas, uma contra o rosto do outro. O Mestre de Guerreiro sentiu seus pés arrastarem para trás contra as pequenas mudas de cana-de-açúcar. Adhemar o encarou, furioso.

— Deveria ter vergonha! — vociferou. — Olhe em volta! Assuma que os oprimidos destronaram a Hierarquia!

— Você sucumbirá às tropas da Estrela Republicana.

Adhemar empurrou Simão, que conseguiu se equilibrar distante do inimigo.

— Seu tolo — disse Adhemar. — Vocês cairão do mesmo jeito.

— Mas o Reino de Guerreiros nunca será seu.

Adhemar ficou em silêncio. O Mestre de Guerreiro percebeu o inimigo mais frágil do que pensava. Seu problema era o mesmo dos Guerreiros. O orgulho. E irrompeu em novos ataques. A cada investida, o Mestre de Guerreiro lembrava-se do pai, quando ele o assistia brincando com as espadas de madeira. Seu olhar de julgamento lhe invadiu numa confusão de lembranças.

Aquela pequena falta de atenção foi suficiente para Adhemar lhe surpreender com um soco no rosto. O Mestre de Guerreiro caiu desequilibrado. Quando se virou, viu a lâmina cortando o ar na sua direção e rolou para o lado, fazendo-a cravar contra a terra. Adhemar tentou um chute, mas o Mestre de Guerreiro voltara a ficar de pé, firme e na defesa. Um fio de sangue lhe descia pelo queixo.

— O Reino de Guerreiros é nosso — disse Adhemar. — Meu povo terá a vingança que merece.

— A vingança não é pelo seu povo, é por você.

— Acha mesmo que todos esses índios não são meu povo?

— Eles não têm consciência de nossa história. Os Guerreiros exploraram o Reino de Peri, mas foram os Ancestrais. Há muito tempo. Isso não existe mais.

Adhemar soltou uma gargalhada.

— Fácil falar quando o sol brilha sobre o seu privilégio de ser Guerreiro, não é mesmo?

Adhemar investiu noutro ataque. O Mestre de Guerreiro continuou desviando-se até que o inimigo pôs a perna por trás de seu pé, fazendo-o tropeçar. O inimigo brandiu a espada ao alto, na iminência do golpe. O Mestre de Guerreiro viu uma brecha e deu um chute no calcanhar, também o fazendo cair. O Mestre de Guerreiro ficou de pé e Adhemar agarrou sua espada, mas teve que se conter.

Agora, a lâmina de Simão se pressionava contra o pescoço de Adhemar.

Simão encarou aqueles olhos furiosos. Adhemar não parecia crer que a aparente inexperiência do Mestre de Guerreiro fosse capaz de colocá-lo naquela situação. Seu inimigo estava pronto para executá-lo.

Mas Simão não conseguiu desferir o golpe. Ficou ali, parado, encarando Adhemar. Por alguns segundos, conseguiu ouvir a voz de seu pai mandando-o prosseguir, como se pela primeira vez, o antigo Mestre de Guerreiro quisesse ter orgulho do filho. Bastava empurrar a lâmina.

— É melhor aproveitar a chance — disse Adhemar, esperando a brecha certa para usar sua espada contra o Mestre de Guerreiro.

Mas Simão continuou ali, encarando-o. Por um instante, o rosto de Adhemar ficou embaçado, como se não pudesse mais reconhecer o inimigo. Respirou fundo e agarrou o cabo da espada com força, mas não conseguiu prosseguir.

— Largue a espada! — exclamou Simão.

— Vai se arrepender se não me matar.

— Você não morrerá pelas minhas mãos. As leis do Reino de Guerreiros o julgarão.

Por um instante, o Mestre de Guerreiro notou os olhos do inimigo faiscarem de medo, com a expectativa de ser julgado pela Hierarquia. Adhemar deslocou sua espada, na iminência de um golpe. O Mestre de Guerreiro o impediu ao pressionar ainda mais sua lâmina contra a pele fina à altura da garganta.

O inimigo soltou outra gargalhada.

— Você ainda acredita na Hierarquia? Deveria ser o primeiro a saber que... — Ele parou, numa auto-reflexão inesperada. —... a justiça se faz com as próprias mãos.

Sem aviso, Simão sentiu uma dor dilacerar suas costelas. Quando se deu conta, viu uma adaga enfiada do seu lado direito. Rangendo os dentes de dor, olhou por sobre os ombros para encarar os olhos de quem o apunhalara.

— Você vai morrer, "Mestre de Guerreiro" — disse Guilherme, retirando a adaga e fazendo o sangue jorrar.

Simão se contorceu de dor, deu dois passos para o lado e tombou no chão. Sentiu o gosto de sangue lhe subir à língua. O mesmo gosto quando a Estrela Brilhante lhe traíra com o ataque no peito. Ali, sentiu um tremor lhe atingir o corpo inteiro, como se o mundo estivesse se partindo.

IX

O vasto caminho da Estrada de Aimara se abria por entre o estrago feito na muralha do Cordão do Sul. Rachaduras se estendiam da base da muralha ao topo do adarve, como uma folha de papel despedaçada. A poeira caia pela fenda abaixo, com tijolos arrebentando-se vez ou outra sobre os índios e Guerreiros.

A Estrela Republicana aproveitaria ao máximo para deter as tropas de Adhemar. Seus cavaleiros e infantaria se mantinham logo abaixo da rachadura responsável pela passagem e começo da total destruição daquele Reino. A resistência do Cordão do Sul não deveria permitir que arrebentasse daquela maneira, então alguém havia armado a situação de dentro da Hierarquia. O Rei de Guerreiro colhia o que plantara a vida inteira. Havia chegado a hora de alguém colocá-lo em seu lugar.

Seus soldados se mantinham em vantagem, com menos homens abatidos que o inimigo. Mas vários dos seus se misturavam com a pilha crescente de mortos, provando que o treinamento bélico do comandante Helder era eficaz contra os Guerreiros, uma ironia que usava a força deles contra eles próprios. Não eram os mais hábeis, mas tinham presença numerosa e isso fazia toda a diferença.

A Estrela Republicana girou sua lâmina, despedaçando o crânio de dois inimigos quase ao mesmo tempo e fazendo a metade das cabeças rolar no chão. Olhando através da fenda, sentiu o alívio ao perceber os índios diminuindo de número. Sua cavalaria os espremia cada vez mais, provando que a aliança temporária com os Guerreiros já rendia seus frutos.

Inimigos se conservavam aglutinados em grupos, a fim de irromper pelas portas que davam acesso ao interior do Cordão do Sul. Pensou em atacá-los, mas os Guerreiros conseguiram afastar as hordas com uma coreografia de ataque muito bem conhecida. A batalha não estava ganha, mas a cada instante percebia-se o quão as tropas de Adhemar pareciam afugentadas.

Partiu na direção oposta. Vira o Mestre de Guerreiro junto com a Estrela Brilhante e o Embaixador do Sul. Juntos, deviam pensar em alguma estratégia contra Adhemar. Ambos se afastaram do Mestre de Guerreiro e partiram para lados opostos, e a Estrela Republicana previu que fariam um ataque nos dois flancos inimigos.

Logo em seguida, Adhemar e o Mestre de Guerreiro iniciaram um combate corpo-a-corpo feroz. Não seria nada mal se ambos se matassem. Mas quando ela assumisse, teria que usar Adhemar como seu troféu. Sem ele, a situação dos Crédulos e Afoitos iria se agravar, e a encarariam como a grande inimiga. Precisaria acalmar os ânimos, pelo menos levando o grande inimigo do Reino de Guerreiros a julgamento. Afoitos e Crédulos podiam se matar à vontade, mas teriam que se unir contra o inimigo externo. Sobre o Mestre de Guerreiro, tanto fazia. Choraria com os Crédulos a morte acidental de um grande líder, uma grande perda para todos. Depois, escolheria outro. Do Rei de Guerreiro, cuidaria depois, apodrecendo-o no inferno junto com a Rainha.

Mas primeiro, teria que matar o comandante Helder.

Agachando-se por entre o amálgama de corpos em combate, a Estrela Republicana se aproximava cada vez mais. O Embaixador do Sul guiou um grupo de jovens aprendizes. Cada vez mais afastados, Adhemar e o Mestre de Guerreiro mantinham-se em investidas constantes. O Mestre de Guerreiro ainda não fora ferido. Lembrou-se das histórias sobre as habilidades de Adhemar, notadamente superiores as do Mestre de Guerreiro, o qual jamais se dedicou a uma carreira na Hierarquia. Sua morte era uma questão de tempo.

Cinco índios a cercaram, todos com espada e machado nas mãos. Ela partiu contra o primeiro, desviou-se dos ataques do segundo e ao mesmo tempo cortou a cabeça do terceiro no primeiro descuido. Os outros dois tentaram atacá-la, mas os matou como moscas apanhadas desprevenidas sobre a mesa de jantar. Em pouco tempo, os cinco estavam mortos.

Ao se dar conta, o Embaixador do Sul iniciara uma investida contra os soldados de Helder. Quando a Estrela Republicana avançou pelo outro lado, perdeu de vista a luta de Adhemar.

Todos ocupados demais em suas batalhas corpo-a-corpo, a Estrela Republicana avançou sorrateira. Protegendo seu comandante a todo custo, os soldados o cercavam sem permitir uma brecha. Mas Helder já estava a pouca distância.

Quando se deu conta, os olhos surpresos do Embaixador do Sul lhe encaravam com uma expressão inquieta. Parecia não se acostumar em ter a maior inimiga de seu Rei como aliada. Aqueles poucos segundos em que trocaram um olhar foram suficientes para ela perceber que ele lera seus pensamentos. O Embaixador do Sul começou a guiar o grupo de jovens para outra área, cada vez mais afastada de Helder. E os índios engoliram a isca, acompanhando-os no duelo.

Agora, o comandante Helder mantinha-se de costas e desprotegido. A Estrela Republicana arremeteu com a espada em punho, a ponta mirando certeira. Quando o corte lhe atravessou o corpo, ele não teve tempo de se virar. A lâmina lhe saiu pelo peito como uma estaca atravessada. Helder arquejou para trás, num grito seco e sufocado. Ela girou a espada, abrindo ainda mais a ferida. Ele rangeu os dentes e arriscou-se olhar por sobre o ombro, mas ela alavancou a espada na direção da garganta, fazendo a lâmina subir num corte preciso até ficar presa em alguma costela. Ela puxou a espada para si, fazendo o comandante cair de joelhos. Quando se deram conta, os índios ao redor ficaram em choque. Antes que iniciassem o ataque, a Estrela Brilhante os surpreendeu com seu exército, forçando os soldados a se dispersarem numa formação improvisada.

Lado a lado, as duas Estrelas executaram uma coreografia típica das habilidades Guerreiras. Enquanto uma desviava do inimigo, a outra o atacava num complemento. Mas a Estrela Republicana sabia muito bem com quem estava lidando. A Estrela Brilhante não era nenhuma santa e não era confiável como aliada. A Estrela Republicana não sabia até quando a cadela do Rei estava disposta a cooperar.

Quando derrubaram os últimos índios, a Estrela Brilhante deu um passo para trás. Num giro inesperado, levantou a espada na direção do pescoço da Estrela Republicana. Com a lâmina passando rente ao queixo, conseguiu se desviar no último instante.

A cegueira criada pela Hierarquia em sua cabeça não lhe permitia ver o óbvio. Se a Estrela Brilhante a matasse, naquele momento, Adhemar ganharia a guerra. Mas para a Estrela Brilhante, na certa era uma humilhação qualquer alternativa. Preferia deixar o Reino de Guerreiros à mercê de Adhemar que se aliar com a líder dos Afoitos.

A Estrela Brilhante seguiu em investidas precisas, sem recuar. A Estrela Republicana conseguiu vislumbrar ao longe que a luta entre Adhemar e o Mestre de Guerreiro se invertera. Pela primeira vez, sentiu uma apreensão. Adhemar se conservava deitado por cima da cana, indefeso e com a ameaça da espada em seu pescoço. Mas a lâmina da Estrela Brilhante interrompeu sua visão.

Enquanto soldados investiam para defender a líder dos Afoitos, a Estrela Brilhante teve que se defender contra os dois cavaleiros. Os dois animais se equilibravam sobre duas patas, forçando-a a recuar. A Estrela Republicana aproveitou a oportunidade, aproximando-se por trás. Precisa, rasgou o pescoço da Estrela Brilhante num único puxão da lâmina. Demorou alguns segundos até o corpo da inimiga cair seco por entre as folhas da cana-de-açúcar, encharcada com seu próprio sangue.

Outra vez, voltou sua atenção para o combate que mais lhe interessava. Agora, o Mestre de Guerreiro se retorcia em pé, com alguém às suas costas. Um homem o apunhalara. Quando o Mestre de Guerreiro caiu no chão, uma terceira pessoa encapuzada veio por trás e desferiu um golpe com uma pedra na cabeça do homem. O golpe não fora fatal, fazendo-o cambalear.

A Estrela Republicana teve a impressão de sentir um tremor no campo de batalha, mas respirou fundo. Deveria ser o furor de estar diante de uma situação tão fora de controle. Percebendo a situação, Adhemar se levantou do chão e correu na direção de seu exército.

O Mestre de Guerreiro estava deitado no chão, imóvel. Poderia estar morto, mas a pessoa encapuzada agora apoiava o Mestre de Guerreiro nos ombros, e com passos rápidos, o levava para fora de combate.

Naquele campo aberto, um cavalo brotou feroz, perseguindo Adhemar. Seu trote pesado arrancava as mudas de cana como esguichos de sangue. Em sua montaria, uma mulher. Para sua surpresa, era a Estrela de Ouro. Pela distância, o cavalo alcançaria Adhemar antes que pudesse ter o reforço de seus índios.

A prisão de Adhemar estava garantida. A Estrela de Ouro jamais o executaria sem as ordens expressas do próprio Rei. Mas o mesmo não se podia dizer do Mestre de Guerreiro. Ainda precisava matá-lo.

A Estrela Republicana brandiu sua espada e partiu contra a pessoa encapuzada. Mas o tremor outra vez lhe atingira, agora sob os pés. Um barulho ensurdecedor invadia o ambiente e se sobrepôs aos gritos e lâminas. O tremor se intensificou e a ao olhar para a muralha do Cordão do Sul, a Estrela Republicana sentiu o coração apertar, percebendo o tamanho da catástrofe que estava por vir.

Experimentava o calor da guerra nas veias. Sentiu que pertencia aquele mundo no instante em que saíra da proteção do Cordão do Sul. Não tinha as melhores chances, mas Nara permitiu-se um sorriso de êxtase.

O capuz a protegia atrás da pilastra, nas adjacências do pátio que margeava o jardim junto ao coração da batalha. Os brados das lâminas não admitiam que se arriscasse. Na cinta, duas adagas. Suas armas favoritas.

Todo o caminho que percorrera valera a pena. Sua vingança se completara, e agora lutaria ao lado de Simão, única pessoa prudente naquele Reino. A Sereia o trouxera dos mortos. Uma prova viva do valor de Simão para a salvação dos Guerreiros. Seu coração bateu mais forte ansiando por encontrá-lo.

A lembrança da Feira dos Sábios lhe tomou de súbito. Imaginou a expressão naqueles semblantes sórdidos que tanto a julgavam. O que diriam se pudessem vê-la naquele instante? Engoliriam as palavras sujas contra sua mãe e seu pai? Veriam que a injustiça do Rei perpassava suas atitudes de julgamento? Teve vontade de matá-los, mas no fundo, não valeria a pena. A morte do Rei de Guerreiro já lhe saciara o suficiente.

Focou seus pensamentos na batalha. Precisava encontrar Simão.

Teria que agir antes que tomassem aquele lado, mas com apenas duas adagas e nenhum tipo de habilidade especial, a única maneira de conseguir era atacar individualmente e se esconder. Duas adagas contra centenas de espadas e machados.

Ela arremessou uma adaga contra um índio solitário. A lâmina o fez cair no chão com um grito seco. Ninguém por perto, se adiantou para puxar a adaga de volta para si e cruzou o caminho até abrigar-se detrás do tronco de uma árvore, no outro lado do jardim. Ela se preparou quando outro índio apareceu. Com a lâmina suja de sangue, mirou outra vez. Antes de atirá-la, percebeu uma abertura naquele mar de gente, e seu coração acelerou ao enxergar Simão ao longe, em uma luta feroz contra um adversário. Pensou se aquele seria Adhemar.

Quando deu por si, percebeu a si mesma às vistas do inimigo. Quando a viu, o índio avisou a outro, e agora eram dois em seu encalço. Nara atirou a adaga de surpresa no peito do primeiro. Apanhou a segunda adaga na cintura e a arremessou, mas atingiu o outro à altura do ombro. O índio interrompeu o passo e puxou a lâmina devagar, arrancando-a com um jato de sangue. Agora, ficara com uma espada na mão e sua adaga na outra.

Nara sentiu as pernas tremerem e seu coração quase parou. Deu-se conta de que não havia se preparado para morrer se fosse preciso. Deu as costas e fugiu jardim adentro, com o inimigo logo atrás. Quando olhou por sobre o ombro, a espada do índio girou no ar para atingi-la. Dobrou rápido por trás de uma árvore e a lâmina arrancou as lascas do tronco ao afundar na superfície. Ela sabia que quanto mais fugisse, mais distante de Simão ficaria. Então, deu a volta e retornou pelo mesmo caminho.

Não daria tempo de se abaixar, recuperar a adaga no índio atingido ao chão, se virar e atacar. Nara teria que correr para além da proteção do jardim, penetrando no coração da batalha. Como um raio que sai de uma nuvem carregada, Nara arriscou por entre índios e Guerreiros, chocando-se contra um paredão de dorsos que se estendiam por todos os lados. Ao longe, Simão ameaçava Adhemar deitado no chão. Mas não teve tempo de alegrar o coração diante da sua própria morte iminente.

Naquela correria, arrepiou-se ao pensar numa lâmina lhe cortando ao meio, como um animal perdido que entra numa jaula sem se dar conta. Mas ninguém parecia notar a sua presença. Sentiu-se estranhamente alheia aos olhares dos inimigos. Alcançou as canas-de-açúcar na lateral oposta e se escondeu. A cana era alta o suficiente para camuflá-la. Alcançou uma pedra branca, maior que sua mão, e a manteve consigo como única arma. A respiração voltava ao normal, mesmo com o tilintar das espadas ao seu redor.

Sem aviso, um Guerreiro derrubou seu inimigo vegetação adentro. Quando o índio caiu, ele se deu conta da presença de Nara, encarando-a por alguns instantes. Sua expressão era uma mistura de pavor com escárnio. E antes da primeira palavra, Nara avançou com a pedra e a golpeou na cabeça do índio. Deu um passo para trás, ainda agachada, camuflando-se do Guerreiro que o atacara.

Dali, notou algo no coração da batalha que fez seu espírito tremer. Avistou Guilherme correndo na mesma direção de Simão. Nas mãos do terrível conselheiro, uma adaga. Ele riscava a batalha da mesma forma que ela fizera momentos antes.

Quis orar para que algo o impedisse, mas seria em vão. Sem pensar duas vezes, Nara empunhou a pedra consigo e investiu na mesma direção. Um índio levantou sua lâmina contra seu pescoço, mas ela desviou, mantendo seu trajeto apressada.

Conseguiu adentrar no espaço aberto, mas chegara tarde demais. Simão arqueava-se para traz, com Guilherme lhe dilacerando as costas. Por mais que se esforçasse, Nara sentia que a injustiça insistia em lhe perseguir. Sentiu-se inútil ao assistir outra vez arrancarem a vida de Simão. A cada passo, sentia um tremor no chão, e seu coração latejava de repugnância.

Ergueu a pedra por trás da cabeça de Guilherme, que não notara sua presença. Ouviu o grito seco de Simão e seu corpo caiu no chão. Com toda a força que conseguira concentrar, desferiu uma pancada tão forte que parecia que a pedra estourava em sua mão contra o crânio de Guilherme. Ele desabou de lado, mas conseguiu manter-se cambaleante. Adhemar se levantou num giro e iniciou sua fuga. Ao verem seu líder correr da batalha, os soldados índios iniciaram sua aproximação, e Nara percebeu que eles a cercaram.

Rasgando aquele caos, a Estrela de Ouro surgiu em seu cavalo por entre a multidão, perseguindo Adhemar. Naquela velocidade, ele não teria chance de escapar. Nara pôs um dos braços de Simão em volta do pescoço, apoiando-o em pé. Lamentou o fato de ser fraca demais, andando mais lenta do que deveria. Os inimigos se aproximavam sedentos e o medo lhe tomou por inteira ao ver que estava cara a cara com a morte.

Surgindo do nada, um som ensurdecedor invadiu seus ouvidos. Tão alto que calou a tudo e a todos. Os índios e Guerreiros pareciam congelados em suas posições, completamente chocados. O som irrompeu num estrondo e Nara se virou para olhar.

No estrago causado pela pedra contra o Cordão do Sul, uma rachadura crescia em espasmos pela muralha, como um ferimento profundo responsável por uma infecção mortal. Um imenso bloco de pedra se desprendeu do paredão e bateu no outro lado, causando outro deslocamento na estrutura. Uma chuva de tijolos desceu sobre os homens abaixo. Quando o outro lado sofreu o impacto, o gigantesco pedaço girou no próprio eixo e começou a despencar. Sua trajetória pareceu durar uma eternidade e todo o exército abaixo corria para não ser esmagado contra o bloco descomunal. O som tomou uma proporção ainda maior e outros espasmos se seguiram.

E, pela distância, Nara fechou os olhos. Também não conseguiria escapar.

XI

— Eu lamento, Majestade — disse o Mateu à Rainha de Guerreiro.

A face escura do Rei de Guerreiro descansava em sono eterno. A febre e convulsões o levaram à morte vagarosa e dolorida, uma imagem que ficaria guardada na mente e na história do Reino de Guerreiros.

— Meu marido foi o homem mais honrado do Reino de Guerreiros — disse a Rainha. — Deus estará esperando por ele, nosso Senhor Jesus Cristo abrirá o caminho para o paraíso e a Sereia o abençoará. Mas tudo é no tempo de Deus. Se meu marido teve que ir embora tão cedo, é porque tinha de ser.

— Amém — disse o Mateu, juntando as mãos numa reverência forçada, querendo mais do que tudo acreditar naquelas palavras.

As expressões da Rainha não condiziam com seu discurso. A postura não estava de acordo com a tristeza costumeira de quem acaba de chegar à viuvez. O Rei de Guerreiro havia levado seu filho, Igor. Deus não teria piedade de um homem assim. O enterro real só ocorreria caso o Reino saísse vitorioso. Os Guerreiros fariam suas homenagens de costume e as pinturas cravariam o semblante do Rei para sempre nos azulejos do Convento.

Caso perdessem, o corpo do Rei seria o primeiro a sofrer o exemplo.

O Mateu ouviu passos no corredor, aproximando-se apressados.

— Simão acabou de sair — disse Jaime.

— E por que não me chamaram? — perguntou o Mateu.

— Ele procurava por Nara. Ela sumiu — disse Rufino.

Nara era uma teimosa incomparável. Mas arriscar a própria vida numa guerra expressava sua lealdade ao Mestre de Guerreiro.

— E onde está a Estrela de Ouro? — perguntou o Mateu.

— Eu mesma a mandei para a batalha — disse a Rainha. — Não podemos ganhar a guerra sem ela.

Aquela interferência da Rainha era um sinal de incômodo. E pelo olhar de Jaime e Rufino, algo estava errado.

— Vou falar com o Mestre de Guerreiro, Majestade — disse o Mateu com uma reverência. — Ele ainda deve estar dentro do Cordão do Sul.

A Rainha ficou em silêncio, ignorando-o. Sua atenção se voltou para o Rei morto. O Mateu saiu do dormitório e Jaime e Rufino o acompanharam. Agora, estavam longe o suficiente.

— Falem — disse o Mateu.

— A Estrela de Ouro saiu com dois homens desconhecidos — murmurou Rufino. — Foi na direção oposta da batalha, rumo aos cavaleiros da Estrela Republicana.

— Deve cumprir ordens da Rainha — disse Jaime. — Ela foi a última com quem a Estrela de Ouro conversou.

Retirar a Estrela de Ouro da batalha era um movimento arriscado demais, como se existisse algo mais importante do que a sobrevivência do próprio Reino de Guerreiros. A menos que os interesses fossem tão superficiais que ainda envolvessem a Lira.

Por uma das janelas, podiam-se ver os Guerreiros massacrados e as tropas da Estrela Republicana em avanço contra os índios. Sentiu como se uma lança lhe atingisse o coração. Seu filho fora morto, o Reino caía em desgraça e não havia mais esperanças. A Sereia os tinha abandonado por completo.

O Mateu não mais conseguiu se imaginar como Crédulo. Ser um Afoito soava como arranhão em sua alma e nunca pensou que poderia se identificar com tamanha desesperança. Ainda concordava com a Rainha, pois só Deus saberia o que estava por vir, e tudo era da Sua vontade. Mas tudo levava a crer que Deus almejava a destruição.

A energia de Simão lhe dava forças. O Mestre de Guerreiro continuava lutando e sua imagem era o último refúgio de amparo. A sabedoria de Simão era maior do que a de todos dali e o Mateu lutaria até o fim pelo o que acreditava. Por isso que devia ajudá-lo.

— Preparem os cavalos — disse o Mateu. — Caso seja necessário, partam para o Convento. — O Mateu olhou seu filho. Aquele brilho jovem, o mesmo de quando criança. — Eu já perdi um filho e não quero que isso aconteça de novo.

O Mateu deu as costas e seguiu pelo corredor.

— O senhor vai para aonde, pai? — perguntou Jaime.

O Mateu virou à direita, adentrando no corredor até a porta de madeira adornada com fios de ouro, formando uma cruz. Quando abriu-a, a estátua do nosso Senhor Jesus Cristo jazia ao centro, sobre o pedestal adornado com fitas coloridas. Ao fechar a porta, um feixe de luz atingiu a cabeça da estátua e todo o barulho cessou. A capela construía outra realidade. Ajoelhou-se diante de Jesus e fechou os olhos. Precisava ter uma prova de uma vez por todas.

Respirou fundo e entrelaçou os dedos.

— Meu Senhor Jesus Cristo, tranquilizai minha alma, deixai-me encontrá-lo, ó Deus nosso Senhor, dos corações e almas, tem todo o poder sobre vida e morte, sobre a Terra e além dela, carrega a água da chuva como o sangue das veias escorre por

Ti, da semente à árvore, Tua benção, Teu amor, guiai-me pelas passagens obscuras, deixe-me escutá-Lo, que a Sereia leve esta mensagem a Ti, Senhor Deus, Senhor Jesus Cristo, que tudo sabe, tudo faz parte do mistério, diante de Ti, ajudai-me agora, com tantas vidas em jogo, iluminai-me na cegueira, meu Deus, meu Senhor Jesus Cristo, minha Sereia. Faz-me escutar Tua voz, Teu chamado, Tua benção e Teu toque.

O Mateu engoliu em seco. Conservou-se imóvel por alguns instantes. A escuridão deu lugar a um ponto de luz no fundo do oceano de memórias e dores. Abrindo os olhos, encarou a estátua de Jesus.

Não viu mais nada. Nem ouviu nada. Nem sentiu nada.

Levantou-se devagar, sentindo as articulações dos joelhos cobrarem o preço da idade. Sua ferida não era física, mas espiritual. Se Deus me abandonou, pensou, se a Sereia não me ouve e se Jesus não me vê, o Mestre de Guerreiro ainda precisa de mim.

Saiu apressado da capela. Antes de descer pelas escadas, viu um grupo de jovens Guerreiros fazendo a proteção interna.

— Protejam-me — disse o Mateu, antes que pudessem protestar.

Desceu as escadas acompanhado por uma dúzia de Guerreiros. A cada degrau, mais intensos eram os gritos do lado de fora. Os jovens se dividiram em dois grupos de seis, ficando lado a lado com o Mateu e protegendo-o num círculo de corpos.

Todos com espadas em punho, um deles se aproximou da maçaneta e a girou. Quando a porta se abriu, o barulho ecoou estrondoso pelas paredes apertadas do corredor logo atrás. Ao saírem, deram início ao confronto, jamais afastando-se do Mateu. As tropas da Estrela Republicana se misturavam como uma nódoa em uma superfície. Estavam em maior número e abatiam os índios mais rápido que os Guerreiros.

Distante, o Mateu avistou Simão. O Mestre de Guerreiro estava junto ao Embaixador do Sul e Estrela Brilhante, que logo se afastaram para lados opostos. Simão parecia absorto nos próprios pensamentos e sem saber o porquê, o Mateu sentiu o coração acelerar e sua respiração falhar, como se um grande fardo tivesse sido posto em suas costas.

O Mateu acompanhou Simão colocar a mão no bolso e retirar seu punho fechado. O Mateu antecipou o que estaria por vir. Quando o Mestre de Guerreiro abriu a mão, revelou dois objetos entrelaçando-se nos dedos. Pelo brilho, não havia dúvidas de que eram cachos. Dois cachos da Sereia.

Como por instinto, o Mateu pôs a mão no próprio bolso. Experimentou uma energia lhe adentrar nos dedos até tocar em um objeto familiar. Ao puxar o artefato, sua pulsação saltou. Em sua mão estava um terceiro cacho. Não era coincidência haver três cachos no mesmo lugar. Se um já fazia milagres, o Mateu imaginou a capacidade de três ao mesmo tempo. Então era assim que a Sereia preparara sua benção? Seria através dos três cachos, assim como a trindade Deus, Jesus e Sereia, que a verdadeira revelação iria acontecer?

A delicadeza em cada fio e o esplendor das luzes concebia o milagre vivo. Um arrepio lhe percorreu a espinha e uma leveza atingiu seu íntimo. O coração desacelerou até atingir a paz.

Os jovens Guerreiros tentavam segurar os ataques, mas cediam pouco a pouco. De um instante para o outro, os doze jovens caíram mortos no chão, feridos pelos índios. Mas o Mateu teve a impressão de que ninguém o encarava nos olhos. Parecia que seu corpo não estava ali, como se não estivesse no campo de batalha. O inimigo o ignorava por completo.

Ao dar-se conta, Simão e Adhemar tinham iniciado seu combate corpo a corpo. E, irrompendo à sua frente, Nara passou correndo e esbarrou em seu ombro, desesperada para alcançar a plantação de cana-de-açúcar do outro lado. O capuz não foi suficiente para esconder seus traços, e suas mãos nuas davam sinal de que fora desarmada. Passando ao lado do Mateu, um homem corria na direção de Simão. Segurava uma adaga. Mesmo de costas, não havia dúvidas de que era Guilherme, o conselheiro do Rei de Guerreiro. Avançava por entre os homens, abrindo caminho até conseguir adentrar em campo aberto.

O Mateu estendeu as duas mãos na direção do conselheiro, agora distante. Saboreou a sensação de ter uma energia cruzando seu corpo por completo, como se o próprio Deus profetizasse a realização de um milagre.

Mas a adaga perfurou certeira as costas de Simão, fazendo-o arquejar para trás com uma expressão grotesca. Não fazia sentido. A Sereia acabara de lhe enviar uma mensagem, como um presságio para a salvação do Reino de Guerreiros. Mas a lâmina apunhalou Simão. Não seria o destino do Mestre de Guerreiro também se salvar?

Nara alcançou Guilherme e o atingiu por trás com uma pedra na mão. Guilherme cambaleou e Adhemar aproveitou para fugir rumo aos soldados índios. Ao fundo, a muralha do Cordão do Sul se erguia deformada pela cratera aberta. O Mateu mirou as duas mãos naquela direção e fechou os olhos. A energia despontava pelos dedos. Um barulho ensurdecedor invadiu a batalha. Ao abrir os olhos, fendas se expandiam como galhos em uma árvore. O Mateu conduzia a direção das rachaduras com os dedos, penetrando fundo na estrutura tida como indestrutível.

Ao encalço de Adhemar, a Estrela de Ouro avançava com seu cavalo. Do outro lado, a Estrela Republicana empunhava sua espada correndo na direção de Simão, com Nara apoiando-o nos ombros e andando lenta para longe da batalha. A Estrela Republicana pareceu contemplar aquela destruição, parando a meio caminho.

O Mateu concentrou ainda mais sua energia e um imenso bloco se desprendeu do resto da muralha, batendo contra o outro lado da abertura. Em queda, começou a girar no próprio eixo na iminência de atingir a todos abaixo. Pela distância, Nara e Simão não escapariam. O Mateu levantou uma das mãos e ergueu os dedos à frente, executando um corte no bloco em queda livre, separando-o em dois pedaços antes de atingirem o chão. As duas partes se abriram, e caíram levantando uma nuvem de poeira e destroços.

Quando todo o pó se assentou, o Mateu viu que Simão e Nara estavam a salvo. A outra parte caiu metros à frente de Adhemar, formando uma parede intransponível. Adhemar paralisou diante da estrutura e a Estrela de Ouro o alcançou, golpeando-o certeira. O resto da muralha começou a despencar, caindo por cima dos índios, que fugiam de volta ao Reino de Peri.

Diante daquele caos, o Mateu correu na direção de Nara. Quando finalmente alcançou-a, ela o reconheceu com uma expressão de desespero.

— Simão está ferido! — exclamou ela. — Ele vai morrer!

— Vão para o Convento! Jaime e Rufino estão à espera.

Mirando distante, percebeu a Estrela Republicana correndo outra vez para alcançá-los.

— Vão! — insistiu.

O Mateu levantou uma das mãos e a apontou para um dos blocos em queda livre, revirando-o no ar e jogando-o contra a Estrela Republicana. Rápida, ela se desviou. Ele jogou outro bloco e ela avançou pelo outro lado, desviando outra vez. Ele arremessou dois blocos, mas ela desviou do primeiro e cortou ao meio o segundo com sua espada. O Mateu mirou em suas pernas. Com um leve movimento dos dedos, fez a Estrela Republicana tropeçar e cair. Logo atrás, Simão e Nara já não estavam mais às vistas, perdendo-se no turbilhão de índios afugentados e Guerreiros que aproveitavam para repeli-los ainda mais.

Quando o Mateu voltou sua atenção à frente, deu de cara com a Estrela Republicana na iminência de desferir seu golpe. A lâmina desceu certeira na cabeça do Mateu, mas nada havia acontecido. A espada não conseguia encostar em seu corpo, como se o vento amortecesse a queda e a repelisse antes que o braço descesse. Ele sentia a potência de Deus tomar-lhe por inteiro. Abrindo as duas palmas da mão, jogou a Estrela Republicana para trás, forçando-a a se apoiar na espada.

A Estrela Republicana o encarou por alguns instantes. O Mateu desconfiou que ela perdera a fé enquanto o líder dos Afoitos, mas o que acabara de testemunhar comprovava o milagre. Esse choque entre expectativa e realidade percorreu cada detalhe no seu olhar.

Ela então virou as costas e partiu na direção da Estrela de Ouro, que mantinha Adhemar em sua posse. Quando se deu conta, Guilherme também não estava mais ali, assim como tantos outros que ainda continuavam em fuga. Os Guerreiros gritavam com a vitória. A dúvida virara certeza. O Reino de Guerreiros se salvara da destruição.

Mas ao perceber que a maioria dos que gritavam pertenciam às tropas da Estrela Republicana, o Mateu não celebrou.

XII

O cubículo fedia. Como tudo pertencente aos malditos guerreiros.
Adhemar era mantido encarcerado há dois dias. Haviam lhe atado os pés e as mãos. Por uma abertura na parede pouco maior que um punho fechado, alguém lhe repassava comida e água. Não fez questão de comer. O isolamento lhe fazia ouvir um zumbido constante e o catre improvisado acumulava humo dos prisioneiros passados. Não dormira, pois o odor ainda lhe dava náuseas. Sua mão esquerda sangrava de tanto tentar derrubar a porta.

Entrara num estado de reflexão profunda, sem se dar conta ao certo de como tudo acontecera. A energia de seu povo indígena lhe abandonara. Tragar aquela ruína era acatar que um povo inteiro caía, outra vez, sob o domínio da injustiça.

A queda da muralha fora ao mesmo tempo uma vitória e um desastre. Ele passara pelo coração do Reino de guerreiros, mas fora esmagado por suas veias. O desmoronamento destruíra seus homens e quase lhe tirara a vida. Lamentou pelo fato de não ter acontecido.

Seus soldados fugiram quando deviam ter acabado com o máximo de guerreiros. Dando as próprias vidas se preciso. O inimigo comemorara sua queda ao som de risadas e Adhemar sentira a alma se partir em mil pedaços. O Reino de Peri jamais deveria ter virado suas costas diante da afronta. Parecia que tudo estava fadado a dar razão final aos guerreiros, primeiros a invadirem as terras do povo indígena e que sempre se diziam injustiçados. Uma atrocidade só é reconhecida quando feita contra o próprio povo. Se feita ao inimigo, tanto faz. Os guerreiros jamais tiveram perdas suficientes para odiarem os Índios. A humilhação de um povo inteiro passava outra vez invisível sob risadas desonestas.

A aliança do Rei com a Estrela Republicana fora a maior das ironias. Assim como Peri não previra o desenlace das aranhas traidoras ao seu redor, ele também caíra na mesma teia.

Ainda não sabia quem o atacara na Estrada de Aimara. Pela estrutura e técnica dos homens entregues ao relento, não pertenciam à Estrela Republicana nem aos soldados do Rei de guerreiro. Havia sido um ataque improvisado de um rosto ainda invisível.

O conselho das Onze Nações seria o primeiro a expulsá-lo do Reino de Peri pela desobediência. Sua imagem seria ruída para todo o povo Índio. Isso se ficasse vivo.

Quando se deu conta de que seus pulsos estavam em carne viva, a porta rangeu e se abriu. Dois guerreiros jogaram um homem para dentro da cela, que num tropeço bateu o rosto no chão. O pobre homem cambaleou até ficar de pé, e seu rosto familiar quase passou despercebido diante da imundice no cabelo, pescoço e face.

Aquele era o seu informante.

A porta se fechou e os dois ficaram ali, parados como esculturas em eterna reflexão.

— O que fizeram com você, Isac? Onde está Alfredo?

— O Rei de guerreiro está morto. E ela... a Estrela Republicana... sabe sobre mim.

— Ela não sabe o que fazer comigo. Ou eu já estaria morto. — Adhemar se apoiou no catre e encostou as costas na parede de pedras geladas. — Por que permitiram você aqui?

Isac se aproximou, murmurando.

— Me mandaram entregar um aviso. Ela está fazendo uma reunião geral com toda a população. Negociando com Crédulos e Afoitos. Estão todos discutindo sobre sua situação.

Adhemar sabia daquela tática do medo. Ela queria que ele recebesse o aviso para afundar ainda mais no delírio da espera, até que a humilhação o transformasse em um insano. Adhemar já usara a técnica com seus inimigos, mas agora eles o negociavam como um rato de feira.

— Como o Rei de guerreiro morreu? — perguntou Adhemar.

— Envenenado na própria comida.

— Pelo visto, não sou o único rodeado de urubus.

O cheiro ficou ainda mais intenso, impregnando-se à força na língua.

— Se me permite dizer, não ganhamos esta guerra, mas o senhor lutou com grande valor. O que quer que aconteça, o povo honrará sua memória da mesma maneira que honra a de Peri. O senhor chegou mais perto do que qualquer outro Índio poderia chegar. Isso ficará para a história.

— Isso não foi só mérito meu. Contei com a ajuda de dentro da Hierarquia.

— De quem?

Adhemar se permitiu uma risada.

— O Rei ficaria estupefato em como seu General não vale um saco de moedas.

— Não sei se eu sobreviverei para contar essas histórias, mas todos os soldados que lutaram ao seu lado contarão aos seus filhos e netos. Serão inspirados a lutar outra vez.

No fundo, Adhemar não se importava em ser espelho para ninguém. Não fora capaz de subjugar os guerreiros e ainda o mantinham prisioneiro. Não havia história que valesse a pena.

A tranca da porta rangeu e os mesmos vassalos apareceram, adentrando na cela e agarrando os braços de Adhemar. Puxaram-no para fora e trancaram a porta atrás. Riscando pelo labirinto de corredores, encararam uma porta grande e larga. Nas paredes, pequenos azulejos emolduravam rostos de guerreiros. Quando um deles a abriu, uma mesa ao centro reservava-se a uma mulher sentada. As feições fortes e olhar imperioso lhe tornavam singular. Aquela era a Estrela Republicana.

Os dois homens o arrastaram até outra cadeira em frente à ela. Sentando-se, encarou sua expressão séria e afiada. Ela se manteve em completo silêncio e depois abriu um leve sorriso.

— A mensagem que mandei já está atrasada — disse ela. — Acabamos de firmar uma aliança com os dois lados do Reino de guerreiros.

Adhemar respirou fundo e acumulou na garganta toda a sujeira que respirara na cela. O gosto imundo lhe atingiu a ponta da língua. Inclinando-se sobre a mesa, cuspiu na direção da Estrela Republicana. O cuspe fétido a atingiu no ombro, respingando a altura do pescoço. Sem perder a postura, ela manteve emoldurado seu sorriso de desdém.

— Cuspa nas pessoas certas. Cuspa nos Ggerreiros responsáveis por tudo isso.

— Você foi a primeira a se aliar a eles, o que também a torna responsável.

— Não existe vitória sem aliança com aqueles a quem considera repugnantes.

Adhemar fez força para se levantar, mas os dois guerreiros lhe impediram.

— Mantive minha honra! — exclamou ele.

O sorriso dela se desfez, mas as suas rugas salientes forçadas pelo sorriso não desapareceram, como se carregasse um peso do tamanho do mundo. Levantando-se da mesa, a Estrela Republicana se aproximou.

— Você não foi o único que perdeu pessoas nessa batalha, Adhemar. Não finja que não se importa, porque nós somos iguais. Seus pecados foram suas escolhas. Sua ruína é mérito seu. Eu também poderia estar no seu lugar. — Ela o encarou firme. — Eu já estive em seu lugar. Todos nós somos vítimas da mesma Hierarquia. — O sorriso de desdém brotou outra vez. — Mas acredito que você tenha ido num ponto que eu não fazia ideia de que existia e preciso saber de todas as fraquezas deste Reino de guerreiros. Ainda bem que você me ajudou.

Aquelas palavras não fizeram sentido. Adhemar se interrogou o que de fato havia dito para contribuir para estratégia da Estrela Republicana. Interrompendo suas reflexões, ouviu passos logo atrás. Ao se virar, deu de cara com Isac. Nenhuma corda atava suas mãos. Ele andou até ficar lado a lado com a Estrela Republicana. Bastou uma pequena reverência para o coração de Adhemar saltar.

— O General, minha senhora. Foi o General o responsável pela passagem.

— Maldito seja! — disse a Estrela Republicana.

Adhemar olhou bem para a cara daquele miserável. Agora, tudo fazia sentido. Ele era mais que um informante duplo. Isso explicava o porquê do Rei de guerreiro saber tanto da sua estratégia de ataque. Mas no fim, tanto ele quanto o Rei foram meros joguetes em favor da Estrela Republicana.

— E atacaram as tropas de Adhemar na vinda para cá.

— Quem?

— Não sei, minha senhora.

De uma hora para outra, a Estrela Republicana ficou atônita. A notícia lhe fora uma completa surpresa.

— Como não sabe?

— Foi algum grupo independente. Sem nenhuma organização.

Então, o ataque que Adhemar sofrera não partira nem da Estrela Republicana nem do Rei de guerreiros. Mais uma vez, as palavras do General se confirmavam. Havia mais uma peça naquela guerra e que ninguém conseguia ver, mas pior do que aquela dúvida, era o semblante de desdém que perdurava em Isac.

Como por instinto, Adhemar se levantou contra as mãos que o prendiam e socou sua testa contra o nariz de Isac. Os guerreiros o puseram de volta na cadeira e Isac cambaleou para trás. O sangue escorreu tão rápido quanto um rio caudaloso e o tapete se manchou numa textura escura.

— Você se amaldiçoou! — exclamou Adhemar.

— Seu verme desgraçado! — esbravejou Isac, entredentes ensanguentados. — Acabou!

— Decretou sua própria escravidão ao se aliar à ela! Já está morto e ainda não sabe!

— Esta guerra é uma mentira. Porque seu orgulho é uma mentira. Peri é uma mentira!

Adhemar quis golpeá-lo outra vez, mas os homens o seguraram.

— Do que está falando? — questionou Adhemar.

O sorriso de desdém da Estrela Republicana reapareceu.

— Espere... — disse ela. — Ele não sabe de nada?

— Não, minha senhora. Até onde sei, ele realmente acredita em tudo.

Adhemar engoliu em seco. O ódio lhe brotou ao ver que pareciam desdenhar de algo tão sério. Conseguiu se levantar, mas os dois homens o imobilizaram.

— Muito fácil desdenhar e inventar histórias diante de alguém algemado.

A Estrela Republicana apontou o dedo indicador na direção de um dos retratos na parede.

— É bom dar uma boa olhada nos traços daquele homem, Adhemar. Durante muito tempo, o desgraçado do Rei de guerreiro não queria que este quadro ficasse pendurado por aí. Na verdade, há várias versões escondidas. Mas eu fiz questão de expô-lo, porque ele faz parte da história do meu Reino de guerreiros.

Pelo tom de pele e feições, não parecia ser um guerreiro comum. Adhemar jurou que aquele homem poderia ser um Índio. Um arrepio lhe desceu pela nuca e o silêncio arrebatou a todos. Aquela era uma mentira imperdoável.

— Não seja ridícula — disse Adhemar. — Pode insultar a mim e à história de meu povo, mas a verdade já está selada.

— Acha que seu pai não sabia disso? Ele não era tão pacifista com os guerreiros quanto pensa. Sei de todas as histórias porque o Rei de guerreiro era o primeiro a fazer o trabalho sujo de investigá-lo. Para criar outro mito, é preciso ter referência. Peri foi a referência para você. Mas Peri não morreu em combate. Peri se aliou aos guerreiros e viveu até o último dia de vida sendo um guerreiro.

Adhemar sentiu a respiração acelerar. Tentou avançar contra a Estrela Republicana, mas os dois homens o mantiveram imóvel.

— Mas isso nunca foi suficiente para o Rei de guerreiro — continuou ela. — Não deveria misturar o sangue dos puros Ancestrais com o da "baixa classe". E nenhum dos retratos de Peri era digno de apreciação.

Mesmo que não admitisse para si mesmo, Adhemar sentiu que as mentiras lhe atingiam em cheio. Lembrou-se das conversas que teve com o pai e com os líderes das Onze Nações. Ninguém jamais demonstrara fragilidade no discurso sobre Peri. Ele era um fato. Sua luta era um fato. E sua morte, também. Ele sempre foi a chama que guiou os corações dos verdadeiros contra os falsos. Do povo indígena contra os guerreiros.

— A história não acaba aqui — disse Adhemar. — Sua cabeça vai rolar na primeira chance. Os inimigos vão se atirar às suas costas quando menos espera.

— Por isso que o General e tantos outros terão o mesmo destino que o seu. — A Estrela Republicana acenou para os dois vassalos. No mesmo instante, carregaram Adhemar para fora do salão, de volta ao corredor.

Aquela humilhação era demais para suportar. Não iria esperar o dia fatídico para que todos vissem sua cabeça rolando e o sonho do Reino de Peri desmoronar. A Estrela Republicana mostraria seu corpo desmembrado, sendo ele a garantia da negociação e exemplo do que acontece aos inimigos que desafiam o Reino de guerreiros. Pensou em tirar a própria vida. Pelo menos cumpriria o plano de intensificar outra vez a disputa entre Afoitos e Crédulos.

Quando os dois homens o jogaram na cela, amarram suas mãos e pés outra vez. À porta, a Estrela Republicana deu seu último aviso.

— Amarrem-no ao catre. Para evitar surpresas.

Sentiu amarrarem seu corpo a ponto de ficar imóvel e a respiração falhar. Ao fecharem a cela, o som ecoou pelas paredes e rasgou seu juízo. Sua única alternativa era contar com Alfredo. Não sabia se ele escapara do desastre no Cordão do Sul, mas tinha a impressão de que fugira junto com os homens. Com a morte do comandante Helder, Alfredo teria que assumir a responsabilidade de resgatar seu líder.

Esperaria o resgatasse no dia da execução pública. Îerobîasaba. Ko'arapukuî. Era só uma questão de tempo.

XIII

Quanto mais comprimia o cacho contra o ferimento, menos fazia efeito. Desacordado, Simão suava incendiando em febre. O Mateu cerrou os olhos e orou. Como uma brisa suave lhe tocando a ponta dos dedos, a energia lhe estremeceu o íntimo. Ao abrir os olhos, a ferida escura e fétida ainda estava lá.

Ao lado de Simão, a Lira também ardia em delírios, carregada por Onofre e Rufino. Não sabia se Jaime os informara da localização do Convento ou se fora a Estrela de Ouro. De qualquer forma, conseguiram chegar a tempo, mas o estado da Lira não era menos grave. Nara continuou espremendo uma mistura de ervas contra sua ferida, do mesmo modo que fizera com Simão no dia anterior.

Pouco depois de terem chegado ao Convento, o Mateu contara a todos o que fizera no Cordão do Sul. Pacheco e Rufino eram devotos, Crédulos de corpo e alma, e agradeceram aquela bênção concedida para a salvação do Reino de Guerreiros. Nara, por outro lado, reagiu apreensiva. Ela passara pelo caminho das dúvidas, mas o milagre chegara. Ela própria vira como Simão voltara dos mortos e sua própria vida fora salva.

Quando a mistura de ervas, mais uma vez, tocou na ferida de Simão, ele se contorceu. A lâmina de Guilherme o atingira em algum órgão vital. Ao redor, os quadros dos Guerreiros pareciam abrigar a resposta sobre o destino de Simão, camuflando-a por trás de suas feições dissimuladas. Do outro lado, Pacheco e Rufino não saíam de perto um do outro. O Mateu imaginou a angústia dos dois irmãos no dia em que foram separados depois do ataque de Guilherme, e agora, o reencontro fora um alívio.

A Estrela Republicana tomara o Reino de Guerreiros para si e o futuro da Rainha e de Adhemar estava por um fio. Simão e a Lira beiravam a morte. Todo o grupo se mantinha isolado no Convento e imaginou que a Estrela Republicana já dera início ao seu plano de controle.

Difícil manter a esperança, mas o Mateu sentiu um imenso pesar ao apertar o cacho nas mãos. Salvar uma vida era um milagre grande demais. Via-se na mesma situação de anos antes, mais uma vez em completo fracasso.

— Vá pegar mais água — disse Nara a Rufino. Ele deu as costas e desapareceu rápido nos corredores adentro.

— Eu vou com ele — disse Pacheco.

— Não! Preciso que me ajude pressionando deste lado.

Pacheco relutou, mas obedeceu.

Enquanto Nara parecia ter mais eficiência na cura de Simão, o Mateu se afastou, encarando as pinturas junto com Onofre. Cada olhar o julgava, tinha certeza disso. Ainda mais os olhares do canto inferior esquerdo. Ali havia dois retratos diferentes da mesma pessoa. Peri. O brilho singular do índio parecia vívido, como se fizesse presente como testemunha.

— Consegue curá-lo? — indagou Nara, aproximando-se com Pacheco.

— Você tem mais chances do que eu.

— Levando em conta o que você é capaz de fazer, não faz sentido!

— Sou apenas um servo. Deus ouve minha voz e a Sereia a abençoa. E só por eles faço milagres.

Onofre pôs a mão em seu ombro.

— Tenho certeza de que pode salvá-lo. Continue tentando.

— O que vai fazer, Nara? — indagou o Mateu.

— Deixar que as ervas tentem cicatrizar o ferimento. Aumentei a dose, mas nada parece fazer efeito.

Com uma ironia implacável, o destino reconstruía a mesma situação de anos antes. Já havia escutado aquele apelo quando falhara e, outra vez, as mesmas palavras se repetiam em vão.

Apesar do desespero, Nara se acalmou aos poucos. Ela amava demais Simão para permitir que morresse diante de um ato tão covarde. Mas precisava esperar o efeito dos medicamentos. E diante de tantas obras de arte, focou sua atenção.

— Nunca tinha vindo a este lugar. Por que é tão isolado?

— Estratégia — respondeu o Mateu. — O falecido Rei de Guerreiro criou um refúgio.

— Poderia ser uma bela exposição para visitantes — disse Onofre, apontando para uma fileira de espadas.

— Mais que objetos, são tesouros. Quem tiver acesso a tudo isso pode muito bem apagar a história do Reino de Guerreiros. Há um valor político significativo e um grande risco.

— Quem pintou todos esses quadros? — perguntou Nara.

— Muitos homens. De diversas partes do Reino. Uma dedicação voltada a retratar a Hierarquia e sua beleza. Os estilos são diversos, mas tendem a uma padronização.

Onofre se aproximou de um dos quadros, abaixando-se para ler os letreiros e assinaturas dos artistas.

— Diego de Araújo Dias pintou algum quadro daqui? — indagou ele.

— Muitos. Um excelente pintor, diga-se de passagem. Ele é jovem, mora isolado por trás da Feira dos Sábios. Extraordinário o seu talento, mas tem uma personalidade estranha. Por que a pergunta?

O olhar de Onofre se mantinha baixo, numa reflexão profunda.

— Ele está morto. Adhemar o matou. Estava com ele quando aconteceu.

— E como um pintor se envolveu com vocês? — indagou Nara.

— O que importava a Diego era ser grande. E isso só seria possível se retratasse os líderes das Onze Nações e Adhemar. E ele perdeu um filho, Tawan...

Os olhos de Onofre se marejavam. O Mateu também já havia perdido muita gente inocente ao longo dos anos e entendia bem aquele sentimento. Arrepiou-se ao pensar nos caminhos pelos quais Onofre e Pacheco tiveram que passar. Graças a Deus estavam vivos.

— Qual quadro? — indagou Nara.

O Mateu apontou para os mais de dez quadros espalhados pela parede. Quando Nara pôs os olhos nos dois quadros da esquerda, cerrou os olhos em análise.

— Mas esse Diego, que Deus o tenha, parece que não era tão bom assim — disse ela, apontando. — A pele desses dois Guerreiros não está de acordo com os demais.

— Porque este é Peri.

Onofre e Nara o encararam com uma expressão retorcida. Por um momento, prenderam a respiração em espanto.

— O Rei jamais permitiria a exposição desses quadros, ainda mais com a ameaça crescente dos Afoitos. Peri fora derrotado, mas não morrera na guerra. Fizera parte da Hierarquia. E, diante do Rei de Guerreiro, Peri disse que se arrependia pelo ataque. Por seus serviços à Hierarquia, teve seu rosto retratado.

— Adhemar sabe disso? — indagou Onofre.

— Só a Hierarquia sabe. Mas creio que a Estrela Republicana não perderia a oportunidade de relevar algo tão humilhante para o seu prisioneiro.

Nara passou a mão por cima dos olhos de Peri, nos dois quadros.

— Incrível como parece vivo. A sensação que tenho é de que Peri nos observa, como se quisesse testemunhar em primeira mão a nossa falha.

Ouviram um barulho do lado de fora do Convento. Os três trocaram um rápido olhar e o Mateu se aproximou da janela, abrindo-a devagar. Viu apenas o efeito do vento contra as duas árvores no jardim. Quando fechou a janela, Nara voltou a encará-lo.

— O máximo que posso é manter Simão vivo por mais algum tempo.

O Mateu pôs a mão no bolso e retirou o cacho. Nara e Onofre vislumbraram com fascínio cada fio, espantados com tantos detalhes que pareciam entalhados à mão.

— Este cacho é da Sereia. Somente por meio dele que consigo atingir o que peço em oração. E ele não está sendo o suficiente.

— Eu guardei dois cachos iguais a esse do bolso de Simão — disse Nara.

O Mateu silenciou. Os cachos de Simão não haviam sumido, então. Assim como a Sereia também não levara o dele. Desconfiou que sentisse o mesmo que Nara. Seu cacho aparecera somente quando viu os dois na mão de Simão, como se os três precisassem estar unidos no mesmo propósito para o milagre acontecer. Um só não havia conseguido salvar uma vida tantos anos antes. Três cachos, talvez.

— Simão está acordando! — gritou Pacheco.

— Você está louco? — exclamou Nara ao ver Simão tentando se levantar. — Precisa descansar!

— Estou bem — disse Simão, cambaleando antes de ficar de pé.

— Melhor descansar — aconselhou Onofre.

Simão contemplou o ambiente.

— Há quanto tempo estou aqui?

— Há alguns dias — respondeu o Mateu.

— E o que aconteceu?

— Adhemar está nas mãos da Estrela Republicana. Ela está no trono.

Pelo semblante de Simão, o Mateu desconfiou que o Mestre de Guerreiro parecia mais frustrado por não ter ele mesmo capturado Adhemar do que a Estrela Republicana estar no poder.

— Onde estou? — indagou Simão.

— No Convento — respondeu o Mateu.

— Meu pai nunca me trouxe aqui. — Simão deixou escapar um sorriso. — E depois que rompera as relações com você, sempre mudava de assunto quando eu falava do Convento.

— Acredito que depois de tudo que você viveu, sofreu e alcançou... acho que pode entender, Simão.

O Mateu mostrou o cacho.

— Você também? — questionou Simão.

— Há muito tempo eu não tocava nestes fios. Na última vez, sua mãe ainda estava viva.

Simão fechou o semblante.

— Seu pai nunca me perdoou por não tê-la curado. Culpava-me por não fazer meu trabalho quando mais precisou. Mas só faço o que Deus me permite. E seus mistérios são profundos demais para entender. O cacho havia aparecido, mas não adiantara. E isso foi imperdoável.

— Por que minha mãe ficou doente?

— Não estava doente. A feriram, Simão. Bandidos a pegaram na estrada. É por isso que seu pai não quis você na Hierarquia. Não suportava imaginar perder seu filho tão amado.

Simão deu um suspiro profundo e seus olhos se encheram de lágrimas. Ele ouviu cada palavra atento, como uma criança descobrindo que os castigos que sofrera durante a vida possuíam um fundamento mais profundo baseado no amor. O antigo Mestre de Guerreiro jamais fora capaz de se abrir com o filho. Se narrasse tudo o que ocorrera à sua mãe, Simão entraria na Hierarquia por vingança.

— Quero que me perdoe, Simão — disse o Mateu.

— Não foi culpa sua. Não há o que ser perdoado, meu velho amigo. Se a Sereia não falou com você naquele instante, era porque a morte de minha mãe tinha que acontecer. Não vou mentir que não me importo. Mas tudo aconteceu da maneira que só poderia acontecer.

Irrompendo pelo salão, a porta se abriu num estrondo. A luz daquela tarde refletiu nas molduras, ao mesmo tempo em que três silhuetas projetavam-se no chão.

Com um desdém que beirava a loucura, Guilherme apareceu.

— Eu sabia que esse miserável ainda estava vivo! — esbravejou.

Dois vassalos faziam sua proteção. Um deles mantinha uma faca apontada para o pescoço de uma quarta pessoa. Rufino.

Como por instinto, Pacheco partiu contra os homens, mas o Mateu segurou seu braço. Nara e Onofre se juntaram a Simão.

— O que você quer? — perguntou Simão, com uma voz debilitada.

— Se afastem! — exclamou Guilherme. — Ou já sabem o que vai acontecer.

— Eu luto com você. Aqui e agora. Solte Rufino.

— Não faça isso, Simão! — clamou Nara.

— Saiam todos daqui — disse Simão, encarando-os firme.

Guilherme adentrou no Convento.

— Onde está a sua espada, "Mestre de Guerreiro"?

— Você me feriu covardemente — respondeu Simão. — Não vai recuperar sua honra.

Guilherme empunhou sua espada com a mão esquerda.

— Se vocês não se afastarem agora, a lâmina rasgará o pescoço dele.

O Mateu, Nara e Onofre foram até o outro lado, próximos à parede. O Mateu se aproximou da Lira, ainda desacordada. Pegou a espada dentro da bainha repousada no chão e a levou até Simão, que a brandiu, determinado. O Mateu respirou fundo. A energia que Simão carregava dentro de si inundou o Convento, mas ainda mantinha-se debilitado com a ferida aberta e sua fraqueza era transparente na postura curvada de quem sustenta um peso maior do que pode suportar.

— Você morrerá pela minha mão esquerda — disse Guilherme.

— Nunca quis que nada disso acontecesse. Você me provocava quando éramos crianças. Provocava a todos, só para chamar a atenção. E havia chegado longe demais. Nunca quis destruir a sua vida, Guilherme. Sei muito bem o sofrimento que causei a você. E, sinceramente, espero que me perdoe.

Guilherme ficou em silêncio. Seus olhos miraram Simão com uma firmeza obstinada, na certa, acometido por lembranças dolorosas.

— Não faz ideia do que me fez.

— Naquele dia, minha mãe morreu. Posso não ter perdido uma mão, mas perdi minha alma, assim como você perdeu a vida que já lhe estava traçada.

Guilherme encarou Simão por alguns instantes. E levantou sua espada.

— Muito fácil pedir desculpas quando se está à beira da morte.

Num impulso, Guilherme partiu ao ataque. No primeiro contato, o tilintar das espadas rangeu forte pelas paredes antigas do Convento. Simão cambaleou, sem força para contra-atacar. Simão se defendia cada vez mais vacilante.

Com um salto, Simão se recompôs e contra-atacou. Guilherme bateu contra as molduras e os quadros caíram num estampido. Simão atacou outra vez, num corpo-a-corpo que forçou Guilherme de volta para saída. Ele caiu nas mãos do seu próprio vassalo, que ajudou seu mestre a se recompor.

— Muito bem — disse Guilherme. — Ótimo, na verdade. Continue lutando em vão. Quanto maior a arrogância, maior a queda.

Guilherme levantou sua espada e partiu contra Simão. O conselheiro treinara muito bem para manejar a espada com a mão esquerda. O Mateu desconfiou do sofrimento que Guilherme passara tentando reconstruir seus hábitos. E isso era muito mais do que uma simples mão debilitada. Guilherme tivera que se refazer por completo, como ser humano. Cada golpe refletia sua dor.

Cortando aquela atmosfera, a Lira tossia compulsivamente, como se estivesse engasgando-se no próprio sangue. A roupa branca se ensanguentou ainda mais e os respingos molhavam sua face com pontos escuros. E, sem aviso, parou de tossir. O Mateu temeu pelo pior.

Simão e Guilherme continuavam em ataques e contra-ataques constantes. As duas espadas se encontraram à altura de suas cabeças. Guilherme a pressionou suficiente para quase encostar a lâmina em Simão. Depois de pressioná-las para o lado direito, Simão a repeliu para longe, tirando-a das mãos de Guilherme. Ao mesmo tempo, Guilherme deu um soco na ferida de Simão, fazendo-o largar a espada de imediato. Num impulso desenfreado, Simão o agarrou no pescoço. Empurrou Guilherme contra as pinturas, atingindo-o com um soco certeiro no rosto.

Guilherme caiu no chão e Simão continuou socando-o sem parar. Um dos vassalos entrou no salão.

— Não se intrometa! — exclamou Guilherme enquanto segurava os punhos de Simão.

— Solte Rufino! — disse Simão. — E deixarei você viver.

Guilherme conseguiu se desgarrar de uma das mãos. Guardada consigo, retirou uma adaga e a apontou certeira na direção das costas de Simão. E da mesma forma que fizera no campo de batalha, Guilherme enfiou a adaga profundamente, fazendo Simão irromper num grito abafado.

O Mateu viu a tragédia anunciada. Simão iria morrer, Guilherme mandaria assassinar Rufino e, graças aos seus vassalos, sairia outra vez impune. Desejou do fundo da alma que Deus tirasse a vida de Guilherme ali mesmo. Não sentia arrependimento algum por pensar assim. A vida era um mistério, com pessoas boas morrendo sem parar e a injustiça prevalecendo sem piedade.

Mas o corpo de Simão não cambaleou para o lado. Simão pegou a adaga enfiada no próprio corpo e a puxou para si, rangendo os dentes a cada centímetro. Quando a retirou completamente, ele apontou a lâmina para o pescoço de Guilherme. Quanto mais Guilherme tentava afastá-la, mais a ponta afiada chegava perto de dilacerar a carne. Simão rangia os dentes em fúria e o sangue lhe escorria sem parar.

Em um movimento rápido, a lâmina rasgou a garganta de Guilherme. O sangue desceu rápido e se espalhou pelo chão do Convento. Após uma espera interminável, Guilherme parou de se mexer. Simão caiu com um baque seco no chão emadeirado.

O vassalo que tentara ajudar seu mestre estava imóvel, boquiaberto com o que acabara de acontecer. Nara correu desesperada até Simão. Os dois vassalos trocaram um olhar.

— Soltem meu irmão! — exclamou Pacheco.

Os dois vassalos pareciam não saber o que fazer. Com aquele descuido, Nara aproveitou e pegou sua própria adaga, arremessando-a contra o vassalo e atingindo-o no peito. Ele tropeçou para trás e caiu, debatendo-se.

O vassalo pressionou ainda mais a lâmina contra Rufino. Nara apoiou Simão nos braços e Onofre a seguiu, apoiando Simão em seu ombro. Os dois sustentaram o corpo de Simão e o levaram para o lado da Lira. O sangue do Mestre de Guerreiro criou uma trilha escura até o local.

Muitas opções pareciam tomar forma na mente do último vassalo vivo. Ele empurrou Rufino para frente, retirou a ameaça da adaga, deu as costas e fugiu. O Mateu foi ao seu encalço, mas quando chegou à entrada, o vassalo já montara no cavalo, levantando poeira.

O Mateu voltou para junto de Simão. Pacheco e Rufino se abraçaram, juntos outra vez. Nara e Onofre tentavam estancar as duas feridas abertas de Simão. O Mateu foi até a Lira. Ela ainda respirava, mas a ferida parecia pior.

Havia uma última alternativa para salvar Simão. A energia do seu cacho pareceu se multiplicar. Se fora capaz de fazer o que fez, então só restava tentar uni-los outra vez.

— Me dê os cachos — disse o Mateu. Nara pôs a mão no bolso e os retirou. O Mateu os colocou junto ao seu. — Eu não pude salvar sua mãe, Simão, mas posso salvar você.

Uma pequena luz pareceu emanar dos cachos envoltos na mão do Mateu. Sentiu a energia lhe percorrer dos pés à cabeça. E pressionou a luz contra uma das feridas.

Mas num movimento rápido, Simão o segurou.

— Não faça isso — disse.

— O que está fazendo?! — indagou Nara.

— A Lira... — continuou Simão numa voz cada vez mais rarefeita. — Salve-a.

— Deixa de falar bobagens. Está delirando.

— Não. Não estou.

O Mateu sentiu o coração apertar. Não acreditava que Simão preferia a morte.

— O Reino de Guerreiros precisa de você, Simão — disse o Mateu. — Ainda mais agora com a Estrela Republicana no poder. Você precisa lutar.

Simão encostou a cabeça de lado e pareceu mais do que nunca à beira de um desmaio.

— Cure-o logo! — disse Nara.

— Essa é minha Marcha de Despedida — disse Simão, segurando a mão de Nara. — Já fiz tudo o que podia.

— Você não pode ir, Simão! — exclamou Nara, numa voz desesperada e misturada com lágrimas.

— Você sabe... sabe muito bem o que sinto por você. Tudo aquilo que não conseguimos viver nesta vida, vamos viver na próxima.

Nara chorava como uma menina que se vê perdida e desgarrada de quem lhe fornecera segurança a vida inteira.

— Você não pode fazer isso comigo, Simão.

— Eu espero... — Simão deu um suspiro fundo e ofegante. — Eu espero que você tenha achado o que procurava. São poucas as pessoas que conseguem.

Fechando os olhos, Simão silenciou. Todos ao redor ficaram paralisados. O Mateu viu as feições de Simão se desvanecerem até sua cabeça pender sem vida.

Cortando o silêncio, a Lira começou outra crise de tosse e o sangue lhe saía abundante pela boca. O Mateu foi até ela e pôs as duas mãos na ferida. Experimentou a energia lhe subir pelo braço e emanar por todo o corpo. Quando a luz em sua mão se apagou, viu que a ferida estava completamente fechada, sem o menor sinal de cicatriz. Um momento depois, a Lira abriu os olhos, puxando o ar para dentro dos pulmões como se respirasse pela primeira vez em muito tempo.

Quando o Mateu olhou para as próprias mãos, os cachos haviam desaparecido. O corpo de Guilherme permanecia embebido sobre o próprio lago de sangue.

O choro desesperado de Nara ecoava sem cessar.

XIV

A Feira dos Sábios estava apinhada de gente. Ao invés das barracas, um patíbulo de madeira interrompia a Rua das Sete Freguesias numa das extremidades. No lugar dos feirantes urrando suas mercadorias a melhores preços, havia apenas um murmúrio coletivo, como água borbulhando ao passar do ponto ideal de fervura.

Os olhares aguardavam ansiosos. Testemunhariam a execução do que para eles representavam os dois maiores inimigos do Reino de Guerreiros. No patíbulo, quatro homens imóveis como estátuas faziam sua posição de respeito. Um quinto homem com o rosto coberto por um capuz segurava uma espada.

Nara sentiu uma gota de suor lhe escorrer pela testa. O calor insuportável parecia não importar. Afoitos e Crédulos misturavam-se pela primeira vez em concordância. Discutiam sobre Adhemar, sobre o futuro do Reino e, acima de tudo, sobre a Estrela Republicana. Retratavam-na como uma santa, que descera à Terra para realizar um milagre. Uma verdadeira piada se não fossem seus olhares de esperança.

Sentiu o coração pesar com a imagem de Simão no leito de morte. E a imagem de Guilherme lhe apunhalando pelas costas engessara uma lembrança permanente. Nara tinha esperanças de que Guilherme estivesse queimando no inferno, numa morte dolorosa, num mínimo traço de justiça. Algo raro no Reino de Guerreiros.

Encontrara seu pai mais cedo. Graças a Deus estava bem. Mesmo sem a tosse, lhe dera outro chá de ervas, que por sinal, ele recebera com relutância. O pai ficara acamado, ainda enfraquecido. Pela Graça de Deus iria melhorar.

Lembrou-se dos índios fugindo do campo de batalha de volta para o Reino de Peri, o que significava que poderiam contra-atacar mais cedo ou mais tarde. Em seu coração, Nara desconfiava que o destino de Adhemar ainda não fora selado.

Ao lado, viu alguém passar com dificuldade em meio aos ombros cerrados da multidão. Cansado, o homem se aproximou com uma expressão consternada.

— Eles estão aqui — disse Rufino, num murmúrio.

Nara sentiu a pulsação acelerar. Lembrou-se de como Diego retratara Peri. Um tom de pele belo e vivo, ao mesmo tempo contrastante. De relance, tentou distingui-lo naquela confusão de semblantes angustiados pela espera interminável, e só conseguiu encarar rostos comuns do Reino de Guerreiros.

— Onde? — indagou Nara.

Rufino fechou a expressão. Óbvio que ele não queria chamar a atenção do inimigo dando as caras outra vez. Com visível contragosto, Rufino deu as costas e voltou pelo mesmo caminho. Nara foi atrás, contorcendo-se para atravessar por aquele mar de gente, como água que abre caminho à força pela mata fechada.

Depois de fazer um contorno no formato de um "S", Rufino parou e levantou o polegar camuflado num gesto sutil, apontando para o lado esquerdo. Vários homens se espalhavam, sem dúvida do mesmo grupo. No máximo, trinta homens com seu tom de pele distinto naquele sol abrasador. E, estranhamente, para aquele calor, cada um vestia um manto de tamanho suficiente para esconder alguma coisa. Como um arco e flecha. Conservavam-se em espaços raros naquela multidão, em lugares estratégicos que permitiam o movimento completo quando armassem os arcos.

Nara engoliu em seco. Sérios, aqueles índios fariam de tudo para trazer de volta o seu líder vivo, mesmo que significasse a morte de inocentes.

As pessoas iniciaram um grito em coro, como se a completa loucura lhes tivesse tomado de assalto. Acima do patíbulo, a Estrela Republicana aparecera e acenava, num verdadeiro desfile. Ela levantou a palma da mão aberta e pouco tempo depois todos ficaram em completo silêncio.

— Chegou o momento. A realização de um sonho! — exclamou a Estrela Republicana, numa voz imponente e grave o suficiente para sustentar seu ego. — Desde pequena, sempre vi a desgraça encobrir o Reino de Guerreiros. Sempre soube que a mudança deveria partir de dentro. Hoje sei o quanto fui tola. Nutri a esperança de que a Hierarquia podia ser melhor, mas me decepcionei. Quando vi com meus próprios olhos a capacidade de destruição dos Guerreiros corrompidos, saí o mais rápido que pude. E fiz questão de estar aqui para lhes revelar a verdade. Fiz isso por vocês.

O povo deu um grito ensandecido, como ovelhas encantadas pelas palavras de seu pastor. O cinismo da Estrela Republicana era o mesmo do Rei de Guerreiro. Aquele teatro só servia para mascarar que a mudança de poder apenas trocara seis por meia dúzia.

Quando os burburinhos cessaram, ela continuou.

— Esperei muito, muito tempo para esse dia chegar. E hoje realizo um sonho. Sou uma mulher que sempre sofreu as dores do Reino de Guerreiros, mas nunca tive ninguém da Hierarquia para me ajudar. E sei muito bem que todos aqui sofreram o mesmo que sofri.

Homens e mulheres rosnaram a favor. Alguns gritaram nomes de pessoas que odiavam, outros balançaram a cabeça em negação, rangendo os dentes e narrando o que lhes acontecera no passado para a pessoa mais próxima.

— Mas a justiça chegou — continuou a Estrela Republicana. — E é por isso que estou aqui, para mostrar a vocês que eu restaurarei o nosso Reino, que está estilhaçado em cacos de repleto infortúnio.

Afastando-se para o lado, a Estrela Republicana olhou para uma área escondida, atrás do patíbulo.

— Tragam! — ordenou aos vassalos.

Ao lado, Nara notou que os índios espalhados puseram a mão dentro do manto, na iminência de agir. Acima do patíbulo, uma mulher apareceu. Todos custaram a perceber quem era. Suas vestes em trapos e o rosto sujo eram o extremo oposto da imagem da Rainha de Guerreiro. Quando a viram, os índios retiraram a mão vazia debaixo do manto e voltaram à posição neutra, aguardando a pessoa certa.

Quando reconheceu a Rainha, o povo gritou exclamações para sua morte. Sugestões individuais para um destino doloroso. A Rainha era carregada pela Estrela de Ouro. Quando Simão morrera, o Mateu falara sobre como ela lutara ao lado de seu grupo. Mas a mesma mulher que capturara Adhemar no campo de batalha de um jeito tão obstinado, parecia ter corrompido todos os seus valores outra vez.

Logo atrás da Rainha, um vassalo trouxe outra pessoa. Um homem que Nara nunca vira antes. Mãos atadas e vestes deploráveis exibiam sua situação tão ruim quanto a outra prisioneira.

— É bem provável que vocês não conheçam esse homem — exclamou a Estrela Republicana. — Este é Isac, um espião que trabalhou para o inimigo. Um espião que tinha um único objetivo: facilitar o caminho para a morte do Reino de Guerreiros. Ele foi o responsável por capturar o Embaixador do Norte, num ato covarde contra as nossas defesas. Também trabalhou para algum líder indígena, fornecendo segredos de dentro do Reino. E quase conquistara a minha atenção, disfarçando-se como amigo. Mas meus instintos são superiores a tudo que é mundano. Por isso, será morto aqui e agora.

Num estalo, Nara lembrou-se do prisioneiro que vira dentro de um dos quartos abandonados, no acampamento da Estrela Republicana. Engoliu em seco ao perceber que o Embaixador do Norte era mantido prisioneiro embaixo do seu nariz. E Isac servia apenas como bode expiatório.

Num gesto rápido e sutil, a Estrela Republicana retirou uma adaga e cortou a garganta de Isac. O povo gritou de prazer com o sangue em cachoeira. Quando caiu de joelhos, Isac se retorceu como um animal abatido. A Estrela de Ouro virou o rosto, numa aparente reprovação.

A Estrela Republicana virou-se para sua plateia.

— Agora vamos começar!

Com um aceno, ordenou que a Estrela de Ouro levasse a Rainha até o homem de capuz. Ele seria o seu carrasco. Com violência evidente, ele forçou a Rainha a se ajoelhar. O povo gritou mais alto e a Estrela Republicana levantou a palma da mão outra vez.

— O povo quer saber, "Rainha" — disse num desdém que provocou uma gargalhada generalizada. — Suas últimas palavras.

A Rainha dobrou-se para frente e teve um acesso de choro. O povo soltou uma vaia implacável com os punhos cerrados, gritando em uníssono para que lhe cortassem a cabeça. Mas a Estrela Republicana estalou os dedos e logo dois vassalos trouxeram uma cadeira com aparatos de tortura. Nara nunca vira de perto aquela máquina, só ouvira através das palavras dos Sábios Cantadores, mas não teve dúvidas de que o terrível artefato era um garrote.

A Rainha foi posta à força na cadeira e um colar de ferro foi preso ao redor do pescoço. Ao mesmo tempo, os vassalos pressionaram sua cabeça para que a nuca ficasse rente a um espeto de ferro. Com um aceno da Estrela Republicana, o carrasco deixou a espada de lado e começou a girar a barra de ferro na parte externa da cadeira, forçando a nuca da prisioneira contra o espeto. A Rainha fechou os olhos e chorou desesperada. Aos poucos, o espeto de ferro penetrou na pele delicada e a Rainha começou a gritar e se debater em vão. O povo assistia a tudo com um ar de deleite nos olhos, proferindo pragas piores do que a morte. E depois de tantos gritos, a Rainha fechou os olhos e seu pescoço pendeu sem vida. As pessoas urraram e celebraram com abraços e danças improvisadas, como se libertas pela primeira vez.

A Estrela Republicana fez um maneio e a Estrela de Ouro retornou para fora das vistas. A Estrela Republicana levantou a palma da mão.

— E agora, o grande responsável por tudo isso. Acima de tudo, o grande causador de todos os males do nosso Reino de Guerreiros. Alguém que ousou desafiar nossas famílias, disposto a tudo para matar nossas crianças. Nossos filhos. Nosso futuro.

As pessoas ficaram em silêncio absoluto. Prendiam a respiração diante do nervosismo de encarar o que seria o vilão do Reino de Guerreiros. Ao mesmo tempo e num movimento rápido, Nara acompanhou os índios colocarem outra vez a mão por debaixo do manto. Agora era a hora.

— Eu sei como vocês se sentem — continuou a Estrela Republicana. — É hora de se vingarem. Veremos humilhado aquele que sempre nos tem ofendido. Caído em tentação, mas sem se livrar do mal que está por vir. Sempre deixaram o povo do Reino de Guerreiros doente. Sempre inventaram desculpas para controlar os sintomas. Agora é a hora de combater a verdadeira causa. E é agora que o Reino de Guerreiros vai se curar para sempre.

A Estrela de Ouro reapareceu, segurando Adhemar. As pessoas fecharam o punho ao alto, apontando satisfeitas para o prisioneiro. Nara viu os vários índios retirarem os arcos. Do outro lado do manto, tiraram uma flecha e as armaram ainda escondidas.

Todos estavam entretidos demais com o espetáculo para notar qualquer diferença. A Estrela de Ouro levou Adhemar para o carrasco e este o forçou a se ajoelhar. Os índios pressionaram a corda, ainda sem chamar a atenção.

— O que o meu povo prefere? — indagou a Estrela Republicana. — A morte do inimigo ou a tortura no Interrogatório? — O povo agitou os punhos, clamando desesperado pela morte do prisioneiro. — Vamos, Adhemar! Diga para o povo suas últimas palavras. Ou vai continuar com as mesmas de sempre. Como eram mesmo? "Esperança. Sempre"?

Em um relance, Adhemar retorceu sua expressão em surpresa, como se aquelas palavras carregassem um significado muito mais profundo. Quando abriu a boca, o povo começou a gritar, se sobrepondo à sua voz. Ele proferia o seu rancor e esbravejava contra todos, mas ninguém se permitiu escutá-lo. Ao perceber que Adhemar ficara ainda mais enlouquecido por aquela afronta, a Estrela Republicana deixou escapar um sorriso de desdém.

Com um movimento minucioso, os índios começaram a levantar os arcos. Nara previu os gritos de pavor que acometeria tanta gente em debandada diante da morte iminente.

Mas o contrário aconteceu. Antes que levantassem os arcos, vários homens e mulheres saíram do meio da multidão e apunhalaram os índios pelas costas. Enfiavam a lâmina com força, tapando-os a boca e controlando seus movimentos retorcidos de dor. Nara sabia que eram espiões da Estrela Republicana infiltrados.

O sangue escorria, mas toda a gente se mantinha aos gritos e pulos, numa verdadeira festa. Quando retiraram as lâminas, permaneceram sustentando os índios pelas costas, não os deixando cair para não despertar olhares curiosos.

Acima do patíbulo, Adhemar continuava praguejando e o povo não dava a mínima. Quando enfim parou, a Estrela Republicana fez um sinal com a mão para o carrasco, que começou a preparar a sua espada.

De um lado a outro, Nara tentou encontrar mais algum resquício de índios ao resgate de Adhemar. Alguém capaz de salvá-lo de seu destino trágico. Mas enquanto a espada do carrasco subia no ar, não via sinal de mais nenhuma investida.

A espada do carrasco parou no topo, na iminência do movimento fatal. A Estrela Republicana trocou um olhar com as pessoas, mantendo o suspense. Todos gritavam pela morte do inimigo.

Ao contrário da Rainha, Adhemar se mantinha de olhos abertos. Encarava a população com fúria, mesmo diante da morte. Não estava disposto a dobrar o seu orgulho e se render. O carrasco vacilou um pouco com a espada no ar. A Estrela Republicana o encarou e fez um maneio com a cabeça. E o carrasco então desceu lâmina.

A cabeça de Adhemar caiu ao lado da cadeira onde a Rainha se mantinha imóvel.

O povo se sacudiu, como se possuído por uma energia incontrolável. A Estrela Republicana deu a ordem para que a cabeça da Rainha fosse cortada. Logo depois, segurou cada cabeça com uma das mãos, levantando-as na direção da plateia. Todos os punhos fechados se abriram, em sinal de que queriam as cabeças para si. E num movimento em arco, a Estrela Republicana as jogou no meio do povo.

Como abutres que encontram carne pela primeira vez em muito tempo, as pessoas pisotearam as duas cabeças. Pela distância, Nara não conseguia ver o resultado. E nem queria.

Sabia agora que a situação estava pior do que antes. Se o resgate de Adhemar tivesse sido um sucesso, haveria um inimigo disposto a tirar a Estrela Republicana do poder. Mas a cada grito a favor daquela tragédia, mais o seu poder aumentava. E a história do Reino de Guerreiros se repetia.

Mas aquele teatro ainda não havia terminado. A Estrela Republicana levantou a palma da mão e o burburinho cessou.

— De agora em diante, eu os levarei pelos melhores caminhos. E farei de tudo para que a história não se repita. Por isso, os nossos pintores precisam celebrar este momento, registrando-o para sempre!

A Estrela Republicana apontou para trás da plateia, que se virou para ver. Nara ouviu um som de pandeiro cortar o silêncio e por sobre os ombros, vislumbrou uma Coroa de Palhaço. Dali, um caminho foi aberto aos poucos para permitir a passagem de outro homem. Descalço, trazia consigo a areia fina da praia salteando o solo. Atrás dele, dois assistentes carregavam quadros em branco e potes de tinta. A plateia abria o caminho como uma veia permitindo a passagem do sangue de uma extremidade à outra. O homem e os dois assistentes subiram pela escada na lateral do patíbulo, montaram um cavalete e o pintor iniciou sua obra.

De trás do patíbulo, surgiu outro homem baixo e careca. Apesar da distância, sua cicatriz cortando-lhe o rosto se exibia como um troféu. O homem trazia um objeto nas mãos, adornado com pedras preciosas e fitas coloridas que pendiam pelos lados.

Era uma Coroa de Guerreiro. Nela, três estrelas brilhavam contra o sol do meio-dia, cada uma de cor diferente: uma de ouro, outra de prata e uma terceira em vermelho vivo, como um rubi. Nara rememorou a Coroa de Guerreiro no acampamento da Estrela Republicana e não teve dúvidas. A silhueta contra as sombras correspondia certeira àquela Coroa., como se tudo já estivesse coreografado para um destino irrefreável.

Laureando aquela farsa, o homem com a cicatriz pôs a Coroa na cabeça da Estrela Republicana. E para piorar, todos ao redor aplaudiram. A Estrela Republicana os havia enganado com o mesmo discurso de esperança, tão velho e falso quanto a história do Reino de Guerreiros.

— A primeira coisa que farei como líder do Reino de Guerreiros é trazer de volta nossas tradições. Por isso, o Boi ressurgirá.

O povo gritou ainda mais alto, comemorando cada sílaba proferida. Olhando com mais atenção, Nara percebeu que havia mais pessoas ao fundo do patíbulo, que aplaudiam com entusiasmo. E de relance, viu um rosto familiar. Um rosto que há anos não encarava, mas que não envelhecera um único dia. Aquele era o pai de Guilherme. Desconfiou agora que os outros ao seu lado fossem donos de terras. Ele não parecia carregar o menor traço de tristeza pelo filho falecido, como se a essência da vida fosse o teatro político e, como consequência, a perpetuação do poder.

Nara não conseguiu mais suportar tudo aquilo. Precisava sair dali às pressas e sentia uma falta de ar. Dando as costas, tentou se esgueirar até sair da confusão.

Quando conseguiu chegar até as casas velhas da Feira dos Sábios, adentrou por um beco quieto e abandonado. A obrigação de viver em um novo governo tão vicioso quanto o anterior fez com que seu asco transbordasse. Dobrou os joelhos e vomitou sobre a areia. Tinha certeza de que sua angústia estava apenas começando.

***

— Pacheco e Rufino disseram que ela matou mais cinquenta pessoas — informou Nara ao Mateu.

Ele encarou os quadros na parede do Convento. Parecia mais calvo do que da última vez que o vira, há um mês.

— Com a morte de Adhemar, mais cedo ou mais tarde Afoitos e Crédulos outra vez discordariam e se voltariam contra a Estrela Republicana — disse o Mateu. — Ela só está limpando seus potenciais inimigos.

A Estrela Republicana mandava matar Afoitos e culpava os Crédulos. Quando matava Crédulos, realimentava o ódio dos Afoitos. Uma estratégia perfeita para tirar a atenção de seus próprios atos.

— Não consegui achar mais ninguém para nos ajudar — disse Nara. — Onofre disse que as pessoas estão apavoradas. Ninguém aceitou. Sabem que a Estrela Republicana pode mandar seus espiões baterem em suas portas e assassinar suas famílias.

O Mateu deu um suspiro profundo.

— Estamos entrando em outra era das trevas. Mas acredito que sempre haja uma luz.

Nara queria acreditar. Claro que alguns sempre lutariam contra o governo. Mas quando muitos se manifestavam, era um desastre. Há um mês promovendo perseguições, a Estrela Republicana sabia quais eram as "luzes" que deveria caçar. E sabia melhor ainda como apagá-las uma por uma.

A expressão do Mateu se fechou.

— Meu filho Jaime me contou tudo pelo o que passaram na Floresta de Esaúna.

Nara sentiu um arrepio. Todas as vezes que se lembrava da morte e ressurreição de Simão, uma sensação macabra lhe encobria dos pés à cabeça. A escuridão de Esaúna ainda a atormentava durante a noite.

— Quando Simão estava morto — continuou o Mateu —, vocês viram alguém.

— Um menino — disse Nara, sentindo um calafrio. — Rufino falou com ele. Cantaram uma canção estranha e Simão voltou dos mortos.

O Mateu sorriu.

— Foi isso que Jaime me falou. E é por isso que ainda há esperança.

— Do que o senhor está falando?

— Esse menino é um velho conhecido. Chama-se Mucuri. — Nara nunca havia escutado aquele nome antes. — Ele é a prova de que os mistérios começaram muito antes dos próprios Guerreiros. Há muito tempo, desfiz laços com muita gente após tornar-me o Mateu. Essas pessoas disseram que o Mucuri seria uma espécie de filho que o Mateu deveria ter. E mesmo quando me afastei, ainda cantava canções sobre o menino para Igor e Jaime. — Os olhos do Mateu ficaram marejados ao citar o filho morto, mas logo se recompôs. — Acredito que sejam os únicos que ainda podem dar esperança a todos nós.

— E onde posso encontrá-los?

— Infelizmente, estão espalhados pelo Reino de Guerreiros. Foram eles que deram origem aos primeiros Afoitos. E acredito que também se organizam, como fez a Estrela Republicana.

Nara achou que o Mateu ou estava brincando com coisa muito séria ou não falava coisa com coisa.

— Mas a Estrela Republicana sempre disse representar os Afoitos. E olha o que aconteceu — disse ela.

— A Estrela Republicana só quis tomar o poder para si. Nada mais importa para ela. E eu lhe pergunto, Nara. Você acha que os Afoitos da Estrela Republicana são iguais ao Mucuri?

Nara engoliu em seco.

— Não.

— Então, precisa ter fé para encontrá-los.

Fé era uma palavra grande demais para suportar. E sempre proferida diante de uma batalha sem prazo para acabar.

Respirando fundo, Nara firmou um compromisso para a vida inteira. Sentiu o olhar e sorriso de Simão lhe arderem no coração.

— Irei aonde for preciso — disse ela, com a voz firme.

— Então precisa entender que esta guerra existe muito antes do que todos nós. Uma guerra que começou antes mesmo dos Ancestrais.

— A Estrela de Ouro nos traiu para ficar com a Estrela Republicana.

O Mateu sorriu. Aquele gesto mostrava exatamente o oposto.

— Ela tem família, Nara. Você sabe muito bem que todo risco aumenta ao colocá-la em jogo. O Caboclo é o grande problema, uma pessoa que passa imperceptível pelos maiores conflitos do Reino de Guerreiros. A Estrela de Ouro ainda sofre ameaças como membro da Hierarquia.

— E como ficam os líderes das Onze Nações? Outros líderes não poderiam nos atacar a qualquer momento?

— Eles não têm recursos. Adhemar fez o que fez através do discurso inflamado contra nosso Reino e muitos acabaram morrendo. Temo que a devastação que os Guerreiros causaram no Reino de Peri criou uma ferida difícil de cicatrizar.

Nara engoliu em seco. A partir dali, calou-se para ouvir tudo o que precisava. Os dois conversaram até o anoitecer. Em todos os momentos, Nara prometeu para si mesma que não iria sentir o asco que sentira há um mês, no dia da execução de Adhemar e da Rainha de Guerreiro.

Lutaria nesta vida para descansar ao lado de Simão na próxima.

***

— Simão! Venha cá — disse o Mestre de Guerreiro.

Simão brincava com sua espada de madeira. Ao olhar para trás, seu pai o encarava severo. Jogou fora a espada, já sabendo que o pior iria acontecer. A expressão do pai não era das melhores. Deu passos vagarosos, adiando ao máximo o momento fatídico. Ficou diante do pai e fechou os olhos.

Contrariando todos os seus instintos, sentiu a mão do pai lhe tocar o ombro. Quando deu por si, o pai estava na mesma altura que ele, abaixado para encará-lo de igual para igual.

— Você está cada vez melhor, meu filho. Será o melhor Guerreiro deste Reino. Tenho muito orgulho de você. Nunca se esqueça disso.

Num movimento rápido, o pai envolveu o filho num abraço apertado, que fez Simão sentir que tinha o melhor pai do mundo. Sem saber o porquê, sentiu vontade de chorar.

— Quero que fale para mim e para sua mãe sobre seu dia — continuou o pai.

— Mas ela está muito doente.

O pai sorriu.

— Não, não está.

O pai se levantou e abriu a porta. E de dentro, uma sombra surgiu se projetando sobre o menino, como se o tragasse vivo. Mas logo uma forte luz incidiu sobre a figura que se aproximava, revelando ser sua mãe. Ela sorriu e se inclinou, dando um beijo na testa do filho.

E os três entraram abraçados, fechando a porta atrás de si.

Afastados dali, a Sereia e Pezão assistiam a tudo. E, ao lado deles, um Simão adulto ao lado do pai.

— Isso é real? — perguntou Simão.

— Sempre foi real — respondeu a Sereia. — Você só não soube enxergar.

Simão encarou o pai, que lhe deu um sorriso de volta. Num movimento rápido, Simão o envolveu num abraço que lhe fez ter certeza de estar diante do melhor pai que alguém poderia querer. E quando sentiu vontade de chorar, deixou compartilhar suas lágrimas.

Enlaçados, Simão sentiu a mente descansar.

E tudo ficou escuro.

Sobre as Coroas

Os Guerreiros são conhecidos por suas qualidades principais: poder e beleza.

Na divisão da Hierarquia cada membro cumpre sua função. Tornam-se a inspiração dos jovens aprendizes, que almejam algum dia servir ao seu Rei e ao Mestre de Guerreiro. Não há orgulho maior do que ser reconhecido como um Guerreiro, treinado para defender do mais humilde a mais alta majestade.

As Coroas materializam esse poder.

Do ânimo dos homens e mulheres do Reino de Guerreiros, o poder da Hierarquia emerge em cada sentimento. As Coroas criam o contato entre o afeto e a matéria. Entre o invisível e o visível. A Hierarquia é reconhecida nos quatro cantos do Reino de Guerreiros ao primeiro olhar atento. A Coroa acima da cabeça simboliza a mais profunda responsabilidade.

A Coroa de Guerreiro é o emblema de toda harmonia, justiça e soberania possíveis. Para carregá-la, é necessária uma vida de sacrifícios e, acima de tudo, de obediência. Cumprindo sua função na paz ou na guerra, cada membro tem plena consciência do seu privilégio.

A Coroa e o Guerreiro são um só.

As ilustrações das Coroas apresentadas no livro foram feitas tendo como referência fotos, peças de artesanato, documentários e reportagens sobre o Guerreiro de Alagoas.

Coroa do Embaixador do Sul

Coroa da Estrela Brilhante

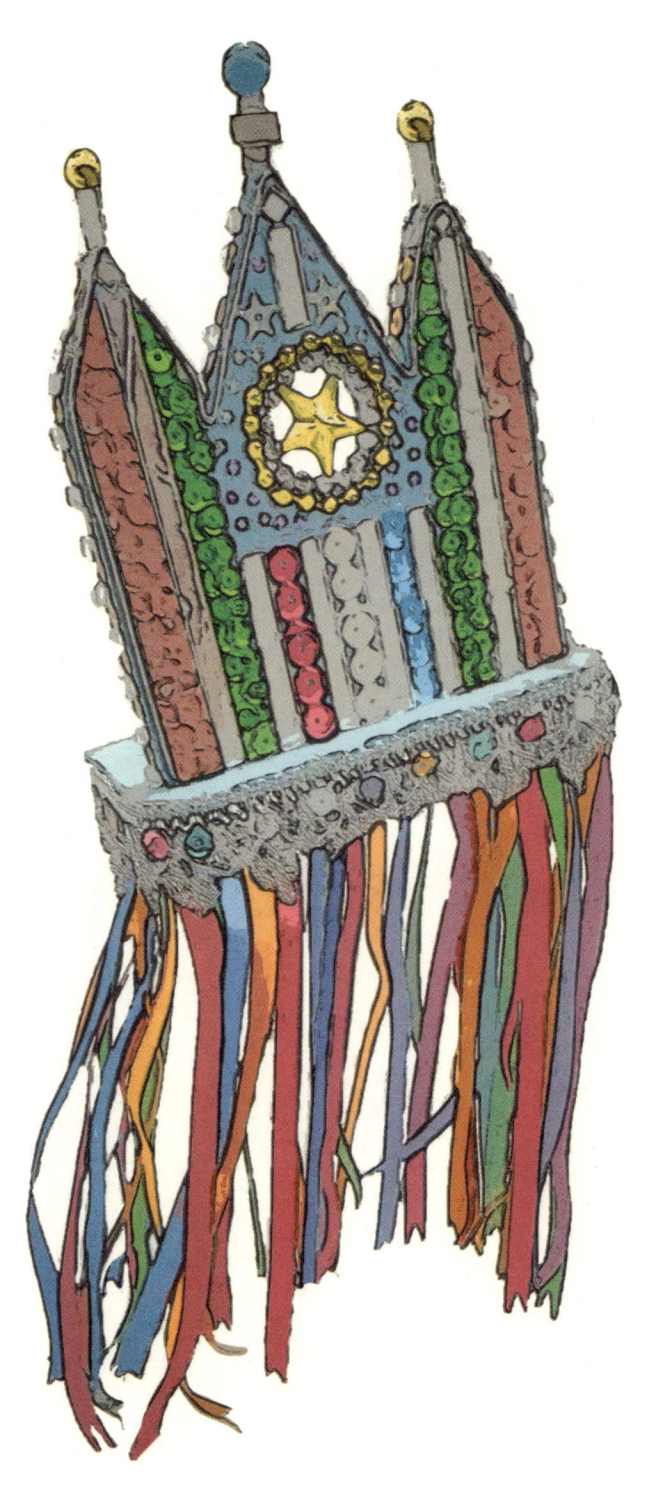

Coroa da Estrela de Ouro

Coroa da Estrela Republicana

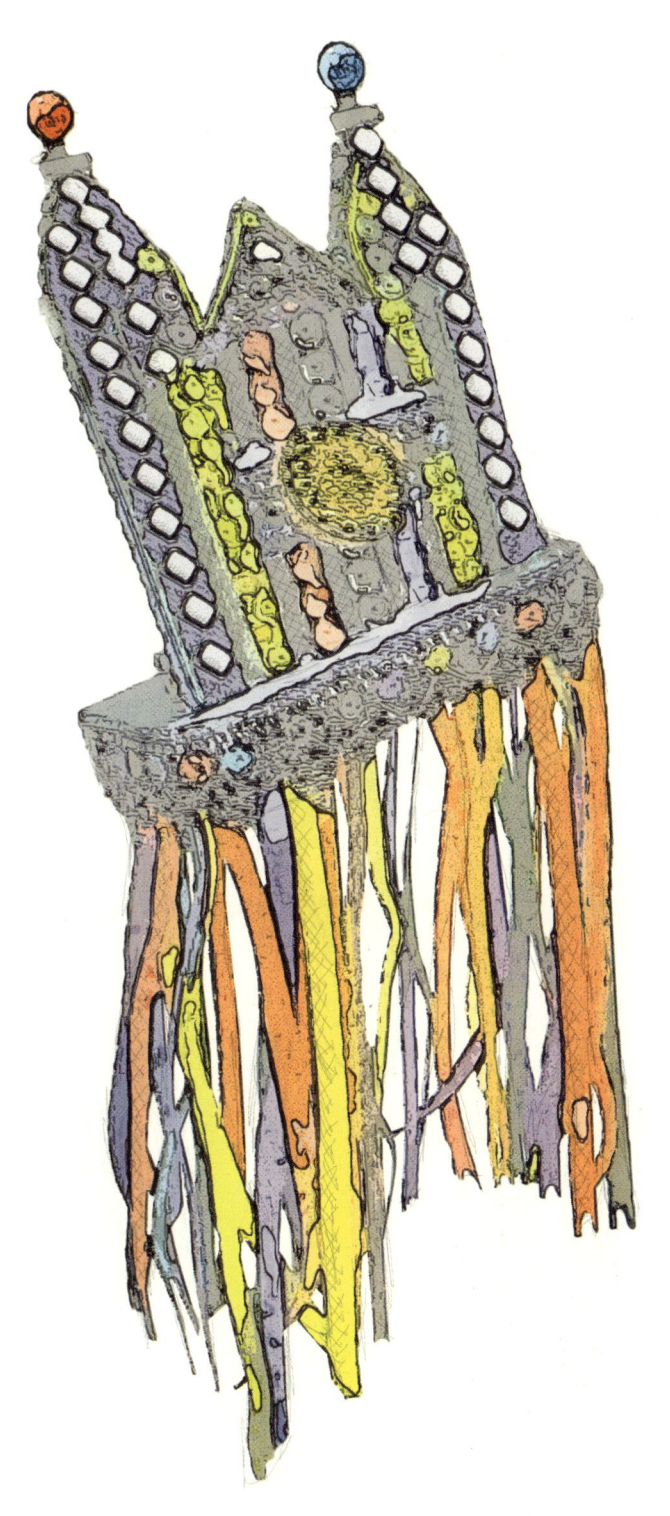

Coroa do General

Coroa do Mateu

Coroa do Mestre

Coroa do Palhaço

Coroa da Rainha

Coroa do Rei

Coroa da Sereia

INFORMAÇÕES SOBRE NOSSAS PUBLICAÇÕES
E ÚLTIMOS LANÇAMENTOS

FACEBOOK.COM/EDITORAPANDORGA

TWITTER.COM/EDITORAPANDORGA

INSTAGRAM.COM/PANDORGAEDITORA

WWW.EDITORAPANDORGA.COM.BR